庞余亮 著

为小弟请安

古吴轩出版社

图书在版编目（CIP）数据

为小弟请安 / 庞余亮著. — 苏州：古吴轩出版社，2013.8

ISBN 978-7-5546-0126-6

Ⅰ．①为… Ⅱ．①庞… Ⅲ．①短篇小说—小说集—中国—当代 Ⅳ．①I247.7

中国版本图书馆CIP数据核字（2013）第176678号

特约编辑：叶晓庆
责任编辑：洪　芳
见习编辑：蔡时真
装帧设计：陆月星
责任照排：徐詠清
责任校对：张　蕾

书　　名：为小弟请安
著　　者：庞余亮
出版发行：古吴轩出版社
　　　　　地址：苏州市十梓街458号　邮编：215006
　　　　　Http://www.guwuxuancbs.com　E-mail:gwxcbs@126.com
　　　　　电话：0512-65233679　传真：0512-65220750
印　　刷：苏州日报印刷中心
开　　本：787×1092　1/16
印　　张：18.5
版　　次：2013年9月第1版　第1次印刷
书　　号：ISBN 978-7-5546-0126-6
定　　价：42.00元

如有印装质量问题，请与印刷厂联系．0512-65640827

目 录

大水 …………………………………………………… 1
我们的琥珀 …………………………………………… 12
洞穴 …………………………………………………… 26
教兔子如何骂人 ……………………………………… 41
白鲸,白鲸 …………………………………………… 47
薄冰 …………………………………………………… 56
甘蔗 …………………………………………………… 68
红泥小炉 ……………………………………………… 76
薄嘴唇的斧头 ………………………………………… 87
黄毛子,短颈项,越大越犯犟 ……………………… 94
酒酿圆子 ……………………………………………… 101
纸龙船 ………………………………………………… 117
雪等雪 ………………………………………………… 127
陆地行舟 ……………………………………………… 139
你说有龙宫吗 ………………………………………… 148
向日葵 ………………………………………………… 162
泥鳅 …………………………………………………… 172
小桥的年关 …………………………………………… 181

请左手原谅右手……………………………… 190

蛙在什么地方鸣……………………………… 198

为小弟请安…………………………………… 205

野猫…………………………………………… 211

一根细麻绳…………………………………… 226

追逐…………………………………………… 235

缓刑…………………………………………… 242

泥粮瓮………………………………………… 252

种花记………………………………………… 264

最完整的清晨………………………………… 278

后记：一张纸的正面和反面………………… 288

大水

赖在沙发上看电视的红霞是被手机铃声惊醒的。办公室的号码。红霞想不接,可办公室那边的人不依不饶,红霞只好按下接听键,一个破锣嗓子冲出来,你在哪里?

红霞的瞌睡醒了,压低了嗓子说,有事呢。

破锣嗓子说,你们这些婆娘啊,又去逛街了吧,怕上班就回家让老公当菩萨供起来,正好腾出几个窝子给人家大学生。

说话者是同一科室的老王,是转业军人,说话粗得很,什么窝子、婆娘,一甩口就是一大摊,好在红霞听惯了,忙说,我就来,我就来。

红霞打了车,风一样旋到单位,上了辅楼,捧着茶杯的老王就在科室门口,一副随时串门的样子。红霞说,我洗床单了,今天天气好呢。

老王最不喜欢和红霞她们谈家务,卖了个人情,说,下次我不打电话给你,下次我打给那个懒婆娘。

红霞不想提老王所说的懒婆娘罗阿妹,看着窗外,今天的阳光并不好呢,真是连谎都不会说。红霞有点懊恼,恨不得抓头发。好在老王去主楼的科室串门了,红霞看着罗阿妹的办公桌,想,罗阿妹啊,你为什么不辞职呢?罗阿妹,你快点辞职吧,反正你都离婚了。

忽然,红霞听到了自己的声音,回过头,没有人呢。红霞捂住了嘴,吸了一口气,真是搬起石头砸自己的脚。先是她把罗阿妹带回家吃饭,后来是罗阿妹熟门熟路地到她家蹭饭,再后来红霞千方百计不让罗阿妹跟她回去蹭饭。要一下子把关系冷下去,真是不容易呢,红霞编了不少谎,可怎么也不像是真的。好在罗阿妹悟性好,红霞支吾了几次,罗阿妹就懂了。两个人的关系进入了冰河期。

辅楼里的科室都是局里的鸡肋，没有多少事，但科室里必须有人，市里的纠风办经常冒充"群众"给各个机关和科室打电话，没有人接电话要扣分，接电话不礼貌要扣分，不使用普通话要扣分，不记录来电内容要扣分。扣的都是局里的分，而局里的分又与全局人的目标管理奖有关。谁也不敢马虎。老王怕寂寞，其实他是怕接电话，他不会说普通话。

红霞泡了一杯茶，有些茶叶直接沉下去了，有些茶叶在水面上坚持，可坚持不了多久，都沉下去了，水就慢慢变了颜色，仔细看，单薄得很。结婚前，红霞有许多朋友的，后来有了儿子，心都扑在儿子身上了。红霞为儿子忙前忙后的忙了十八年，幼儿园、小学、初中、高中，上了大学，一下子飞走了。红霞不适应，文富跟她开会，说，红霞，从今往后，我们两个相依为命了。红霞不喜欢"相依为命"这个词，可在那一刻，她觉得，这世界上，除了文富，其他人真的说不上了。仅仅过了三个月，文富也不可靠了。难怪罗阿妹总是说，男人都是犯贱的呢。还真是犯贱。想到文富犯贱，红霞恨不得给自己来几个耳光，谁叫自己引狼入室呢。

那一天，红霞和文富摊牌，红霞首先检讨自己引狼入室，文富却不认为自己犯了贱，还偷换概念地说"狼"是红霞原来就养在心里的，现在养大了，放出来，一口就咬伤了人家罗阿妹。红霞见文富首先说出了罗阿妹，既好笑又好气，说，陈文富，如果"狼"是我养的，我要咬的首先是你。文富沉默了半晌，说，你啊，你啊，儿子总是要大的啊，你心理上调整不过来拿我去火有什么意思。红霞的声音大了起来，说，没有什么意思，不想和我过，早点说，不要搞突然袭击。文富说，你想到哪里去？红霞说，我没有想到哪里去，我只不过把你心里话说出来罢了。

罗阿妹不在，办公室就静得慌。罗阿妹上班，从来是不坐的。其实上班前她都去公园跳了一小时舞了。到了办公室，要么小碎步，要么叉腰踮脚，要么用手拍打脸，上上下下地拍，要么就左右手互拍，拍得噼里啪啦响，似乎在开大会。罗阿妹叫这个为小锻炼。红霞不爱动，她说她回家要动呢，从一回家到上班，我都在动呢，可不像你罗阿妹，一个人吃饱全家饱呢，还动不动有男同学请客，舒服着呢。但红霞只是在心里说。有些话还是不说开好。

上午十点钟，手机准时响了，是文富的。文富肯定又是问她今天想吃什么。这个厚脸皮，这个做贼心虚的厚脸皮，还提什么吃，如果不是文富总是挖空心思想吃，就不会有后来的事，更不会引狼入室了。红霞一想到这，仿佛真有一只狼在撕咬着她的心，疼，摸不到，还赶不走。儿子上大学后，红霞的心也飘走了，做什么事情也提不起兴趣。用文富的话说，过去的好厨娘从此变成了懒婆娘。红霞不是存心想懒，而是没力气。罗阿妹劝过红霞，儿子去大学了，就把男人当儿子养。红霞何尝不想把文富当作儿子养，可不行，当不起来，男人是男人，儿子是儿子呢。文富没办法，接过了红霞手里的锅铲，很笨拙地做起了厨师。后来，文富有了兴趣，每天一个花样，还向红霞早请示晚汇报。红霞也慢慢习惯了文富的侍候。

那天也是头脑发热，罗阿妹正在和红霞谈美容经，文富的电话来了，红霞一边接一边对罗阿妹发牢骚，说真是烦死了，这么胖，还问她吃什么，纯粹是想让她长胖后休掉再娶一个小二。罗阿妹劝道，红霞你真是得福不觉福呢。红霞说，其实我也不是想吃，就是不习惯，以前是三个人吃，看着儿子吃，自己也就饱了。罗阿妹说，看来陈文富的手艺不怎么样呢。红霞说，真是不怎么样呢，每天都烧新花样，可都是狗屎拌洋糖。罗阿妹说，你不要污蔑你家陈文富了。红霞说，你不相信？罗阿妹很认真地说，我吃过许多饭店，就是没有吃过狗屎拌洋糖。再后来，为了让罗阿妹相信文富的"狗屎拌洋糖"，红霞就把罗阿妹带回家了。当时红霞还在电话中对文富下命令，今天得好好表现，告诉你，罗阿妹女士要到我们家检查你的厨艺。

红霞说文富犯贱，文富是坚决不承认的。文富还说是冤假错案，几乎每天都要求红霞替他平反昭雪。文富说得越是可怜，红霞越是觉得文富有问题。红霞估计文富和罗阿妹还没有一腿呢，但如果文富承认心里想过，红霞就会原谅他。文富说红霞是在诱供，继续装出一脸无辜的样子，说罗阿妹可是你王红霞带回来的，你的客人，我不客气不好，客气了又不好，你说我该怎么办？红霞看着文富的嘴皮上下动着，真恨不得用一根针把它们缝起来，再打个死扣，看它还说不说了。

罗阿妹的确是红霞从单位带回来的，可谁想到后来呢。文富早从红霞那里得知了罗阿妹不幸的遭遇，结婚后就遭遇冷暴力，后来男人出轨，找了一个湖南来的三陪女，婆婆和公公都站在罗阿妹这边。婆婆还说了，宁可要儿媳和孙子，也不要这个混账儿子。可这样又怎么样？红霞曾在办公室当着罗阿妹的面做过评价，她说儿子不是她儿子就不是她儿子了？这个老女人的心大着呢，她是要罗阿妹替她养孙子呢。这个老女人真是了不得呢。可红霞的话没有用，罗阿妹完全被那个老女人用甜言蜜语哄住了。红霞问过罗阿妹，那个老东西是不是真不要她儿子了？罗阿妹支支吾吾的，红霞明白了，罗阿妹还在做着复婚的梦呢。

罗阿妹其实没有想到会被红霞拖回家做客，因为没有准备，罗阿妹就反复说没有带礼物，红霞不准她这样说，这样说就见外了。红霞还感慨地说没有罗阿妹家里还没有这样热闹呢。红霞说的是真心话，儿子上大学之后，家里很少这样热闹了。

文富更是人来疯，他还特地加了一个粉蒸肉（冰箱里有肉）。红霞指着那粉蒸肉对罗阿妹说，你看看，像不像狗屎拌洋糖？罗阿妹笑着，不表态，文富却打开了话匣子，说，最新科学证明，狗屎最有营养了，含有人体必不可少的微量元素，抗疲劳，抗衰老，滋阴壮阳……

别活喷了！红霞用筷子头喝住了文富，文富假装害怕，罗阿妹发出了清脆的笑声。红霞问她笑什么，罗阿妹说，真羡慕你们。红霞不好意思了，约罗阿妹明天再来，她来掌厨。罗阿妹推辞了，明天是儿子的奶奶过生日，要到那边吃的。红霞不再说话了，觉得罗阿妹又要到那边受苦了，拼命叫罗阿妹多吃点。罗阿妹吃得不少，吃完了，还夸张地打了饱嗝，对正在收拾碗筷的文富说，陈大厨师，不是当面夸你，狗屎拌洋糖真好吃呢。文富说，不好意思，我还是实习厨师呢。罗阿妹又笑，说，红霞，我好羡慕你啊！

也许罗阿妹说了好几次"羡慕"，红霞的感觉越来越好，到了办公室，也跟着罗阿妹做小锻炼。而吃饭，更是很有意思的了，毕竟，三个人吃饭总比两个人吃有意思。再说，罗阿妹有时也带些菜来。罗阿妹肯说，会说，每句话都像好的调料，实习厨师文富越来越富有热情。红霞的舌头就渐渐恢复了味觉。有时候，罗阿妹要到"那边"吃饭，红霞就很失落，没有罗阿妹来搭伙，吃饭似乎都没有意思了。

红霞很不希望罗阿妹到"那边"吃饭，于是就动用自己的关系，也动用了文富的关系，给罗阿妹介绍对象。这样一来，三个人的饭局就变成了四个人的饭局。那个可能成为罗阿妹男朋友的人总是被红霞扔在客厅里，她和文富到厨房去。等一桌的饭菜忙好了，罗阿妹和那个男人也熟悉了，变得有说有笑的，似乎有了点意思。可这样的意思和桌上的饭菜一样，凉下来，就成为剩菜了，再没有兴趣吃了。红霞不甘心，继续找这样的男人，经过七八次失败之后，红霞丧失了给罗阿妹介绍对象的兴趣，一是可用的资源少了，二是到了饭桌上，罗阿妹似乎更愿意和文富说话，她总是仔细地问烧菜的程序，一副小学生的模样。

谁能想到这个小学生会变成一只盯鸡蛋缝的苍蝇啊。每次想到这，红霞都会惊出一身冷汗。文富还真是一个有缝的鸡蛋呢，本来红霞还不知道。后来想想，都是有蛛丝马迹的，罗阿妹带着儿子去桂林旅游的那几天，红霞打不起吃饭的精神，根源其实在文富，他的厨艺变得十分马虎，青菜烧成了枯草，而鱼咸得不能下筷子，仿佛失了魂，想到这，红霞就想问菩萨，菩萨啊，你说说，人，为什么要长一张嘴？

文富这只臭鸡蛋真正现出原形是因为上大学的儿子回家，罗阿妹在饭店请了红霞的儿子。罗阿妹点了很多高档菜，连澳龙都上了。红霞很是过意不去。可那一天，儿子吃得并不多，反而是文富吃得最多，像是前世里没有吃过似的。文富还妙语连珠，先说了中国的股市，又说了美国的政局，还有法国的总统萨科齐。都像个演说家了。红霞看着文富，文富满面红光，神采奕奕，像市委书记的就职演说。红霞实在没有心思听，但有一个人听得格外认真，还用水汪汪的眼睛鼓励文富接着往下说。红霞听到自己的心咯噔一声。

本来文富还准备回请罗阿妹，偏偏儿子提前一天回校，问为什么，儿子不肯说原因，还显得很不耐烦。估计真有事，但不肯和父母说了。文富和红霞只好匆忙给他准备行李。从车站回来的路上，计划落空了的文富根本不知道红霞的心事，很感慨地说到了儿子是个白眼狼。

红霞鼻子哼了一声，心里说，还不知道谁是狼呢。文富又说，人家罗阿姨那么待他，他连个礼貌都不讲。红霞的鼻子又哼了一声，左一口罗阿姨右一口罗阿姨，喊得不要太亲热啊。这个罗阿姨好呢，男同学替她签字了，否则凭罗阿妹的工资怎么可能请得起呢。

文富继续讲，哪天我去买点好菜，我们把罗阿妹和她儿子一起请过来，我还没有见过她儿子呢。

红霞说，你想得美。

文富没听清，说，你说什么？

红霞一字一顿地道，我说你陈文富是痴心妄想！是癞蛤蟆！

老王这几天不怎么出去串门了，上门点个卯，就匆匆回去了。粗口也多了起来，左一口猪婆娘，右一口蠢婆娘，也不知道是哪个女人惹了他。

平时老王骂得这么粗，红霞是不怎么搭理他的，可那几天不，红霞却是有耐心，问老王有什么心事。老王说他的瘟婆娘肚子疼，以为是吃了坏东西，到医院一查，说是子宫肌瘤。老王不隐瞒，还说那肌瘤，有几公分，在什么位置。从内心里讲，红霞并不喜欢听，她还是做出倾听的样子，在家里她和文富在冷战，而到了办公室，她又不能和罗阿妹说话。现在只有这样了，红霞感觉自己在做演员。

老王却当了真，每天都向红霞汇报婆娘的病情，还和红霞商量如何给医生送红包的事。做"演员"的红霞实在是累死了，可又睡不着，好不容易睡着了，又做梦。有一次，她梦见自己去医院了，捂着肚子挂号，排在她前面的却是罗阿妹。罗阿妹问，哎呀，红霞，你也来看病啊？红霞说，我老胃病又犯了。罗阿妹笑着说，你不要说谎，把子宫肌瘤说成老胃病。红霞急了，说，谁得子宫肌瘤了？谁说我得子宫肌瘤了？罗阿妹说，老王说的，都五公分了，要开刀的，老王，老王！红霞一抬头，罗阿妹后面当真就冒出了一个老王，笑嘻嘻的，像是刚刚喝了罗阿妹的奶。

红霞的噩梦是老王的婆娘在开刀的那天结束的。那天，老王没有上班，后来打了个电话给她，红霞啊，她快不行了！红霞以为是罗阿妹，一惊，谁？谁不行了？老王带着哭腔说，我家里啊！红霞这才明白过来，不是罗阿妹，而是老王的那个婆娘。红霞立即去了医院，在老王的爱人被单下塞了一千块钱，偏偏老王的爱人把她当作罗阿妹了，老王红着脸纠正过好几次，老王那个"瘟婆娘"还是叫红霞为"小罗"，还说我们家老王经常说"小罗"你好呢。红霞绷着脸笑着，仿佛她就是老王经常在家里说的那个"小罗"。

老王不上班了，"小罗"却来上班了。眼神不住地往老王桌上看，红霞估计她不晓得老王家的婆娘出问题了。可红霞一想到老王的婆娘嘴巴中的"小罗"，就想笑。离婚的女人真是香饽饽啊，老王啊，这个破铜锣啊，真是想不到，牙齿不好的老王竟然也想啃小罗一口呢。老王真是不自量力呢。不过，也不罕定呢，陈文富不是也想啃小罗同志一口吗？红霞这么一想，心里就有了优势，走到罗阿妹桌前，递给她一份建议表，罗阿妹脸色很意外，挤出笑，说，哎呀，祝贺啊。红霞晓得罗阿妹误会了，本来局里的材料都是科室负责人老王发的。红霞说，阿妹，别这样看我，我只是代老王发。罗阿妹问，那老王呢。红霞说，老王也叫我转告你，他说，告诉小罗，他婆娘得癌症了。

罗阿妹没有再说什么，看着那关于创建文明单位的建议表，似乎在酝酿什么好建议。红霞不想再猜测下去，转身下了班。一路上，红霞从未有过的轻松，她还给路上一个老乞丐五块钱。她今天做得很恶毒，得赎罪呢。她当着罗阿妹的面叫了小罗，还把"婆娘"这个她最厌恶的词说出口了。红霞想，小罗肯定要去医院的，真是痛快啊，就让两个婆娘见见面吧。

可能是心情好，回了家，她一口气吃完了桌上的一碗面。吃完了才发现，文富又去厨房鼓捣开了，原来她吃的那一碗是文富下给他自己的。红霞想笑，但还是抿着嘴，坚决不能让自己笑出来，只要自己一笑，文富就会得寸进尺，她太了解这个家伙了。有时候，她一点不情愿，可他就这么搂着她，磨蹭磨蹭，到了最后，胜利的还是在一旁喘着粗气的这个畜生！

第二天，红霞去得很早，把办公室里里外外打扫了一遍，隔壁办公室的人以为局里要检查卫生了，也跟着一起忙碌。罗阿妹后来也来了，见红霞这么忙着，主动给红霞的茶杯加了水。红霞接过来，喝得咕噜咕噜响，像是渴老牛了。红霞喝完了，罗阿妹又接过去倒了一杯，红霞不喝了，坐到座位上，装模作样地翻桌上的材料，翻了一会儿，就发现罗阿妹正在用她的大眼睛看着她呢。红霞不想和她对视，想转过身去，后来明白了，罗阿妹是想跟她说老王的事呢。

红霞抽出了一张材料，铺平，拿起笔画了几下，像是搞了一个批文似的，问，去看到王夫人了？

罗阿妹说是。

情况怎么样？红霞说。

都转移了，罗阿妹说。

红霞本来想大骂老王这个人真不是东西，总是瞧不起他婆娘，现在好了，都转移了。红霞后来没有骂，如果骂起来，终归要触到罗阿妹的禁忌，在罗阿妹面前，"老公""男人"还是不提的好，有什么好提呢？老王不是东西，罗阿妹的老公不是东西，那陈文富就是东西了？自从"引狼入室"事情之后，红霞再不想在背后说人了，说人的时候痛快，万一说到自己呢？

看到红霞一脸悲苦的样子，罗阿妹把话题转移到女人身上了。说到女人，红霞更是没有话说了，她，罗阿妹，还有老王的那个婆娘，都可以写一部比黄连还苦十倍的苦戏呢。

罗阿妹不晓得红霞的心事，只管自己把女人的话题说下去，说到了自己的苦恼，还说了一些秘密，尤其是一些红霞猜不到的秘密，有许多男人都人前背后地骚扰过她，罗阿妹的眼泪都说下来了，问红霞，你说说，离婚的女人就不是女人吗？

红霞定定地看着罗阿妹，眼泪也止不住了。

罗阿妹又和往常一样上班带水果了。这次她捧了只鲜红鲜红的火龙果，没有做小锻炼，就收拾火龙果了，她先把外面的皮剥掉，削好，切开，又用牙签戳上，递到红霞的桌上。红霞当然也不白白让罗阿妹服务，她给罗阿妹抹好了椅子，还给她倒了一杯铁观音，又把电脑打开，在百度里找到蔡琴的歌。罗阿妹告诉过红霞，人家都说她长得像蔡琴呢。

蔡琴的歌的确好听，火龙果也好吃，罗阿妹跟红霞说起了最近她和婆婆的矛盾。罗阿妹说，那个老东西，竟然背着她去找儿子，说罗阿妹请他和她复婚呢。

罗阿妹说，真是天大的笑话，我要和他复婚，除非太阳从西边出来。

红霞道，说不定人家有复婚的心呢。

罗阿妹说，怎么可能？他还和那个鸡住在一起呢。

红霞问，那个……她长得漂亮不漂亮？

罗阿妹说，你没见过吗？

红霞摇了摇头。

罗阿妹说，漂亮？！如果漂亮还算他有眼光，实在提不上嘴呢。

红霞没说话，罗阿妹说，红霞你不相信是不是？你别以为我这样说是吃那个鸡的醋，哪一天我会指给你看的！

红霞连忙说，我当然相信你！

罗阿妹叹了口气，幽幽地说，红霞，有些话我都不好说，也说不出口呢。

红霞使劲地点了点头。

老王不在办公室，却经常打电话来，问办公室有什么事。红霞不明白，本来就不在主楼的科室能有什么事呢。罗阿妹却道破了真相，其实老王现在就渴望办公室有事呢，办公室有事的话，他就可以理直气壮地从他婆娘那里走开了。

红霞想不到老王还有这样的心思，爱人都病成这样了，他还想着出来玩。

罗阿妹说，他不想出来玩，而是想出来透透气，医院那个地方太憋屈了。

红霞当然相信，她父亲生病，她在医院服侍，差一点崩溃掉呢。

罗阿妹又说，哪天我们去医院看看老王？

红霞没有回答，老王那个病婆娘已认错了"小罗"，现在假小罗和真小罗一起出现在她面前，会不会加重她的病情呢？

后来的几天，红霞心里有了负担。好在罗阿妹没有再跟红霞说起去看老王的事，红霞想，说不定"小罗"已经单独去过了。

谁能想到老王的那个婆娘会跳楼自杀呢。消息是罗阿妹告诉红霞的，红霞当时愣住了，迈不动步，仿佛腿骨折了。

罗阿妹和红霞共同送了一个花圈，还到殡仪馆参加了追悼会。老王哭得像一个女人，说他对不起婆娘，还像个女人似的，瘫在地上打滚，哭着喊着要跟着他婆娘一起去。

红霞落了泪，罗阿妹更是哭得伤心。罗阿妹的哭相很难看，张大嘴巴，像是一个没有得到礼物而撒娇的小孩。

红霞忽然见到了几道异样的目光，她止住了哭，抹了抹眼泪，拼着全身的力气把罗阿妹拉到一边，掏出一张餐巾纸，捂住了罗阿妹的嘴巴。

罗阿妹的声音被塞住了，老王的哭喊声就涌过来了，我苦命的婆娘啊……啊……

老王家后来办了豆腐饭，红霞没有和罗阿妹商量，两个人都没有去。

老王上班了，一下子老了许多，整天就捧着他婆娘的照片，在他的口中，"臭婆娘"变成了金不换，真像一个痴情郎。见到罗阿妹和红霞都要说起他的好婆娘，一说就是半天。老王也真是的，说着说着，还要流眼泪，天知道他怎么会有这么多的眼泪。

罗阿妹和红霞都怕了老王了，一有空就躲，或者上街去（反正办公室有人接电话了）。有时候，她们还会在街上进小吃店。两个人似乎约好似的，第一次罗阿妹请客，第二次就是红霞请客了，两个人请客的钱都差不多。

对于红霞和罗阿妹双边关系的回暖，文富评论说，天下事都是合久必分，分久必合的。红霞说，你是不是又蠢蠢欲动了？文富苦笑着脸说，我哪里啊，我就是有这个贼心也没有这个贼胆啊。红霞冷笑一声，瞧瞧，又说出心里话了吧，明明有贼心的。文富说，你说罗阿妹是什么身价？像我这样拿死工资的，她看得上？红霞说，还是有自知之明的啊，不过，你也可以做做咸鱼的。文富不懂，问什么意思？红霞说，没有好菜吃咸鱼也是可以的啊。文富被呛住了。

罗阿妹会逛街，她晓得同一个款式全城的最低价，她也晓得什么地方在搞打折活动，她还能在短时间里算出是打折合算还是赠券合算。她们还一起还价，和卖家斗智斗勇。有一次，红霞错买了一样东西，商家不肯退，罗阿妹二话没说，带着她就去找那个商家的经理，偏偏那个经理也不像话。罗阿妹就带着红霞站在商家的门口，见一个顾客说一句这个商家的坏话。红霞觉得不值得，可罗阿妹坚决要这样做，她只有坚持，人家罗阿妹可是为了她呢。

红霞跟在罗阿妹后面买到了不少物美价廉的好东西，也渐渐尝到了逛街的快乐。文富呢，也不怎么问红霞了，他还支持红霞去逛街呢。不过，他总是等红霞回来一起吃晚饭。因为罗阿妹为了身材，是从来不吃晚饭的。红霞没有这个习惯。文富就把菜烧成半成品，边看电视边等红霞，待红霞一进门，文富先递上一杯冷开水，然后就进厨房烧饭。红霞叫文富不要等她，文富说，我一个人吃有什么意思呢，就算你陪我吃了。红霞差一点被这句话感动，说，陈文富，你就剩下这张嘴了。

那天是文富的生日，上班前，文富就吩咐红霞中午早点回来。偏偏老王心血来潮，一定要请红霞和罗阿妹吃饭。罗阿妹叫老王不要请，心意领了。老王当即就红了脸，说罗阿妹和红霞瞧不起他，还说他明天也跳楼。

罗阿妹和红霞都不好走了，只好跟着老王去吃饭。临出发前，红霞打电话把情况告诉文富，说晚上回家吃。文富没有说什么，把手机挂了。

老王倒也大方，请她们去了一家台湾餐厅。吃饭的时候，老王告诉了她们，他想提前退休了，到杭州去带外孙去。

罗阿妹说，你一走，我们两个谁接你的班呢？

红霞说，老王你就定下罗阿妹吧，她可比我厉害多了。

老王说，红霞你错了，这个世界上厉害不厉害不是自己说了算的。

下午，文富早早下了班，还顺道去超市买了香槟酒。香槟酒的瓶子是个大肚子，一看就是实在货。回到家，文富看时间还早，又把家里拖洗了一遍。完全是窗明几净了。文富看了看手表，盘算着时间，去了厨房。

菜都是上午忙好的，又是天然气，烧得很快，上了桌，红红绿绿的，完全不是原来那个实习厨师的水平了。文富不放心，又往红霞办公室打了电话，电话没有人接，估计出来了。文富找来两个杯子，准备倒香槟。

文富的心突然有了紧张感，仿佛初恋的时候，他在公园的湖边等红霞，心一下子空空的，一下子又满满的。文富打开电视，电视上倒是红霞喜欢看的韩剧。文富看了一会儿，觉得没什么意思，打了电话给儿子，儿子依旧不耐烦，瓮声瓮气地问他有什么事？文富本来想说今天是他的生日，可他怎么说？说不出口嘛。

红霞是过了八点半回来的，一进门就喊文富老公，声音很嗲。文富却没有答应，坐在电视机前看电视购物频道，上面有个女子在卖健乳器。电视上那个女模特的胸本来很小，后来却气球样的鼓起来了，而且镜头是反复地呈现，很暧昧。

你看什么东西啊？红霞上前挡住了电视屏幕。

让开！文富说。

不让！红霞也火了。

你让不让？文富站起来，怒瞪着红霞，像是要吃人似的。

红霞看了看文富，又看了看桌上没有动筷子的菜，晓得文富真的生气了，就主动让开了，说，让你看，让你看个够！

文富却不看了，关了电视，双手拢起，红霞听到了他的呼吸声，一进一出的，像是在拉风箱。

红霞却不和文富一般见识，主动上了灶，热了菜，把香槟酒倒上，又去沙发上把文富拖起来，为文富祝贺生日。

一杯香槟酒下肚，文富的表情打开了，问红霞干什么去了。红霞告诉文富，她今天见到那个鸡了。文富问什么鸡？红霞说，就是把罗阿妹打败的那个鸡啊。

红霞接着讲了她为什么回家晚了，本来她不想逛街，可罗阿妹却打电话叫她赶到台绣专卖店,口气像是出了事。红霞赶紧赶过去,罗阿妹没有出什么事,她看到那个鸡进台绣专卖店了。红霞听了就往里面冲。罗阿妹说,现在还不行,台绣里的人也认识我呢。

那个鸡在台绣里耗了不少时间,出来后,她又去了艾米莉,再后来,她又去了梦特娇,仿佛一定要买名牌似的。红霞和罗阿妹在后面跟着,似乎在演出跟踪追击。

后来呢?文富急急地问。

后来她发现我们了,不进专卖店了,走得很快,我和罗阿妹拼命地跑,终于在十字路口拦住了她。

你们把她怎么样了?

我们能把她怎么样,我们把她狠狠骂了一通!

文富的眼睛睁得老大,你红霞还会骂人?再说你和人家无冤无仇,骂人家干什么?

谁叫她破坏人家家庭?该骂,我跟着罗阿妹一起骂。红霞快咬牙切齿了。

罗阿妹也会骂人吗?文富问。

当然会骂呢……她骂……文霞欲言又止。

文富定定地看着红霞,没有说话。

她骂那个鸡……就你水多……红霞有点不好意思,又说,开始我还不懂,跟着罗阿妹一起骂,后来我懂了,就不好意思骂了……

文富忽然眼睛就直了,不说话,抱着红霞,把她扔到沙发上,一言不发地把红霞扒光了,又把自己的裤子褪了,像一个半截子的人。

文富扑上去,在红霞的身上疯狂动作着,红霞也被感染似的,身子不要命地往上挺。忽然,红霞停住了,喘着气问,我的……水也多吧?

半截子的文富听懂了,轻叹了一声,不动了。

我们的琥珀

见车没有开,老莫就连忙问了几个旅客,得到了如下几个答案:1.车肯定是要开的;2.车肯定是开向海城的,他不开向海城都不成,因为车老板只买了一条去海城的路;3.车肯定是要晚点的,车上到现在还没有一半人,现在开肯定不划算,汽油这么贵,还有过路费,还是等人多再开。

归纳了这三个答案,老莫又推理了一番,就放下心了,看到小伍一脸的不屑,老莫想,还是稳妥一点好啊,这世界谁能相信谁呢,上次,老莫学校的一个老教师出门去上海看他儿子,明明车前写着到上海,可等车开了,说是只去苏州。到了半路上,又被卖到了一辆到杭州的车上,后来又被卖了一次。就这样,有晕车毛病的他被面目不清的车主卖来卖去,最后卖到了去武汉的夜班车上,旅行了小半个中国。

老莫按了按公文包,雨靴还在。老婆听说他要去讨书款,脾气立即温柔了许多,说,带上雨靴吧。她还记着老莫去年去乡下收书款,他的皮鞋变成泥鞋的事。老婆的话不能不听,尤其是这次去海城,为了不引起她的怀疑,老莫只好往这只印有"庆祝教师节"的公文包肚子里喂上了一双雨靴。上车前,老莫还向小伍解释了一下,公文包里是毛背心,还有一本书。老莫说,她非要我带上。小伍笑了笑,老莫又说,书是用来催眠的,你晓得的,睡觉前不看书我就睡不着。

海城之行是一次蓄谋已久的旅行。趁着学校开运动会,老莫向老婆撒谎说,他要继续到乡下中学去讨上次编的复习资料的书款。那本复习资料是小伍做的,老莫负责主编,当然拿稿费的,可老婆非鼓动他再推销一部分,小伍也这么鼓励老莫,给七折,九折给人家,老莫可以得到两折。

老莫低头检查了公文包的拉链,拉链绝对没有什么问题,可还是有橡胶味和脚臭味向外散发,老莫的背上就有点毛刺毛刺的,紧紧捏住了拉链口,使劲地向后靠了靠,把座位向后拉了拉,勉强找到了一个合适的姿势,头刚靠在椅背上,瞌睡就过来了。这一夜,老莫像一个兴奋的孩子,怎么也睡不着觉,老婆半夜里醒来上卫生间,问他怎么啦,老莫说,有蚊子。老婆很是惊讶,有蚊子?怎么没有咬我?老莫没有回答她,在心里说,蚊子怎么会咬你?呼噜打得就像开拖拉机。

老莫心里的确有一只蚊子,蚊子都在他的耳朵边尖叫了十三年了,就是不来吸他的血。

老莫是被手机里的蛐蛐吓醒的,他还以为是雨靴里钻进了一只蛐蛐(过去那雨靴里还钻过一只小老鼠的),后来明白了,手机来了短信息了。看过电影《手机》后,老婆总是喜欢查他的手机,老莫表白说,如果他有问题,全中国的男人十有八九都有问题。老婆依旧不相信,看着老婆查他的短信息,老莫有时候恶毒地想,查出问题才好呢。看到老婆颇为失望的样子,老莫又想,还是不能让她如愿,她其实比他渴望他有问题。

老莫摸出手机,打开解锁键,原来是小伍来的短信息:"父母给我一支枪,枪枪打在老地方;如今改革开放好,可惜子弹已打光。"老莫抬起头,小伍恰巧也抬起头,他们相视而笑。老莫说,不是子弹。小伍坏笑着说,不是子弹是什么?难道是琥珀?

提到琥珀,老莫不说话了,琥珀是他们之间的双关词语,小伍这里所说的琥珀肯定是其中的一个意思,这个意思只关于在海城等他们的诗人王本人,王本人原名王明,大家都叫他机会主义。他不喜欢,就用了王本人这个名字来取代机会主义,终于成功了。大学四年,王本人是老莫的上床,他一周写诗数十首,手淫有七次,每天晚上,熄灯铃响起,王本人在自我摇晃中,都会把下床的老莫晃醒,可怜的老莫总是在他的摇晃中静候他最后一声的叹息。毕业前一天,王本人把四年没有洗过的蚊帐扯下来做火把,老莫终于看到了墙上的斑斑点点。老莫故意问他是不是鼻涕?王本人说,NO,NO,琥珀,本人的琥珀!

老莫当然明白王本人所说的琥珀有另一个意思,是一个女孩的名字,沈琥珀。

到海城是老莫的初级梦想,上大学时,他根本就没有这个梦想,当然那时他也有梦想的,这里要涉及老莫的那个兼写日记和抄歌词的塑料封皮本。有一天,老莫刚刚看了马丁·路德·金的《我有一个梦想》,老莫就在歌词《大约在冬季》下奋笔写下了如下的句子:

我要实现两个梦想:一,三十岁之前,去一次北京看毛主席纪念堂,吃一顿全聚德的烤鸭。二,出国,到美国,看看白宫和自由女神像,吃一次美国饼。

可这两个梦想都没有得到实现，老莫上大学时想去北京，可没有钱。老莫想，等工作了再说。后来，毕业后做教师了，还是没有钱（父亲对他说了，儿子，我已把你供到大学毕业了，娶老婆的钱你就自己负责吧）。找了对象了，老莫就计划到北京旅游结婚，可老婆说，还是等儿子一起去吧，你没有幸福的童年，你总不能让儿子没有幸福的童年吧（在领结婚证前他们已睡过觉了，没有怀孕，真不晓得她为什么一定说她会生儿子的）。儿子六岁的时候，老莫想去北京。老婆说，现在要紧的就是买房子，要去北京，还是等儿子考上了北京的大学，我和你一起去送他上学，正好去北京。要看天安门长城，你可以看电视。老婆为了安慰老莫，还从街头卤菜摊上买了一只烤鸭，让老莫实现了吃北京烤鸭的梦想。至于美国的饼，老婆做得最好的就是馅饼。馅饼是中国名字，美国名字就是比萨。老莫还能说什么呢？他要是再说什么梦想，老婆就反问他，我去过北京吗？我去过美国吗？你有没有良心？你去过的地方比我多得多呢。

就这样，老莫去北京和去美国的梦想先后荣升为中级梦想和高级梦想，而去海城就替补为初级梦想。这个初级梦想其实更有可行性，海城离老莫这里只有一百五十多公里；王本人是《海城日报》的大笔杆子，在海城是有影响的人物，可以去打他一下秋风。当初老莫也没有这个想法。可去过海城多次的小伍总是喜欢赤化老莫（小伍也学过教育法，可他把启发式教学法用在了老莫身上），小伍说，海城那个开放哦，街上到处都是安全套自动售货箱。老莫的头脑就出现了一只小邮箱，小邮箱前的邮递员就是小伍（事实上小伍当年就是他们9235班级信箱的收发员）。小伍还说，她们手艺那个好啊，会双飞，会吹拉弹唱。

小伍问老莫，你晓得吹拉弹唱是什么意思吗？

老莫愣在了那里，头脑里尽是电视上的女子十二乐坊。小伍说，我不说，你也猜得出来是什么意思的。老莫的脸就发烫了，他能猜得出其中的"吹"大致是什么意思，可其余的就不懂了。小伍说，要想知道梨子的滋味，必须亲口去尝一尝。老莫说，你以为人人都像你这么流氓。小伍说，谁不流氓？你父亲不流氓你从哪里来的？你不流氓你儿子是谁生的？这个世界上的人都流氓，只不过有人在心里流氓，有人在口头上流氓，有人是专业流氓，有人是业余流氓。老莫说，那你属于什么流氓？小伍给老莫定了调子，说，你肯定属于业余流氓，我当然属于专业流氓了。小伍又说，本来我想在本地彻底解放你，可你说你是教师，万一遇到学生怎么办？其实你学生就不流氓了？你晓得不晓得你们学生口袋里有没有避孕套？为什么中国没有成为超级大国，就是因为中国人太虚伪。

那几天，老莫心里一直惦记着小伍问他的问题，你晓得吹拉弹唱是什么意思吗？说不定他会把这句话当作问题向学生提问了。所以在上课时，老莫反复警告自己，他去海城是去找沈琥珀的。可这样也不行，原来的一个问题现在变成两个问题了：

1. 你晓得吹拉弹唱是什么意思吗？
2. 你晓得沈琥珀吗？

车子没到海城的汽车站，就先后在海城的北环、西北环、西环和大转盘停靠了几次，乘客下得都差不多了，本来五分钟可以到达的路程，一下子扩大成二十分钟，彻底延缓了老莫和王本人会师的时间。

由于汽车不停地停靠、启动，老莫晕车的毛病快要发作了，他挪开了抱在胸前的公文包，一股酝酿很久的雨靴和脚臭的混合气味就窜了出来。好在老莫前后都没有乘客了，而女售票员正在掏男司机的口袋，掏出满满一堆的东西，后来不知道掏到了什么，女售票员放荡地笑了起来。

这就是海城的序幕！

老莫晕车的感觉一下子消失了，似乎他刚从白统区逃到解放区，解放区的天是明朗的天，解放区的天是人民的天。为人进出的门紧闭着，为狗爬出的洞敞开着，今天是个好日子，老莫想，他是乘着歌声的翅膀来到了海城。

王本人比在大学的时候更加瘦了，再加上本来就高，这样他就显得更高了，就与老莫和小伍的中年发福形成了鲜明的对比。小伍夸张地说，哎呀，王诗人，你瘦了，洗得太多，越洗越瘦了。

和老莫握手的时候，老莫发现王本人的手又硬又长，而老莫的手又软又短。老莫有点不情愿，王本人很热情，老莫只好把脚踮起来，向仰望伟人一样和他握手，另一只手还得抱住那只公文包。所以老莫和王本人是在小伍的头顶上完成了历史性的握手，和琥珀有关的手，老莫又想起了那些夜晚的摇晃。

和琥珀有关的手，是左手，还是右手？

一路上，都是庞龙的《两只蝴蝶》，几乎每一个店面都在放这支歌，走了一路，老莫感到他们都快变成三只蝴蝶了。这三只雄蝴蝶，不知道要飞向哪里？正想着，他们就从大路上拐进了一条小巷，小巷里好像有一件白色的衣服在竹竿上飘荡着，老莫莫名其妙地心慌起来。

小巷实在寂寥得很，时空似乎一下子切换到上世纪的70年代，有的人家门口还摆着老古董一样的马桶，小巷原来是砖巷，现在换成了水泥板路，有的水泥板已被碾破碎了，有的水泥板活动了，下面积了水（肯定有涮马桶留下的水），老莫被击中过一次，只好专心致志地走路。走了几步，回头看了看小伍他们，他们好像是探雷的天才，根本就没有中"地雷"，看样子，运气好的人永远是运气好，都是一个大学的，小伍和王本人的命就是比他老莫好。小伍当年的派遣证是直接到人事局报到的，而王本人仅仅做了两年教师，就调到报社做记者了，只有他继续做着教师，越做越像一个老古董。

他们是在老式房子门口停下的，老房子的门漆黑，阴森森的，可能是某个古人的纪念馆。比较滑稽的是大门口放了两只张着嘴巴的瓷狮子（狮子应该是作为垃圾桶用的），没有分什么雄雌，都是一样的歪着脑袋张着嘴巴。

王本人敲门时用本地话喊了一阵，里面没有任何反应。王本人嘟囔了几句，就走开了。老莫看了看垃圾狮的嘴巴，左边的一只垃圾狮嘴里没有垃圾，右边的垃圾狮嘴巴里也没有垃圾，看样子是真正作为看门狮用的。老莫想叫小伍过来研究一下，小伍却站在了一只邮箱下很兴奋地叫老莫了。老莫一看，原来不是邮箱，而是小伍曾经说过多次的安全套自动售货箱。

小伍掏出一元硬币，从投币口塞了进去，他满以为出口处肯定会吐出一只小小的安全套，没有想到的是，出口处没有吐出安全套，反而把他的一块钱吐出来了。小伍很是沮丧，可他一会儿又笑了起来，妈妈的，都脱销了呢。说完了，他吹了吹手里的一块硬币，放到耳朵边听了听，说，有一部分1994年的硬币是银子做的，现在行情涨得厉害，一块可以换一百块呢。

谁的手机响了起来，响了好一阵子，小伍要老莫接电话。老莫这才明白过来，是自己的手机在响，是他儿子小莫。小莫是从学校的小卖部打过来的（肯定是快上第四节课了，有眼保健操的音乐声），小莫说他的外语书没有带，叫老莫立即把他的书送到学校。老莫很是恼火，说，你先去上课，我打电话给你老师。儿子磨磨蹭蹭地答应了。

老莫是不会打电话给他老师的。再说老师也不会注意这样不求上进的学生，这个只会咬人的学生，这个丢三落四的学生。一篇三百字的作文，不错上十个错别字是不罢休的。英语单词更是如此，不是丢这个字母，就是丢那个字母。有一次老莫对他进行了体罚，让他把错过的单词抄五百遍，可等抄完了，再给他默写，还是错了一半。至于丢书，更是常事。有一次放学，他先是看动画片，等动画片看好了，发现语文书没有了。七点多钟了，外面下着大雪。老莫只好冒着大雪，一步深一步浅地跑到他的小学，找到传达室，打开他们教室的门。可他的课桌里除了无数的废纸团，没有什么语文课本。等老莫回到家，他已上床睡觉了，作业是通过和同学打电话的方式做好的。老婆看到老莫一脸怒火的样子，反而大笑了起来。在老婆的笑声中，他快疯了，谁能给他说说，他种下的是龙种，可为什么收获的偏偏是跳蚤呢？

不知道怎么的，放下电话，老莫心中还存有的对老婆和儿子的负疚感消失了，老莫的头脑里飘带的尽是小巷上的那件白衣服，那白衣服好像被风吹落下来了，正在空中左左右右地下落，快要落到地上了。

王本人带着他们从后门进了黑房子的，进去的时候，王本人还把这件事情上升到影响投资环境的高度。王本人介绍说，这是海城的博物馆。

博物馆空空荡荡，里面陈列的没有多少值钱的东西，倒是里面有一间船形的房子很有品味。王本人介绍说，这是海城历史上出过的一位明朝张宰相的故居，当时他的家就在县衙的牢房旁，每天都听见镣铐哗啦哗啦的响动，他就借用这镣铐的响声，把房子建成船形，把镣铐的响声化成了起航的锚链声。

听王本人这么一说，老莫发现了船屋的天井里铺设的青砖像波浪一样。小伍立即就说这宰相真是聪明。王本人说，什么聪明，这是抄袭呢，这样的船屋中国最起码有十处，扬州有，杭州有，天下文章一大抄呢。小伍说，那你的文章也是抄的了？王本人说，当然！不抄白不抄，抄了也白抄，大文人和小文人的区别就在于，谁抄得好，谁抄得妙。

看到王本人说得很激动，老莫就想起了他编写的那份复习资料，那当然也是花时间抄的。老莫说，有没有人抄过你的诗？王本人还没有回答，小伍就接过来了，他的诗别人想抄也不敢抄，名作《朋友们来桑拿吧》，网上有几千条说这首诗呢。王本人哈哈笑了起来，我也是抄的。

船屋里有张宰相和他老婆的肖像画，他老婆画得像一个男人，而宰相怎么看，都像正在行吟的屈原。王本人说，是模仿的，模仿范曾的。小伍忽然又看到几个古装女人的肖像，说，哎呀，好几个小老婆呢，我敢肯定，他不喜欢大老婆，最喜欢小老婆，天下的男人都喜欢小老婆。

王本人一点也不搭小伍的茬，继续说，其实他是一个青词宰相，皇帝想长生不老，他写的青词恰好对上了皇帝的胃口，说穿了，就是一个御用文人。

小伍说，现在的领导是不喜欢用这个东西拍马屁的，送这个还不如送伟哥呢。王本人并不理睬小伍的啰唆，你们晓得不晓得，这宰相的后代后来做了汉奸，日本鬼子把海城什么都烧掉了，就是没有把这个船屋烧掉。

小伍说，那汉奸是哪一个小老婆的后代呢？

王本人迟疑了一会儿，对着小伍翻了一个白眼，说，这个就不知道了。

出了船屋，小伍还继续说伟哥，说现在市面上流行的都是假伟哥呢，现在真的不像真的，假的不像是假的。老莫问，那假伟哥有没有用？小伍说，有的是有用的，可是伤身体。小伍蛮有经验地说，其实吃伟哥玩小姐是便宜了她们呢，要吃伟哥，最好跟自己的老婆干。

小伍开起了老莫的玩笑，你有没有吃过伟哥？

老莫说没有，小伍问王本人，你呢？你这样瘦，不吃也比人家吃了伟哥厉害的，诗人都风流，不吃伟哥的诗人算什么诗人。

王本人笑了起来，说，我早就不是诗人了，我早就被骗了。

小伍说，你啊，你当年上大学时挤出来的琥珀挤过量了，这个东西，每个人都是固定的，先用得多，后来就用得少。

提到这件事，王本人脸上有点尴尬，小伍还想说，老莫就阻止了小伍，对他说，你下辈子变成女人吧。王本人接过话题说，他下辈子变成妇产科医生。老莫问为什么？王本人说，不为什么，让他一辈子和他喜欢的东西打交道。小伍拍着肚皮说，那我就给你下辈子的妈妈接生。

午饭是在一家小饭店吃的，本来说好了，只吃一箱啤酒，可每人只吃了两瓶啤酒，事情就出来了，王本人醉了，啰啰唆唆地骂人，骂他们的领导，只顾自己贪污，中央整顿县级报的时候，不想去北京活动。

王本人说，只要去活动，报纸肯定会保下来的。王本人用拳头把桌子一砸，我有证据的，妈妈的，只要我到纪委一说，这个老东西就进去了。我现在还不想把他送进去，看他现在把我分流到什么单位。

小伍给了老莫一个眼色，老莫知道小伍的意思，原来《海城日报》没有了，王本人不是记者了。老莫安慰说，没有报纸你也可以做作家的，爬格子卖字。

王本人听了这话，更是生气，你骂我吧？现在这个世道，就是小子写得比老子好，魔幻，玄幻，要是早上二十年，我也会写幻来幻去，只可惜我这只大头。王本人拍了一下额头，咣当咣当响，他说，妈妈的，猪！猪脑袋！猪脑袋了，不行了，行尸走肉！行尸走肉！

王本人跌跌撞撞地到卫生间去了一下，再回来的时候，醉态消失了，估计他去卫生间吐过了，喝酒变得积极起来。

王本人一积极，大家都积极了，都对着啤酒在吹洋号，一箱啤酒很快就没有了，又上了第二箱。似乎大家是在赌气喝酒，可是和谁赌气，都是不清楚的。有一种奇怪的情绪在酝酿，喜剧谈不上，悲剧更是谈不上，从大学毕业后，他们十三年没有在一起喝酒了。

王本人大叫乱吼的，叫老莫和小伍停下来听他说话。老莫和小伍哪里会听他的话，小伍在和老莫谈当年大学里的事情，有很多小伍记不得了，也有很多老莫记不得了。比如老莫说小伍当年在食堂买菜不排队而去插队被校纠风队抓住的事，当事人小伍就记不得了。比如老莫偷撕了一本杂志上的美女图，不敢去图书馆还，后来还是小伍还掉了。他们一直在一个小城，经常见面的，可怎么就没有说起过呢。

最重要的细节还是小伍提起来的，也是老莫最想听到的沈琥珀，小伍问校花沈琥珀怎么样了？王本人手一挥说，什么怎么样？老了，老太婆！老莫假装没有听懂说的是谁，小伍说老莫你虚伪什么，你不是也偷偷暗恋过。老莫解释说，那时还是小孩子呢。小伍说，什么小孩子，如果结婚肯定能生小孩的。老莫说那可是十五年前的事了，他都快把沈琥珀给忘了。小伍说，怎么可能忘了呢？那可是你的初恋啊。

老莫觉得这样说下去，肯定要暴露自己，反击说，暗恋沈琥珀的根本不是他，而是他小伍，当年脸上青春痘最多的就是小伍，当年是丘陵，现在全部变成盆地了。

小伍说，老莫啊，不要此地无银三百两，好在你没有娶沈琥珀，娶了沈琥珀你就开绿帽子专卖店吧。

老莫说小伍是吃不到葡萄就说葡萄酸。小伍就说老莫诬蔑他。两个人就争执起来，谁也说服不了谁。就在这时，只听见"嘭"的一声，有什么爆炸了——王本人摔碎了一只啤酒瓶，看着地上的碎片，老莫和小伍再仰头看着又高又瘦的王本人，王本人真像是一个踩着高跷的人。他还怕自己不够高，摇摇晃晃站到椅子上。这样看上去，就更为夸张了，像是阎王派来的无常了。王本人手里晃荡着一只啤酒瓶，他对他们划了一个圈之后说，你们谁也不要谈什么沈琥珀，你们没有资格！

老莫和小伍不晓得这里的没有资格是什么意思，只好继续听王本人往下说，可他却不说沈琥珀了，开始定喝酒的规矩。王本人说，从现在起，没有得到大家的允许，谁也不允许上厕所，谁要上厕所就得向其他的两个人叫爸爸。酒量不大的老莫没有立即答应，小伍却答应了。

可三瓶啤酒没有下去，王本人就不行了。老莫早看出来了，喝第二瓶的时候，王本人就捂住了肚子，脸色变得很严肃，屁股也不怎么乱动了，正襟危坐的，有点革命领袖的神态了。小伍看出来了，吹起了口哨。小伍在大学里最为牛皮的是他的口哨。口哨这么一吹，王本人就坚持不住了，把桌子一拍，说，不许吹口哨！

小伍根本就不理睬王本人，继续吹，越吹越得意。就这样，在小伍的口哨中，扭捏不安的王本人向老莫和小伍投降了。小伍板着脸说，你刚才说的条件是什么？王本人拱起拳头说，伍……叔叔！莫……叔叔！

已经升格为"叔叔"的小伍依旧不答应，不行！重来！

老莫想劝，可小伍坚决挡开了老莫的胳膊。王本人头上的汗快出来了，嘴唇哆嗦着说，叫你们……对不起……你们！我爸爸早过世了！

小伍说，不忌讳！我们不忌讳！

王本人鼻子上都有汗了，脸色蜡黄，老莫想，再不让他去厕所就出事了。王本人叫他们的声音不大，可还是听得见的，爸……爸！爸爸！

叫完了他们，王本人就捂着肚子去卫生间了，小伍指着王本人跌跌撞撞地背影说，拼这个，不是靠酒量，靠的是前列腺，狗日的才多大，前列腺就没有用了，还说我们没有资格谈沈琥珀呢。

午饭是从十二点开始吃的，等结束已是下午六点钟了，老莫感到自己全身已被啤酒完全灌溉了一遍。而他们三个，前列腺似乎都没有经得住考验，而相互的辈分完全混乱了，谁都叫过别人爸爸了，谁都是别人的爸爸。老莫是第二个认输叫爸爸的。小伍是第三个叫爸爸的（小伍居然也输了）。王本人后来还叫了第二次，他第二次叫爸爸的声音明显比第一次响亮多了，连一边的服务员都笑了。

出了小饭店的门，他们三个人跌跌撞撞地在海城的黄昏里走着，一会儿老莫在前，他们追赶老莫，一会儿是王本人在前，老莫和小伍在追赶他。就这样，老莫和小伍就被带到了有很多人踢毽子的广场。

王本人把身边的老莫和小伍给忘记了，加入了有很多年轻姑娘的一圈人中，可他踢毽子的技术实在是太差了，接不过来，有时候接过来了，又无法把毽子传下去。不过，他似乎认识她们，还叫其中一个姑娘的名字。叫得含含糊糊的。老莫听清楚了，王本人叫的是沈琥珀。可"沈琥珀"根本就不理睬王本人，还就把他抛出了踢毽子的队伍。王本人一下子变成了退潮后搁浅在沙滩上的呆子。他还在叫着"沈琥珀"，可被小伍拦住了。

小伍指着王本人的鼻子说，原来是你这个骚棍暗恋着沈琥珀！

王本人说，你才是骚棍呢。

老莫说，你就是骚棍，天天夜里在我头上摇晃！

王本人笑了，一顿嬉闹之后，老莫、王本人和小伍都躺在了草坪上，就像多年前他们躺在大学操场上一样。青草的味道很浓，老莫一连打了几个喷嚏。小伍蹬了老莫一脚，你老婆惦记你了。小伍这么一说，老莫就想到老婆、儿子、他的学校和学生。西天上还有晚霞，沈琥珀就这样浮现在老莫的眼睛里了。

当年的沈琥珀可以说是学校最有气质的，老莫在听王本人在宿舍里朗诵戴望舒的《雨巷》时，头脑里浮现出的就是走路没有声音的沈琥珀。可老莫是农村里来的，根本就不敢上前和来自大城市的沈琥珀说上一句话。后来就有惊人的消息传出来了，高傲而文静的沈琥珀上大学前曾遭过三个流氓轮奸。那是沈琥珀上高二的时候。三个流氓两个被枪毙了，一个被判了无期。开始老莫还以为有人造谣，后来被证实了。四川的一个同室说，难怪沈琥珀走路总是喜欢夹着腿，也就因为这句话，老莫硬是在下雨时没有给他收晒在外面的被子。

老莫从来不认为沈琥珀不完美了，那只能代表沈琥珀的过去，她永远是他老莫心里的女神。老莫还鼓足勇气写过一封信给沈琥珀，上面抄的都是老莫认为对沈琥珀有用的人生格言。不晓得她收到没有。老莫不仅把说沈琥珀坏话的人当作敌人，还把喜欢沈琥珀的人都当作敌人。有一段时间，小伍就是老莫的敌人。可看到王本人的表现，王本人就成了他老莫的敌人呢。

踢毽子队伍中的"沈琥珀"早就消失了，王本人还在叫着她的名字。小伍就在王本人的骂声中告诉老莫，王本人又离婚了，又多了一个女儿。老莫问为什么？小伍指着王本人说，你问他。

老莫当然还没有傻到去问王本人为什么离婚。说实话，老莫在结婚之前，梦见得最多的就是走路没有任何声音的沈琥珀，白色的连衣裙，紫色的凉鞋，还是那样的高傲和文静，从老莫的梦中飘然而去。有一个梦里，老莫在沈琥珀面前变成了一个轮奸犯，一阵冲动过后，他惊醒过来的，那液体就在身下慢慢变成了彻骨的悲凉。

王本人翻了个身，趴着草地喊起来，为什么？为什么？他一边喊，还一边捶打着草地上的草，拳头就慢慢变成了绿拳头。

老莫突然发现了王本人头顶中央有一块手表样的秃顶，要不是王本人伏在地上，老莫是不会发现这个秘密的。

真的都老了，大家都有点垂死挣扎，老莫抬头看着天空想，唯有沈琥珀，永远不会老，白色的连衣裙，紫水晶的塑料凉鞋，无声无息地从天空中飞过去了。

王本人已告诉他了，大学毕业后，沈琥珀到海南去了，根本就没有到海城，王本人说他在海城从来就没有见过沈琥珀，他对老莫说，又不是大学时候的小杆子了，如果见到沈琥珀了，他会放过她吗？

海城人民广场的钟敲了七下，王本人站起来了，有勋章一样的东西挂在他的胸前，是一块快干了的狗屎。老莫正准备笑，发现小伍的屁股上也有一块狗屎，与此同时，老莫在自己的屁股上也摸到了一块倒霉的狗屎。

王本人指着狗屎，灵感突发，说，这——就是海城献给你们的黄金花朵。

老莫没有笑，抒情对于他已不起作用了，有点失落的王本人抓了抓头，想起了晚饭。可说到晚饭，小伍立即表示反对，不吃晚饭了，他已把明天和后天的饭都吃完了。小伍用手捣了捣老莫。

老莫没有呼应小伍，突然记起了那公文包，他的公文包没有了。小伍也想起来了，说，当时出门我就奇怪的。老莫说，事后诸葛亮谁不会做。小伍听了，说他话中有话，非要老莫把话说清楚了。老莫的心情也不好，想和他吵，王本人拉开了老莫，说，里面有什么重要的东西？老莫说，也没有什么重要的东西。小伍许诺说，那就不要了，哪天我给你一个牛皮包。吹牛皮的牛皮。

老莫不理睬小伍，对王本人说，去拿一下，拿到就拿到，没有就算了。王本人说，碰碰运气看吧，不是我们上大学的时光了，那时候每年3月5日，我们都到车站学雷锋。

真是没有想到，中午那灰头土脸的小饭店现在变得珠光宝气的，连服务员似乎都换了，如果不是认识那位打扫碎酒瓶的女服务员，真以为走错了饭店。王本人用本地话问了，果真，老莫的公文包还在，在老板娘那里。

一个女服务员带他们找到了老板娘。老板娘三十多岁的样子，眼睛不错，可惜牙齿长得不好。她承认公文包的确在她那里，可她又问了老莫一句，你们真是有眼光，我们这里的丫头不贵，还服务好，我问你们是三个找一个，还是一个人找一个？

王本人明白了，对小伍耳语了一声，小伍骂了他一句，老王你真是喝多了，你嫂子还在外面等我们呢。失望的老板娘就狮子大开口，一张嘴巴就要一百块。小伍说，一百块，都可以玩三个了。老板娘也不让，说，那你认为不划算，你就玩三个试试！

老莫打圆场地说，不要了，我不要了，行了吧。王本人说话了，十块钱，你给就给，不给我去找孙四。

一提到孙四，老板娘就缩水了，二十块，今天晚上还没有发市呢。王本人摸出了十块钱，说，十块！你拿不拿？老板娘被他吓住了，一把扯过十块。王本人把包递给老莫说，你看看，有没有少东西？老莫捏了捏，说，不少。

找到了公文包，晚上的目标就明显了。王本人走得很快，他的步子大，老莫快跟不上了，就在这时，小伍凑到老莫的耳朵边对他说，你知道刚才王本人对我说什么？

老莫问，他说什么了？

小伍嘿嘿一笑，指着急不可待的王本人说，他说有个服务员就像沈琥珀。

小伍说完了，笑了一声说，你晓得当年谁的退稿最多吗？王本人！其他人都没有他有恒心，一封退稿就打退堂鼓了，唯独他每天都写，一天一封，雷打不动，这个沈琥珀，也真是的，早就是破货了，还清高得像处女呢。

老莫狠狠吐了一口痰，骂道，放屁！神经！他妈的，谁再提沈琥珀，我就和谁急！

夜晚的海城呈现出神秘而诱人的灯红酒绿，就连出租车司机也与其他地方不一样，是一位女师傅。王本人对她说，你说哪里的小姐漂亮，你就给我拉到哪里。

女师傅什么话也不说，笑眯眯地启动了车。上了车，王本人就向女师傅介绍老莫和小伍，你知道不知道，他们都是我们海城人民的贵客，一个是新加坡的伍老板，一个是宝岛台湾的莫老板，你说应该不应该为他们服务好一点？

女师傅不说话。王本人说，你晓得我是谁？我就是大名鼎鼎的诗人王本人。你有没有读过我的诗，我给你签名！王本人继续说，你晓得我的成名作是什么？是《朋友们来桑拿吧》。真的，不信你问这两位老板。

女师傅还是不说话。老莫忽然发现女师傅长得就像当年的沈琥珀，看了一会儿女师傅，老莫感到一阵恶心，中午吃的东西就翻江倒海地折腾起来。王本人还在和女师傅啰唆，老莫听不清，嘴巴紧紧咬住了手指。

女师傅把他们拉到了一个叫华清池的浴城，一下车，王本人还在向女师傅深情地告别，老莫已经伏在路边哇啦哇啦地吐了起来，再抬头，只见到出租车的尾灯，像一对哭红的大眼睛，而被尾灯照亮的呕吐物就像是一摊血，这是他刚刚吐出来的吗？

老莫是被王本人拖进华清池的，正准备换拖鞋的时候，老莫突然提出，有包厢吗？

老莫这么一说，王本人也就提出了要包厢，总台的小伙子打招呼说，老板，今天包厢全都没有了。王本人把台子一拍，叫你们老板出来。

那服务生说，我们老板不在。

王本人说，你们给我等着，我会找你们算账的，你们不要以为我们报纸砍掉了，就没有用了，真是狗眼看人低。

小伍可能觉得很不好意思，说，就这样算了，大厅也行的。

王本人却把小伍推开了，不要你管，你算什么东西？

小伍很尴尬地站到一边，看着王本人和对方吵架。老莫就哈哈地笑了起来，笑声在华清池的大厅里回音阵阵。

也许华清池就预示了坏运气的开始，他们打了几次的，找了几个洗浴场，都说没有包厢。看样子，"包厢"这两个字就钉到老莫的心里了，怎么拔也拔不出来了。转到第六家的时候，连小伍都觉得老莫有点不像话，是王本人请客，又不是他老莫请客,为什么要这样偏执?

小伍把老莫叫过去劝说了几句,可老莫根本就不听王本人和小伍,依旧吵着要包厢,有一次,老莫还被几个臂膀上纹着虎头的小平头围住了,问他是不是想闹事?王本人上前打招呼,说他是报社的,他是诗人云云,可人家哪里会听这个?小伍的脑子转得快,忙掏出香烟打招呼,老莫不在乎,连手中的公文包都不要了,喉咙都哑了,还在喊着什么,听不清楚他在说什么。其实老莫说的是,你们知道沈琥珀吗?你们知道沈琥珀吗?

可人家不管他说什么,从柜台里抄出一些报纸包着的大砍刀,向他们追杀过来,小伍跑得最快,王本人拉着老莫向外跑,一下子从金碧辉煌的大厅里跑到了车水马龙的大街上。他们三个人像是夜晚锻炼的跑步者。

浴城的那些杀手摆脱了,可他们又被联防队员盯上了,有一群握着手电筒和戴着红袖章的男人不紧不慢地跟在他们的身后。这是歉疚不已的王本人发现的,虽然说洗澡的事情是老莫搅黄的,可无论怎样,是他王本人招待不周到。

王本人想通知走在前面的老莫,不要走得太快,可老莫跑得最快,他气冲冲地在前面跑,夹着老莫公文包的王本人和小伍就在后面气呼呼地追赶。似乎是在环城公路上,也似乎是在郊区的公路上。后面的那群联防队员不说话,也不加速。

老莫的身影在前面越拉越长,不时停在前面等王本人和小伍,当王本人和小伍走得稍微靠近的时候,老莫又向前走了,再后来,王本人和小伍实在走不动了,王本人喘得像一只老狗,小伍喘得像一头老牛。王本人一屁股坐在地上,小伍也坐下了。一坐下再回头,发现联防队员(或者疑似劫匪)不见了。

他们是什么时候不见的?真是有点诡异的感觉。小伍大声地喊了起来,老莫!老莫!可小伍的声音一会儿就消散了。四周静得怕人。老莫继续向前跑,他走得很坚决,可他的背明显驼了,远远看上去就像一只逃跑的大圆规,又像是被打瘸了一条腿的螳螂。有时候明明他快要跌倒了,可还是平衡了起来。王本人不由得站起来,想去追赶他。小伍一把拉住了王本人,大声地说,老莫,你这个狗日的,你不是要去北京的吗?北京的车子来了!

老莫还是没有停下来,身影越来越远了,越来越小了。夜很深了,一排路灯都熄了,只留下了另外的一排。令小伍和王本人恐慌的是,还真的有一辆双层带卧铺去北京的夜行车大恐龙样逼过来了。老莫停住了,向它招了招手,夜行车就打开了车门,像是张开了一张嘴巴,老莫跳进去了,车的嘴巴无声地合上了。小伍看到老莫的脸就贴在后窗玻璃上,他居然从海城去北京了。

王本人忽然清醒过来，对着远去的夜行车，把公文包里的靴子拎了出来，喊道，靴子！靴子！小伍看到了靴子，禁不住大声笑起来。可奇怪的是，一听到小伍的笑声，远处又出现了老莫的身影，原来他没有上去北京的车，而是在追赶着那辆去北京的夜行车。

小伍兴奋地说，老莫，回来，我们回家！王本人也说，回来，老莫，你跑得再快也不会给你颁冠军奖。可老莫根本就没有听他们说话，继续在奔走，夜行车消失了，月亮从屋顶上冒出来了，那月亮很白，真的就像穿着白衣服的琥珀。

小伍和王本人都不知道，当年有一个老莫蓄谋的黎明，他在沈琥珀必须经过的小道上用红粉笔画下了一根怒起的男性生殖器，然后他就躲在小树林里等待着沈琥珀的经过。捧着书本、穿着白连衣裙的沈琥珀准时到了，沈琥珀开始没有看见那粉笔画，后来注意到了，慢慢向后退，终于认出来，老莫期待的大声尖叫没有发生，等到的却是沈琥珀的一声轻微的尖叫，就像一只蚊子的尖叫。沈琥珀很迅速地就消失在那个早晨。老莫当时很想追上去，可那时他一点力气也没有，现在机会来了。

晚出的月亮在天上走得很快，小伍和王本人都看见老莫跑得越来越快，简直是在向月亮奔跑过去了。

他们都不知道，老莫要当面去向沈琥珀道歉。

洞穴

老顾在家有个绰号，叫做顾奴隶。

奴隶主是谁？

为了这个，老顾的老伴声明过多次，我可不是奴隶主，我才不是什么奴隶主呢。他的奴隶主是谁？是他的宝贝女儿顾晓君。我没有资格做奴隶，更没有资格做奴隶主，我是丫环，顾家的老丫环。

奴隶老顾有一年不去奴隶主顾晓君家了。一是他根本就不想看女婿王国栋那副嘴脸，你看看那副早早发福的身材，那对着手机发火的口气，仿佛是发了横财，做了大官，其实不过是一个副科级办事员而已。二是他不愿意听王国栋叫他外孙女的样子，王娜，王——娜！仿佛天下不晓得他姓王似的。老顾不是不喜欢外孙女，你想想，老顾就一个女儿顾晓君，从小当作宝贝哄着，捧着，心肝宝贝似的，可转眼就被那个要才没才要貌没貌还没有多少钱财的小骗子骗走了。是的，有很长一段时间，老顾和顾晓君的对话里，王国栋没有名字，有个代号，小骗子。

现在，老顾要去看女儿的新房子了，老伴也没有见过女儿的新房子，她想和老顾一起去，可老顾听了老伴的话，双手向外一摊，生硬地说，要么你去，要么我去。老伴一下子被呛住了，好在她也习惯了，这么多年，老顾呛她的事多着呢。尤其是顾晓君的这桩婚事，老顾把所有的责任一股脑推给了她，老伴有很多事实可以反驳老顾，可她只能忍着，她怕说多了会把老顾的血压升上去。早知现在，何必当初啊，女儿哪里是今天才不听话的，从小到大，都是他老顾宠着女儿，生怕宝贝女儿有一点点委屈。可女儿根本不听话，要嫁给王国栋这个小骗子的时候，老顾的话说了一箩筐，可顾晓君一句也没有听进去。

在顾家，王国栋还有一些代号，大肚子、小矮子、小官僚，当然，老顾说得最多的是小人，忘恩负义的小人。结婚前，顾家和王家是在打仗，由于顾家这个阵营里，有一个大叛徒顾晓君，在老顾最坚决的时候，顾晓君竟然说她有了王家的种。这个大叛徒还有一个秘密通信员，那就是顾晓君的妈妈，敌我双方的力量实在太悬殊了。老顾理所当然地吃了败仗。可老顾实在不服啊，宝贝女儿在娘家，一个向阳的足有三十平方米的大闺房，可到了王家，必须和王国栋的爸爸妈妈挤住在一起。好在仗打完了，敌我双方还是做了亲家。婚宴上，新郎王国栋贴在老顾的身后，像一个小马屁精一样，一声一声地叫爸爸，叫得比顾晓君还亲热。老顾也就原谅了已经有了王家种的女儿。可事实证明顾晓君只是谎言，婚后一年半，才生下了外孙女。老顾还没有来得及向顾晓君追问婚前的事呢，王家就出事了，王国栋的爸爸中风，一切都打乱了，王国栋要照顾爸爸，顾晓君要上班，刚刚三个月的外孙女被顾晓君送回娘家。老顾一见到外孙女，几乎忘记自己和王家所有的恩怨。老顾又重温了当年宠爱顾晓君的时光，外孙女在老顾家学会了吃饭，学会了走路，学会了说话。老顾还查了许多辞典，给外孙女起了一个小名，叫小雅。老顾没有给小雅取姓，就是为了尊重王家。可王家呢，根本就不把老顾的功劳和苦心放在眼里。小雅过了周岁，被王国栋接回了王家，第二天，王国栋带着女儿报了户口，名字早准备好了，不是顾雅，也不是王雅，叫王娜。

  隔了一个月，老顾晓得这事了，血压升得很高，可他坚决不肯吃降压药，他捂着胸口对老伴说，吃什么药？干脆给我一颗毒药，我死了就好让你去和你不争气的女儿还有那个忘恩负义的小人一起过好日子。老顾病倒了，睡在床上的那段日子，老顾眼前晃来晃去的全是外孙女的样子，老顾躲在沙发后轻轻地喊，小雅！小雅的耳朵很尖，立即转过身来找他，那流满口水的牙花晶亮晶亮的。可现在呢？小雅变成了王娜，老顾的嘴巴里苦得很，怎么说呢？又从什么地方说起呢？每次顾晓君回来看父母，老顾都拉长着脸，老伴竟然对顾晓君说，你不要理他，他现在更年期了。老顾听到了，脸拉得更长了，恨铁不成钢啊！

  老顾决定要去女儿这个城市了，顾晓君接到母亲的密报后，既兴奋，又吃惊。为了让父亲更有面子，她主动打了一个电话给父亲。老顾在电话中说，要不是我孙女想我了，我才不会到你们王家去呢。老顾把"王家"这两个字咬得很重。可顾晓君装着没听懂，而是把电话送到小王娜的嘴边，说，宝宝，爷爷要来了，快说 please! 过了一会儿，老顾听到话筒里传来了奶声奶气的一声：please……老顾抹了一把眼睛，一边说，是你啊，哄人精，都会说英语了，又长高了吧？老伴听到了，指着老顾说，你啊，你啊，真是改不了的奴才相。

  前年，刚过周岁的外孙女一走，老顾就不晓得日子怎么过了，每次看到电视上有小女孩做广告，他总是暗暗把她们和他的小雅比一比，比来比去，都没有他家小雅好看，懂事。老顾把心得和老伴交流，老伴说，我不晓得，你去火车站打张票，上门去看看不就得了。听到老伴劝他去王家，老顾就啪地关了电视。可没有电视，家里更加冷清，寂寞和寒气一起弥漫开了，老顾只好又打开电视，电视上的广告实在是太多了，他的眼睛迷糊了。

　　后来，女儿的电话勤了许多。不是打给老顾的，而是打给老伴的。老顾只好在客厅里看电视，耳朵竖得高高的。热线电话通了半年，顾晓君和母亲是在谈她的计划，小王娜长大了，家里又有个病人，得买房子。过了一阵子，老伴告诉老顾，女儿想买房子了。老顾听了，说，我早就晓得。当年为了女儿能够在王家有一处独立的房子，老顾和王家交涉过多次。一个娇生惯养的女儿，一下子做了人家的媳妇。又不是在爸爸妈妈身边，一言一行哪里能够满人家的意？挤烦了吧，瘫公公，多嘴的婆婆，早上排队上卫生间。现在晓得不好了，再来谈房子，拿什么买啊？老顾把一条条理由摆在老伴的面前，咬咬牙说，我不想谈，谈了也是白谈。老顾还对老伴说，我先给你打个预防针，那是王家的房子，不是顾家的房子，请你不要自作多情。老伴听了，解释说，好像晓君说了，他们是三十年贷款。老顾冷冷地说，活该！

　　顾晓君也晓得父亲的脾气，从来不在父亲面前说钱。倒是老顾自己先说了，他跟老伴自言自语地说，三十年？亏他们想得出来，我家外孙女都三十多岁了。真是一对败家子啊！老伴听了，刺了老顾一句，咦，你这个人不是说过不问这件事吗？老顾说，我才不过问王家的事呢。老伴说，别嘴硬了，晓君的脾气像谁啊？就像你这个老东西！老顾一听老伴又要翻旧账了，忙说，我是想……他们忙着装修……又要工作，还要照顾病人，我家外孙女怎么办？老伴说，那就把她接过来。老顾说，可不晓得人家肯不肯呢？老伴说，怎么不肯？晓君都愁死了。老顾不说话了，跑到电话机前，把话筒递给老伴，说，你告诉晓君，他们放心装修，我们负责带外孙女。

　　老伴晓得老顾的意思，没有拿话筒，而是按了免提键。老顾听清了老伴和女儿之间的每一句话，女儿很高兴，说了许多感谢的话。当顾晓君说到小王娜每个月的生活费，老顾忍不住了，对着老伴说，你告诉她，我们不要钱，我们不但不要钱，我们还给她十万块装修费，就算我们给外孙女的礼物。老伴不说话，老顾急了，指着老伴说，你怎么不告诉她啊？老伴笑着指指电话，电话上的红灯闪烁，免提键一直开着呢。

　　等待外孙女送过来的那几天，老顾就像一条跟在老伴身后的宠物狗，一会跟老伴说这个，一会跟老伴说那个，说来说去都是外孙女来了怎么办？衣食住行，似乎什么都要商量。老伴忍不住了,说,你不要装模作样地跟我商量了,外孙女的事全是你做主,我早就料到了,你培养了一个顾晓君还不够本,还想再培养一个小顾晓君。被戳穿了的老顾嘿嘿一笑,搓着手说,顾晓君不是你的宝贝女儿啊?老伴说,跟你这么多年了,你脑袋里想的什么我不知道?老顾说,我早说过了,你比福尔摩斯还福尔摩斯。老伴说,别尽给拍我马屁了,留着点马屁送给你的宝贝外孙女吧。

　　老伴说得不错,小王娜送过来后,原先不怎么说话的老顾完完全全变成了一个话痨兼马屁精。那马屁多得连小王娜都嫌烦,到了后来,小王娜都对老顾不礼貌了。老伴看不下去了,暗示说,老顾,悠着点啊,到时候,你不要痛苦啊?老顾听得出来,老伴所说的"到时候"就是顾晓君新房装修好了的时候。老顾骄傲地说,我才不怕呢,到时候也有可能小东西不肯回去呢。老顾还问小王娜,你是愿意在我家,还是愿意到那边爷爷家?小王娜早被驯化好了,毫不犹豫地说,我不回去!老顾问,要是王国栋接你回去呢?小王娜回答道,我就说,王国栋,我不——回去!老顾又问,要是顾晓君接你回去呢?小王娜继续回答,我就说,顾晓君,我不——回去!小王娜的口齿很清,破折号用得相当好,老顾对老伴得意地眨眼睛。老伴说,这个小人精啊,从小就学会拍马屁了,简直就是小马屁精!老顾说,这个世界上,谁会拍马屁,谁就不会吃亏。老伴说,老顾啊,你是想把这么庸俗的处世思想传给你外孙女吗?老顾说,一分耕耘,一分收获,我是不会害我外孙女的。

　　小马屁精王娜的确没有吃亏,来老顾家之前,她简直像一只瘦猫,饭量不大,嘴巴比猫还挑食。可到了顾晓君把她接回去时,已是一个胖丫头了。顾晓君跟母亲要食谱,母亲说,我哪里有这个福分,你家女儿的御用厨师是你爸爸,每天买、烧、喂,都是他一手包干,从来不让我参与,只要我想烧一顿给我外孙女吃,你爸爸就说,赶紧去打腰鼓,你怎么不去打腰鼓?好像我在家,就会对你女儿进行阶级敌人破坏似的。顾晓君听了之后,哈哈大笑,感叹地说,这个老头子啊。小王娜听到了她们的对话,不高兴地喊,外公,外公!她们在说你的坏话。顾晓君连忙声明说,我们是在表扬你外公,你外公是天下最好的外公。

　　老顾才不想听顾晓君的马屁啊,他对顾晓君说,王国栋怎么这样小气?连水产品都舍不得买给女儿吃?顾晓君解释说,他们家喜欢吃肉。老顾说,他们?!他们重要还是小孩重要?一点也不讲科学,高血脂高胆固醇,都吃成中风了,还要吃肉?!

　　顾晓君本来想辩解一下,不过她还是忍住了,没有说。说实话,王家的伙食不是她过问的,她也不想过问。这还要归结到在娘家,她从来不进厨房的。到了婆家，婆婆收下了她的伙食费，但包下了所有的厨房活计。顾晓君也乐得清闲，反正她不想进厨房，她又不是一个特别挑剔的人，有什么就吃什么，吃的时候多夸夸婆婆的厨艺，婆婆听了高兴，她就清闲多了。至于吃肉的问题，她没有发言权，反正她是不吃的，她要保持身材呢。

老顾见女儿不说话，又说，小王娜比你小时候聪明多了，你小时候只喜欢吃奶糖，而小王娜最喜欢吃鱼吃虾吃水产品。老顾还给顾晓君上了一堂营养课，人就应该吃水产品，吃水产品的人最聪明，因为人是由鱼变的。小王娜还是第一次听到外公这样说，很是惊奇，问，外公，我也是鱼变的吗？老顾说，是啊，很多很多年前，你爷爷的爷爷的爷爷就是鱼变的。

顾晓君约父母亲到她新房子去看看，住上几天。小王娜还帮着邀请了，老伴当场就答应了，老顾迟迟没有答应。顾晓君不晓得自己又在什么地方惹怒了父亲，她又不敢问，这半年，父亲真的付出了心血。出门前，母亲凑到顾晓君的耳朵边悄悄说，要小王请一下。顾晓君明白了。母亲又说，多请几次。

当天晚上，王国栋的电话就来了。老顾听了，鼻子里哼了几声，没有答应王国栋，当然也没有回绝王国栋。过了一天，王国栋的电话又来了。老顾显得很不耐烦，没有说几句话，电话就搁掉了。老伴劝老顾，你是不是特别希望你女儿和你女婿吵架啊？老顾说，他们爱吵就吵，与我无关。老伴说，你真是越过越小了。老伴这是讽刺，可老顾还承认了，说，当然。老伴晓得老顾这几天情绪低落，现在再说下去就是吵架，还是眼不见为净，出去打腰鼓吧。

老伴打了一圈腰鼓回来，发现老顾情绪变好了，因为开门的时候，老顾竟然学着门童样给她做了一个"请"的动作。老伴弄得很纳闷，想想刚才的样子，没有搭理老顾。老顾却像一只癞皮狗样凑上来说，你猜猜刚才谁来电话了？老伴说，该不是市长吧？老顾说，比市长大多了，是王娜，小王娜，她说她想我了……当然，也想你。老伴说，我不要你拍马屁。老顾说，其实……我晓得她在想我什么，小东西是想我给她烧的饭了。

小骗子王国栋没有想到，"法官"终于上门了。"法官"是王国栋悄悄送给老丈人的绰号。大学毕业的那个夏天，顾晓君把他带到她父亲老顾面前，王国栋还没有来得及表现自己呢，老顾早就把他打入了"差生"的另册。要不是顾晓君坚持着，要不是丈母娘很喜欢他，王国栋早打退堂鼓了。结婚后王国栋总是感觉自己不是娶了顾晓君，而是把顾晓君从"法官"手里拐走了。这种感觉相当明显，所以王国栋和顾晓君说到顾晓君爸爸的时候，总要用"法官"来代替。开始顾晓君还反感，后来还是默认了。

在"法官"的眼里，王国栋肯定是有"罪"的。其实王国栋也感到自己有"罪"，总是不能直起腰来。说来也怪，小王娜出生后，王国栋的"罪"感消失了，仿佛一个得到了特赦的人，他总算和"法官"平起平坐。比如王国栋是晓得老丈人给小外孙女取名为小雅的，可他就是没有采用。翁婿两人暗暗地斗着。每年大年初二，女儿女婿回家，王国栋在老顾面前装模作样，老顾是晓得的，他都不正眼看王国栋一下，仿佛他不存在。顾晓君的母亲很是奇怪，她觉得王国栋不错，可为什么就和老头子合不来呢？顾晓君解释说，他们啊，就像两个斗气的少年，不晓得是谁欠了谁。

老顾一进门，王国栋还是向老丈人介绍新房子，他问候了一声，就躲到书房里到电脑上打牌去了。也许是"法官"的威力，那天王国栋他老是出错牌，不时被窗口弹出来的帖子骂得狗血喷头。王国栋索性下了线，听着顾晓君一一介绍新房装修的含义，王国栋侧着耳朵听老丈人的反应。他没有听到老丈人的诋毁，也没听到老丈人的表扬。

王国栋有些失落，那样子好像没有得到老师肯定的小学生。顾晓君见到了，没好气地说，你还想要他表扬？老头子已够给你面子了，他是做质检的，从来都是挑剔人的，不批评就等于表扬。听了这话，王国栋就得意起来了。顾晓君又说，你也不要高兴得太早，老头子要在这住一段时间。王国栋的情绪又落下去了。顾晓君说，你不要乱想啊，老头子可不是为他的十万块，他是为了你的宝贝女儿，是你宝贝女儿不让老头子走，她今天能干啊，自己打电话，向外婆请假。王国栋说，我可不是不高兴，我是怕他住不习惯，他不是说我们家的伙食不科学吗？顾晓君说，老头子脾气你不是不知道，他住不了几天，你能让就让着点。王国栋说，那当然，我可以放假了。顾晓君听出了王国栋的话音，正色道，王国栋，我警告你，你不要把我父亲当成奴隶啊。王国栋说，娘子啊，他这个奴隶主不把我当奴隶就好了。顾晓君还想说什么，小王娜推门进来了，叉着腰宣布道，我饿了，我要吃饭了。

小王娜只吃了两口，就把饭碗推开了，不吃了。王国栋问她，为什么不把饭吃完？小王娜说，没有外公的菜。顾晓君很生气，想训斥小王娜。老顾拦住了，说吃饭时不能训小孩，会影响消化的。老顾还说，我在这里几天，给小王娜做几道菜，晓君你学学。顾晓君说，爸爸，我可不是让你来做老伙计的。老顾说，你不要说了，只要小公主看得起我，我愿意做老伙计。"小公主"王娜听了，立即跑过来，抱着老顾的脸就赏了一口。老顾得到了奖赏，话就多起来了，还给王国栋传授起了味觉与营养的知识。王国栋当然也配合得很，做出好学生的样子，侧耳聆听，还时不时地提问。

顾晓君悄悄对小王娜说，你看看，你有多幸福？小王娜也俏皮地说，你看看，你有多幸福?

现在,老顾不是"法官"了,而是老伙计了。王国栋和顾晓君中午不回家,都在单位吃盒饭。要是王国栋手里有活,他还得加班。很多时候,家里只剩下祖孙三代,老顾、顾晓君,还有小王娜。顾晓君要保持身材,晚餐是坚决不碰一口的,真正吃晚饭的只有老顾和小王娜。老顾变着法子给外孙女做菜,小家伙饭量变得很大,小王娜快变成小馋虫了。

星期五,王国栋没有加班任务,他自己给自己放假,待在网上打一通宵的扑克,等他起床的时候,老顾已在厨房里哧溜哧溜地忙午饭了。王国栋闻到了美食的香味,随口拍了一下老丈人的马屁,哎呀,爸爸,又在做什么好吃的?我嘴巴里的口水都要出来了。老顾说,不能告诉你,现在告诉你就不新鲜了。在阳台上洗衣服的顾晓君说,王国栋啊,你还好意思问呢,不要你买,不要你洗,也不要你烧,想吃白食啊。王国栋说,我沾王娜的光,我跟着小王娜一起吃白食。顾晓君说,那你问问你宝贝女儿,她同意卖你饭票你就有口福,她不同意卖你饭票你就没有口福。小王娜听到了,立即呼应说,王国栋,过来买饭票!王国栋假装很生气,喊,这是什么世道啊?

老顾听到了女儿女婿和外孙女的嬉闹,这个由"法官"转行的厨师忙得更欢了,厨房里传来了烹调交响乐,真不知道老顾有几只手,竟然能鼓捣出那么丰富的声音。

王国栋怕被顾晓君说话,就想去布置餐桌,可他却插不上手,小王娜把这个工作包下来了,谁也不能插手的。王国栋站在一边,想看小王娜怎么分筷子,小王娜不许他看。王国栋委屈地说,可我一样工作也没有啊,我是多余人吗?小王娜说,你怎么没有工作?你的工作马上就来了。王国栋问,什么工作?小王娜说,吃饭啊,马上就请你吃饭。王国栋立即假装吃了很大的亏,说,哎呀,我的口水都快下来了。

王国栋进房间了,没有多长时间,顾晓君来敲王国栋的房间,说,公子啊,出来吃饭吧。王国栋有点诧异,为什么不是小王娜过来叫他?一推开门,小王娜正站在餐厅的门口,对王国栋道了一个很不标准的万福,还拿腔捏调地说,欢迎光临!

桌上红红绿绿的,香气袭人,共有六道菜。王国栋对顾晓君说,你真幸福啊,有这么样的老爸。王国栋这个马屁拍得很有效果,老顾听了,笑眯眯地看着大家吃。王国栋叫老丈人也吃,老顾说他不饿。王国栋还想劝,被顾晓君悄悄制止住了。王国栋不说话了,估计在顾家,老丈人也是这样的习惯。果真,老顾只坐了一会儿,说他还有两个菜,又进厨房去了。

小王娜不同意外公在厨房里忙着,拼命叫外公出来"喝酒"。小王娜给每个人倒了可乐,还没有"碰杯"呢。老顾没有办法,把灶火捻小了,坐到了桌边。王国栋先敬了老丈人，说了声，辛苦了。小王娜也跟上去说了一声。老顾笑着仰脖抿了一口，好像喝得很多，其实没有喝下去，又继续去厨房了。

继续加"酒"的小王娜发现了，认为吃亏了，说外公没有礼貌，一定要外公干了。顾晓君说，外公不能干的，他血糖高。小王娜听到"血糖"这个词，求知欲就上来了，问王国栋，爸爸，什么是血糖？我的血糖高不高？王国栋还没有回答，小王娜就肯定地说，我也不吃了，我也血糖高，我是妈妈生的，妈妈是外公生的，我有遗传。王国栋听了，盯着顾晓君看。顾晓君开玩笑地说，你看我干吗？她是你的女儿，你这个做老子的不管啊？王国栋把杯子往小王娜的面前一伸，你血糖高，我血糖不高，你全部倒给我！顾晓君听出了王国栋的不悦，压低了声音说，你说什么话啊，她才多大，你多大？你跟她生什么气啊？

见爸爸妈妈为了自己吵架，小王娜脸涨得通红，不说话了。过了一会儿，王娜抬起头，鼻尖晶亮，拍着巴掌喊：西湖醋鱼！西湖醋鱼！小王娜语速快，王国栋没有听明白，问，什么？王娜你说什么？王国栋后来不问了，糖醋鱼的味道正一阵一阵地从厨房那边涌过来了。

西湖醋鱼上桌了，老顾好像是等待批作业的小学生，低着头，搓着手，说，哎呀，到底老了，手艺不行了，大家尝尝，批评批评！我以后改进！老顾不仅说得很谦虚，还拿起筷子想请女儿女婿表扬，可除了小王娜，王国栋和顾晓君都不说话，也不举筷。

老顾和筷子都愣在了那里。他不好当面问顾晓君，只好尴尬地邀请外孙女，小王娜，你觉得好吃不好吃？小王娜说，好吃，我最最喜欢外公烧的鱼了。老顾说，你只要听话，明天还有更好吃的。小王娜听懂了，说，外公好，吃蜜枣。老顾乐呵呵地给小王娜剔鱼刺。小王娜一边吃着鱼肉，一边继续拍马屁，还卖弄起老顾当初灌输的营养学，人要多吃鱼，因为人是鱼变的……突然，顾晓君对小王娜喝道，吃饭吧，没有人认为你是哑巴。

老顾听了，脸又拉长了，再看看王国栋，他似乎是胃疼发作，而面前的西湖醋鱼就是"胃病发作"的罪魁祸首。老顾想到这，长长地吐了一口气，还吐出了许多不好说的话，无词，也无声。

小孩子就是小孩子，吃饱了饭，来了精神，小王娜像一只在房间里窜来窜去的小老鼠，跑东跑西，把客厅变成了她的游乐场。织毛衣的顾晓君警告她不要这样，要求她最好坐下来看电视。王娜哪里听得进去，一会儿跑到王国栋的房间里去和爸爸捣蛋，一会儿跑到厨房里收拾碗筷的外公身边，给外公的嘴巴里塞上一粒旺仔小馒头。

小孩子闯的祸真是说来就来，只听见轰隆一声，还不知道是什么东西倒了，小王娜已放声哭了起来。顾晓君、王国栋还有老顾几乎是同时扑到了出事地点。是在客厅的拐角处，放兰花的吊凳被小王娜绊倒了，兰花带枝带土散了一地。顾晓君吼道，叫你不要跑，可你偏偏跑，这下好了，闯祸了吧。老顾抱起了小王娜，抹去王娜的眼泪，上上下下地检查小王娜有没有伤痕，还抬头用目光剜了顾晓君一眼，意思是你怎么不先管你女儿呢？王国栋没有说什么，他在抢救那盆兰花，这兰花是解佩兰，是他老爸养了多年的名贵品种，因为搬新房子，已中风的老爸坚持送了这盆最值钱的解佩兰。

老顾把小王娜带到卫生间，替她洗了脸，又检查了一下，的确没有受伤。小王娜也很快不哭了，不再乱跑了，坐到沙发上开始看电视了。不过，仅仅看了十多分钟，就看到满脸严肃的王国栋走过来了，拉起她，什么话也不说，用力揍她的屁股。小王娜再次哭了起来，那哭声比刚才摔倒的哭声更为尖利。

小王娜的事情把星期六的晚上搞得一团糟。王国栋把小王娜惩罚完，就把自己关到书房里，继续和看不见的网友打牌了。小王娜的安抚工作当然是刚刚收拾完厨房的老顾完成的。老顾哄骗小王娜的方法很简单，说明天带小王娜上街，到花鸟市场，给小王娜买一盆金鱼。听到外公的许诺，小王娜破涕为笑，又看起她最喜欢的麦兜了。

把小王娜哄高兴了，老顾却不高兴了，他跟顾晓君说他明天给小王娜买完金鱼，他就回家。顾晓君很惊讶，问，不是说好了住十天的嘛。老顾说，看到你们住得这么好，我就放心了，再说，你妈妈也需要我回去，她每天打腰鼓打得那么辛苦，回家要吃饭的。顾晓君说，是不是王国栋刚才不尊重你了？老顾说，不是，这里是王家，住在这里的应该是王家老人嘛。顾晓君说，爸爸，我晓得你一直不满意王国栋，可你要考虑我的感受。老顾听了，也说出了心里话，晓君，你晓得我为什么要给你钱装修？为什么要到你们家住下来？就是怕你被王家欺负。顾晓君说，你太多心了。老顾伤感地说，我多心吗？你看看今天王国栋的样子，简直就是法西斯。你长这么大，我什么时候打过你。顾晓君说，小孩子都是要教育的。老顾说，你不晓得他是打给我看的。顾晓君说，不是。老顾说，怎么不是啊，这是我还在场啊，只怕日后我一死啊，就没有人给你撑腰了。顾晓君听了，不知道是委屈，还是有同感，眼圈就红了，头偏了过去，客厅里只剩下了麦兜嗲嗲的声音。

当晚，老顾怎么也睡不着觉。又失眠了。上一次失眠还是顾晓君在医院临产，再上一次是顾晓君结婚的那个晚上。老顾实在想不透顾晓君为什么碰上了王国栋这个小人。说到底，还是王国栋会伪装，顾晓君看不透这个人。这个小阴谋家，婚前欺骗顾晓君，婚后又欺压顾晓君，还有他的外孙女，妄图骑在母女头上作威作福。

老顾越想越睡不着觉，起来上了一趟卫生间，刚准备回屋，就听到顾晓君的房间里有哭泣声，老顾一惊，听了一会儿，不是顾晓君在哭，而是小王娜。都怪王国栋手重。老顾又在心中的属于王国栋的账本上记了一笔。

老顾好不容易迷糊上了，后来还是被一声惊叫吓醒了。听上去，好像是顾晓君。可仅仅一声，再也没有了。在老顾的想象中，顾晓君正在为小王娜的事情和王国栋打架了，王国栋这个小狗日的手太重了，顾晓君肯定是忍不住了，叫了一声。老顾又上了一趟卫生间，女儿的房子里没有声音了。

第二天老顾是被小王娜叫醒的。小王娜完全不是昨天晚上的样子，简直就像一只小鸟，唱着歌，叫着外公。老顾很是不好意思，前几天都是他起床给小王娜准备早饭。老顾问小王娜，妈妈呢？小王娜说，妈妈在厨房，爸爸在睡懒觉。老顾一听，心顿时悬了起来。晓君肯定是怕他晓得他们夫妻吵架了。这个女儿，从小就内向，嘴巴还犟，外面遇到什么事情从来不告诉他们。

吃早饭了，老顾瞅了一眼顾晓君，似乎看不出吵架的痕迹。不过看得出来顾晓君有话要说。老顾立即叫小王娜去叫爸爸起床，支开了小王娜。顾晓君低声说，爸爸，今天你不要给王娜买金鱼了。老顾说，为什么？顾晓君说，她可能……被吓着了。老顾就想起了夜里的那一声惊叫，问，我昨天没有吓着她啊。顾晓君说，不是她，而是王国栋。

顾晓君说，你不晓得，王国栋家是从来不吃鱼的。老顾看着顾晓君，似乎是在撒谎呢，估计昨天晚上还是吵架了。顾晓君又说，你可能不晓得王国栋家为什么不吃鱼。王国栋前面有个宝贝姐姐，比王国栋大五岁，喜欢吃鱼，她还去钓鱼。有一次，她就掉到水里，淹死了。找了几天，找到了，肚子里全是鱼。老顾觉得这个故事听过，可又想不起来是什么地方听过的。顾晓君怕父亲不明白，继续补充道，鱼在王家是个禁忌，我也是到他家后才晓得的。老顾想问，你是不是在编故事啊？但老顾忍住了，如果不是他昨天晚上的西湖醋鱼，他们夫妻就不会吵架，这么一想，他又想回家了。

王国栋被小王娜叫起来了，他吸着拖鞋走出来，一副小痞子的样子。老顾想，还是不能走，再观察几天。反正下一次他再来王家还不晓得是什么时候呢，顾晓君说是王国栋发出了尖叫，可昨天晚上真是这个小痞子小骗子发出尖叫的吗？

小王娜吃完早饭，就要拉着老顾上街。她还记得外公要给她买金鱼的诺言。临出门的时候，老顾看到顾晓君对他眨了眨眼睛。老顾懂得女儿的意思，不要给小王娜买金鱼。

老顾和小王娜再回来的时候，王国栋和顾晓君都一起出去了。老顾没有给小王娜买金鱼，而是买了螃蟹。刚才老顾带着小王娜在农贸市场上转了几圈，的确没有看到金鱼，看到了小王娜所说的"唐老鸭"，其实就是鸭子而已。老顾其实哄骗了外孙女，农贸市场哪里有金鱼啊，不过是为了给小王娜一个交代，他索性把小王娜带到买螃蟹的地方。小王娜一下子就忘记了金鱼，而被那些张牙舞爪还吐着泡沫的螃蟹吸引住了。

螃蟹的价格比金鱼的价格高多了，老顾一下买了五斤。回到家里，把螃蟹放到了塑料盆里。螃蟹们一边爬着，一边吐着泡沫。出了厨房，小王娜问，它们吐泡沫干什么？老顾严肃地说，它们不讲文明，在骂人。小王娜，它们在骂什么呢？老顾说，你听啊，你听一会就听出来了。小王娜听了一会儿，告诉老顾说，外公，它们是在骂我们。老顾哈哈一笑，它们骂我们什么？小王娜说，它们是在骂我们不给它们吃早饭。老顾说，螃蟹们不吃早饭，你给它们喂饼干，看它们吃不吃？小王娜听了，真的就去厨房给螃蟹喂饼干去了。老顾坐到沙发上，捶了捶自己的背，到底岁月不饶人了，昨天晚上没有睡好，好像有点吃不消。

过了一会儿，小王娜跑过来，说，外公，它们不吃！老顾说，它们当然不吃，它们是给我们吃的。小王娜问，外公……你真的要杀它们吗？看着小王娜怯怯的眼神，老顾的心里咯噔了一声，可能顾晓君说的事是对的，但人总不能不吃荤腥吧，再说，人吃什么东西，只要吃出习惯就好了，过去欧洲人还不吃西红柿呢。老顾说，小傻瓜，螃蟹就是给人吃的。小王娜说，不是。老顾说，那你吃不吃鸡蛋啊？小王娜说，吃的。老顾问，那鸡蛋是从什么地方来的啊。小王娜说，是……是冰箱里。

老顾深吸了一口气，真是和小孩子说不清道理，只好说，你想不想长高啊？小王娜点点头。老顾说。你妈妈长得高不高？小王娜继续点点头。老顾说，因为你妈妈小时候最喜欢吃螃蟹了，所以她才长得高，才生下一个这么健康的你。小王娜听了，眨巴眨巴着眼睛，涨红了脸，过了好一会儿，喃喃地说：坏妈妈。老顾有心逗她，问，妈妈为什么坏啊？小王娜指着塑料盆里的螃蟹说，因为妈妈把它们的妈妈给吃了。老顾说，妈妈吃了它们的妈妈，现在该你吃它们了。小王娜听了，看着那些螃蟹们发呆，好一会儿，她突然指着老顾说，坏外公！老顾听了，哈哈大笑，王娜发怒的样子，那眼神，那手势，活脱脱一个小王国栋。

该做午饭了，老顾去了厨房，可小王娜也跟到了厨房，像一个小尾巴。老顾说，小王娜，你去看麦兜吧，我这里不需要你帮忙。老顾把淘好的米放到电饭煲里，发现小王娜还在身后，那眼神是非常陌生的，简直就像是在看贼。老顾觉得好笑，问，小王娜肚子饿了？小王娜是不是怕我偷你们家油啊？小王娜不说话，只是看着老顾。老顾不晓得小王娜在想什么，就不管她了，继续忙午饭，准备切土豆丝。没有想到的是，小王娜的小脸竟然都白了，仿佛老顾要用刀杀她似的。后来发现老顾只是在切土豆，小王娜长长地舒了一口气。

在小王娜的监督下，老顾忙完了午饭。本来老顾想煮几只螃蟹给小王娜尝尝的，但小王娜看得实在是太紧了，再加上顾晓君和王国栋中午没有回来，也就放弃了煮螃蟹的想法。老顾想，小王娜只是个小孩，喜爱小动物也是应该的，过一会儿就好了，玩忘了，会吃螃蟹的。老顾还记得当年顾晓君吃螃蟹的样子，吃得满嘴巴的蟹黄，像是抹了黄胡子似的。那时的顾晓君也就是小王娜这么大，现在呢，顾晓君的女儿都这么大了。像是做了一个梦，唯一不同的是螃蟹的价格完全不同了，当年的螃蟹是两块钱一公斤，如今的螃蟹是三百块一公斤，涨了整整一百五十倍。

午饭吃完了，按照平时的习惯，应该让小王娜睡一个午觉。可小王娜在床上根本就不想睡，眼睛睁得大大的。老顾叫她闭上眼睛，可小王娜仅仅闭上几秒钟，又睁开了眼睛。老顾问小王娜，是不是怕你的螃蟹被我吃掉？小王娜不说话，但表情看得出来，被老顾说中了。老顾说，那我把螃蟹搬到你的房间，让你看着它们睡觉好不好？小王娜听了，露出得意的微笑。

老顾把放螃蟹的红塑料盆搬到了小王娜的床边，小王娜看了它们一眼，螃蟹们依旧吵得很厉害。可说来也怪，小王娜就在螃蟹的吵闹声中睡着了。

晚上，顾晓君和王国栋回来了，趁着小王娜跟他们亲热，老顾就把在客厅里的红塑料盆端到厨房去，不过，他前脚刚到，小王娜后脚就跟过来了。在小王娜的身后，还有她请过来的援兵王国栋。老顾没有理睬他们，抓起了一只螃蟹就想洗刷。小王娜摇着王国栋的臂膀说，爸爸，快救救它们，外公要杀螃蟹了。老顾解释说，不是杀螃蟹，而是给你增加营养。小王娜把头摇得像拨浪鼓，说，不要，不要。老顾不说话了，盯着王国栋看，在任性的外孙女面前，他是没有任何办法的。

王国栋脸上没有表情，但他还是表态了，对小王娜说，我们去电脑上画画好不好？小王娜摇头。王国栋又掏出手机，开到游戏这个功能，递到小王娜面前，我们打游戏。小王娜还是摇头。王国栋就动了气，一把拽开了小王娜，小王娜似乎预料了一这出,手扒着门框,还埋下身子,坚决不想走。但她的力气实在是太小了,小王娜最后是被王国栋像拎口袋一样硬生生地拎回了客厅。

可小王娜的犟脾气上来了,她不怕王国栋的暴力,王国栋刚把她丢在沙发上,小王娜立即就窜到了厨房里。王国栋再来把她拎走,小王娜还是跑回了厨房,老顾见小王娜这样,生怕外孙女再被打,就说,算了,算了,我们不吃螃蟹,我们不吃螃蟹。王国栋说,爸爸,你洗你的,你不要听她的,她太任性了,如果这样长期发展下去,那还了得!王国栋说完了,又把小王娜拎起来了,可还没有拎到沙发上,就松开了手,因为小王娜竟然狠狠地咬了他!王国栋气坏了,颤着声说,小畜生!我平时宠你宠惯了,你根本就不晓得我厉害,看我今天不好好收拾你!

王国栋的手只是打到小王娜一下,第二下就打在了老顾的臂膀上,因为小王娜早就被眼疾手快的老顾揽到身后了。王国栋见动不了手,就动起了脚。老顾没有料到王国栋会动脚,身后的小王娜被踢中了,老顾见状,很是恼怒,一把搡开了王国栋,说,你干什么?你想干什么?!

见外公这样护着她,小王娜适时地哭起来,哭得很伤心,大声地抽泣,边抽泣边骂,你是坏爸爸,你不是我的亲爸爸。

一直在阳台上忙着洗衣服的顾晓君走过来,她处理问题相当简单,先是一把推开了王国栋,王国栋倒是听话,转身进了自己的房间。顾晓君又从父亲的手里扯走了小王娜,把她拖到一边,塞到卫生间里,然后把门关上,关了里面的灯,对里面的小王娜说,好好反省反省吧,你有什么错误。小王娜也许没有听见,哭泣声越来越响,有夸张,有委屈,还有撒娇。

顾晓君把王国栋和小王娜都收拾好了,就过来问父亲,爸爸,我不是早说了,不要买,不要买,你要买什么你告诉我,我替你买。顾晓君根本没有注意到父亲的脸色,继续说,这么贵的螃蟹,你为什么要听她的,她才四岁啊,你就听她的话,她要买螃蟹你就买螃蟹,她要上天你就上……顾晓君仅仅说到了这里,嘴巴张得老大,她其实是想喊爸爸,但哑住了。

只见老顾正在啪啪啪地抽自己的耳光,一边抽打还一边说,我该死,我该死。

王国栋!王国栋!顾晓君叫了起来。

王国栋出来了,老顾不惩罚自己了,而是跑到了厨房里,打开窗户,把一盆螃蟹倒下去了,那些螃蟹们一边做着自由落体运动,一边还吐着泡沫,它们根本想不到自己是在十四楼上往下落。

王国栋和顾晓君呆呆地看着老顾,什么话也不好说,什么话也不能说。老顾像是没有看见他们似的,拨开他们,在小王娜的哭泣声中打开了门,走了。

老顾前脚刚走,顾晓君想出去追,被王国栋拦住了。王国栋说,晓君,我出去!我出去!王国栋还想说,女人出去很不方便的。但他没有说出来,说出来顾晓君反而要出去。顾晓君被劝住了,叮嘱王国栋,你一定要好说歹说,把爸爸追回来。王国栋说,我保证。

王国栋出去追老丈人了。半个小时后,王国栋回来了,顾晓君的怀里是已睡了的小王娜。王国栋对顾晓君怪笑了一下。

爸爸呢?顾晓君急切地问。

王国栋摇了摇头。

车站呢?顾晓君又去问。

王国栋还是摇头。

那你回来干什么?顾晓君把小王娜扔到沙发上,好像是扔了一个枕头似的。

王国栋,那你回来干什么?那你刚才对我笑干什么?王国栋,我告诉你,你如果不把我爸爸追回来,我们就离婚。你是容不下我爸爸,什么不能吃鱼啊,你是做戏!你爸爸生病,我妈妈赶过来探望。我爸爸生病,你们王家去过一个人看吗?我爸爸给小王娜取了一个小名,可你假装不知道,你是什么人我不知道,你是天下最狡猾的人,最自私的人,最虚伪的人……你找不到?你是假装的,你就想把我爸爸赶走,好让你的好爸爸住过来,王国栋,你不要忘了,这房子上有顾家的十万块……

顾晓君越说越疯狂,小王娜都惊醒了。王国栋看到了女儿惊恐的眼神,他对着顾晓君连连作揖,悲愤地说,求求你!晓君,有什么账明天再算,你带好女儿,我继续出去找,我向你保证,找不回来,我也不回来!

夜很深了,顾晓君安静下来了,问小王娜想不想吃晚饭。小王娜点点头。顾晓君热了一碗牛奶,小王娜喝下去了,可过了一会儿,小王娜又吐了一些出来。顾晓君摸了摸小王娜的额头,不像是发热。顾晓君问女儿,告诉妈妈,是不是不舒服?小王娜摇摇头,低声地说,我要……外公。

外公……马上就回来了。顾晓君说,你先睡觉,只要睡上一觉,外公就回来了。

顾晓君耐着性子,替女儿洗了脸,洗了脚,把她放到房间里。顾晓君还给小王娜唱了一支催眠曲,是父亲小时候给她唱的。唱了几遍之后,小王娜睡着了。顾晓君怕小王娜是假睡觉,轻轻叫了几声。小王娜没有答应,只是轻叹了一口气,似乎睡熟了。顾晓君把台灯关上,轻手轻脚地退出来,带上房门。顾晓君不放心父亲,也不放心王国栋,她想出去帮着找。

可顾晓君一到客厅，小王娜就醒了，在叫妈妈。顾晓君答应了一声，又进去拍打着小王娜，继续唱那首催眠曲。小王娜很快睡着了，但这次睡得更短，没有一分钟，小王娜又醒了，抓住顾晓君的臂膀说，妈妈，你不要走，宝宝怕。顾晓君说，别怕，有妈妈呢。小王娜抓得更紧了，说，妈妈，房间里有鬼呢。

女儿的声音很怯，顾晓君开始并不相信。可过了一会儿，顾晓君听到了房间里有奇异的声音。顾晓君的头皮都麻了，惊叫了一声，谁？是谁？

说来也奇怪，顾晓君一叫，那声音没有了。可过了一会儿，那奇异的声音又有了。顾晓君一下子想到了王国栋死去的姐姐，那个喜欢吃鱼喜欢钓鱼最后被鱼吃掉的姐姐，顿时把小王娜抱紧了。

那奇异的声音还在响。顾晓君鼓起勇气，丢下小王娜，冲到墙壁，把开关全部打开。那光亮一下子把房间变大了，似乎和白天一样，又似乎不一样。那声音消失了。过了一会，声音又有了。顾晓君用脚跺了几下，那声音仿佛是声控似的，消失了。顾晓君仿佛明白了什么，找来一只小电筒，在房间四周找了一下，结果发现了床脚边有一只螃蟹！

漏网的螃蟹竟然也欺负她！顾晓君气愤极了，脱下脚上的鞋子就去砸它，可没有砸着。脱下第二只，又没有砸着。顾晓君索性用光脚去踩它，还是没有踩着，反而碰掉了一堆书。

漏网的螃蟹在和顾晓君做着游戏，顾晓君像一个警察，那螃蟹像一个逃犯。不过这个逃犯还没有来得及熟悉地形，就被完全熟悉地形的顾晓君抓住了。

顾晓君拎着张牙舞爪的螃蟹，声音简直就像一个泼妇一样，对着螃蟹训斥道，我看你能！我看你能！我看你能到什么时候？

光着脚的顾晓君跑到了厨房，打开了煤气灶，把这只和她斗智斗勇的螃蟹扔到了铝锅里，盖上锅盖。那螃蟹似乎预料到了危险，在铝锅里挣扎着，咯哒咯哒地响。

螃蟹还是有力气的，它的爪子很快就搭到了锅沿上，顾晓君正候着呢，又把这螃蟹的爪子强行推到锅里。螃蟹再次爬出来，她又强行地塞进去。被反复推进锅里的螃蟹又开始抓锅底，仿佛是谁在用钢丝球擦洗铝锅的声音，后来，那声音慢慢小下去，消失了……就在这时候，一直站在厨房门口的小王娜尖叫起来，她一边尖叫着，还一边吐着泡沫，就像一只小螃蟹。

不知道那些被扔下十四楼的螃蟹们会不会听到小王娜的叫声？也许明天早晨，这个城市的人们会发现螃蟹的踪迹。那些从天而降的螃蟹们还没有学会躲避车辆，说不定有几只会被来来往往的车子碾到。但肯定有几只螃蟹会幸存下来，找到适合它们隐藏的洞穴。

教兔子如何骂人

那时,对于我来说,生活就等于房子。我不停地在这个城市里搬家,为的是寻找一处可以将我安顿下来的房子。终于,经过朋友的朋友介绍,我在城乡接合部租下了两间旧瓦房,这瓦房已有些年头了,但由于邻城还是可以增值的。所以这房子的主人就很吝啬,就连一把扫帚也没有,我只好去隔壁人家借,我敲门敲了一会儿,开门的是一位干瘦的老人,她看看我,一下子就作出了判断。才来的?我点了点头。她又说,上次搬走的那个真像你,只是个头儿比你高些。我可不知道上次租房的是谁,我只好笑着对她点点头。她又说,上次的那个有个不好的习惯,就是随地撒尿,站在门口就尿,你闻闻。冲了多少次了,又下了几场雨,这儿还是有一股尿臊味。我仔细地嗅嗅,空气中真有一股尿臊味的。突然她尖叫起来,贱货,你又把什么打翻了,回头我来收拾你。我以为她在骂她的媳妇吧。这肯定是个恶婆婆了。可是当我随老人进门去取扫帚时,居然发现屋里只有一个刚会走路的女孩,这女孩正在玩一只脏不拉几的绒布兔,我说了声,小朋友好。这女孩抬起头,看看我,又看了看老人。老人说,人家叔叔叫你,你为什么不理人家?女孩嘴动了一下,可能喊了一声,老人没听见,走上前去就给这女孩一个嘴巴,女孩紧抿了嘴唇,想哭没敢哭。我忙说,她已经叫了。老人说,这贱货怎么这么呆,教了这么多次,居然叫人都不会。我不知道说什么好。可能这女孩是老人捡回来的弃婴吧。我取回了扫帚就回到房间去打扫那没有卫生间的旧瓦房了。

瓦房里真的很脏,看来我的上一位房客真是一个很不讲卫生的家伙,墙角那里丢了好多啤酒瓶,有一只啤酒瓶里似乎还有啤酒,我一闻,差点呕出来,居然是尿!这个懒家伙!我屏住呼吸将这些垃圾扫出门去。没想到那个老人很热情地用畚箕将这些垃圾扫走了。我真不好意思,老人却说,这有什么的,这啤酒瓶你不要了,我可以去废品收购站卖掉,一只五分钱呢。

垃圾扫走了好几畚箕，扫到最后一畚箕时老人很认真地对我说，我看你还是去买一只痰盂吧。不要不好意思，现在男人用痰盂的多得很，如果你白天不好意思倒就晚上趁黑倒。可不要像上次那个随地小便。

我觉得她倒像某个居委会主任。

晚上我坐在桌边开始写我的小说，刚写了几行，忽然听到隔壁有人在吵架。我听了很长时间，我有点听不懂，但肯定是脏话。我想走过去但觉得不妥，只好坐下来捂着耳朵任隔壁人家吵。到后来我上床睡觉我竟梦见了自己与白天那个老人吵架，老人在梦中对我说，我终于抓到你了，你随地小便，罚款五分钱。我醒后想，为什么会有这个梦呢？而且是罚款五分钱。我，我必须去附近商店买一只痰盂。

次日上午，我匆匆吃过早饭，我走过老人家的时候，没有见到那个老人，只见到那个女孩依旧抱着那只脏兔子。我喊了她一声，小朋友，你叫什么名字？那个女孩居然就白了我一眼，那神态真有点像在公共汽车上我不小心碰到了一个女人后那女人的神态，怎么是这样子？

我在不远处的一家商店里很不好意思地买了一只有一处已经掉了瓷的痰盂。在门口，一个低头修鞋的老头儿忽然抬起头来，对我笑了笑，露出一口黄黑的牙齿。我更不好意思了。而那个老头儿却叫住了我，拍了拍身边的马扎，小伙子，你坐下来。我以为是我的哪一只鞋坏了呢，我看了看我的两只鞋，又跺了跺脚。那老头儿笑得更厉害了，门牙上居然沾着一片深绿色的蒜叶。老实说，我和你是邻居，我家老东西叫你买痰盂的吧。我这才明白这老头儿也是我邻居。我坐下来，听老头儿说，我这下大致明白了他家的情况。他和他老东西住的房子是他儿子结婚时的房子，是老人砌的，但已分给儿子了。儿子媳妇生了个丫头就到江南做生意了。把丫头丢给了他们。儿子不孝顺，媳妇更不孝顺，丫头三岁了，一分钱也没寄回来。老头儿最后叹了口气说，是我苦命，你呢？我这才明白老头儿是想弄清我的身份。我说我是写字的，然后想方设法把这字卖掉。老头惊讶地问，把辛辛苦苦写的字卖掉，像卖掉自己种的庄稼？我点点头，但从老头儿的眼神中我不能肯完他已经相信了我的话。

我有点不大相信这女孩是他们的孙女，这已经三岁的女孩身体很瘦小，像一阵风就能吹走似的。小女孩的奶奶居然没有给她取名字，叫她贱货。我估计这奶奶是在发泄对她媳妇的不满。我总是听见这女孩的奶奶喊，贱货，不要待在脚口里碍事，到一边去。贱货，我还没死呢！哭什么？女孩的奶奶有时候也走到我的窗口前，探一下身子，看看我在干什么。我知道她在看我，我觉得我没犯什么错误，我一直在屋里用痰盂，我又没有随地小便。

有一次，我就故意抬起头来，与她对视，她却迅速地低下头，急急地走了。随后我又听见了她在骂那个女孩，贱货，你怎么这么能吃？都成吃神了！把你吃死了也没用，养只猫养只狗养到三岁肯定有用，养你还不如养只猫养只狗。

女孩的奶奶有时是不在家的，我知道是抽空去捡破烂了。除了捡破烂，她必须带这个女孩，烧饭，然后再拿饭给修自行车的老头儿。所以会有一段时间听不见她在骂贱货。而当女孩的奶奶不在家时，那女孩在干什么？还在低头玩那只脏兔子吗？我不能想得太多，我必须在白天把我的小说继续拉长，而晚上就不一定能静下心来了。晚上依旧是很热闹的，因为那老头儿是很喜欢喝酒的，而且我发觉这老头儿喝酒真的是喝酒，什么菜都不在乎，有时候面前就放着一盆老咸菜。喝完了酒老头儿就开始骂他的老太婆，老太婆就回嘴，老太婆肯定要骂老头子的，接着老头儿就肯定要打老太婆了，被打了的老太婆就开始呜呜地哭上一阵。有时候哭的时间长一些，有时候哭的时间短一些。如果哭泣的时候过长了我就必须过去劝，我走到隔壁时总发现老头儿已睡在那个发黑的躺椅上了，而那个老太婆一见我，也慢慢止住了哭泣，站起来说，吵你了，真对不起。老头子心里苦，还不是这贱货拖累了他。

她所说的"贱货"早已缩在一个角落里睡着了。

趁那女孩的奶奶心情好的时候我对她说，你这么辛苦，你儿子媳妇在外做生意怎么不寄一点钱回来呢？就是不寄钱给你们也要寄给这女孩啊。哪知老太婆说，我们受老罪啊，你别听我老头子瞎说，儿子在外做生意能赚多少钱呢，他人老实，媳妇又狠，怎么可能寄钱给我们呢，更谈不上这个贱货了。老太婆说着说着就流泪了，我是最见不得眼泪的，赶紧再跑回去继续把我的小说拉长，像面条一样拉长，拉长的不是面条，而是钱。

女孩已渐渐地与我熟了。有时候我喊她，她还是用眼睛白我，有时还甜甜地对我笑了笑。我发觉这个女孩还是挺会笑的。有一次我还叠了一只纸燕子给她，她接过之后还是对我笑了笑，我真怀疑这女孩是哑巴，因为我没听见过她的笑声，更没有听过她说过一句话。

事实上我错了，因为有一天晚上我听见喝完了酒的老头儿在对女孩说，这个老东西常骂你贱货，你为什么不骂她贱货呢？你给我骂，你骂了爷爷就给你买一支棒冰。我听见老太婆厉声地说，她敢，她敢骂我就撕碎她的×嘴。

那老头儿真是喝多了，你骂，有我在，你别怕。

那女孩可能轻轻地骂了一声。因为我听见了那老头儿哈哈地笑了起来。那老头儿依旧在鼓励她，你再大声一点，老东西耳朵聋，她听不见。

我清晰地听见了那个女孩大声地骂了一声她奶奶：贱货！

老头子笑得更响了，甚至还呛咳了起来，在老头子的笑声中老太婆又哭了起来，边哭边数落抚养她的孙女的种种辛苦，拉屎拉尿居然这么没良心。

我的头快要被这家人家吵疼了。

我的小说远远没有完成。我必须抓紧时间把这小说弄完了然后寄出去。我在白天里一直努力地写。因为到了晚上我必须倾听隔壁人家的游戏。而在这场游戏中，喝醉酒的老头儿是导演，他给小孙女导戏，让这女孩跟着他说台词，而与她对戏的女孩奶奶到底是老演员，一会儿便进入了角色，在哭声中，导演沉睡，女孩沉睡，后来老演员也沉睡。而把我，一个忠诚的听众丢在沉默的黑夜里，睁大眼睛想找回我小说中的线索，而那小说的线索却怎么也不肯出现了。

有几次我真想去跟他们说一说，但一想那女孩可以骂那个很凶的老太婆"贱货"时我又于心不忍。这快乐而残忍的游戏一直持续了很长时间。后来还变换了一些花样，即女孩的一句台词"贱货"可以被另外一些骂人的词所代替。譬如老×，譬如骚货，譬如老狐狸精，譬如老×壳子，譬如老不死的。甚至老头子还叫那女孩骂了老太婆一句，老妓女。可能是那女孩牙齿不全，那个女孩发出"妓"这个声时成了破声，成了"老痴女"。老头子纠正了几句，那女孩仍旧骂她奶奶为"老痴女"。我不禁被这个穿了帮的演出弄笑了。而且后来老太婆就因为这句老痴女在哭声中弄出了很多陈年旧账，说年轻时瞎了眼不听死鬼娘的话而嫁了这个破修车的，想想多可笑。

这种游戏式的演出在某一晚停演时我已觉得很不适应了，因为我已习惯地停下笔，等那个修车老头喝醉了酒教女孩骂人。但那一天没有。这是秋天的一个夜晚。我已经听见秋天的风声从屋顶上吹过来又吹过去，隔壁人家寂静得很。她们干什么去了？我失神了。

我在第二天一早就带着倦容去隔壁家，隔壁人家门关起来了。我隔窗只看到了那只脏兔子。我又走过去找那个修车老头，老头儿也不在原来地方。我白天写作的习惯第一次遭到了中断，因为我心中反复惦记着那个女孩，那个小女孩会不会被两个受尽了苦又有点变态的老人卖掉呢。

到了中午的时候我才碰见女孩的奶奶，女孩的奶奶满面愁容。我问她到哪儿去了。老太婆没好气地说，还不是因为那贱货。她怕我不明白，又说，这贱货发烧了，烧到四十多度，烧得像火炭一样。正在医院挂水呢。我听见老太婆在咬牙切齿地说，这贱货早不病晚不病这时候病。汽车越多电动车越多，老头子就没什么生意了，废纸又降价了。写字的，你能不能……我知道她想借钱，我立即拿出一百元钱，够不够？老太婆的手哆嗦了一下，有没有小的？我摇了摇头，并且翻出了口袋，的确没有。老太婆接过一百元钱说，我一有钱就还给你。我说，算了。老太婆很惊讶，这怎么算了？借钱还钱天经地义。我对她一下子有了好感，但这一点儿好感一下子又被老太婆的一句话打得灰飞烟灭，我听见了老太婆咬牙切齿地说，这讨债鬼，早死早好。

  到了晚上，女孩伏在老头的背上回来了，小女孩显得更小了，眼睛却变大了。女孩吃力地躺在一张老式床上。床上的一床旧凉席补了几块布补丁。老太婆捡起那只在墙角的灰兔子扔给那女孩，那女孩的手动了动，并没有接。老太婆说，贱货啊，糟蹋钱的贱货啊，一下子就去了一百块钱。说罢又骂起了医生，那个家里要死人的医生心真狠，只发了一下烧就要这么多钱，这些钱赚回去给他家里打药吃！老头子厉声地叫住了她，你烦不烦啊，快点烧水去。老头子说罢又摸了摸女孩的头，长叹了一口气。

  我真的很为这个女孩担心。

  晚上已经没有那个老头导演的戏了。好几天都是这样。女孩在这个秋天里似乎像一只病蝉，伏在床上一动也不动。我买了一些水果送过去时，老太婆很不好意思。小女孩似乎没有睡醒，仍然无声地蜷伏在床上。修车老头也不喝酒了，老太婆却依旧骂那个女孩为贱货。贱货，喝水。贱货，吃药。贱货，哭什么，我又没死。在这个秋天我第一次有了悲秋的感觉，可能是由于这个女孩。有一天晚上，我听见女孩的爷爷在说，给我骂这老东西一声。骂，我给你买一本小人书。老太婆也在喊，你敢骂？可是一片寂静，女孩始终没有骂出一声，我的等待只能是归于沮丧。

  秋天的日子过得很快。老太婆依旧捡破烂，老头子依旧去修自行车，女孩锁在屋中，白天静悄悄的，我已经结束了手头的一篇小说，我开始写我的第二篇小说。我每次都在小说的开头花费很长时间，我把写好的开篇又撕碎。撕完了再写，写了再撕，地上扔了许多被揉成一团的废纸。女孩的奶奶走到我屋里时，竟叫了起来，你和纸有仇啊。我不明白白天她为什么到我这儿来，我真的没有随地小便啊。

  没想到这女孩的奶奶是来还钱的。她从口袋里掏出了皱巴巴的纸币时，我觉得心里一动。这需要捡多少破烂修多少辆自行车啊。我说不要还了。那女孩的奶奶说，你能借钱给我们已经很对不起你了。再说，我们家一辈子也没欠过别人家的钱。我只好收下了这皱巴巴的纸币。我顺口问起了那女孩的情况。

女孩的奶奶叹了一口气说，这个贱货不会死的。不过只一会儿，女孩的奶奶又哭了起来，说她已经听不见人说话了，自己也不会张口说话了。我问为什么？说这都是那烧烧的。我的心不由沉了下去，这女孩再也不会说话，也不会骂人。女孩的奶奶接着说，这是命，命中注定了的，落在谁的身上谁也逃不了的。而先生你是金命，她竟然叫了我一声先生。

我有点不相信。我在头天晚上就顺便走过去看那女孩。那女孩真的什么声音也听不见了，老头正在喝酒。桌上依旧是一碗老咸菜。女孩的奶奶正在给白天捡来的垃圾归类。空气中弥漫出一股强烈的霉味。老头见了我，就问我，写字的先生能否帮我们一个忙？帮我写一封信给我那个不争气的儿子，告诉他，他女儿聋了，也哑了。这件事本来不能算是一件事，我在信中写下这些情况，在写到女孩聋了哑了的时候我的心被什么刺了一下。我真的很渴望此时她能起来骂她奶奶一声：贱货。但这已经是不可能的了。我甚至动了感情，在信中我把女孩的惨状描述了一番。老头说，写字先生，要在最后加上，赶紧回家来。

我不知道这封信对他们那个已经三年不回来的儿子儿媳有什么用。我帮老人把信寄了出去。我又托朋友在城里买了一本《白雪公主》连环画送给躺在床上的女孩。女孩木木的。呆呆地看着封面上的白雪公主，白雪公主在七个小矮人面前真像是一个从天上来的公主。

偏偏出乎我的意料。有一晚我正在写小说，忽然听见隔壁人家很热闹，我认为早已停止了演出的戏又开演了，结果听见有陌生的声音。肯定是来人了。隔壁的说话声到了深夜还没有停止。不知他们在说些什么。是不是关于那个女孩？

第二天，我去倒痰盂时碰见了也在公厕倒痰盂的奶奶，那女孩的奶奶搭讪着说，我说先生你真是个讲卫生的好人。我被她这么一夸真有点不好意思。那女孩的奶奶又说，我儿子媳妇昨晚从江南回来了。

我明白了昨晚的喧闹是她儿子媳妇回来了。我点了点头。太阳已经升得很高了，我端着倒空了尿水的痰盂急急地往回走。我还是有点不好意思的。我在路上遇见了一个挺着肚子的陌生女子。她好像有几个月份了。我对着她看了一会儿，她也看了我一会儿，可能她从未见过一个清晨倒痰盂的男人。我们正准备错开去，但我还是不由自主地停下了脚步，紧盯着她挺起的肚子看。女人的脸红了，想走快点，但她双手频率很高的划动并不能使这只负载很重的船划走。手持痰盂的我依旧盯着她的肚子看，这个慌张的女人忽然尖叫起来，尖叫像一条蛇一样窜出来，使我很像一个欲向人泼尿的男人。

白鲸，白鲸

父亲和我差不多走了一个下午，才从十八里外的黄土沟赶到了建湖城。我曾不止一次地回头看看，我总觉得有人跟着我，结果我只看见了雪地上的一些脚印。不过这些脚印变得很小，小得都不像我们留下的，而是用一根棍子在雪地上胡乱点戳出来的。我想把这个发现告诉父亲，但一看到父亲张着嘴巴挥着拳的样子我就知道他又发火了，他的手痒了。他的手一痒就要捆我的嘴巴，左边一个，右边一个，像贴黄烧饼似的。我母亲开始看着不说话，等我父亲捆得差不多了，她会说，行啦行啦，把他打瘫了打痴了你养他一辈子！

我没有被我父亲打瘫，也没有被他打痴，可我的耳朵还是被他打坏了。我的耳朵就像被他的巴掌安了一扇门似的。一会门开了，门外的声音就涌了起来。一会儿门又关上了，什么声音都会消失了。我早就知道我耳朵坏了，不过我没有告诉他们，告诉他们了嫌烦。后来还是我的婶娘告诉了我母亲，小瓦的耳朵恐怕有问题了。我母亲开始还不信。后来她就在我耳朵边喊，小瓦，小瓦。我只觉得她在我的耳边呼着热气。我不知道母亲为什么要对我的耳朵呼热气。热气把我耳朵上的冻疮都呵痒了。后来我听见了她张大了嘴巴，送出了两个炸雷般的字：小！瓦！我像触电似的跳起来，哎哟妈呀！

我们村里那个喜欢穿红拖鞋的赤脚医生就更有意思了，他让我坐在屋子的最里面，在我的身边站着我的父亲。然后赤脚医生就退到了门口。我看见了他的嘴巴在动。但我不知道他在说什么。我甚至还看见了他牙齿上的一片咸菜叶子。我仰起头看我的父亲，我父亲的左眼角有一粒绿豆大的眼屎，他的眼睛睁得很大，目光里全是急躁与不安。他肯定听见了赤脚医生在说什么，可我听不见。我耳朵里的门关得紧紧的。赤脚医生还在微笑着说话，嘴巴仍然动个不停。他说得很短。好像是两个字，或者三个字。等到赤脚医生脸上露出不耐烦的表情时，我终于听见他在说什么了,他是在说:上海!我对父亲说,他说是上海!我父亲紧绷的脸就舒展开来。而赤脚医生却一脸的沉重,必须看!必须看!必须到建湖乘建湖班到高港,再到高港后不要乘去上海的大轮船,而要乘轮渡去扬中看。父亲说,过了年行不行?赤脚医生说,不行不行,再不抓紧看就要成为聋子张定付了。张定付就是我们村里打更的那个老光棍。他总是在夜里狠命地敲锣。咣,咣,咣,咣,恨不得把整个世界都敲醒。而他自己一点也听不见,他是板聋。赤脚医生边说还边摸着我的头,哪有你这样做老子的,你是贫农吧?我给你开个证明,开个证明可以免掉一些诊费。父亲说,我是下中农。父亲说得有些结巴。赤脚医生说,行啦行啦,就开个贫农吧,贫农好说话些。

赤脚医生说完之后又摸了我的耳朵,还打了一只电筒往我耳朵里面看。我指着父亲说,是他打的,是他打聋的!赤脚医生就抬起头看父亲。父亲说,我可不是你的晚老子,你可是我日出来的。我的眼泪就哗哗地流出来了。赤脚医生说,要乘大轮船了,还不高兴?

雪路是快到建湖县城时消失的,好像雪不敢进城了,而又转身朝乡下跑去了。水泥路可比泥路好多了,没有了雪,有些路面都被吹干了。父亲还在前面不停地对我挥着拳头。我身上的汗水已把我的棉袄吸附在身上了。我终于听见父亲的声音了,快,快,再不快就真的赶不上建湖班了。

快到轮船码头时,父亲停了下来,对我说了一句什么。我猜是:快点快点。之后我就看见父亲消失在涌向船的人流中了。我也拼命地往前挤,还差一点把一个穿军大衣的孕妇挤倒了,她还一把抓住了我,差点把我也抓倒了。一个长了一嘴黄牙齿的人扶住了我,并把我拽开来。我回过头叫父亲,父亲不理我。父亲快要上轮船了。我还在大声地叫,那个长有满嘴黄牙齿的人已经把我贴到了墙上的一条黄线处。我还在拼命地叫父亲。我听不见父亲的回话,也听不见那个黄牙齿在对我说什么。还是一阵长长的汽笛声把我耳朵里的门轰地推开了。我捂着耳朵挣脱了黄牙齿。又一群乘客涌过来。我看到了我父亲,父亲正站在一张跳板前等我,他对我喊道,叫你蹲矮点,检票时蹲矮点。我定定地看着父亲,父亲把食指和中指并拢,并给了我一记重重的"生姜"。我眼泪都疼出来了,我听见父亲说,你像你娘一样笨,一样蠢,一样的二百五。

泊在岸边的轮船一共有二十条。父亲说这两条都是建湖班。一条是有高高轮船头的,一条就是有船篷的普通木船。我们真的是来迟了。前面的轮船头已经不让我们上了,只剩下后面的一条木船可以上客了。父亲肯定为没有挤上前面的轮船而失望。他用力地拽着我，把我的手臂快要拽断了。

上船的跳板上还留着积雪。每个走上跳板的旅客都走得小心翼翼的。下过雪的下官河变黑了。我不知道水为什么会变得这么黑。我不敢问父亲。有个人手中的一只母鸡突然挣脱开来飞了出去，不久就落到了河中，挣扎了几下，就再也没有冒上来。肯定被冻死了。父亲见木船门口的人很多，还有人在检票，父亲就叫我站在船舷边，他自己则用力挤了进去。我不知道父亲挤到哪里去了，突然我身后的船窗户被拉开了，父亲拍着巴掌叫我，小瓦，到这边来。我就从窗户里跨进了船舱，船舱里一股暖气、烟味和我说不清的味道一下子把我抱住了。我一进来，父亲就想关窗，没想到一个戴鸭舌帽的人也从窗户跨了进来。

汽笛又鸣叫了一声。船震动了一下。我从船窗户里看到轮船码头在渐渐向后移。我们这条木船是被前面的轮船头拖着走的。我还看见了那个黄牙齿，他对着我们在挥手。我还看到了建湖城里沿河的人家。这沿河人家的房子简直像鸡窝一样差。我想把这个发现告诉父亲。父亲却和那个鸭舌帽说了起来。这个鸭舌帽也是要乘船到高港的，不过他不是到扬中，而是要到上海的。得知我们不去上海，鸭舌帽还有点失望，他就问其他人，你去扬中还是去上海？那些被问的人好像都要到扬中看耳朵了。他们不说话。那个穿军大衣的孕妇还厌恶地把头扭过去。她的肚子实在太大了，最下面五星铜环纽扣没有扣上，没精打采地耷拉着。

建湖城一晃就过去了，窗外已是我熟悉的田野了，麦子和油菜都在雪被下睡觉。我们走过的那条路上的脚印肯定被冻住了。这时不知是谁放了一个臭屁，弄得大家都屏住了呼吸，孕妇的眉毛都吊了起来，这个屁可真是臭。鸭舌帽实在忍不住了，刚才是谁？没经过大家同意就乱发表意见？还没等大家笑他自己倒先笑起来。

我闻见了有人在嚼馓子的香味，我的肚子就咕噜咕噜地叫了起来。父亲可能也闻见了，对我说，小瓦，吃不吃山芋，甜得很呢。我摇摇头。鸭舌帽说，船到沙沟镇停十分钟呢，那时可以买一点吃的。父亲说，你怎么知道的，鸭舌帽说，我怎么知道的——我经常乘这个船的，我经常到上海的。鸭舌帽真是要说话，他见父亲不说话了，又转身对那个孕妇说，咦，我好像见过你呢？那个孕妇对他斜了斜眼，没有肯定，也没有否定。鸭舌帽就低下头跟我说话，小瓦，马上还有演戏的呢。

从沙沟镇又涌上来一批扛着鼓鼓蛇皮口袋的旅客。他们扛着蛇皮口袋在静默下来的旅客中冲来冲去。让一让。让一让。有人还吵了起来，不过只吵了几声，象征性似的。之后又沉静下来了。我好像还听见了河水拍打船底的声音。

父亲真像是前世没有吃似的，他在沙沟镇上买了一斤猪头肉，还买了五只黄烧饼。猪头肉肥嘟嘟的，上面还有毛。由于天冷，上面的油都冻成了白色。我有点不想吃，可父亲就这么一口一口地吞下去了，然后他就开始打嗝，打了一个，又打了一个，猪头肉的香味又打了出来，细细闻闻，那不叫猪头肉的香味，那叫猪屎臭。鸭舌帽对孕妇说，我叫他打嗝他就打嗝。然后鸭舌帽就开始抢在父亲打嗝之前数数，一，父亲就打一个嗝。二，父亲打第二个嗝。好像鸭舌帽在指挥父亲打嗝似的。孕妇脸上一点表情也没有。鸭舌帽就不数了，对父亲说，你有没有带茶缸子，船后面有开水供应的，免费供应的。

父亲就从旅行包里摸出一只搪瓷缸子，然后说，小瓦，你去！父亲的声音很大，把鸭舌帽吓了一跳。父亲说，他耳朵有点聋。鸭舌帽说，我看不像。父亲说，怎么不像？他的确是个聋子。我真想告诉鸭舌帽耳朵是父亲打聋的。想不到父亲自己就说了，你觉得打耳光会不会把耳朵打聋了？鸭舌帽摸了摸自己的耳朵，又看了看父亲，没有说什么。

船舱里有很多乘客和着棉袄棉裤睡在船舱里了。我得小心翼翼地跨过很多胳膊和腿才接近了那只盛开水的茶桶。我自己先咕咚咕咚地喝了一茶缸，然后我又等了一茶缸。我小心翼翼地往回走。父亲一手接过茶缸，一手又拿起一只空茶缸，说，小瓦，再替这个叔叔倒一杯茶来。鸭舌帽对我说，小瓦肯定是个红小兵。父亲迟疑了一下，抢在我的话前把话说了，那是，肯定是了，我们家又不是地主。

我再次回来时船舱中央已经有人摆开了场子，一个矮墩墩的人一点也不怕冷，脱光了上身的衣服，光着膀子在抽着裤带，腰带越抽越长，他的腰变得越来越小，他好像故意要把自己的腰勒断似的。还不满意，他两手拎着裤带，左腿在轮船底上猛蹬一下，裤带又抽长了一点。然后他又照样子右腿猛蹬一下，裤带又被抽长了一点。他的肚子突了出来，像一只大肚子的癞蛤蟆。我把茶缸送到鸭舌帽手里。父亲已把手中的茶喝光了，我只好又朝船后面走。我又看到了那个练功的人，那个像癞蛤蟆一样练功的人还拿出一把雪亮的菜刀开始往自己肚子上剁，边剁还边喊：嗨！嗨！嗨！他是不是想把肚子剁开来看看他这只癞蛤蟆的肚子里究竟有什么东西。

我看到父亲也围过来看了，还有那个鸭舌帽。我把茶缸递给了父亲。鸭舌帽拉过我，俯身在我的耳边说，小瓦，你看见那个大肚子了吗，她也要喝茶的，你这个红小兵也要做好事的哇。我走到孕妇的面前，她躺在椅背的黑暗里，仿佛躲在一只洞穴里似的，她的面前果真有一只空的搪瓷茶缸。

我再次把搪瓷茶缸送到孕妇面前时，父亲和鸭舌帽都不看那个人表演了。鸭舌帽对父亲说，假的，都是假的。我看多了，走江湖的就是这样。待会儿就是手劈砖。再一会儿就是把钢筋拧弯了，拧成麻花。再后来就是把两条蛇塞进鼻孔里，不说话，跑到你面前要钱。父亲没有说话。鸭舌帽指了指那个孕妇，这个女同志也乘过建湖班的，她知道的。孕妇好像应了一声，又好像没有说话。一阵叫好声响了起来，我快速地奔过去，父亲本想拉我，鸭舌帽说，让他看，让他看，小孩子嘛。

  果真不出鸭舌帽所料，那个有癞蛤蟆肚皮的人果真用空手劈断了一块红砖。红砖在他的手下真的像一块豆腐，一下子就被手切成了两半。赤脚医生说得不错，大轮船上真是好玩呢。那个人不仅用手劈红砖，还拿了一块红砖往自己脑门上砸，只听一声"嗨——"头没有破，砖头却碎了。这个光着身的人真是有意思，不说话，又继续表演，他丢下半截砖头，又拍了拍自己的肚皮，啪啪啪的脆响。

  后来这个人又把一根钢筋像扭麻花一样扭弯了。再后来又把两条小水蛇塞进了他的鼻孔，蛇头在里面，蛇尾巴在外面，很是吓人。他可能很难受，嘴巴张着，像是要咬人。当他表演到这个地方时我发现我身边的人已经没有了，开始散了。那个人果真开始要钱了，他不说话，张大嘴巴呵着粗气，双手一伸，给钱。我相信鸭舌帽的话了。我有点害怕，快速地退到父亲的身边，对鸭舌帽说，叔叔，叔叔，他真的要钱了。鸭舌帽说，我说了吧，我说了吧，他们就是这样的。鸭舌帽又说，至少两毛钱，不能少，也不要多。他又对孕妇说，你说呢。孕妇一声不吭，好像睡觉了。

  那个鼻子又插着蛇的人走到我们这儿时，鸭舌帽居然给了他一块钱，然后手一圈，我们五个人的。那个人果真没有多要，一声不吭地到别处要去了。父亲说，怎么没人管？怎么没有人管？鸭舌帽说，管？谁管？父亲说，轮船上的人啊。鸭舌帽说，你不要老外了，他们分成头的。父亲不吱声了，我又趴着窗子看窗外，窗外黑乎乎的，再仔细辨认，我能看见一条雪线一直不动地跟着轮船在走。黑暗中的雪也有亮光的。

  那边操着建湖口音的声音高了起来。父亲和我都站了起来。原来是为了二毛钱的事。鸭舌帽拉了拉父亲，他们有一帮人的，他们还有刀。鸭舌帽的话没说完，那处鼻子上插着两条蛇的人就真的亮出了一把匕首，匕首的刀尖在微弱的灯光下闪着寒光。我惊叫了一声。孕妇醒了过来。不过她只换了个姿势又继续睡去了。我又听见了有人喊，我的钱不见了，我的钱不见了，这船上有小偷！我的头皮都吓得发麻了，身体有点哆嗦起来。我捂紧了口袋中母亲塞给我的五角钱。我觉得我耳朵里的门又关上了。船舱里的声音消失了。声音真的消失了。我的耳朵里的门真的关上了。我仿佛生活在无声的梦里面，父亲正在和鸭舌帽说着什么，我一句也听不见。我把我的耳朵都拽疼了。

我听见汽笛叫了一声,又叫了一声,好像被谁猛抽了一棍子似的。随后我感到了船一阵震动。船好像靠岸了。我叫了起来,到了,到了。鸭舌帽说,还没到呢,才到兴化城呢。我趴在窗外往外看,轮船码头上灯火通明,可我没有看见一个乘客。我回头对鸭舌帽说,没有人。鸭舌帽不说话。我又看了一会儿,回头说,还是没有人。

鸭舌帽这时已经不看我了,而是看着我们船的入口处,入口处居然涌来了不少乘客。我真的没有说谎。好在鸭舌帽没有看我,而是看着那些操着兴化口音的乘客。有人还带了一只鹅,鹅好像有点不服气,嘎嘎嘎地叫着。鸭舌帽好像忘了我刚才说错了,对我说,小瓦,再走一段到泰州,下官河就走完了,要开始走上官河了。走完了官河就要到长江边了。我有点不好意思看鸭舌帽,我看到轮船码头上依旧一个人也没有,灯光使码头显得很空旷,难道刚才从船上下去的乘客都躲起来了?我想起了母亲,母亲肯定睡了。父亲总是骂她,打她,也打我。父亲没有把她的耳朵打聋,却把我的耳朵打聋了。

鸭舌帽好像与父亲熟了。鸭舌帽在和父亲大说特说上海。鸭舌帽说,上海好。下辈子投胎一定要投到上海去做个上海人。上海的手表,上海的缝纫机,上海的毛线,上海的的确良和毛哔叽华达呢,上海糖,上海的手电筒,上海的收音机,上海的生煎馒头,上海的外滩。他还亮出了手腕上的手表。上海表就是准,一分不少一秒不差。鸭舌帽甚至说,世界上最好吃的面就是十六铺码头上的阳春面。鸭舌帽说得那么动情,把口水都要说出来了。鸭舌帽说,那个荤油不要多啊,你知道放了荤油要不要放青蒜?父亲点点头。鸭舌帽说,你老外了,阿拉上海人吃阳春面从来不放青蒜的,要放就放小香葱,小香葱可真是香啊。还有咖喱牛肉粉丝汤。鸭舌帽好像舔了一下嘴唇,你知道咖喱是什么吗?

父亲很难为情地摇摇头,不知道。孕妇肯定听了好久了,孕妇说话了,孕妇的声音很好听,轻声慢语的。孕妇说,师傅你经常去上海噢?鸭舌帽正了正身,那当然,那当然,我们上海有办事处。孕妇又问,你们什么厂?鸭舌帽说了一个厂名。鸭舌帽还说我们厂经常到上海请大师傅下来的。孕妇不说话了。鸭舌帽说,我早看出你是上海人,上海知青。孕妇叹了一口气。鸭舌帽说,怎么不想办法病休?我认识很多人的,如果你在我们那儿插队就好办了,我帮过很多人的。鸭舌帽眼睛亮起来了,那你的爱人肯定也是上海人?孕妇好像不愿意说话了。鸭舌帽就哑了口,教我说上海话。他说,白相白相。我学不像,总是说,不像不像。鸭舌帽摸了摸我的耳朵,小瓦,你耳朵真的有问题呢。

开始我还以为那群人在凑着灯光打扑克呢。不过我有点看不懂他们打牌的方式。一个嘴角有痣的人在发牌,还不时向围观的人亮出一张花牌,然后在地上几摊牌中插来插去。然后他就说,谁押宝!谁押宝!想发财就来押宝!果真就有人押宝了,而且那人还猜准了,我也猜到了在那一堆上,押宝的人就赢了一堆纸币。输了的那个嘴上有痣的人说,再来再来。可再来他又输了。他输了还笑,说赢家运气真好。我也是每次都看准了的。鸭舌帽似乎对这个不感兴趣。他站起身对父亲说,冷尿饿屁,我去小便了。他走出一步又回过头来对正踮起脚尖看的父亲说,不要玩,骗人的。说完就走了。之后那个孕妇也艰难地站起来,也向舱后去了。

鸭舌帽可能在后舱遇到熟人啦,他好久也没有回来。父亲到底熬不住了,他曾在家里输给人家一鸡窝鸡呢。父亲小心翼翼地下了一块钱注,结果父亲赢了。父亲高兴地对我说,小瓦,老子再赢下去我们也去上海白相白相,也去上海买手表。

待鸭舌帽扶着孕妇从后舱回来时,父亲已经输了十几块钱了,父亲还输掉了我口袋里的五角钱。鸭舌帽拍了拍父亲的肩膀,父亲把头抬起来,父亲的脸变得通红,额头上居然还有汗珠了。鸭舌帽说,怪事,天这么冷你怎么还有汗?你真是没有出过门呢。

鸭舌帽把孕妇丢给我,然后他就跑到那个正低头数钱的嘴角有痣的人面前,一脚就踢翻了他面前的扑克。那个人头抬起来,眯着眼看了鸭舌帽一眼,然后跳起来,一掌就把鸭舌帽的帽子打掉了。鸭舌帽头上原来没有多少头发。那个嘴角有痣的人笑了起来,呵呵呵,怪不得灯这么亮!那些同伙们也怪笑起来。鸭舌帽说,蒋锅巴知道不知道?鸭舌帽还从口袋里摸出一把刀来,这是蒋锅巴给我的刀呢。那些人立即软了。鸭舌帽说,把钱退掉!鸭舌帽还吼了一声,把帽子给我戴上!那个嘴角有痣的人果真把帽子找回来给鸭舌帽戴上了,还把钱退给了父亲。做完就退到船口去了。泰州站要到了。父亲不吭声。我有点不懂,谁是蒋锅巴?谁是蒋锅巴?鸭舌帽说,小孩子,不懂的事就不要问。父亲好像也找到了杀气的地方,小瓦,你怎么不给我挺尸睡觉。我把眼睛闭上了。可我睡不着。我睁开眼。父亲、鸭舌帽、孕妇好像都睡觉了。轮船里一点声音也没有,我耳朵里面的一扇门肯定又关上了。

泰州站是建湖到高港之间的一个大站。鸭舌帽还凑到下船的乘客中打听了情况。下的客很多,可能由于夜里了,上的客很少。加上要过船闸,从下官河到上官河。所以很多乘客要换船去前一条船。前一条船比之后一条船暖和。玩花牌的那帮人早上了岸。有人还叫我们换到前一条船上。父亲本来想换的。鸭舌帽回来了,按住了父亲说，我们不换，这儿冷是冷的，但空气好。

父亲好像很冷，他紧紧攥住了我的手，有点抖。他肯定没有忘记刚才的事，父亲差点把我们回家的钱都输光了。鸭舌帽可能早把这件事忘了，说，过了泰州下站就是高港了。父亲点点头。他全身颤抖得厉害。鸭舌帽说，怪不得我没有见过你。我这个人就是怪，凡是见过面的，我一遇见就记上。上次在上海遇见一位老师傅，我说，老师傅，我还和你一起买过生煎馒头的。他全记不得了。我还提醒他说，我跟你换过粮票的呀，人家不要全国粮票，反而要上海粮票，是你换给我的哇。这位老师傅才想起来。父亲还在抖。鸭舌帽又说，我蛮喜欢小瓦的。孕妇说，你喜欢小瓦就认他做干儿子吧。父亲的手还在抖。我有点不好意思。孕妇说，小瓦，叫，叫干爹，按上海规矩，干爹可是要给红包的。鸭舌帽听了，果真从口袋里摸出了揉成一团的十块钱，抚摸平了对我说，小瓦，叫我一声，这个就给你买糖吃。我没吱声，鸭舌帽又把手上的上海手表撸下来，然后戴到我的手腕上，孕妇说，小人戴大表呢。鸭舌帽笑起来，父亲也笑起来，小瓦，把钱和上海表给叔叔。鸭舌帽把表收好后还是问我，小瓦，你想让我到上海买什么？我想了想说，上海糖。孕妇说，上海糖不要太多噢，小瓦，你应该敲你干爹一笔。说完，孕妇又笑起来，不是只笑了一下就停住了，她呻吟了一声。鸭舌帽问，怎么样？孕妇说，没问题。我父亲突然说，我包里有红糖的。父亲说完就蹲下身拉开拉链找了起来，找了好久也没有找到红糖，然后他突然盯住我的脸，肯定是你这个狗日的偷吃了，说完就掴了我一个耳光。他还想打第二下，被鸭舌帽劝开了，不许你打我的干儿子。这时孕妇又呻吟了一声。

窗外依旧是黑乎乎的，我看了一会儿，就趴在鸭舌帽的怀里睡着了。我梦见了很多花的绿的红的玻璃纸的上海糖向我涌来。我呵呵地笑，告诉母亲，上海糖！上海糖！母亲好像没有听见我的话，头也不回地向前走啦，原来家里不是我耳朵聋了，而是我母亲耳朵聋了。

我醒来时发现鸭舌帽、父亲和孕妇都不见了。我看到了地上的血迹。我想起了鸭舌帽手中的刀。电影上戴鸭舌帽的可都是特务啊。我有点怕，一怕我就想尿尿。我向厕所跑去。船舱里空荡荡的。好像这条船就我一个人。厕所的门关着，我推了推，一点也推不动。我大声喊父亲。但我听不见声音。父亲可能在什么地方回答了我。我又拽了拽我的耳朵，我把我的耳朵拽得跟橡皮筋一样有弹性，可我还是听不见。我的尿意很浓了。我只好掏出来在船舱里小便了。我的这泡尿很长，我哗哗哗地尿着，一阵热气糊住了我的双眼。他们肯定是到前面轮船上去了。而把我一个人丢在这里！尿到最后时，我打了一个寒战，尿都尿到我裤子上了，这时，一阵"轰隆"声冲进了我的耳朵里，有什么落到水里去了，声音的水珠在我的耳朵里不停地滴落着。

我环视了船舱，船舱里依旧什么人也没有。水还在拍打着船底。我只好又回到位置上，趴在座位上看窗外，窗外渐渐地亮了，我都看见岸上的油菜和小麦了。还看见了一棵榆树上一只黑黑的鸟巢。这儿好像没有下雪。我用力拉开窗户，寒气和曙光一起涌进来，我打了一个喷嚏，又打了一个喷嚏。母亲肯定在家里说我了。我的泪水涌了出来。我的耳朵会不会聋呢？我会不会像那个板聋张定付？咣。咣。咣咣。人们叫他张定付，他笑着。人们骂他狗日的，他依旧笑着。

父亲、鸭舌帽和孕妇出现在我身后时天已经完全亮了。曙光打在孕妇的脸上，孕妇的脸特别白。他们好像都累了，都不理我。我抓住父亲的手说，我听见了一声轰隆！父亲的手抖了一下，看了看鸭舌帽，又看了看孕妇。我又喊道，我都听见了，轰隆一声！孕妇已靠在鸭舌帽的身上睡觉了。那两枚五星铜环纽扣也各就各位地扣好了。父亲扬起了巴掌，打了我一个耳光，又打了我一个耳光，什么轰隆一声！我说，我听见的，轰隆，有东西掉下去了！父亲的巴掌又拍了起来，我看你真的是聋了，聋得就像老张定付了。

船到高港后父亲是拽着我上岸的，把鸭舌帽和孕妇丢在了船舱里。他们不是说要乘长江里的大轮船到上海的嘛。父亲不说，我也不敢问，我跟着父亲上了岸。江风吹过来，把我和父亲吹得东倒西歪。我忍不住回头看了看，建湖班的篷顶是白的，原来建湖班把建湖下在篷顶上的雪带到了高港。船顶上的雪那么洁白，没有一点鸟迹，呈出一种蓝来。这两条船像两条白鲸一样沿着下官河游，游完了下官河又去游上官河，我们则是白鲸腹中的孩子。

扬中船要等一会儿再开，我和父亲在高港的街头转了一会儿。父亲好像发了慈悲，给我买了许多纸糖。我满嘴都是甜味。嘴都吃歪了。父亲拉着我再次来到高高的江堤上时，原来停泊在这里白鲸一样的建湖班竟不见了，两条白鲸是不是游到长江里去了？或者，它们又转了个身，离开高港，从上官河出发，到下官河，再游回到了建湖？

薄冰

进门好一会儿了,二宝头发上的霜还不肯融化。二宝随手一抹,叮当叮当的,霜全掉到地上了。

二宝回过头看小云,轻声提醒了一句,云,得找一块毛巾擦擦啊。

小云坐在旅行袋上,一动不动,头发上的那层霜也在坚持着,就像是戴了块孝布。

二宝扯开电灯,在脸盆里找到了一块毛巾,抹布似的毛巾冻成了灰疙瘩,把这样的毛巾给小云还不如不给呢。这个小宝,平时怎么不用肥皂洗一洗?二宝把脏毛巾"咣当"一声扔回脸盆。回头再看小云的头发,孝帽似的霜没了,湿亮湿亮的。

云。二宝手伸过去,想探一下小云的头发,可还没有靠到,就被小云狠狠打开了。

云,要感冒的。二宝嘟囔道。

我就是死了也不要你管。小云的话音里有了哭腔。

云……二宝又喊了一声,不说话了,捂着冻得酸疼的手看着外面,刚才还很黑的天仿佛被谁捅出了一个窟窿,抖抖簌簌的光线慢慢地挤到了二宝的身边,该叫醒儿子了。

小宝,小宝,妈妈回来了!二宝一边敲着儿子的门,一边叫。

过了好久,小宝的房里才传出一声沉闷的咳嗽声。不是小宝,是小宝的爷爷。

听到咳嗽声,二宝赶紧把门掩上,父亲是老气喘,见不得风,尤其是早晨的风,父亲叫它为"生风"。晚上的风还好些,那是"熟风"。

小宝睡到什么地方去了呢?二宝回头看小云,小云也瞪着眼睛看他。

小——宝!小——宝!

小云仿佛有了不祥的预感,突然大喊起来,她尖锐的喊声像起床号。过了一会儿,一些被惊醒的人起床了,围到二宝家。多日不见的二宝站在门口,对着大家挤出一脸的笑。而小云呢,就像是看不到大家似的,依旧扯着嗓子乱叫。

小宝根本就没有丢,他就跟在这些人的后面,头发乱得像刺猬,大鼻子,厚嘴唇,和二宝一个模子刻下来似的,小眼睛里面全是瞌睡虫。整整一个冬天,小宝都没有睡在自家,而是睡到了少年小军的家里,小军的父亲是村长,他家有空调。

小云还是感冒了,吃了早饭,坐在门槛上给小宝洗鞋子的小云,像在批发喷嚏似的,一个喷嚏接着一个喷嚏。

正在清灶灰的二宝喊了几声小宝,他是要小宝送瓶开水给妈妈。小宝装着听不见,生着气呢。小宝生气的样子就像小云。人家都是新鞋子,凭什么要给他一双旧鞋子过年?

二宝俯下身子,在小宝的耳边许诺,听爸爸话,你表现好,明天的压岁钱是一百,表现不好,就是五十。小宝狐疑地盯了二宝一眼。二宝说,我是说到做到的。小宝听了这话,才磨磨蹭蹭站起来,给小云送了一瓶热水。

小云洗完了小宝的臭鞋子,又去村口割了点肉,拾了三块豆腐,还买了两刀纸钱。今天是腊月廿八,她和二宝特地赶到这一天回来,就是要为祖先烧年纸,供点饭菜。今年是小年,明天是腊月廿九,又是大年三十。

小云在灶上烧菜,二宝和小宝在堂屋里叠纸钱。二宝叠得快,小宝叠得慢。二宝分了一小半给小宝,可等他把自己的份额叠完了,小宝还没有叠完一小半。二宝说,小宝啊,要是我小时候像你这样慢,你爷爷早就给我吃生活了。小宝依旧不说话。二宝想,他肯定还在生他们没有给他带新鞋子回来的气。

二宝把纸钱全拿过来了,叫小宝出去玩,待会儿回来磕头。小宝也不想出去,坐在凳子上看二宝叠。二宝被小宝盯得很是不自在,先后撕破了两张纸钱。二宝怕祖宗不能用,就叫小宝去取胶水,小宝瓮声瓮气地说,糊了干吗,破钱到银行换一下就得了。二宝想不到小宝会说这样的话,但他也提不了反对意见。祖先的地底下有银行吗?晓得什么是银行吗?

小云手脚很快,供菜很快在桌上摆好了,二宝拉着小宝跪在桌前烧纸钱,小云就站在一边看。纸钱的火先是很大,后来越来越小,有些纸钱灰顺着风往上飞,有的飘到小宝房间去了,有的绕过了门口的小云,飞到门外去了。

纸钱全变成纸灰了。二宝是家长,先磕头,嘀咕了一声,列祖列宗,把钱拿过去过个好年吧。二宝磕完了,又要小宝跟着磕,叮嘱道,小宝,多磕几个头,替你爷爷磕两个,也替你妈妈磕两个,保佑保佑。

不要保佑我,小云擤了一把鼻涕,赌气地说,我不要保佑,你替我跟奶奶说,叫她早点把我带走。

不要带她,要带就把我带走呢。二宝听了,也跟着赌气说。

小宝看了看小云,又看了看二宝,眼神怪异得很,后来,他索性对着桌前看不见的祖先一阵猛磕,就像一只刚刚被捉住的磕头虫。要不是二宝抱住了他,小宝肯定就做磕头虫了。

满脸是泪的小宝在二宝的怀里,气喘吁吁,暖和得很。

小云在每一样供菜碗里都掐了一点,拢在手中,出门扔到屋顶上了,这是给天上神灵的。扔完了,小云撤掉了供碗前的筷子,二宝也跟着用稻草团把纸灰扫净。年纸烧完了,该准备过年了。

中午饭菜就很方便了,把那些供菜热一下就行了。小宝不想吃,用筷子数着碗里的饭粒。小云问小宝怎么了,小宝说吃饱了。二宝说,吃饱了正好,喂爷爷去。小宝听了,很不情愿地到灶房里盛了一碗饭,胡乱夹了一点菜,就到爷爷床前去了。

小宝不在桌上,本来吃得很慢的二宝吃得奇快,还逼出了一个难听的嗝。小云瞅了他一眼,把小宝的剩饭碗移到他的面前。二宝继续连汤带水地送到肚子里了。小云又叫二宝把一碗青菜百叶消灭掉。二宝不说话了,指着父亲的房间。房间传来了呜呜呜的喘气声。不用说,小宝又把爷爷喂呛了。小宝的脾气太急,偏偏爷爷吃得很慢,动不动就呛着了。骂过多少次了,小宝还是改不了。

二宝起身去把小宝赶了出来,自己接过来喂父亲。老哮喘的父亲看上去老多了。不过,再看看,又似乎和上半年一样老,甚至和前几年一样老。也许母亲去世的时候,父亲就这样了。有好几次,父亲病重了,不吃不喝。村里人都说,父亲的大限要到了,有什么话就跟他说说吧。可过了几天,父亲又能坐起来,喝水了,吃粥了,吃饭了。真是奇怪啊。

小云和小宝低声说着什么。二宝想听小云母子说什么,但父亲的喘息实在太重了。还有嘴里呱巴的声音,喉咙往下咽饭的声音。真就像那吵吵闹闹的拆迁工地,噪音,灰尘,耳朵都听不见了。

不知道什么时候,碗里的饭全被父亲咽到肚子里了。二宝看着空碗,有点怀疑自己刚才是不是也帮助吃了几口。想到这,二宝按住了肚子,他的胃疼了。父亲一点也不知道二宝的情况,嘴呱巴着,下巴胡子像风吹乱的草。那乱草里有几颗饭粒。二宝替父亲一一拣了出来,顺手擦掉了父亲眼窝里的泪。

小宝正在和小云在天井里拧被单,从麻花一样的被单上滴下来的水珠,清亮,快乐,排着队,往下面的红塑料桶里跳。

二宝看了看屋顶，一年下来，屋角上的吊灰没有去年多，但也有不少"储蓄"呢。想到储蓄，二宝深吸了一口长气。

该掸尘了。

推开偏房的木门，一股积尘就猛然涌出来，撞疼了二宝的眼睛。偏房是用来放农具的，没有进城之前，几乎每天都要进来的，现在呢？二宝怔了一下，看看那些老伙计们，有一年没有进来了哇。

二宝想找一把干净扫帚用来掸尘。二宝哐当哐当地翻了好一会儿，还是找不到那把专门用来打扫晒谷场的扫帚。明明放在里面的。可那把扫帚似乎和那些农具商量好了，一定要二宝把老伙计全部安抚上一遍才肯出现。最后，扫帚找到了，它藏到笆斗的肚子里了。二宝又找了一根竹篙，可又找不到绑扫帚的麻绳了。二宝不想再花时间找了，索性把手前的扁担绳拆了。扁担绳很结实的，可结实又有什么用呢。绳子和人的脑子一样，不用就要老的。记得这扁担绳是他自己搓的，他去野地里割了黄麻，剥下黄麻皮，在水里浸了半个月，小云在石码头上一根根浣好了。晒干了。用木榔头捶熟了。搓麻绳的那个晚上，小云在屋里哄儿子睡觉，他把灯熄了，来到院子里搓。绳从手掌下转到屁股下，再从屁股后面钻出去，像蛇一样调皮。绳子钻多了，二宝的屁股有了一种奇妙的感觉，那奇妙的感觉又向上，向左，向右，像有一个小人精躲在他身体里顽皮。哄小宝睡觉的小云的歌越来越轻，他越搓越快，手心越来越烫。后来，那滚烫的手心就搓到了小云身上……

遮遮灰尘的草帽最好找了，它就挂在墙上。一年没有戴它，草帽也老了。二宝又到旅行袋里找出一些旧报纸，一一摊开来，遮挡在家具上、桌子上，还有父亲睡觉的床上。这些报纸都是张老板办公室的。那天，二宝去得太迟了，里面的电脑椅子啊桌子都没有了，就剩下了一些旧报纸了。二宝把那些旧报纸抱回来了。小云叫他扔掉，二宝没有听小云，两个人就打起来了。

扫帚碰到屋顶，屋顶上的灰尘就簌簌地往下掉，打在报纸上，像是下雨。二宝就在"雨声"中掸着尘。灰尘味太大了，父亲猛烈地咳嗽起来，盖在被子上的报纸都滑了下来，有一张还滑到了地上。二宝又盖了上去，还替父亲掖了掖被子。二宝叫了一声父亲，正使劲地咬着腮帮的父亲不理睬二宝，身子在被子下挺成了一张弓。不一会儿，盖上去的报纸又滑了下来。二宝没有办法，又去了偏房，找到一大张棉花大棚的塑料薄膜，盖在了父亲的床上。

灰尘掉在了塑料布上的声音和掉在报纸上有点不同。报纸上的声音模糊，而塑料纸上的声音清脆，像是有长指甲在不停地敲玻璃窗户。父亲不咳嗽了，塑料纸一动不动。父亲是不是……二宝不敢承认自己的想法，但还是被自己心里冒出来的念头吓了一跳。

终于掸完尘了，二宝摘下草帽，收拾报纸和塑料纸，但总是觉得手腕酸得很，也许胳膊向上举的时间太长了。但自己的力气到什么地方去了呢？过去在打谷场上扬稻，几千斤的稻谷，必须要趁着一阵风全部扬下来，也只不过一个时辰。扬完了稻子，二宝还要把它们装到笆斗里，扛上肩，再一笆斗一笆斗地运到仓库里。一笆斗稻子，一般是一百二十斤。上肩的时候，脚和腰一起发力，一下子就上肩了，二宝一个人完成，从来不需要小云托上一把。进城就一年，变"修"了。

二宝开始擦洗门窗。擦完了门窗，二宝又把家里的桌子凳子都搬到天井里。二宝没有用家里的自来水，而是去河码头上担了一担水，给桌子凳子们哗啦哗啦地洗澡。冲刷下来的水正好洗天井。可能有风，水还没有来得及结冰就被吹干了。天井干净了许多。倒是那些凳子们，洗完了，和没有洗完一个样，还是灰头灰脸的。真是没有心眼。

这边二宝忙着，小云也没有闲着，她把家里几乎该洗的都洗完了，除了小宝爷爷那床被子。小云想等明天晚上换，换好了过年。

小云洗完了衣服，又开始烧洗澡水。二宝很会配合小云，跟着就把洗澡盆放在灶房里了，还有洗澡帐子。洗澡帐子是二宝自己做的。村里原有一个老浴室，可村里人不多了，有些人家装上了热水器，老浴室就关掉了。后来，大家都去买十块钱一只的婴儿洗澡帐。但那不经用，一是劣质，二是太小。二宝很聪明，模仿了婴儿洗澡帐，用做棉花大棚多下来的塑料薄膜做了一顶洗澡帐。

小云叫二宝把第一锅开水倒到澡桶里，这是用来预热的水。一会儿，澡桶里的蒸汽会把洗澡帐膨胀开来。待第二锅开水好了之后，就可以洗澡了。小云叫了一声小宝，想让他第一个洗澡。可躲在屋子看电视的小宝像没有听见似的。二宝跟着叫了一声，小宝还是不出来。二宝提高了嗓门，装着要发火了。小宝根本不怕，他也犟了起来，把电视声音开得像大喇叭。小云怕他们吵起来，就叫二宝来烧火，她去叫小宝。一年到头，人家的孩子都在父母身边撒娇，可小宝呢，还得照顾爷爷，还得上学，现在父母回来了，撒点娇也是应该的。

电视声音小了许多。小云出来了，告诉二宝，小宝不想在家里洗澡，他要到小军家洗澡，小军家有热水器。二宝说，大过年的，会被人家说的。小云说，我也这么劝他的，可他不听。二宝说，那你就不哄哄他？小云说，他又不是小孩子了。二宝不说话了，可能整个冬天，小宝的澡都是在小军家洗的。小云说，你这个儿子，还是和你不一样，他倒是会玩朋友，竟然能赖到村长家洗澡了，他不洗，你先洗吧。几天不洗澡了,你身上都可以搓下二斤垢来了。二宝听了,没有说什么,往灶膛里加了一把柴,火一下子大了起来,眼睛亮得很。

第二锅水又开了。小云叫二宝先洗,二宝却说让小云先洗。小云不明白,二宝说,我要替老头子洗的。小云听了,压低了声音,说,你不说,我都差点把老祖宗给忘了。二宝说,我要带一把刷子,给他好好刷一下,他都一个冬天不洗澡了。小云说,不要提他,提他我就要吐了,我先洗吧,你给我做服务员。

有了两锅开水,灶房里暖和得很。小云把灶房关紧了,脱了衣服,说,我得泡一下,待会儿你进来帮我擦背。洗澡帐里的蒸汽发得很好,小云钻进了洗澡帐,就像钻到了一大团云里了。二宝看痴了。小云在"云团"中叫了一声。二宝才醒过来,把锅里的热水舀到一只木桶里,放到"云团"里,三下五除二,把衣服剥了,钻到了"云团"里逮"七仙女"去了。

小云是先出来的,她洗得很好,头发漆黑,脸色红润。小云低着头,用干毛巾搓着湿头发。二宝是后出来的,还穿着刚才的脏衣服,他在往外面倒洗澡水。一桶一桶的洗澡水泼在院子的角落里,雾气就弥漫开来,二宝像是一个在天上泼水的人。

二宝倒完了澡桶里的水,又拿拖把抹去了溢在地上的水。搓干了头发的小云喊了一声小宝。没有人答应。二宝也跟着喊了声小宝。

小宝早不在家里了。

这小子,就是比我强,二宝说,他可能是去小军家洗热水澡了。其实,就是小宝在家,也暂时洗不成澡了,洗澡帐刚才被二宝和"七仙女"一起扯坏了。

待会儿你问问小宝,让他和你们一起去镇上洗澡,好好洗一下。小云说。

我修一下就好的。二宝说得有点心虚。

我们再穷也不会没有洗澡钱吧,小云说,如果把老祖宗冻出什么三长两短,药费可比洗澡钱多得多呢。

七里路的风也像刀子割人呢。二宝想说父亲可能忍受不了路上的冷风。可他没有说出来,他把这句已到喉咙口的话咽了下去。不过,那句话还是把二宝的喉咙惹痒了。二宝咳嗽起来,眼泪都出来了。

小云似乎没有听见似的,她肯定以为是小宝的爷爷咳的,二宝咳嗽的声音和他父亲一样。

小宝真的去了小军家,他正在和小军一起盯着电脑打游戏,对二宝的问话答得有一句没一句的。问到洗澡的事情,小宝很不耐烦地说,不是早跟你说了吗,我在小军哥家洗。小军也点头称是。

二宝听了,很是尴尬。论年龄,小宝比小军大一个月呢。论辈分的话,算起来,小宝还长小军一辈呢。

王村长出来了,他跟二宝打了个招呼,叔,过年了呢,就让小孩子玩玩,哪里像我们小时候,人多又好玩。

二宝的脸色有点缓和了,看来王村长没有乱了辈分。王村长敬了二宝一支烟,是跟城里张老板一样的好烟。王村长还替二宝点上了。二宝不好再待了,就告辞了。出了门,二宝抽了一口烟,很不对劲,想吐出来,但吐不掉,感觉像是被人灌进了一肚子劣质油。

天色暗了下来,有一些零星的鞭炮声,肯定是那些性急的小孩子放的。孩子都盼着过年,他小时候,也是这样盼着过年,一心一意地筹划,想在过年的时候大吃一顿。到了过年,二宝又什么也吃不了了。父亲笑话他,说他是嘴大喉咙小。母亲辩解说,我们家二宝不是吃不下,是年饱。

二宝又抽了一口烟,还是刚才的感觉。快过年的时候,工地上就冒出了贩假烟的人,都是名牌烟,可只要三五十块钱一条。很多人都买了,回家好散散人。二宝没有买。后来,卖假烟的人走了。二宝就后悔了。小云说他总是这样,一旦犟起来,犟得要命,可总是犟不到底。二宝问小云,犟到底怎么样?犟不到底又怎么样?小云说,你问我有什么用?我又不是算命先生。

二宝再次敲开了小军家的门,小军见是二宝,脸色有点不悦。二宝连忙说,我不是要小宝回家,我是想跟你家借黄鱼车。小军不解地看着他。二宝怕小军不肯借给他,指着自己说,七里路呢,我已经老了,背不动小宝爷爷了。

堆在河边的草垛都朽了,抓都抓不着手。看来草垛漏了,真不知道这一年小宝是怎样取草的。明明教了他,一层一层地取,否则会漏雨。漏了雨,稻草就不经烧了。小宝还是没有听他的话。但天实在太冷了,父亲如果坐在黄鱼车底座的铁皮上,肯定受不了的。二宝还是在昏暗的光线中找了几把稻草,在黄鱼车的铁皮后座上做了一个稻草垫。父亲畏寒,如果冬天父亲不畏寒的话,他是能够起床的,还能够照顾小宝。

父亲在二宝的怀里筛糠似的颤抖,嘴巴里还支吾着。小云问二宝,他是在骂人吧?二宝说,他不是骂人,他是不肯出来。小云说,你怎么不告诉他你要干什么,他肯定以为你要把他扔出去了。二宝这才醒悟过来,对着怀中的父亲说,你放心,我是带你去洗澡。父亲还是不听。二宝大声地说,你闻闻,你这么臭了,连小宝都不愿意在家里过年了。

提到小宝，父亲不挣扎了。二宝把父亲安顿在黄鱼车里，又给他裹了一层毯子，一边裹一边说，你看看，我是带你去镇上洗澡享受呢，我怎么可能把你这个老祖宗扔出去啊，我还要把你像菩萨一样供起来呢。

二宝没有打开小云塞过来的电筒。从小王庄去镇上的路不是以前的泥路了，都是水泥路了，笔直笔直的。但二宝骑得歪歪扭扭的，三个轮子的黄鱼车不像自行车听话。二宝停了几次车，用电筒前前后后检查，也检查不出什么名堂。后来还摔了一个跟头，好在用毯子裹得紧紧的父亲没有从里面掉出来。二宝用力把车子扶起来，校正了龙头，推了几步，吱嘎吱嘎响。用电筒一照，链条松了下来。

父亲在车上，黄鱼车很沉，上链条很是困难，二宝几乎使尽了全身的力气。再上车的时候，二宝的鼻孔里全是链条的铁锈味。这个世界就是这样，谁都来欺负他二宝，连黄鱼车也欺负他，车的刹把不和龙头设计在一起，而是设计在骑车人的裆下。真是欺人太甚，人又没有三只手，两只手扶龙头，怎么还有一只手拿刹把？！

父亲突然剧烈咳嗽起来，二宝没有去管父亲，而是狠狠地擤了一下鼻涕，继续往镇上骑去。二宝想，如果后面驮的是母亲，他肯定不是这样不孝顺的。二宝长得像母亲，矮墩墩的。而父亲呢，又高又瘦。从小的时候，二宝就感觉到，父亲似乎不满意母亲的长相，三天两头的吵。后来，二宝长大了，他们不怎么吵了，但父亲还是和二宝亲热不起来。二宝呢，从小就觉得父亲瞧不起他，居高临下的姿态，根本不是在看他，而是彻底地轻视他。就连他结婚了，生子了，父亲还是一副轻视的姿态。母亲去世，二宝哭得凶。小王庄的人感叹说，这个二宝啊二宝，古人说得对呢，宁要讨饭的娘，不要做官的爹。

镇上的灯火很是热闹，他们对二宝的到来并不在乎，倒是二宝慌张了，他向一个正在放烟花的小孩问起了澡堂的位置。

澡堂？小孩听不懂二宝的话。二宝又重复了一遍，小孩听懂了，随手一指，二宝就看到了前面有挂着一对红灯笼的楼房。

可没有等二宝停住车，一个穿保安服装的瘦猴男人就拦住了他，不让他停车。二宝说，我是来洗澡的。瘦猴说，洗什么澡？这里叫华清池，不是澡堂！二宝问，不是洗澡的地方吗？瘦猴说，跟你这个乡下人说不清。二宝最听不得别人叫他乡下人了，他和小云去的那个城市都要求大家叫民工为建设者呢。二宝想和这个瘦猴理论一番，车上的父亲又咳嗽了，把瘦猴彻底地吓了一跳。

二宝怕父亲在外面冻得太久，放过了瘦猴。他猜出华清池是干什么的了。在城里，工友们每天都在谈洗澡房的秽事。瘦猴不让他洗，他还不想洗呢。看到人家做秽事是要倒霉的，他今年很不顺遂，可不想明年再不顺遂呢。

瘦猴忽然叫住了他，说，转过那条有路灯的巷子，就能看到一个老澡堂。二宝听了，想说谢谢，可说不出口，可能是冻伤了，也有可能是不完全相信瘦猴的指点。可他还是按照瘦猴的指点把黄鱼车向前拖过去。

瘦猴没有说错，刚从路灯下转到那个巷子，老澡堂那种特殊的混沌气就扑上来了，二宝深吸了一口那混沌气，喉咙顿时舒适了许多。

澡堂找到了，可陷在黄鱼车里的父亲怎么也抱不出来，可能卡在了车座后面，也有可能冻住了。二宝把黄鱼车来回地摇了摇，再抱，卡在里面的父亲松动了。

裹在毯子里的父亲团着身子，像一块硬邦邦的大石头。二宝把这块大石头顶在墙上了，腾出一只手，从口袋里掏出钱，买了两张澡票。

老澡堂通风设备肯定不好，雾气里有一股酸臭的味道。二宝把父亲连毯子放到座位上，旁边有个秃顶老人就问，你老子啊？二宝点了点头。秃顶老人说，大孝子啊。二宝听了，看着毯子里的父亲，父亲似乎还僵着，雾气冲得二宝的眼睛有点发糊。

二宝先给父亲剥衣服。父亲的眼睛这才睁开来，脸色也好多了。可能是到了澡堂里，有了暖气，他的身体就缓过来了。看样子，父亲的冬天适合在澡堂里。这个念头只是一闪，二宝就狠狠地把它掐灭了。

二宝脱到父亲的裤头就不给他脱了，他自己脱。待二宝剥完了，发现父亲也脱光了，裤头是父亲自己剥下的，剥完了，还握在手里，像握着一件宝贝似的。二宝有点恼火，一把扯过来，随手一扔，就扔到父亲的帽子上了。

父亲是在被二宝搀起来时见到了裤头的位置，他瞅了二宝一眼，可能很想纠正二宝这种不恭的行为，但他没有办法纠正了，二宝嫌弃他走得太慢，索性把他抱了起来。

又瘦又高的父亲一下子更高了，他可能也觉得太高了，腰弯了下来，先是试探性地想趴下，后来他就很信任地趴在二宝的肩上。

父亲冰凉的手像是鞭子打在二宝赤裸的肩上，二宝走得飞快。

靠着浴池窗口部位有一盏朦胧的灯，二宝渐渐看清了裸体的父亲。父亲真是老了，像一只干瘪的老丝瓜。二宝怕父亲冻着，就往父亲身上浇水。父亲可能没有预防，被浇上身的开水弄了一个激灵。父亲抬起头来，瞪了二宝一眼。二宝下意识地身子一矮，没入了池水中。

池水像是一床暖和的被子，二宝很惬意地睡在里面，只露出头。再仰头看父亲，就像小时候在河水中看岸上的父亲。父亲不允许他私自下水，二宝偏偏就喜欢偷着下水。有一次，父亲得知二宝又和一些伙伴下水了，就拎着一把扫帚来到河边。二宝当时就在水里吓尿了。多少年过去了，父亲真的老了，唯独他身上的伤疤没有皱纹，还闪闪发亮，像是父亲老皮肤上的几粒纽扣。胸口附近的"纽扣"最大，那是被牛"触"了的伤疤，愤怒的牛在追逐着一群调皮的孩子，里面并没有二宝。但父亲以为有，他和一批大人追上去，父亲腿长速度快，赶到了疯牛前面，疯牛就把牛角"触"中了父亲。现在想想，都过三十年了。三十年，说起来容易，可过起来多么不容易。父亲被牛"触"中时的二宝就和池水里戏水的小孩们差不多大。

可能是内池里的水烧得太烫，所以内池边的人不多，而外池边的人很多。戏水的小孩多集中在那里。二宝在池水里泡了一会儿，怕父亲烫坏了，就把父亲移到了外池这边。刚坐到外池边，戏水的孩子一个跳水，就把水溅了父亲一头。二宝连忙替父亲擦了。又一个跳水的小孩弄出的水花更大，不但溅了父亲一头，还溅了二宝一脸，有一些水还溅到了二宝的嘴里。二宝连忙吐出来，但还是喝下了一点脏水。脏水里肯定有尿。一想到这，二宝就去抓准备跳水的孩子，没有想到，被抓的孩子下口就咬，二宝松开了手。

这群小狗！二宝轻骂了一句。

是的，人剥了衣服，还不如狗呢。那个弯腰擦背的擦背工就把二宝的话接了过去。

二宝听出擦背工不是本地人，就和他扯了起来。擦背工的确不是本地人，而是安徽人。二宝问他回不回去过年？擦背工说，怎么不想回家过年？不过要等三月份再回家。二宝不懂。擦背工说，三月份天暖了，澡堂生意就不好了。二宝问擦背工，现在生意不错吧。擦背工听到这话，把擦布取下来，把一双手亮给二宝看，你看看，一天百十个背，我的手都擦烂了。二宝看到了那双手，比他在工地上被生石灰烧伤了的手还厉害。擦背工抽回了手，继续擦背，自言自语地说，过年了嘛，人都要享受一下的。

这时，刚才擦完背的澡客插话说，还享受呢，擦得这么潦草，简直和没有擦一个样。擦背工听了，连忙打招呼说，过年忙，过了年你再来，我补给你。那个浴客说，你们这些安徽人啊，真是贱得很，生意不好不行，生意好也不行。擦背工听了，没有说什么。而二宝听不下去了，挥动着浴巾，对着那个澡客吼道，谁贱？你说谁贱？

那个澡客惊讶地看着他，不说话了，仿佛二宝也是天不怕地不怕的安徽人。见那个人怕了他，二宝想打架的劲头就不尴不尬地停住了。二宝瞅了一眼那个擦背工，擦背工仿佛不关他的事，继续忙碌而潦草地为澡凳上的澡客擦背。

此时外面有争吵的声音，那个澡客趁机跑了出去。二宝把父亲扶到墙边，也出去看了看。原来是有人丢失了一只小灵通，整个大堂里几乎乱成了一锅粥。二宝想，镇上人竟然也有贼啊，没有穿衣服的时候，大家都不是贼。可穿了衣服，谁是贼就不一定了。

回到浴池，二宝决定替父亲擦背。父亲有点不好意思，还扭捏着不让，可他的力气没有二宝大，只好听从了二宝。父亲身上的泥几乎是一层又一层，先是泥线，后来是泥条，再后来就是泥团了。碰到父亲那些"纽扣"时，二宝的手脚就很轻。等二宝把父亲上上下下全擦完了，外面也不闹了，不知道是找到了小灵通，还是抓到了贼？

擦完背，被冬天制约的父亲完全缓过了，他可以往自己身上浇水了。后来，他见二宝在抓后背上的垢，他伸出了手。二宝最初想躲开，后来还是没有躲开。父亲的力气不大，他不是在替二宝擦背，而是在替二宝抓后背。在父亲替自己抓后背时，二宝直想哭。母亲去世的时候，二宝很悲伤，母亲是因为生病而自杀的，她想把费用省下来，让二宝娶媳妇。而那时的父亲呢，沉默着，不说话，也不流泪。他结婚的时候，父亲还是沉默着。不说话，也不笑。居高临下地看着他。很轻视地看着他。生下小宝的那天，父亲和他坐在一起喝酒，父亲对他说，我晓得你的想法，要是坐在你对面的是你娘，就好了。他不晓得父亲为什么会说出这样的话，不敢回答父亲，也不敢看父亲。父亲接着说，我也这样想的，大宝的事其实怪不得你娘，那天我听到乌鸦叫的，大宝是讨债鬼啊，他嘴太甜了。二宝抬起头，看到了父亲满脸的老泪，像是流了一头的汗。大宝是二宝的哥哥，娘去河边淘米，没有想到，刚刚学会走路的大宝也跟过去，就滑到了水里。

二宝也洗完了，应该去淋浴了。可澡客实在太多了，抱着父亲的二宝硬是挤到了一个莲蓬头。父亲要二宝先冲洗，二宝没有答应，他把父亲抱到了莲蓬头下。莲蓬头下的父亲根本不像过去那样高了，长矮了，似乎和他一样高，甚至比他二宝还矮。

二宝替父亲抓头的时候，父亲的头发明明不多了，但父亲的表情很是受用。二宝给父亲擦脸的时候，他仔细看了父亲的眼睛，和他一样呢，都是小小的滑边眼。

二宝想先送父亲出来穿衣服，父亲不同意，他要等二宝洗好了一起走。二宝就依了父亲。终于洗好了，父子两个一前一后走到大堂里，二宝要了两块热毛巾，自己一块，给了父亲一块。父亲没有擦，而是拿着坐在位置上。二宝当时就大意了，擦好了，又去跑堂那里新要了两块热毛巾。

可二宝没有想到，本来坐得好好的父亲竟然斜躺在那堆脏衣服上。二宝以为父亲累了，叫了一声父亲。父亲不理睬他。二宝又叫了一声，父亲还是不动。看着父亲的样子，二宝心慌得要命，他把父亲害死了！他不应该在城里算命的！那个算命先生说，你今年很不顺，不会发财，不会走运，走到什么地方，都是漏风漏雨的。算命先生越说得惨，二宝就越是佩服。他到城里做了一年，先是在工地上被生石灰烫伤了手。半年可以拿工钱的，可他偏偏相信了那个喜欢穿牛仔裤的张老板，张老板说，反正你又不回家，放在工棚里不安全，放在他那里可以"生蛋"，到年底一起结账。可到了冬天，张老板没了，"蛋"也没了，只留下满办公室的旧报纸。二宝拿回报纸的那天，小云拽下了二宝头上一撮带血的头发。二宝一点也不疼。今年太不顺遂了。二宝又问算命先生，明年怎样才能发财呢？算命先生掐指算了算，对二宝说，你该戴一次孝。不戴一次孝，明年还是不发财。现在，看到父亲这个样子，二宝想，这下应了算命先生的话了。

还是跑堂的老头有经验，他把二宝的父亲一把抱起，到门口吹了一会儿风，父亲就醒过来了。他看到了哭泣的二宝，脸色像一个做错事的孩子，说，不要紧的，他小时候就有晕病，从小也晕过，是跟他父亲，也就是二宝的爷爷。二宝听了父亲的话，竟然放声哭了，哭声从大堂里回声过来，像是有另一个二宝在学着他哭。

二宝抱着裹好毯子的父亲出了澡堂，澡堂正在往外面换水放汤，热雾从院子里的井口升腾出来，把整个院子都弄得像仙境一般。今年只有明天一天了，澡堂还有一天的大生意，他们在准备换上腊月廿九也就是大年三十的头汤水。

被冷风一吹，父亲又开始没命地咳嗽了。二宝没有回头看黄鱼车上的父亲，只是看着先前刚刚溢到地面上的水，竟迅速结出了一层闪亮的银子般的薄冰。

甘蔗

我十四岁弟弟十三岁那年，我爹决定在我家自留地上种甘蔗，我和弟弟还没来得及欢呼，娘就冷了脸，坚决地表示不同意，娘说好不容易才分到三分自留地，为什么不种芋头？为什么不种山芋？一来种芋头和山芋产量大，可以窖藏到春夏青黄不接的季节，既可以当饱又可以当菜，山芋叶芋头叶都可以喂猪；二来芋头和山芋都埋在地下不招风惹眼。娘掰着指头又说了一句，人家都种芋头山芋你种甘蔗，别人家不吃不被这两个好吃鬼吃光才怪呢。娘说完了还用眼睛睥了一下我和弟弟，我忙说，娘你不要说两个好吃鬼好不好，开罗的鼻子比猫还灵，这可是你说的。我弟弟开罗也叫了起来，还说我呢，娘你也说过开洋的舌头比狗还长。爹拍了下桌子，桌上一盆老咸菜就跳了起来，里面酱色的汁液还溅到了开罗的嘴巴上。我看见就乐了，开罗，开罗，还说不好吃呢，老咸菜都认识你的馋嘴巴。娘也吼起来，开洋，开洋，你一点也抵不上你姐姐，你姐开蕙在你说闲话的工夫已经打了十多条草包了。

现在看起来，我姐开蕙的确是那种能把时间变成金钱的人，她只要一有时间，就坐到屋里打草包，哐当，又哐当，把一点用处也没有的草织成草包其实就是把草变成黄金。我姐开蕙不仅会利用时间，而且还巧。记得我家的土墼墙上毛主席像边曾贴着一幅画，画上一个扎小辫的小姑娘身上洒满了红色的碎纸片，一把小剪刀也睡在一堆碎红纸中，而这个小姑娘就笑盈盈地向大家亮相她刚刚剪了一张有"毛主席万岁"的封门钱，好像也是剪给毛主席看的。我和开罗都认为那幅画上画的就是我姐姐开蕙，因为我姐姐开蕙也会用剪子剪"毛主席万岁"字样的封门钱。有一次，开罗还骄傲地对他的小跟屁虫三麻腿说，看，这幅画上就是我姐姐。三麻腿看了一会儿，把鼻子下挂得老长的黄浓鼻涕猛然一抽说，开罗，开罗，我看不像，你姐有干疯呢。三麻腿为这句话付出了惨重的代价，开罗不仅打得三麻腿叫他爹，而且还罚三麻腿自己打自己耳光。结果晚上三麻腿的娘找上门来，在门口大声地吼道，有病还不让人说，过去天天往三岔路口倒药渣是谁家倒的，总不是我们家吧。娘就哭了起来，低声下气地求三麻腿的娘不要吵了不要吵了，还顺手扭来开罗，开始抽耳光，抽了一个又一个，像贴黄烧饼似的。开罗也犟，什么话也不说，只让娘打，直到三麻腿的娘走了，这时开罗的脸上已有了无数条黄瓜。那一夜，娘哭了一夜，姐姐也哭了一夜，开罗在床上呻吟了一夜，他疼。第二天早晨还是爹自己起来烧了早饭，开罗眯着眼（脸肿了）看着毛主席身边剪封门钱的小姑娘说，她就像我姐嘛。

　　但不管开罗和我怎么辩解，我姐开蕙的确有病。她的病的确很怪。小时候她带着我们去铲猪草，说不定铲着铲着就晕倒了，双腿乱动，牙齿还紧咬着嘴唇，吐着唾沫。我和开罗都吓呆了，飞身赶过来的娘却说，这是你姐，家里的人，你们怕什么。后来听人说她是羊角风，我不相信，我姐长了两根粗辫子又不是长了一对羊角怎么能说是羊角风。我曾听到表婶也就是支书娘子说，开蕙如果不是干疯，嫁个城里的人没问题。表婶这句话加了条件，而这个条件就像草屑永远粘在打草包的姐姐身上。与开蕙差不多大的女孩有的早就定亲了，新女婿也早就"上过门"了，有的更早，嫁出去早做了妈妈了。我家开蕙也不是没有人提亲，不过提亲的尽是豆腐渣，不是腿脚有问题，就是脑子有问题，不然干脆就是半边身子（丧了偶）的人。我们不同意，爹和娘也不同意，

　　喝了红糖茶的媒婆就说，拿什么翘，什么叫半斤对八两？不要以为八两比半斤多，八两是十六两制的八两，其实就是半斤，有什么好拿翘的。而每次多嘴的开罗总是要一五一十地学给我姐听，我姐就哭，不吃不喝，只是打草包，媒婆走了也不下草包机，还在一行行地织。我爹就骂开了，当然骂的是媒婆了，什么东西，我养的姑娘就养一辈子，我姑娘不嫁那些烂狗屎。我姐听完这句话就哭得更厉害了。草包机哐哐、哐哐地响，响得心慌，响得心疼。

　　姐姐开蕙比我大五岁，比开罗大六岁。听娘说生了姐姐之后忙着给姐治病，开始没敢生，所以就间了下来。我十四岁那年，我姐开蕙十九岁，我弟开罗十三岁，我家终于在宝贝一样的自留地上种甘蔗了。我不知道爹是如何说服娘的，反正我爹在人家出门买芋头秧山芋秧时就划船去更远的垛上买甘蔗苗。甘蔗苗肯定不同于芋头秧和山芋秧，爹把小山似的草包推在船上，划桨肯定看不见，所以爹是用长篙站在小山似的草包上一篙一篙撑走的，爹要用这些草包换甘蔗苗。

　　开罗是个小喇叭，爹走了不出半天村里就全知道我家要种甘蔗了。惯宝三麻腿也在家里跟他娘闹，闹他们为什么要种芋头而不种甘蔗，三麻腿也真能闹，他

上面有六个姐姐,所以他有本事闹,他能在地上打滚,能用头撞墙,要什么有什么,可这次三麻腿就不如我家了,因为三麻腿的爹和他姐已经在他家的六分自留地上打塘栽芋头了。而我家呢,我家今年肯定种甘蔗了,娘带着我和开罗在我们家自留地上打着甘蔗塘,开蕙见不得河水,一见河水就晕,而没有姐姐我们也能干完这屁大一样的活计,开罗和我甚至唱起了《我是公社的小社员》。一直唱到娘吼起来,放什么屁啊,都给我用屎把嘴塞住。

  但娘不能用她所说的"屎"塞住别人的嘴。很多来自留地干活的人经过我家自留地时都忘不了问一句,你们家真的种甘蔗啊。娘总是沉着脸不说话,而开罗不长记性,他总是瓮声瓮气地回答,我家今年种甘蔗。问的人还不相信,你们家真的种甘蔗啊?开罗就回答得更响亮了,我们家真的种甘蔗。问的人就啧啧嘴,不知是嘴馋还是在感叹。你想一想,山芋那么低三下四,芋头那么郎里郎当,只有甘蔗像英雄黄继光一样高大、挺拔,那么训练有素,向上长,向高处长,而且还越长越甜。同样的自留地上,英雄甘蔗可比山芋芋头们有本事多了,山芋芋头不能的事它就能,它能把土地中的养分毫不客气地吮吸成甘蔗的甜,甜得洋糖做它的孙子。甜得打嘴巴也不丢。甜得掉了牙。甜得把嘴唇粘住了。比玻璃糖甜。比水果糖甜。比上海糖甜。其实我一想到甘蔗这个词,我嘴里就充满了甜,口水就涌啊涌的快要涌出我的嘴了。

  真像是做梦似的,我们家的甘蔗种下去了,那是在夜里种的。这些"甜"的种子是爹和娘夜里一起去种的。本来我和开罗都争着抢着去种甘蔗,所以在爹吃饭时我们都抢着给爹扇扇子,扇得爹满脸的笑,可吃完饭爹说,谁也不准去,都给我老老实实待在家里。娘在临走时还不忘照应了我一句,照顾好姐姐。我明白娘的意思。我转过身去看姐姐开蕙,十九岁的开蕙依旧是在草包机面前打草包,稻草的气味弥漫了这个令我们激动不安的夜晚。开罗开始还和我们一起替开蕙顺稻草,顺着顺着他就不安分了,他不停地问,甘蔗种是不是像稻种?其实我也不懂。姐说,傻开罗,是甘蔗,是种甘蔗,一个节上都有一豆小芽的,一个小芽能长十几根甘蔗。开罗静了一会儿,又问,甘蔗是横过来种还是竖过来种?姐没吱声,姐的手指们在忙,很多稻草被我顺好之后就递到姐的手里排队。哐哐、哐哐⋯⋯草包越来越长。开罗又问了一句,我说像栽树一样吧。开罗说,开蕙你说是不是?开罗是个马屁精,他还替姐捋去了辫子上的一根稻草。姐就笑了,姐笑起来真好看,当然是横着种。开罗就扑了过来,他是想刮我的鼻子,开洋、开洋,你吹牛真是不要脸。

  夜已经很凉了,皮了一天的开罗已经开始打呵欠了。开罗一打呵欠我就说又要咬牙了,快睡吧。开罗说,不,我要等爹和娘回来。开罗不知咬了多少次牙后,终于瘫倒在稻草上睡着了。姐仍在不知疲倦地打草包,我替她顺稻草。哐哐。一排草攀了上去。哐哐,又一排草攀了上去。我还仔细地听着外面的狗叫,如果有狗叫就说明爹娘回来了,可是狗就是不叫。我也开始咬牙了。我咬了一阵子也迷迷糊糊地睡着了。我梦见了青青翠翠的甘蔗。我家的甘蔗长得比树还高。我仰起头,甘蔗却倒了下来,砸到了我的头。我疼醒了,发现草包机倒了下来,姐犯病了。姐像一个被什么人用鞭子抽着又不断躲闪的犯人口吐唾沫在稻草上翻滚着。开罗也醒来了,开罗和我在轻轻地叫,姐,姐。

爹和娘回来时家里已恢复了原样,姐早已醒来用牛角梳把辫子重新梳了一下。然后她又坐在草包机前打草包了。哐哐。哐哐。开罗和我都不说话。草包在慢慢变长。我觉得心被一团草扎得生疼。我看着姐姐开蕙,可开蕙低着头,双手握着机梭,将草向上送。哐哐。哐哐。

好在爹和娘回来了。开罗不替他们卸农具,反而不停地追住娘问,你们回来了,甘蔗被人偷了怎么办?娘说,谁偷啊?刚浇了粪的。

十天后甘蔗们终于出青了,甘蔗的苗有点像芦苇一样,尖尖的,愣头愣脑的,又蹿得特别快。不过有一行甘蔗没出青,爹扒开土一看,原来是甘蔗没了,娘说,看来还真有吃屎的人啊。爹不让娘骂,悄悄地点上了一行黄豆。开罗看着那些才半尺高的甘蔗青,口水直流,"秋天我要一口气吃十根甘蔗"。开罗真是等不及了。如果你问我家开罗,这世上有什么甜东西,会一口气报上很多,比如水果糖、上海糖、红糖、白糖、冰糖、牛屎糖,比如青玉米秆,比如甜芦秫,比如熟西瓜、熟香瓜、熟菜瓜,比如野蜂窝、野蜂的屁股、盐巴草、青棉花桃。梨、桃、柿、苹果、香蕉,这些他没吃过他说不出来。开罗还会说出我家用于澄清水缸里水的明矾也有点涩甜。不过,这些甜都比不上甘蔗的甜,甘蔗的甜是真甜。

种山芋是最不费力气的,或者叫懒人种田,山芋秧一插活之后就可以不管了。种芋头比种山芋辛苦一点,芋头每天都要喝水,所以每天都要浇一次芋头水。而种甘蔗比种芋头更苦,不但每天上午下午都要浇一次甘蔗水,而且还要替甘蔗剥蔗衣,用开罗的话说,替甘蔗脱衣裳。甘蔗长得很快,不给甘蔗脱蔗衣甘蔗长不快长不高,所以得把下面的老叶子剥掉。留下青青的蔗节慢慢变红上霜。剥蔗衣看上去简单,但甘蔗的叶子都像剑一样刺人,一次蔗衣脱下来,我和开罗都像与甘蔗们打了一架似的,我们的脸上身上全是缕缕伤痕。

夏天到了,甘蔗们长得超过了我们,也超过了爹。英俊的甘蔗们在山芋地芋头地中间显得鹤立鸡群。很多人都羡慕我家,还说我爹今年要赚钱了,还开玩笑地说，看来开洋到说婆娘了，明年夏天开洋就可以到丈母娘家"歇夏"了。"歇夏"是我们这儿一个风俗，我们这儿一般是十几岁定亲，定了亲的新女婿在每年夏天都要到丈母娘家过上几天。别看三麻腿鼻涕抽抽的，但他早早定了婆娘，都歇了好几个夏了。这个夏天他又去丈母娘家歇夏了。开罗说，三麻腿的小婆娘肯定也是个鼻涕虎。

"他一抽，

你一抽，

看谁能够争上游。"

开罗不但编出了这个顺口溜，还会表演，边说边抽鼻子。有一天晚上，开罗还学给姐姐看，"他一抽，你一抽，看谁能够争上游。"姐听了之后一点也不觉得乐，只是低头打草包。开罗又跑去表演给娘看，娘笑了。开罗又表演给爹看，爹正在搓绳，草绳在他屁股下像蛇一样蜷曲着。爹听了不但没笑，反而骂了开罗，狗日的你烦不烦啊？

"他一抽，你一抽，看谁能够争上游"的三麻腿从丈母娘家歇夏回来时，我已和爹一起去自留地"看甘蔗"了。本来开罗吵着要去，但爹不让。爹对娘说，开罗在家也不能玩，开罗要替姐姐打五条草包，回来我数，打不到五条草包就别想吃饭。爹还说，吃饭就要做事，你看开蕙，你有开蕙一半就好了，将来开蕙嫁到人家家里去不能只会打草包。正在打草包的姐把机梭推得更快了。哐哐哐哐，哐哐哐哐。"我不嫁人的，我就打草包。"爹大手一挥，傻话。

甘蔗们大多已有五六个节了，有五六个节的甘蔗已经很甜很甜了，爹说，如果我们不看甘蔗，到了秋天一根甘蔗也没有了。我说，怎么不看，我就喜欢看甘蔗。

我和爹就在用剥下来的甘蔗叶子搭成的草棚里看甘蔗了，白天还好，晚上我和爹也睡在草棚里，有时候我一醒来，爹不见了。我喊爹，没人应我，外面月光亮得吓人，种甘蔗的对面是乱坟葬地。我只好把眼睛紧紧地闭上，外面的甘蔗叶哗哗地响，又哗哗地响。不知道有没有人偷甘蔗，也不知道爹到哪儿去了。开始我还以为爹回家去了，满头是草屑的开罗说不是，爹并没回家，听娘说，爹是出门做亲戚去了。爹晚上怎么去做亲戚呢。开罗说，我猜可能在替你找一个"他一抽，你一抽，看谁能够争上游"。我说，放屁。开罗又说，开洋开洋，你说爹是想找买甘蔗的人家吧。

收甘蔗的季节到了，甘蔗们一根一根地倒下去，直到我家的自留地变成了一块惊心的空地。娘十根一捆十根一捆地扎起来，我就朝船上搬。船一点一点地沉下去。爹还挖起了"妈妈根"——春天的甘蔗种。洗净了有的还能吃。我和开罗坐在甘蔗捆上,爹在后面撑船,甘蔗船驶过的河面甜甜的,凉凉的,就像开罗的合不拢的嘴唇。

到了村上,很多小孩围了过来,他们肯定也是来看甘蔗的,我们又把甘蔗搬到了家里码好。晚上,开罗手握一把菜刀,想抽出一根甘蔗,最后被爹一个巴掌,你吃你吃,吃不死啊。开罗开始还一愣,嘴一咧,哭了。爹总是这样,忙苦了,忙累了就打我们,开罗不该惹爹。吃完晚饭,开罗已忘了疼,又笑嘻嘻地出门去玩了。爹对已坐在草包机面前的姐姐说,开蕙开蕙把这批草包卖了就去城里扯几尺洋布做衣服吧。姐没有说话,草包机仍在响。忽然哐地一下,姐把草包机推开,没头没脑地说了一句,爹娘,我不嫁人的,求求你们了,我就打草包,我不要新衣服,你们就让我来照顾你们吧。娘说,开蕙啊,爹娘还没老呢。

整整一夜,由于扛了一天甘蔗,我们肩膀疼得要命,我睡不着,我听见了姐的啜泣声,我以为姐又发病了,但我没有听见姐姐的抽搐声。后来好不容易睡着了,我耳朵里又响起了沙沙沙的甘蔗叶动的声音,是不是又有人偷甘蔗了?我惊醒过来,不仅听见了姐姐的啜泣声,还听见了爹娘叽里咕噜地说话。

我想不通,开罗更想不通。开罗还气出了死的勇气,爹拎出一只瓶子,说,里面是农药,你去死。开罗就仰口喝了下去,然后又哇地吐出来了。我知道里面是爹治牙疼的明矾水,苦涩得要命。开罗又哭开了。爹总有摆平我们的办法。爹真是疯了,他要把甘蔗送人,一捆一捆地送给村里的人,说是送给他们尝尝。我扛着甘蔗,爹说话。人家客气地不要,爹就说,尝尝鲜,今年尝尝鲜,明年再种我们就卖了。爹说这话时我已把我家的甘蔗倚到了人家的墙上了。我不明白爹为啥最后对人家说:我家开蕙病早好了。后来到了支书家,我爹扛了两捆,我扛了一捆,支书娘子我家表婶还附和了我爹一句,可不是吗,开蕙的病早好了。我们都知道的,小时候谁没有三疼六病啊。

甘蔗没长腿,可是我长了腿,甘蔗们走进了我们村的每一个人家。我回家再扛一捆开罗就把机梭使劲地敲一下。等我扛完了最后一捆甘蔗,爹就拎起了开罗的耳朵,你看,你看,你哪里是在织草包,你是在织渔网,我看你将来是个讨饭的命。开罗一边摸着耳朵一边说,我讨饭就讨饭,不像你把东西往外送。爹又扬起了手,不过还是放下了,叹了口气说,开罗,开洋,明年管你们吃个够。到明年还有多少天啊。我在晚上还是睡不着,不是因为肩膀疼,而是因为我的耳朵里尽是牙齿咬甘蔗的声音。牙齿在咬甘蔗的皮。牙齿在咬甘蔗的肉。甘蔗们在叫我。全村的甘蔗都在叫我。它们被牙齿咬得生疼,这个秋天是最没有滋味的秋天,这个秋天是别人吐出来的一口又一口没有汁水的干巴巴的甘蔗渣。姐还在打草包。不知她有没有听见别人咬甘蔗的声音？

谜底是两个操外地口音的人来我们村揭开的。一个村有一个村的气息，一个村里的人也有一个村里人的气息。这一点我们村的狗比我们先晓得。两个操外地口音的人似乎很渴，一个男人，一个女人，他们边撑着警惕性很高的狗，一边跑到一个人家就讨水喝。有人还顺手递给他们甘蔗。他们很客气，不吃，只是喝水，还问些什么。问得频率最高的是"开蕙"这个词。开始被问的人还以为他们是才来的干部呢，开会开会，开什么会？还有人问，开会是不是又斗谁了？两个外地人就笑了，说不是开大会的开会，而是一个人开蕙。被问的人一下子就悟到了，这两个人不是干部，干部不像他们神神秘秘鬼鬼祟祟的，况且那男人一只手上还长了六个指头。他们是来"访亲"的。"访亲"是我们这儿男女定亲前一个暗地里摸底活动。探一探对方的家底。勤劳不勤劳？有没有暗病？是不是大衣袖（狐臭）？而访亲就必须跑，一个人家不可能所有人家都说他好话，只要脚踏实地调查就一定有结果，有事实真相，而不是媒人的天花乱坠，媒人总是搽粉的，而访亲就是用一盆水把粉洗掉。那一天，那一男一女不知喝了多少家的水，结果都得到的是甜话。总而言之，开蕙是个美丽、勤劳、贤惠的好姑娘。没有暗病。没有风言风语。有什么人家都在争着跑她家说亲。有的话要说过头了。

不出多久，姐的聘礼送过来了，八块布料加上两块毛料。娘说，我家开蕙有福气。姐姐说，我不，我不嫁人。爹说，你不嫁怎么办？你弟弟怎么办？你两个弟弟总要成家吧。况且那个人还不错，既不缺胳膊少腿又不呆不傻，只是年龄大点，大你几岁才晓得疼人。姐把衣料一推说，要嫁你嫁。爹就唬了脸，反了天了你，你拿什么翘，一船的甘蔗啊，你想想。一船的甘蔗啊。你是爹养的，爹不会把你往火坑里推。

那天晚上，姐的犯病是无声无息的。姐犯病的时候三麻腿的娘在外面拍门：开蕙娘，让我看看你家开蕙的布。娘出奇地平静，我们已经睡了，明天吧，啊，明天吧。屋子里静得很，远处的狗不停地叫，不知又是什么生人来到我们村了。

姐姐的喜日定在正月初三。冬月里姐还想打草包，但娘不允。娘只让我和开罗打草包。到了腊月里草包也不打了。作为我家头一桩喜事，我们家宰了猪，磨了豆腐。爹还到城里买了现成的家具，现成的家具可比本村木匠打的家具亮堂多了，人能在上面照见影子。

姐似乎一直在吃药。娘和爹一直担心姐在婚礼上犯病，只要拜过堂就成了人家的人了，那就好办多了，再生下孩子，月子里带孩子能把病带好。姐不再打草包就做鞋子。姐做了无数只鞋子，做了爹的，又做了娘的，做了我的，又做了开罗的，做了棉的，又做了单的。直到做到她自己的嫁鞋时，喜日已经到了。

我们的姐夫的确不缺胳膊少腿，但似乎老得很多。那个访亲的六指头男的也来了，很多人都认识他，还"恍然大悟"地说他狡猾，把我们村的好姑娘骗过去了。那个六指头的人就敬烟，散了一圈又一圈。

姐姐拜别我们时脸色很苍白。我看到爹和娘脸色也很白，不过姐还是挺住了。很正常地跟着我们的姐夫走了。我爹对六指头说，不要闹我家姑娘啊，我家姑娘脸皮薄。后来娘又说了一遍。要知道，我们这儿闹新娘子是很厉害的。

嫁女儿是办喜事，娶媳妇也是办喜事。嫁女儿的人家非常冷清。那天晚上，我、开罗，还有爹和娘都没有睡觉。娘一会儿说，我真狠心啊，开蕙说她不嫁的。娘一会儿又说，该闹过洞房了吧。不知开蕙吃得消吃不消？娘又说，那个男的看上去怕有三十五了。爹就说，他妈的你不要烦好不好？统统睡觉，统统到床上挺尸去。可上了床，我还是睡不着，我听到娘在哭。开罗后来睡着了，还嘟哝了一句梦话。

第二天，爹娘没有起床。开罗醒来就出门去玩了。他真是个孩子，他捡了很多没有炸掉的小鞭炮，他准备跟他的狗党们一起放鞭炮玩。可玩了一会儿，他就气喘吁吁地冲回家来，对我说，开洋，开洋。我说，开罗，你又想放什么屁？开罗急了，说，六指头！六指头！我说，是不是你也长了六指头？开罗拉着我朝外跑，我刚出门，就看到了我姐姐嫁的那个人家的六指头，也就是来我们村访亲的六指头脸色严肃地向我家走来，他的身边簇拥着三麻腿的娘还有我们村的其他婶娘们，而她们一个也跟不上那个六指头的步伐。

红泥小炉

白天是一本正经的。白天也是装腔作势的。一旦认识到了这一点，肖弟就已经在黑夜里生活了。肖弟下岗了。肖弟受不了白天那明晃晃的冷落和嘲讽，所以他在白天绝不出来，甚至不想把眼睛睁开，而到了夜幕降临，肖弟的精神就回来了。夜幕降临，肖弟登场，肖弟从一只白天的懒虫变成了老板兼厨师。有时候，肖弟会站在他的大排档前想，究竟白天是他的梦，还是夜晚是他的梦？肖弟和王兰小时候曾经在弄堂里玩过过家家，过家家就不免要烧菜做饭，现在一切都应验了，他和王兰不仅成了家，还在一起烧菜做饭，而且还以此谋生。或许生活早就这样安排了，肖弟和王兰都不知道，等到他们晓得这个答案后，他们已经从梦中醒过来了。夜晚的风要比白天的大得多，总是把肖弟家的红帐篷涨得很胖，涨得和平时不一样了，都像是在夜晚中燃烧起来了，烧得肖弟的脸上热乎乎的。当初他和王兰一起去选帐篷，肖弟一下子就选定了火红色，肖弟想用这火红色的帐篷把下岗后那一段灰暗的日子赶得远远的。

夜排档最好的位置是靠近购物大世界的地方，可肖弟的排档只能远远地看到购物大世界的霓虹灯。肖弟和王兰的申请报告交得比谁都早，但他们的夜排档还是被安排到了这个位置不佳的地方。好在肖弟的手艺不错，王兰的笑容不断，一个月的夜排档做下来，每天的净收入也有五六十元，有了这五六十元，肖弟知足了。有时候肖弟到马路对面去撒尿，隔着马路看见自家的火红排档，它正努力包裹住灯光的样子很是让肖弟感叹，都有点像一盆炭火在燃烧了。肖弟还看见了王兰在里面忙上忙下的影子，都像是为他演皮影戏了。

等肖弟从外面回到大排档里面的时候，王兰觉得肖弟有点变了，王兰抬起头，仔细看了看肖弟，肖弟的眼睛贼亮贼亮的，也正盯着她看呢。王兰问了一句，怎么啦？肖弟什么话也不说，还是看着。王兰说，瞧你这个傻根样，今天早点收摊。王兰还想说肖弟,可她还是笑着把后半句话咽到肚子里了,肖弟啊,你看你的这双眼睛,比你十七岁的眼睛还亮。

黑夜里的风总是刮得很不正常,明明没有风的,可一会儿就吹得那么大,大风把肖弟的红帐篷吹得一鼓一颤的,就像是一颗心在跳动。肖弟在没有做夜排档生意之前他是一点也不懂黑夜的,在他看来,黑夜要比白天单纯安静得多,所有的人都像他蹲在家里看看电视,然后搂着老婆睡觉。可他现在对黑夜的理解完全不一样了。白天是属于一些人,黑夜则属于另一些人。

现在肖弟已经熟悉这些在黑夜里出没的人了,出租司机、赌徒、拾破烂的人、联防队员、恋人、穷学生、小痞子……他们就像演员一样,在黑夜这场戏开演的时候,每个人都自觉不自觉地挑了一个角色上场。肖弟一点也不讨厌他们,在黑夜出没的人越多,肖弟的生意就应该更好,如果那些人能够把黑夜当作白天就好了,只有这样,他肖弟的生意才能越来越好。

肖弟的大排档如同红背景的大舞台,那些在黑夜里出没的人能够给肖弟面子,在他的大舞台上进进出出地演出,肖弟是看不够的,也听不够的。有一个外地人在肖弟的大排档里吃了整整一夜,食量大得惊人,像是一个饥饿症患者,吃到天亮了,肖弟要收摊了,这个外地人竟然趴在桌上睡着了,真的不知道他为什么这么饥饿,又为什么这么疲惫。有一个小痞子吃了酒菜一分钱也不给,还对向他收钱的王兰说,眼睛睁大一些,老子吃遍一条街,没有谁敢跟我蔡老六张口要过一分钱的。有一个长头发的很喜欢肖弟烧的辣酱田螺,几乎每天都来吃,只点一盆辣酱田螺,从来不点其他的菜,有一天,这个长头发说,我明天就要走了,我给你这个菜重起个名字吧,辣酱田螺太土了,叫红泥小炉吧。肖弟没有听懂他的话。再后来,晚报上就登出了一篇文章,文章的名字就叫做《红泥小炉》,上面写了一个开夜排档的人,这个人就是肖弟,上面还写了肖弟这顶红帐篷,辣酱田螺,还有这个小城的夜晚。肖弟真是想不到那个长头发的还是个作家呢。这篇文章的影响还很大,很多人找到肖弟的夜排档,开口就点红泥小炉,肖弟还没有明白过来是什么意思,王兰明白了,红泥小炉就是已经上了报纸的三块钱一份的辣酱田螺,再后来,肖弟大排档的菜单上就多了一份"红泥小炉"了。

肖弟在没有顾客的时候,总是拿着一把老虎钳夹那些田螺的尾巴。咔嚓。咔嚓。那些田螺们就这样被肖弟剪去了尾巴,这些都是红泥小炉的毛坯,有了这些,再加上葱姜,加上料酒,加上辣酱,加上肖弟的手艺,进热锅一炒,出锅的时候,那些土里土气的田螺们就成了有诗意的红泥小炉了,那位长头发的作家看得真是仔细呢，看上去，每一只田螺都像是微型的红泥小炉呢。

有几个晚上，肖弟的红帐篷外多了几个黄头发的女人，像是在等人，也像是在寻找什么。王兰用手点了点肖弟，肖弟，肖弟，你看，鸡！肖弟还没有明白过来，鸡？王兰说，是那种鸡，野鸡。肖弟终于明白了，停了下来看了看。王兰又说，这些都是不上档次的，上档次的进宾馆，或者坐台去，只有这些野鸡，要形没形要貌没貌，只好做野鸡了。肖弟问，她们一晚多少钱？王兰听了眼睛一瞪，你别做大头梦了，搞她们一次够你炒十盆田螺呢。肖弟说，不过三十块啊。王兰用竹筷戳了戳肖弟的头，肖弟，你真想学坏啊。

肖弟曾经看过一次联防队员抓这些女人的情景，女人拼命地奔，可又跑不快，头发和衣服乱得不成样子，最后还是有个女人被联防队员一把抓住了她的黄头发，一拽，她就跌倒了。现在也不知道她怎么样了，肖弟已记不得她的模样了，只记得她像一只母猫一样的尖叫。每每想到这个黄头发的女人，肖弟就感叹，真是不容易的事，在黑夜里做事的人都是挺不容易的，就像他自己，王兰，还有其他在黑夜里活动的人，都在活着，都要活着，真是不容易呢。

每天夜里肖弟的生意的好坏是以炒田螺和扫田螺壳的声音长短为标志的，往往到了周末的时候，肖弟的帐篷里炒田螺的声音要进行到午夜十二点才能停下来，之后才是哗啦哗啦扫田螺壳的声音。田螺壳在地上咕噜咕噜地滚动，有的很老实，有的不老实，会滚得很远。肖弟手中的扫帚才不怕它们调皮呢，不管是老实的还是不老实的，都会统统扫到一只盛废物的塑料桶里去。他可不想让王兰再动手了，洗碗筷，抹桌凳，王兰的腰又不好，还是自己多做一些吧。

这一天也是周末，可生意并不像过去那样好，肖弟没有等到十二点就开始扫田螺壳，快要扫到帐篷门口的时候，外面一个女人叫了起来，哎呀，你这扫的什么东西啊？

肖弟站了起来，发出惊叫的是一个眼睛有点吊的女人，肖弟很不好意思地说，这位大姐。眼睛有点吊的女人说，大姐？我有这么大吗？肖弟说，那就是……小姐。那女人咯咯咯地笑了起来，大哥，我有那么小吗？肖弟不敢再说话了，有一口气堵在嗓子口出不来，好在王兰走了过来，肖弟才把嗓子里的一口气呼了出来。

王兰问，小姐，你需要点什么吗？那个女人看了看王兰，收住了笑，问，你们这里有什么特色菜？菜单呢？王兰说，菜单……我们这里有小黑板，门口的小黑板上写着呢。那个女人看了看凳子，找了一张坐了下来，说，我就不看了，还是请你报一报吧。王兰就向那女人报了许多他们排档的特色菜,鸭血豆腐、牛肉粉丝、红烧呼啦圈……

呼啦圈?这个女人打断了王兰。王兰又看了这女人一眼,这女人肯定没有吃过排档,吃过排档的人哪里不知道呼啦圈是什么东西,王兰说,也就是红烧大肠。

呸呸,那有多臭啊。那女人神经病一样叫起来,难怪你们这里生意不好,烧那么臭的东西干什么,卫生不卫生?肖弟很不满意女人的判断,说,怎么会不卫生呢?我洗得很干净的。女人的声音终于小了下来,那……还有什么,怎么没有一些好菜啊。

王兰说。有啊,红泥小炉。

红泥小炉?怎么没有听说过?怎么烧法?女人似乎起了兴趣。

也就是辣酱田螺,肖弟还竖起了三根指头,就三块钱一份,来不来?肖弟觉得这个女人太啰唆了,不如索性全都告诉她省得再说。

那女人终于点了一盆红泥小炉。肖弟把一盆配好的田螺倒到了油锅里。清静了很长时间的排档又热闹起来了,那些红泥小炉似乎在铁锅里吵架,吵架的声音还越来越响。随着肖弟的铲子翻来覆去,红泥小炉们的吵架声就越发放肆,在肖弟听来,它们都在争吵着同一个内容,我最好吃!我最好吃!肖弟听到它们这样吵,就用铲子告诉它们,你们不要吵了,你们都很好吃。可那些红泥小炉并不听肖弟的话,依旧在吵,我最好吃!我最好吃!它们就这么吵着,直到肖弟的铲子停下来,那些红泥小炉们才完全哑了口,就像一群在考场等着老师发考试卷子的孩子。

肖弟把炒好的红泥小炉端上桌子时,那女人还在发呆,肖弟叫了声,请吃啊,多提宝贵意见。

那女人醒了过来,醒过来就成了馋鬼,她先是用筷子一颗一颗地夹,后来就索性用手逮了,染了指甲的手指捏着田螺有些滑稽,吃了好一会儿,速度慢了下来,看着王兰,老板娘,老板娘,我给你们猜一个谜语。王兰没有回答,反而是正在剪田螺的肖弟搭了一句,什么谜语?说说看!

"铁锅腔,

铜锅盖,

有人吃了

——没人盖!"

那女人一说完,肖弟就猜出了,谜底就是他手中正在剪的田螺,他没有说,他等王兰猜,王兰从小就生活在小城里,一点不像他,他老家在乡下,乡下还有个奶奶。

你们真是的,这么简单的谜都猜不出来,我七岁的时候就猜出来了,我奶奶给我猜的,我奶奶一说,我就猜出来了,是田螺——有人吃了——没人盖!她一边说,还把她刚刚吃完的田螺壳弄得哗啦哗啦响,有几只就趁机跳到了地上,螺壳肯定碎裂了,声音很是清脆。

女人结完账就走了,肖弟看到这女人的背,看起来是有点驼的。肖弟看她走远了,继续剪他的田螺,每剪一只,就说一句,有人吃了——没人盖!

真不要脸,王兰一边抹桌子一边骂。

肖弟开始还不知道王兰是在说他,肖弟面前的塑料盆里还有不少没有剪屁股的田螺呢。王兰又骂了一声,真不要脸。肖弟警觉起来了,你骂谁啊?

骂你!王兰的口气很是不好。

我怎么啦?肖弟还以为王兰是在开玩笑的。

你说,你为什么给那女人一盆炒那么多?王兰终于把话说出来了。

肖弟觉得王兰有点想吵架,我只是随手抓的,也没有称,最多多上一两只。王兰把手中的抹布放下,没有称,你怎么知道她是谁?告诉你,她是一只野鸡!

王兰发脾气了,王兰打翻醋坛子了,肖弟想,今天晚上如果他再多说一句,王兰肯定要和他吵架吵到底的,肖弟就不再说什么了。肖弟的心就像那个女人嘬过的空田螺壳,没有尾巴,也没有了肉体。那女人怎么会是一只野鸡呢?和过去那些黄头发的野鸡完全不一样的。想来想去,肖弟的头脑只剩下了那女人的大笑,铁锅腔,铜锅盖,有人吃了——没人盖!

黑夜像海洋一样起伏不定,而肖弟的红帐篷就像红色小岛一样,等候着那些在黑夜的海洋上漂泊的人。肖弟这几天总是想着那个让他猜谜语的女人,她认为他烧的红泥小炉怎么样呢?要知道,肖弟的排档靠的就是回头客撑天下的。

红泥小炉的生意又好了起来,忙得肖弟都把那个眼睛有点吊的女人给忘了。白天肖弟要到农贸市场收田螺,收完了田螺还要把这些田螺用木桶蓄养起来,蓄养田螺是绝对不能用塑料桶的,田螺们不喜欢塑料,它们不能自由地沿着塑料桶壁爬行,而木桶不一样,田螺们可以沿着木桶壁爬行,田螺只有爬行了,才能把铜锅盖里的土腥味完全吐出来。在肖弟烧的红泥小炉出名之后,有很多紫的绿的黄的夜排档也相继推出红泥小炉,但口味一点也不如肖弟烧的,他们很不明白,手艺和作料基本上一样,为什么口味就差得很呢?这里面的秘密肖弟是不会告诉他们的,红泥小炉关键不在于烧法和作料,而在于怎么用清水蓄养田螺,在于怎么让那些田螺在水里主动把铜锅盖揭开来做吞吐运动。水还不能用氯气味的自来水,只能用河水。每一只木桶里还不能蓄养得太多。最最重要的是,要在每一盆田螺桶里滴上十滴香油,这香油还不能是色拉油,必须是机榨的菜油,嘴馋的田螺只要闻到香油味了,它会主动地把自己捂得紧紧的铜锅盖揭开来,然后让泥腥味一点一点排出。这是肖弟小时候奶奶告诉他的,当时肖弟在乡下奶奶家,河边柳树的根须上粘着的全是又大又肥的田螺,肖弟把它们捉回来,奶奶就告诉了他这个秘诀,奶奶还给他讲了田螺姑娘的故事,没有想到,多少年过去了,肖弟娶到了王兰这样的田螺姑娘,而奶奶的这个秘诀也派上了用场。不过,每次肖弟给那些田螺滴香油的时候,总是觉得自己是在给田螺姑娘们行贿呢。

待蓄养的田螺从木桶换成塑料桶后,红泥小炉的准备工作可以说是完成了一半,还要剪去田螺的屁股,否则红泥小炉的味就吃不进去。剪田螺是很费工夫的。肖弟的手上常常冒出许多血泡来,这些都是被剪田螺屁股的老虎钳咬出来的。肖弟忙不过来的时候王兰就剪,王兰的手上也有血泡,肖弟很是心疼,说,待我们有了钱就雇人家。王兰可不喜欢听这话,肖弟,你怎么可以这么狂,你才赚多少钱,你要雇就雇我好了,儿子还要上学呢,你爹还要看病,再说了,这苦比起厂里的苦已经好多了。说到厂里,肖弟不说了,王兰过去在化工厂,硫酸溅到了衣服上,一烧一个洞。而肖弟是在重机厂,重机厂噪声大,还一下一下的,地面都震得一弹一跳的,肖弟总怀疑耳朵和心脏有一天会震裂了。一想到厂里,再想想红泥小炉,一盆一盆地卖出去,一枚一枚的硬币就跑到肖弟的口袋里了,很是实在,又很是宽心。有时候肖弟在翻炒红泥小炉的时候,哗啦哗啦的声音真的就像是在炒一元一元的硬币。

每天晚上,肖弟最忙的时间是十点钟到十一点钟,这时候,该下中班的下中班了,一场赌局刚刚结束,吃过晚饭的肚子也空了起来,那些在黑夜中准备大干一场的正需要给自己加油,还有那些恋人们,甜言蜜语也说得差不多了,现在该坐下来安慰一下嘴巴了。

每每忙到十一点,肖弟的耳朵里就净是炒田螺的哗啦哗啦声和顾客们缩着脖子嗍田螺的声音。王兰忙得腰都直不起来了。忽然肖弟看到有一个面有点熟的女人走到他面前说,大哥,是不是他们的钱比我大些?我都等了半天了,你为什么不炒给我呢?

肖弟透过热气腾腾的蒸汽看到了一个穿学生装的女人,怎么也想不起来她是谁?肖弟做的是回头客生意,应该认识的,可他就是想不起来。估计是什么工商所的什么人的亲戚,联防队员的老婆,或者就是一些小痞子的马子。这些人肖弟哪个都得罪不起。肖弟看着那女人,傻呵呵地笑着,手里还哗啦哗啦地翻炒着锅里的田螺，快了，快了。

大哥，你不记得我了？你晓得田螺还叫什么吗？那女人这么一说，肖弟就像触电一样想起来了，有了吃了——没人盖！肖弟几乎是和那女人一起说出来的。也许声音太响了，有的顾客还回过头来看他们，眼睛有点吊的女人头转过去，捂着嘴巴咳嗽，估计是被炒田螺的辣酱气呛了。

小小，小小，你怎么啦？有个男人在叫这女人。

肖弟一恍惚，那女人就不见了，肖弟再抬头，这个叫小小的女人已经飞奔到一个秃顶男人的身边，然后两人不知道在叽咕什么，听上去好像是那个秃顶男人在训斥着小小。

肖弟把一盆红泥小炉端过去时，那秃头男人金牙一闪，指着红泥小炉说，啊，这就是红泥炉啊，分明就是红烧大田螺嘛，不卫生的，小小。

红泥小炉，不是红泥炉，你尝一个试试，很好吃的，小小说完了，就用手捏了一只给秃头，秃头让开了，脸上尽是厌恶。

肖弟再看到王兰时，王兰正黑着脸在洗碗，碗在盆子里挤来挤去的，发出一些不情愿的声音。肖弟知道王兰又生气了，他不想让王兰生气，就蹲在塑料桶边剪田螺。顾客们一个一个的走了，肖弟不知道小小是什么时候走的，王兰还在咣当咣当地洗碗，头也不抬。肖弟只好找了扫帚扫田螺壳，扫得哗啦哗啦的空响，很是刺耳，肖弟觉得自己的心都被响疼了，仿佛又回到了重机厂的时光。

肖弟是被一只碗落到地上的声音惊醒的，是王兰失手打掉的。碗碎的声音非常惊心，肖弟感到红帐篷被谁用刀子划了一个大口子，夜风就从那大口子那里窜了进来，肖弟打了一个寒噤，肖弟抬起头想找一找什么地方被划了大口子，结果没有找到，眼睛里面的红晃得厉害。

王兰说，姓肖的，你真是低档次，要看也给你看个高档的，那只野鸡不知道有多脏，大腿一叉，什么人都来。

肖弟说，你说什么啊，就算我有这个心我也没有这个时间啊，我一天到晚炒田螺，哗啦哗啦，哗啦哗啦，我的耳朵都快要被炒聋了。

王兰没有再说话，夺过肖弟手中的扫帚开始扫地上的碎瓷，碎瓷们碰撞在一起的声音比空田螺壳的声音更是刺耳。肖弟大声说了一句，来的都是客呢。

王兰没有说什么，把那些碎瓷送到装田螺壳的塑料桶里后她又抹起了桌子，抹好了之后，她又把那些快餐桌和快餐椅一一垒起来。夜已经很深了，连出租汽车都很少了，马路空旷得就像肖弟此时的头脑，偶尔一阵风吹过，一些被顾客扔在外面的餐巾纸就被吹得扬起来，过了不久，又不可避免的落到了地上。

黑夜和白天的景色肯定是不一样的,白天就像那幅肖弟儿子课本上的《富春山居图》,儿子是在问家里有什么古董时指给他看的,儿子还特地告诉他,如果家里有一幅这幅画的一个角,那就值大钱了。肖弟有点不明白,儿子说,这画后来被烧成两半了。肖弟就这样记住了这幅画的名字。

　　黑夜的景色的确和白天不一样的,黑夜的景色就像那幅被火烧坏的《富春山居图》,那些被白天烧焦的人只能在黑夜里出现,他们有点像被什么潮汛赶过来赶过去的鱼。不过,游到肖弟这里的基本上都是相同的鱼,他们似乎受了伤,少了许多鱼鳞,还带有神经质,联防队员也好,小痞子也好,学生娃也好,恋人们也好,流浪汉也好,出租车司机也好,他们都像是这个夜晚受伤的鱼,想到这个,肖弟的心就特别酸楚,连王兰也被这个夜晚伤害了,为了那个叫小小的女人,王兰隔了一个星期才理睬肖弟。

　　小小倒是经常来,身边的男人总是换来换去,有时候是个矮得出奇的男人,有时候是胖得像气球的男人。王兰见到小小来了,态度也不像以前冷淡,变得特别热情。肖弟有时候会看见隔了很远的小小在向他笑,她在笑什么?肖弟想不出,有一次肖弟还看到了小小的牙齿上粘着一枚"铜锅盖",像是缺了一颗牙似的。肖弟本来想提醒她,可她已经转身走了,肖弟一个晚上就惦记着这枚"铜锅盖",她是在什么时候发现的呢?她又是如何去掉的呢?想了一会儿,肖弟的脑子里尽是小小的声音,铁锅腔——铜锅盖——有人吃了——没人盖!当然是田螺了。肖弟后来只要想到小小,就自言自语地回答,回答完了,又把锅中的田螺们炒得哗啦哗啦响。

　　快国庆节了,有个经常在肖弟这里吃红泥小炉和喝啤酒的联防队员对肖弟讲,肖老板,明天市里就要行动了,你明天就不要出摊了,过了这个风头再说吧。王兰说,我们可是有执照的。那个人说,行动是不管有没有执照的,再说了,行动组的又不是工商局的,这个你应该还是懂的。王兰还想说,肖弟拉住了她,那人是好心,说的是实话,那些人出尔反尔的事情多着呢,犯不着用鸡蛋碰石头。

　　肖弟又回到白天的生活中了,他有点不适应,在白天里行走,肖弟觉得白天就像一只巨大的炒锅,白天还把许多人放在炒锅里哗啦哗啦地炒来炒去,炒锅很热,料很辛辣,大家在拼命地喊着,叫着,但每个人都是聋子,谁也听不见别人的叫喊、汽车的叫喊以及车祸到来前尖锐的刹车声。

　　肖弟来到他夜里开排档的地方,那里空荡荡的,在这不远处,肖弟还看到了一辆卡车,卡车上堆满了没有上牌照的三轮车。肖弟还看到过去重机厂的一个同事跟在卡车后面扔着什么,肯定是砸不到的。肖弟还看到了一辆货车上装满了衣服穿得很少的女人,那些女人的头发五颜六色的,肖弟知道这些人就是王兰所说的野鸡,肖弟想看一看里面究竟有没有小小,但车开得太快了,肖弟的头都看晕了,也没有看到小小。

肖弟回到家就蒙头大睡,睡得心里空荡荡的。整整国庆期间七天,肖弟把自己睡得像一只田螺了,把身子缩起来,把铜锅盖盖上,蜷缩在自己的小屋里,有一次他还梦到小小,小小和他一起在吃田螺。

七天过去了,肖弟还是睡,还是王兰把他摇醒的,肖弟肖弟,人家早就把大排档摆出来了,就你在这里睡大觉。

肖弟又站在自己的红帐篷里炒红泥小炉了,红泥小炉还是过去的红泥小炉,可生意就是上不来,王兰的脸色越来越难看,肖弟不敢也不想跟她说话,说多了就会扯到小小那个女人,王兰总是认为是这个女人给他们带来了晦气。无事可干又无话可说的肖弟觉得自己也是一只田螺,他现在被国庆节这七天剪去了尾部,一个国庆节的生意旺潮就这样被市容检查给冲掉了。

冬天来了,肖弟听见西北风的声音心就要揪了起来,这倒不是因为肖弟怕冷,而是田螺们怕冷,天气一冷,田螺们就会钻到泥中睡大觉了,作为红泥小炉的原料田螺难收了,为了收田螺,肖弟甚至跑去了乡下的鱼塘。王兰主张把红泥小炉涨到四块钱一盆,肖弟没有同意,肖弟说红泥小炉一涨到四块钱一盆就成了红泥大口了。

肖弟苦是苦了,生意倒是好得很,生意一好,王兰的心情就好,肖弟的心情也跟着好了起来,帐篷依旧很红,暖暖的红房子,又辣又香的红泥小炉。肖弟已经和王兰商量过了,过了这个冬天,狠下心租一个门面,开一个小吃店,店的名字是现成的,名字就叫"红泥小炉"。有了这个想法,王兰每天收摊后回家第一件事就是点钱,王兰点钱是很有意思的,点了前面忘了后面,忘记了就觉得少了钱,表情特别痛苦,然后继续数,肖弟让她睡觉,可她偏偏不肯,依旧像守财奴一样在灯下数来数去,等她数完了,肖弟已经睡着了,可她还是要把肖弟推醒了,肖弟,肖弟啊,就差一点点了。肖弟一把揽过了王兰,心里叹道,我的最可怜最可怜的女人啊。

王兰在为"红泥小炉"店高兴,肖弟的心里其实也为这个店高兴,只要一想到未来的"红泥小炉"店,肖弟手中的铲子就炒得特别地欢快,哗啦哗啦,哗啦哗啦。肖弟还特别喜欢看顾客嗍田螺,他们嗍得很是带劲,脖子上的青筋都暴露出来了,额头上都沁出了亮晶晶的汗珠,肖弟的心都要醉了。肖弟的铲子炒得就更欢了。红泥小炉,红泥小炉,这个名字起得真好,肖弟觉得每一只红泥小炉都为肖弟亮起了喜气洋洋的灯笼。

　　时间真是了不起，它是世界上手艺最出色的泥瓦匠。现在，国庆大检查的后遗症一点也看不出来了，在黑夜里出没的人又多了起来。这些人越多，肖弟的生意就越好。王兰嘴巴熬不住，几乎每一个来这里的人都知道了他们要开小店了，小店的名字就叫做"红泥小炉"。老顾客听了都说好啊好啊，一听到这话，王兰的笑声就收不住了，肖弟就在王兰的笑声中扫掉那些田螺的壳，说来也奇怪，只要一扫到这些田螺的壳，他的头脑就冒出那个谜语："铁锅腔，铜锅盖，有人吃了——没人盖！"现在这些被揭掉铜锅盖的锅腔统统归他管了。

　　看不到那个眼睛有点吊的小小，却看到了另外一些游来荡去的外地女人，这些外地女人一看就是做那种生意的，她们还不时地对着行人打着媚眼。有时候，实在太冷了，她们就会躲到肖弟的红帐篷里，不过她们从来不点红泥小炉，估计她们是怕吃坏了口红，吃脏了手指上的指甲油。她们身上劣质香水的味道使得肖弟本来很好的心情一下子变得很糟。

　　冬天夜排档的黄金时间已经换成了九点钟到十点钟。每到九点多钟，肖弟就得咬牙鼓励自己，因为到了这时，肖弟感觉到自己的手臂已经不再是自己了，每每从晚上六点钟到九点半，几乎所有的顾客都要点红泥小炉，有的还点了不止一份，就这样，肖弟总是不间断要炒三个小时。肖弟一边炒还一边鼓励自己，这个世界上哪一碗饭都不好吃啊，过了十点钟就可以歇一歇了。

　　快到十点的时候，顾客少了一些，点红泥小炉的也相应少了。肖弟刚想歇一会儿，披头散发的小小就闯进来了，惊慌失措的小小还碰倒了一位客人放在地上的啤酒。再后来，小小似乎就消失在顾客中了，就像一只快速钻进泥土中的田螺。

　　肖弟不再找小小了，肯定有什么事情发生了。果真，门口出现了一个叫疤子的人，肖弟记得这个额头上有长长的刀形疤痕的疤子，他曾经到肖弟这里吃过霸王餐，吃了五盆红泥小炉，喝掉了七瓶啤酒。五盆红泥小炉，七瓶啤酒，一下就把肖弟和王兰苦了一个晚上的钱抢走了。肖弟真的不想再见到他，可他却像一阵旋风一样刮到了肖弟的面前，煤气灶的火苗都弯到一边去了。

　　疤子说，你看到那个婊子了吗？一个婊子！

　　疤子的声音很大，可没有人回答他，刚才还喧闹的大排档一下子静了下来。肖弟的耳朵里响起了哗啦哗啦的炒田螺的声音。肖弟闻见了疤子满嘴的酒味，那个婊子说过你，她说你是他的大哥，你婊子妹妹欠我钱，现在我找住你了。

　　王兰走了过来，老板，老板，你可能弄错了吧，我们家肖弟哪里有什么妹妹啊，他就独苗苗一个。

不要你说,你也是个婊子!疤子一把推过王兰,王兰就倒下去了,无数只田螺壳哗啦哗啦地在地上滚来滚去。

肖弟听到了红泥小炉们纷纷跳了起来,哗啦哗啦,哗啦哗啦。肖弟有点恍惚了,刚才还满是顾客,可现在只剩下了满桌子没有吃完的红泥小炉和地上的空田螺壳。

肖弟忽然感觉到自己的脸上多了什么,自己的红帐篷忽然动了起来,一点也安静不下来,真的就像一颗狂跳不已的心。

臭婊子,臭婊子,我让你逃!我让你逃!疤子终于找到了角落里簌簌发抖的小小,在疤子手里的小小就像一块抹布一样软。

肖弟找了找,王兰似乎在地上睡着了,而一只空啤酒瓶正站在他的手边,张着一只无辜的嘴巴,想说什么话,可什么话也说不出来。肖弟抓住了它,把啤酒瓶往快餐桌面上一敲,啤酒瓶没有碎,桌上没有吃完的红泥小炉倒是吓怕了,统统跳到地上去了。在王兰的尖叫声中,肖弟的双脚毫不犹豫地踏在了这些红泥小炉的身上,那些红泥小炉被肖弟踏得火光四射,这火光把那红色帐篷映衬得分外鲜艳,就像是冬夜里开放的一朵红荷花。

偏偏这时候,肖弟的右胳膊疼了起来,啤酒瓶都快要举不起来了,有点像是肩周炎,后来发现不像了,脱臼般的疼,肖弟很是不明白,胳膊怎么就在这个时候不争气呢?他忽然就想起了刚进重机厂的时光,他和其他三个师傅抬着三百公斤重的钢板,他年轻气盛,自己不由分说地就选了后面,三个师傅中的一个师傅说,年轻人,如果想照顾我们,就应该在前面抬,前面比后面要吃力。其实肖弟从来就没有抬过这么重的东西,到了目的地,其他三个师傅没有通知他,就把自己的肩都卸了,可肖弟没有来得及卸肩,当时的胳膊是被猛扯了一下,其他三个师傅显得很是不安,都以为他受伤了,年轻的肖弟向前甩了甩胳膊,又向后甩了甩,正常得很。肖弟没有想到,过了这么多年,那次被迫卸肩落下的伤发作了。

肖弟手一松,啤酒瓶落到了地上,它没有碎,在地上努力弹了一下,又落了下来,滚到了地上那群红泥小炉中,张着嘴巴,不动了。

薄嘴唇的斧头

哑巴的牙齿肯定是很好看的,也许这是上天补偿他的地方。有那么好牙齿的人居然不会说话,真是不可思议。哑巴有心事的时候就使劲地劈柴,他举起薄嘴唇的斧头往地上沉默的树根使劲地砸去,地上的树根似乎躲了一下,但没躲开,疼痛使树根张开了嘴缝,露出里面的筋筋丝丝。哑巴想说些什么?

薄嘴唇的斧头闪了多少次之后,哑巴也不肯说什么,只是呼呼地喘气,最后薄嘴唇的斧头就咬住了树根死也不松口。这时,哑巴就站起身来喝上一口水,再看一看街对面人家,那人家一片门开着,一片门关着,欲言又止的样子。哑巴就转身摸到一把錾子,錾子像是薄嘴唇斧头的黑舌头。它一出现,就算是哑巴对街上的行人发了言。哑巴的话就是哑巴劈好的柴。哑巴的木柴是卖给镇上人家的煤炉用的。二角钱一斤的树根柴是哑巴用汗珠子换来的,他从不掺假或短秤,但他也从不像别人卖菜一样可以最后捞一根萝卜或一根青菜似的多捞一块木柴。哑巴不。哑巴的倔脾气大家都知道的。他一旦跟你"啊——不,啊——不"地叫起来,他的身体便如那即将爆炸的炸药,你不必为一块树根柴引爆哑巴。或者说,你不必把哑巴的薄嘴唇斧头惹得咬人。

可云南红不。云南红每次跟他买柴时总是要有意无意地拍拍哑巴汗湿湿的肩膀,然后就顺手捞上两块三块的树根柴。这弄得哑巴更有心事了。每一次云南红来买木柴后哑巴的心事就更重了,哑巴会让薄嘴唇的斧头磨得直冒火星才肯停下来。然后哑巴就和一大堆白森森的树根待在暮色里。有人走过的时候,就会发现哑巴对这堆白森森的木柴傻笑着,张着一口的白牙齿,好像这堆树根柴是哑巴一口一口地像咬甘蔗一样把它们咬成一段一段的。

云南红是个小个子的女人,她与哑巴一见面就有些自来熟。她拍了拍哑巴,然后指着那堆白森森的木柴说，喂，你这树根还卖钱吗，在云南，这树根倒送我都不要。哑巴不吱声。云南红说，你到底说话啊。哑巴露出一口好牙齿。云南红说，你是傻子还是哑巴？我看你就像那堆柴那么傻。哑巴就笑得更傻了。竖起了两个指头。云南红不知哑巴笑着又露出两个指头是什么意思，就轻轻地叹了口气，这口气吹到了哑巴的脸上。哑巴清清楚楚地听见云南红这么说，连你这个卖木柴的也想欺负我这个云南人。

哑巴就不笑了。哑巴看着他的薄嘴唇的斧头停泊在云南红的脚边。哑巴知道了这就是云南红，一个不知为什么嫁到镇上来的云南人。也不知为什么，大家都叫她云南红。哑巴听到很多围观的人对他说，哑巴，快点卖柴吧，将来攒足了钱也来买一个云南红。哑巴再抬起头时，哑巴所认识的李大头就摇过来了，李大头用脚踢了踢哑巴面前的木柴堆，那些老实的木柴就哗啦哗啦地倒了下来，一下子把哑巴薄嘴唇的斧头给淹没了。李大头说，好啊哑巴，你不看看她是谁的媳妇。云南红这时发话了，大头，大头，不关你的事。大头就嘟哝着退到一边去了。长头发的云南红还蹲下来帮哑巴把木柴码好，然后就竖起两根指头。哑巴也竖起两根指头。云南红又用另一只手竖起两根指头，四根指头直在哑巴面前晃，仿佛是四只鸟在哑巴面前飞。哑巴终于明白了云南红只称二斤。最后云南红顺手捞起几块木柴时，哑巴想喊住云南红，可云南红却回头对哑巴一笑，哑巴就觉得那几根木柴不是云南红拿走的，而是自己长了腿，心甘情愿地跟着云南红走的。

云南红已有一个月不跟哑巴买木柴了。即使云南红走过哑巴的木柴堆也没有停下来。可哑巴发不出声音。哑巴想了很多原因，最后他认定，云南红肯定买了一套煤气灶。云南红把李大头打发出门打工以后，云南红就开始和镇上人一样了。李大头刚要出门打工的那会儿，很多人警告李大头，买来的云南红不要放鸽子。没想到李大头把他的大头摇得咕咚咕咚响，不可能不可能。云南红可不是这样的人。现在看来，云南红的确不是人们想像的那嫁过来就随时放鸽子的人。云南红和镇上人一样了。上午八点钟起来去公共厕所倒痰盂。然后烧煤炉。在浓烟滚滚中云南红就嗞嗞嗞地刷牙。刷得满脸都是牙膏沫的云南红走到街边听别人谈起昨晚上谁家失窃还有谁家与谁家为一堵墙打架了。云南红好像一切都知道了，她说得最多的口头禅就是丢佬呢。谁也不知道她这句话是什么意思。后来镇上人都学会了这个词，丢佬呢。高兴时说，不高兴也说。可见云南红已是十足的镇上人了。李大头不出门打工做什么，难道让云南红出门打工吗？

哑巴开始听到丢佬呢这个词是两个小孩在吵架。哑巴当时已经劈完了柴。两个小孩一个骂丢你娘的佬，一个骂丢你奶奶的佬。哑巴一点也不知道这是什么意思。要是哑巴知道这个意思就会用手比画出来。但哑巴不懂的就无法比画出来。后来有一次，云南红在称木柴时就说了这么一句："哑巴，来两斤。"算了账之后云南红急了起来，骂了一句："丢你哑巴的佬，居然想刮我两分钱。"哑巴一下子知道了这个词的意思。哑巴就脸红了。云南红没有看见哑巴的羞愧，她只看见哑巴的斧头带着一道亮光砸向了一块无辜的柴，那柴块就像张开的嘴哭开了。

哑巴是看着云南红走进对面裁缝店的。当时云南红手中拿着一块碎花布料，一边比试着一边就跨进了裁缝店的大门。哑巴一见云南红跨进裁缝店大门后头就突突地响，好像有一台缝纫机在他的头脑里一刻不停地缝着什么，并且把什么缝死了，又把什么剪开了。云南红把裁缝店的门关死了。更要命的是，每当云南红一进门，那个耳朵有点聋的裁缝就开始放一种二胡曲子。哑巴有时候也特别喜欢听这个曲子。那是在有月光的晚上或者有雨的晚上。而现在不，现在哑巴只想云南红走出来。可当云南红出来从他身边走过时，哑巴眼睛全被木柴缺口崭新的光芒遮住了。

那乐曲声越来越大，像一条悲哀的河流在大街上流淌，把哑巴眼前的新柴都打湿了。然后这些木柴都在河里浮起来了。哑巴也从河里浮起来了。这已是好几个下午的事了，哑巴几次都想看看云南红究竟在聋裁缝的院子里干什么，但总是站不起身，哑巴觉得腰酸。觉得嘴里布满了一种怪味道。哑巴想要呕，他胃里有无数块木柴在翻动。哑巴捂着肚子想了好久，这才想起这味道都是那煤气灶的味道，一提到那狗日的煤气灶的味道，哑巴的头里不再是缝纫机在不停地踏，而是那个每天骑自行车换煤气罐的五龙了。这个五龙小时候就欺负哑巴，如今长大了，他又用液化气灶来欺负哑巴了，他的木柴越来越没有人买了，他的薄嘴唇的斧头快要生锈了，就像一根未剥皮的树根了。

就在这时，驮着空液化气罐咣当咣当骑着自行车的五龙就把自行车斜堆在聋裁缝的门口，然后咚地把门踢开。哑巴很清楚地听见他的仇人五龙在喊，聋子，聋子，你家死人了？放这个丧曲做什么？

哑巴清晨时分就扛着一根铁锹很快速地穿过小镇。哑巴听见了耳边的风在响。镇上早起的人看见了哑巴，就和哑巴打着简单的手语。哑巴灿烂地笑着。哑巴，又去刨树根了。哑巴，镇上新开了一家美容院，有野鸡的。哑巴，听说了吧，李大头在外面发财了。哑巴不说话，但哑巴心里面一肚子数，无论什么时候自己都是小镇上的树根。那些会说话的人都是树干、树叶、树花、树果，有阳光有鸟儿有雨露，而只有树根埋在土中不说话。那么云南红呢，哑巴想不出云南红是这棵树上的什么。

如今的世界是杂草越来越多，大树越来越少。想砍树也砍不到了。哑巴只好去更远的地方挖树根。哑巴挖树根的时候只觉得他是在找另一个在土下沉睡的兄弟。有谁能理解树根兄弟的心事呢。它们把树根伸得那么长那么密，最后还是被人把身子砍掉了。哑巴挖树根的时候总是响起一个声音，丢佬呢，丢佬呢。哑巴心里想起这句话的时候，一惊，低下头，又缓缓地抬起头，他面前是一片稻田，只有风在吹，什么人也没有听见，哑巴笑了，对着太阳露出了一口灿烂的牙齿。

哑巴背着他的树根回来已经很晚很晚了。哑巴背着沉默的树根在镇中心大街走动的时候，像是在梦游。哑巴在黑暗中梦游，那些树根也在土中拔出脚来梦游。梦游的哑巴和树根回到家中就睡着了，待哑巴醒来时，太阳已经升到老高了。

哑巴就忙着把他昨天挖出的树根一一摆在院子里。那些形状怪异的树根在阳光下有点不好意思。哑巴就用哑语与它们说话：晒晒太阳吧，你知道你们睡了多少年懒觉了，也该把屁股晒一晒了。哑巴很喜欢阳光，阳光会把这些树根的水分晒得恰到好处。哑巴脸晒得汗津津的，然后哑巴就用斧头一句一句地和这些晒足了太阳的树根说说心里话。

聋裁缝推开门的时候，蓬头赤脚的哑巴正在一群新木柴中间跑来跑去。哑巴的影子就像一只在树枝上跳来跳去的鸟儿。聋裁缝拍了拍哑巴的肩膀。哑巴吓了一跳，哑巴"啊——不"地叫了起来，右手寒光一闪。聋裁缝这才知道哑巴手里是拿着一把斧头的。当哑巴终于明白了聋裁缝要买一百斤树根柴的意思后，哑巴手中的斧头终于不闪光了。这院子里的阳光似乎更加费力。阳光和树根在一起替哑巴争光。哑巴和树根都没有想到，他们会跨进那个会唱丧曲子的聋裁缝的屋子里。

晚上，哑巴驮着三捆柴跨进聋裁缝的大门时，聋师傅依旧在听着那个悲伤的曲子。哑巴觉得聋师傅有心事了。聋裁缝坐在红的绿的花的白的碎布片间剪一堆碎花布。哑巴听见那些碎布在聋师傅的剪子下喊疼。而聋师傅听不见，哑巴听见了，可他说不出。他张大了口，眼睛睁得老大。那曲子似乎到了高潮，一口潮水打进了哑巴的口中，哑巴突然无声地咳嗽起来。云南红的衣裳到哪儿去了呢。哑巴在聋裁缝的成品衣中找了找，好像是有，又好像没有。

聋裁缝用脚碰了碰那些木柴，对哑巴说，哑巴，你错了，我一个人烧饭用液化气，这是云南红托我买的。你十斤十斤地替她送吧，她想每天用文火炖一只老母鸡补补身子。

打工者李大头回来的时候哑巴是看到的。那是在深夜，哑巴正扛着一只大树根走着。李大头的声音让哑巴吓了一跳，死哑巴，你怎么可以装鬼吓人，我还以为是只鬼头呢。哑巴这才看见了李大头，李大头一点也不像发了大财的样子，倒像个要饭的。头发蓬松，衣服不整，蛇皮口袋里不知装的是什么。哑巴朝李大头一笑，依旧扛了树根在走。

李大头清晨撞进哑巴家里时，哑巴正在一块水砖上霍霍地磨着斧头。黑黑的泥水把斧头抹了一嘴，像涂了一层黑奶油似的。李大头走到哑巴的面前，重重地把哑巴一推，哑巴就倒了。李大头趁势骑在了哑巴的身上，拳头就没命地打了下来，嘴里还吼道，我倒看看你这个死哑巴有几根花花肠子。哑巴"啊——不，啊——不"地叫着，很多人都赶来看热闹，李大头打得更欢了，李大头骄傲地说，你们说说，哑巴居然想我媳妇的心事。看着满脸是血的哑巴"啊——不，啊——不"地叫着，李大头打得更厉害了："你啊不啊不地做什么，丢佬的，云南红说了，按镇上规矩，你哑巴得赔礼，向云南红道歉。"

还是五龙，油头粉面的五龙走过来拉开了李大头，又拽起了哑巴，说，大头，人家哑巴也蛮可怜的，你看在我的面子上饶他一次。

大头说，可怜，谁可怜？我不可怜？我花了六千块让哑巴占便宜。世上没这样的人吧。我出门找工作还没找到就有人打电话给我了，说有人想我媳妇的心事了，我猜是谁呢，原来是哑巴这个骚鸡巴。

哑巴的头嗡嗡嗡的，他不知道如何向众人说些什么。他的耳朵里不断地响起他把十斤一小捆的木柴丢到云南红院子里的声音。因为云南红的门总是关着，哑巴敲门也没人开。哑巴只好从院墙外丢进去，因为他收了人家二十块钱。他把一捆又一捆木柴丢到云南红的院子里了。那木柴掉在地上的声音是清脆的，丢到最后一捆时，哑巴的心里清晰多了。而此时，李大头的话像是把他捆好的木柴又弄乱了丢到他心里去了，很多木刺就刺进了哑巴的心。哑巴张大着嘴巴，什么话也说不出来。哑巴想从人们的脚下找到他的斧头，可斧头不知道躲到哪里去了，众人不同的话却像斧头一样一块一块地把过去的哑巴现在的哑巴劈成了没人要的令人讨厌的湿硬柴。

本来按照李大头和云南红的意思，哑巴是要到云南红家用猪头烧高香敬菩萨的。后来还是五龙把这件事摆平了。免了磕头，免了猪头，只是到云南红家烧一炷香放一串鞭炮，然后再贴上五百块钱。云南红本来是要六百的，但哑巴"咿呀啊不"地不答应。还是五龙对哑巴说，哑巴兄弟，你太可怜了，还是我贴上一百块钱吧，谁叫我有个菩萨心呢。还钱的时候，云南红假情假意地抱着李大头的大头在不停摇晃着哭泣，而噼啪作响的鞭炮声却在哑巴的心里来回地炸。很多人都捂起了耳朵。而哑巴不，哑巴有一点恍惚，仿佛他真的欺负了云南红。他想起了聋师傅。他真想也把耳朵弄聋了。哑了，聋了，真落个干净。这么想着，哑巴的眼里不停地闪亮着，像是有一对斧头在闪烁。

其实哑巴是想找聋裁缝问个明白的，可是聋裁缝已经走了。他家的门紧闭着。间或有几个女人来取衣服，敲了好一会儿门也没人理睬。她们回首就会看见沉着脸的哑巴在劈柴，一句话也不敢问，只是气喘吁吁地快速地逃走了。只有一个瘦女人拍了一下哑巴的肩膀，用手比画了一下，指指耳朵，又用双手做剪子样。哑巴静静地看着她，也不作答。瘦女人看见哑巴定定地看着她，哼了一声，死哑巴，你快要像花痴了。

出了这个事之后，五龙倒是经常骑着自行车走过，五龙骑自行车是很有本事的。他的后座上能带四个空煤气罐咣当咣当地走。路过哑巴这儿还停下来，拍拍哑巴的肩膀，抽出一支烟，自己点了。看着哑巴把面前的木柴啪啪地变短，变碎。照例说，哑巴兄弟，你怎么还这样，过了这阵风，人家就不可能再提了。想开点。

哑巴依旧在劈柴，不知哑巴怎么有这么多木柴劈。哑巴似乎不再劈树根了，而是劈一些不知道从哪儿找到的旧家具。哑巴或许是替别人劈一些旧家具以便烧煤炉吧。如今生活越来越好了，旧家具也只好变成木柴了。哑巴的斧头已越磨越亮了。哑巴一斧头劈下去，小碗橱就倒下来了。哑巴一斧头劈下去，木凳的前腿和后腿就分开了。哑巴这样狠狠地劈木柴，有点像屠夫在杀猪。屠夫杀猪就这样杀的吧，哑巴杀死了不少旧家具。旧家具的气味是很不好闻的，很多陈年的灰尘就沿着斧头飞扬起来。哑巴就隐匿在一阵又一阵的灰尘中。而无论多么陈旧的旧家具还是有新伤的。劈下的旧家具木柴既有陈腐的味道，又有新木的味道，嗅一嗅都觉得难受。颜色斑驳，像白癜风一般堆在哑巴的身边。

哑巴在杀旧家具的时候，云南红还骑过自行车经过这儿。云南红看见哑巴正在用力劈着一张旧床架子，刚才还庞然大物般的床架在哑巴的斧头下一下子就瘫下去了。云南红已经有一辆新自行车了。云南红再次看见哑巴举起那闪闪发光的斧头时，竟哗啦一下倒在了大街上。哑巴或许耳朵真的聋了，一点也没有听见云南红在街上跌倒的声音。云南红跌倒时也是很重地叫一声的。之后云南红就不叫了，她连忙爬起来，连跌歪的龙头也没有扶正就推着自行车咣当咣当地走了。可能是腿已经跌破了，有点痛。其实，云南红走的时候，哑巴是在斧头的闪光中看到的，他很奇怪，这个瘸女人怎么一下子就钻到他斧头上了呢。他再想看清楚时，这个女人已经不见了，只剩下了他。他走进了空空荡荡的家中，他空空荡荡的家像张红的嘴唇，里面有很多话，就是发不出一点声音。他手里握着一把薄嘴唇的斧头在阳光下一闪一晃的，像是要说些什么，一进了屋子之后，斧头的光立即哑了。

旧家具与新树根燃烧时味道是很不同的。新树根燃烧时带着一股树汁的芳香，而旧家具燃烧时木柴块明显带有一股腐尸的味道。这一点五龙是知道的，五龙喜欢新的东西，而不喜欢旧家具的味道，所以五龙早就把家里爹娘传给他的旧家具都劈掉了烧掉了，不过五龙很喜欢旧家具燃烧的味道。他送完今天的液化气罐就坐在自己的液化气站里打盹，呼吸着旧家具燃烧的味道。他间或醒来，仿佛有谁在放聋裁缝喜欢的死人曲子。五龙怕静，这与小镇有一河之隔的液化气站太静了，五龙还是不喜欢聋裁缝的曲子。五龙喜欢热闹，喜欢咣当咣当响的淮剧，这比轻飘飘的越剧要好听得多。

"你不该，八贤王……"

五龙忽然觉得很热。丢佬的，夏天还没有到，怎么会有这么热。他抬头时突然看到了火焰，一股火焰在他的眼睛里熊熊燃烧。他看见了火焰正在张牙舞爪地向他逼近，他惊恐地叫了起来，他张开了嘴唇，什么声音也没有发出，不是他没有发出声音，在一阵巨大的爆炸声中，五龙的声音就像一滴水消失在大海之中，谁也没有听见五龙的惊叫声。五龙真的像一条龙向上飞啦，他还看见了一只薄嘴唇的斧头正在从天而降。

黄毛子，短颈项，越大越犯犟

终于可以吃到年夜饭了，面对桌中央难得一现的肉圆烧芋头，大哥和我吃得热火朝天，肚皮滚圆，大哥还放了一个像巷子一样长的屁。娘用手扇了扇鼻子说，吃了去屙年根屎，把今年的陈屎屙干净，明天过年，谁也不准上屎缸。这是每年三十的惯例了，过去这一天不能屙屎。我说，我没有屎，我不想屙。一口酒"嗞"地咽下去的爹把手里的筷子一拍，说，屙，给我屙去，屙不出就给我呕出去。爹一发话我们弟兄三个谁也不吱声了。大哥推了推一直在慢吞慢咽的二哥，黄毛子，别数饭米粒了，快吃，我们一起去屙。我不知道我们全家为什么都叫二哥黄毛子，大哥与二哥吵架时大哥总是这样喊：

"黄毛子，

短颈项，

越大越犯犟。"

二哥还在数碗里的饭米粒，我也学了大哥叫了一声二哥黄毛子。因为今年挣了工分，面前也有一只酒杯的大哥见二哥不吱声，就说，我洗过澡了，我洗得干干净净的，身上都像脱了层壳似的，我再也不想用稻草团揩屁股了，揩多少次也揩不干净。大哥说这些话时眼睛是向上的，我的眼睛也跟着大哥向上看，浑黄的草屋顶上有一只旧燕窝，有一个旧灯罩和一只从来不亮的呈黑色的电灯泡，还有就是屋角上的一包东西。我也看出来了，这是二哥黄毛子的宝贝书，二哥居然也学大队会计吊账册一样把书吊在屋角上了。难怪我上次要叠三角剑和四角剑也没有找到这黄毛子的书。二哥真酸，他也学大队会计了。这个黄毛子真绝。我听见大哥继续说，黄毛子，你的那几本破书自己不看也不让三歪子看，我看还不如让我们拿来揩屁股，明天我会给你一颗掼炮。黄毛子好像没有听见似的依旧不紧不慢地数碗里的米粒。这慢腾腾的吃饭姿势爹是最讨厌的，爹不知为此打了黄毛子多少次了。爹说，吃饭要像虎才有力气。可二哥不但不像虎，连鸡也不像，二哥依旧在数碗里的米粒。大哥又说，两颗掼炮。我心疼地叫了一声（大哥明明答应给我掼炮的）。我说，黄毛子，两颗掼炮啊。黄毛子依旧在数着碗里的米粒，要等他把嘴里的一口饭咽下去怕是我们都去屙过三泡屎了。大哥又说，三颗。我说，大哥，快走吧，我替你揉稻草团。大哥又说了令我更加心疼的话，四颗。要知道，大哥只有四颗掼炮啊。好在我清清楚楚地听到了黄毛子的声音，不，我不。大哥抬起的手放下了，狠狠地骂了一声，臭黄毛。我也幸灾乐祸地说，黄毛子，短颈项，越大越犯犟。黄毛子听了之后对我说，三歪子，你说我和你头发哪个黄？说完黄毛子就笑了，黄毛子终于吃完饭啦，黄毛子向外走去，黄毛子还是听娘话的，去屙年根屎了。大哥推了我一把，去，三歪子，吃家饭，屙家屎，你也去。

我和黄毛子来到我家茅缸边，一边用力屙一边用手搓着手中坚硬的稻草团。一会儿大哥也来了，我家的新稻草堆就在我家茅缸边上，大哥也照例从稻草堆上拖出了一团稻草，边蹲在茅缸沿上边搓稻草团。稻草团发出了一阵挣扎和碎裂的声音。我们兄弟三人仿佛又回到了搓草绳打草帘的时光。有人家已经开始放鞭炮了，火光一闪一闪，照见我们这三个屙年根屎的人。被吓惊的狗在远处狂吠。黄毛子屙完屎起身的时候我还没有屙出来。黄毛子走远的时候大哥扔掉了手中已经搓熟了的稻草团，掏出裤兜里的纸对我说，三歪子，你也分一张，像大队会计一样揩屁股，这可比香烟壳子软多了，这个黄毛子，看谁聪明，娘还说黄毛子读过书聪明呢，我看他是个呆子。我知道这纸是二哥的课本纸。我有点迟疑。大哥说，三歪子，你怕什么，爹说了，明天过年了，用几张纸揩屁股还是值得的。

我回去的时候觉得屁股光溜溜的，果然不同于稻草团揩屁股后毛毛刺刺的感觉。我看见黄毛子呆坐在屋子里，就抽身出来告诉大哥。大哥从裤兜里摸出两颗掼炮，说，去给黄毛子。我跑到黄毛子的跟前，黄毛子仍呆呆地坐在那里，他明天过年的新衣服堆在他面前。二哥过年的新衣服其实是大哥去年过年的旧衣服。新老大，旧老二，补补衲衲给老三。大哥今年穿的新衣服。大哥今年十三岁了，该摸一摸丈母娘家在哪里了。我明天过年的新衣服不是二哥的，而是镇上表哥去年过年穿的。我看见黄毛子把他面前的衣服揉成了一团。我摸出了一颗掼炮说，二哥，大哥给你的。黄毛子没有应声。我又摸出一颗，说，大哥给你的，就两颗。黄毛子这才听见了，用手一推，三歪子，给你吧。我说，二哥，你是天下最好的二哥。我怀揣着两颗掼炮就蹦出了家门，我要向我的伙伴们证明我的确有两颗最神奇最威武的掼炮。

我在伙伴们羡慕的目光中掼响了手中两颗惊天动地的掼炮。火光熄灭，炮声响起，我的伙伴们又陷入了黑暗之中。我带着浑身的硝烟味走进了家门，我只听见爹在对二哥大声地吼道，你不要做丧门星，今天是年三十，明天我可不愿再看见你哭丧着脸，我还没死呢。我做牛做马养你们，你倒好，整天哭丧着脸。娘在一边对着镜子梳头。娘过年还有个习惯，就是过年这一天她真要像过年的样子，她不起身，她得睡懒觉睡一个上午。娘在为明天的睡眠作准备。爹还在吼着，大哥走过去拖二哥，二哥一动不动。这时娘发话了，二子，你不要不识相讨打，上床睡觉去。娘又对爹说，他爹，你也去厕年根屎吧，不要明天早晨屙屎屙得震天响。我爹不知怎的，屙屎时要喊，呼天抢地地喊。屙不出喊，屙出一截也喊。娘总对笑个不停的我们说，你们不懂，爹为你们苦的，爹有痔疮。我们不知道这痔疮是怎么回事。夜深了，我们三个人躺在床上一起倾听爹的呼喊声一阵又一阵传来，一声比一声高潮，直至慢慢地低沉下去。像被捅了一刀的猪叫。爹回来的时候我快要睡着了，我仿佛听见了大哥在说，黄毛子，我的两颗掼炮可有二角钱呢，明天我再给你一颗水果糖，上海糖。

  终于又过年了。大哥十三了，二哥十一了，我十岁了。我早就醒来了，睁大着眼睛倾听东房里的爹起身放完鞭炮，再等他用一碗红糖茶给我们甜嘴。我们甜完了嘴开口就能说甜话了。然后我们起床。我和大哥都起来穿新衣了，只有二哥仍一动不动地睡着，我用脚踹了踹二哥，二哥仍一动不动。我刚想叫黄毛子起床，后来才想起娘昨天晚上说了不能叫起床而要叫高升，拜年不要糖果叫存库。总之要说好话，才能大吉大利。我和大哥一起穿上了过年的衣服，爹走到二哥床前说，老二，你起来不起来？我知道爹准备打二哥了，爹发起火来我们弟兄三个要一个一个地挨揍屁股。黄毛子终于起床了，爹没有打黄毛子。这是过年，过年大家都得忍着。一切得年过了再说。黄毛子起身后和我们坐在一起吃汤圆，这是爹做的汤圆，当然没有娘做的好吃，娘当然睡她一年一度的懒觉。懒觉就是她过年的新衣裳。我吃得心不在焉，我只吃了一只汤圆就饱了，大哥与我相反，大哥和父亲一样，过年非大吃不可。而我过年就犯"年饱"，不想吃。黄毛子依旧不紧不慢地吃着一只汤圆。我看见了大门上黄毛子写的粉笔字，这是黄毛子腊月廿四就写好的对联，黄毛子还给鸡窝和猪圈各写了一个，一个叫"鸡生大蛋"，一个叫"猪养八担"。红彤彤的对联使我们这个破家真有了新春的气象。黄毛子还说，上面写的是什么"金猴奋起"什么的。黄毛子还说今年是猴年，这是毛主席的话。我又抬头看了看家神柜前的毛主席，毛主席的眼睛一直盯着我，我赶紧把头扭到一边去。

  吃完早饭后我们就要出去玩啦。大哥有大哥的玩伴。我们只要不弄脏衣服就万事大吉。我和我的伙伴们在河上跑冻,我们像燕子一样在冻河上飞。我一直玩到快要到中午的时候才回家,我身上已被别人扯掉了一粒纽扣。黄毛子在家,娘还在睡。大哥没有回家。爹肯定出去来纸牌了,要在平时娘是不允许爹来纸牌的,如果来就会打架,打得家里鸡飞狗跳,打得娘会长哭一夜,可今天不,今天是过年。我看到了黄毛子的脸沉默得就像一张白纸,我还看见了黄毛子脸上的一只巴掌印,不用说,爹终于熬不住了,打了黄毛子一个巴掌,我讨好地叫了一声黄毛子,黄毛子没有应声,脸上的五条黄瓜已经烧红了。

我悄悄地跑到娘的房间里找针线板,我要找针把纽扣钉上。娘是从来不允许过年拿针的,但我没有办法。娘还在睡,娘似乎要把一年没睡的早晨觉都通过过年这一天睡回来。我在针线箩里找到线,又在墙上的一张旧年画上找到一根插在上面的针,然后我做贼似的钻到了灶房里,在灶后脱下衣服钉那粒纽扣,可我手中的针总不听话,它还狠狠地咬了我几口。一粒纽扣我不知道钉了多久,我补完了衣服,就去娘房间里还针线,还好,娘还在睡,娘真的睡熟了,还发出爹一样的鼾声。我出了娘的东房就去西房,我想去找我的玻璃球。西房门不同于东房门,西房门其实是用芦苇笆做成的。由于糨糊刷不上去,二哥写的春联已经可怜地缩成一团了。我觉得门很重,我使劲地一推,一个重物就撞在了我的身上。我抬头一看,傻了。我大声地喊,娘,娘,你快起来啊。我听不见娘的声音,我又叫了一遍。我听见娘在拍着床沿喊,三歪子,你是叫娘高升吧。我依旧厉声地喊,娘,娘,你快起床啊,黄毛子二哥……我终于哭开了。

娘起床后就直奔到西房,说,三歪子,我教了你多少次了,你还学不会,叫高升高升……娘还没说完就看见了吊在门框上的二哥,然后也哭开了。娘使劲地摇着二哥,像在打钟,黄毛子黄毛子,你这是哪对哪啊。娘对我说,三歪子,你帮帮娘,我抱不动黄毛子。

我找到了正在牌桌上的爹,我低低地喊了一声:爹。爹正在兴头上,手里却递过二分的硬币,硬币闪烁着泪花,我没有接。我又叫了一声,爹。爹就恼了,妈了个巴子三歪子,你要干什么。爹身后的余伯看着我脸上的泪痕说,三歪子,怕是被人打了吧。爹头也不抬地说,你也给我打他,打不过他你就别回来。我又固执地叫了一声,爹,娘叫你回家。这是娘叫我说的。爹没吱声,摔了一张纸牌后问了声,谁?我说,家里来人了,娘叫你回家。爹说,谁?我没有回答,爹实在丢不开手中的牌,爹又问了一声,哑巴了,你怎么不开口?我不敢说也不能说,我就"哇"地哭开了,爹把手中的牌一甩,你娘的,怕你外公死了吧。大伙儿都笑了起来。爹甩下我就往家里走,嘴里还不干不净地骂着,我不知他是在骂娘还是在骂我。

………黄毛子,短颈项,越大越犯犟……… 97

爹倒底是爹，回到家，爹很镇静，爹扶起在地上低声抽泣的娘，又抱起躺在地上的二哥，还替二哥掸了掸身上的灰尘，然后就把二哥抱到床上去了，又盖上了被子，二哥就这么在床上睡着了。爹看了二哥一会儿，回头瞥见了我，一把拽过我头上的火车头帽子，替二哥戴上了。二哥不再是黄毛子了，而我则成了黄毛子了，我哭开了，二哥没了，二哥死了，娘还在哭，是憋着力气在哭，娘其实是很会哭的，但今天是过年。爹低吼了一声说，别哭了，黄毛子是睡了，睡了，让他睡吧。爹说完就撵开了娘，还拽出了我，然后带上了篱笆门，门上的红对联由于糨糊干了而皱巴得更厉害，但很红，红彤彤的真晃人的眼睛。

大哥也不知野到哪里去了。我，爹和娘三个人就在桌子边坐着。我一会儿看看爹，爹在抽烟，烟雾中毫无表情，我一会儿看看娘，娘木木地看着我，目光有一道令人惧怕的东西。我觉得这个过年的中午特别漫长，我觉得我自己也要睡觉了，也要爬到二哥身边睡着了，但我一看娘的神情就醒了过来。我觉得冷，全身咯吱咯吱地抖个不停。我只好抬头看屋顶，屋顶上的旧燕窝还在，黑灯泡还在，只是二哥的那像大队会计一样吊着的旧课本不知哪儿去了。爹抽了一会儿烟对娘说，都是你，你心软，黄毛子要读书就答应他读书。娘嘟哝说，黄毛子赖在人家教室门口不走嘛，再说，家里也要有个识字的人。爹吐了一口痰说，也不瞧瞧他是什么样的命，学校都关了他还想读这个破书。

大哥终于回来了，大哥开始还笑嘻嘻的，再后来就不笑了，大哥还摸了摸我的头，三歪子，今天赢了几只玻璃球？我没回答他。大哥也坐下了，大哥还详问，黄毛子，黄毛子呢？刚才良子还问起他的，叫他一起去玩呢。

我把二哥的事告诉大哥时，大哥瘫到地上去了。我看见地上刚才是有一只鸡刚拉了一摊鸡屎的。大哥就坐到这摊鸡屎上了。

下午有人来我家拜年了，先是姑父来了，后来是大伯来了，大伯还夸了我和大哥这么文静，一下子懂事了，不像他家的几个猴子。大伯还问起了黄毛子。爹说，出去玩了。大伯又说起了黄毛子替他写对联的事。爹说出丑了出丑了。我们中只有爹能说黄毛子，因为爹早已警告我们说，今天是过年，一切等年过了再说。大妈过来拜年时还问起了娘，爹说，她在床上享福呢。是的，娘又到床上去了，从清晨到现在娘一口水也没喝过，但她却在不停地流泪。大妈也问起了黄毛子。我不知道那天来拜年的人为什么都不提我和大哥，而是反复地提起黄毛子，提起正在西房里安安静静睡觉的黄毛子，二哥他会不会正在侧耳偷听并偷着乐呢。我等拜年的人走了之后就往西房里去，我要看看二哥，我有点不相信这个黄毛子，说死就死了，是不是假装的？当我去推房门时大哥一把抓住了我，我感到了他的手在颤抖个不停。我想挣脱大哥，只听爹说，三歪子，三歪子，到爹这边来，替爹烧口茶来。

我又坐到灶后烧水去了，我刚才在灶后钉纽扣时二哥就吊死了，我这次烧火会发生什么呢，我往炉膛里每塞一个稻草把时就往堂屋里跑。我每一次探头爹都回头看我，爹说，你装神弄鬼的干什么？爹的声音都变得尖尖的，有点像黄毛子的嗓音了。水终于烧开了。爹喝了一口水之后又把碗放在了桌子上。爹在过年这个下午开始了他不停的叹息，在之后的岁月里我会经常听见他这样长长的叹息。大哥也轻轻地叹息了一下。我在他们的叹息声中点起了油灯，油灯中黄毛子写着对联的脸变得黝黑。风一吹，灯影摇晃，爹和大哥的影子也跟着摇晃。娘在东房里无声无息，二哥在西房里沉睡着也无声无息，仿佛这世界上只剩下了我们父子三人了。我靠着爹的身子，爹的身上全是烟味，爹一把搂住我，又一把搂过大哥，我们三人就这么搂在一起了，我发现爹的身子和我的身子差不多大。

鸡们叫过一遍了。鸡叫的声音有点像有人用手勒它们的嗓门似的，它们在拼命地叫，鸡叫第二遍时我家的鸡舍里开始骚动起来，好像有什么在袭击它们，爹把我们搂得更紧了。鸡叫三遍的时候娘凄厉的长啸就唤醒了我们村的大年初二。二哥成了娘的乖乖，娘的心肝尖尖，娘的讨债鬼。睡了昨天一个下午带一个晚上的二哥就被爹抱到地上的一张草席上。身上穿着大哥过年的新衣服（鸡屎已被娘揩尽了），戴着我的火车头帽子。二哥终于来到我面前睡着了，他睡得那么从容，那么放肆。二哥的个子显得那么长，仿佛一夜之间，二哥就长成了大人。我猛然看见二哥的嘴唇动了一下，我惊叫起来，二哥说话了，二哥说话了。娘停止了哭泣，呆呆地看着二哥。爹推了我一下，三歪子，你想吓死爹啊。

邻居亲友全都赶来了。我不明白今天的邻居亲友和昨天的邻居亲友有什么不一样，这真是人嘴两张皮，昨天他们还说黄毛子如何如何好，今天可都在说黄毛子的坏话。他们说，从小就看出来了，黄毛子坏，弟兄三个就他一个是黄毛子。俗话说，黄毛子，短颈项，越大越犯犟。你看他真犯犟了。有人说黄毛子阴阴的，一肚子坏水。有人说黄毛子会算计。有人说黄毛子总是偷人家的瓜，偷人家的鸡蛋。天地良心，我二哥可什么也没干过，他除了喜欢看他那些旧课本什么也不想干，他们为什么要这么说二哥呢。爹说，三歪子你去烧水。我又回到灶后去烧水了。大哥就站在二哥的身边，想去摸他的手，大哥好像已经痴了。我边烧水边哭，二哥，我再也不叫你黄毛子了。人们在庭院里跑来跑去。很快地就有一大批老奶奶来了，她们的絮絮叨叨使二哥的形象变得更为可厌。二哥成了不折不扣的讨债鬼。老奶奶用一块白布遮住了二哥的脸。谁也看不见二哥的脸了，也看不见二哥的头了。支书还来了一下，说，用生产队的抽水机吧，否则冻太厚，木船无法破冰的。

二哥是用一块破席子捆走的，像是捆了一捆柴火似的。娘在后面不停地哭，哭声已经涩涩的了。众多的婶娘架着瘫着的娘。姑妈还抱住了二哥的破席子，被姑父一把扯开。爹似乎很冷静。二哥将要由爹和大伯送到一个乱坟堆的孤岛上，二哥是孩子，二哥是不能入祖坟的。我和大哥一起送二哥到河边。河里厚冰沉默着，沉默的大哥忽然也要上船去，爹一巴掌把大哥嘴里的血都打出来了，大哥终于哭开了。大哥的哭声有点像癞蛤蟆的哭声。抽水机吼了起来，愤怒的抽水机令一个冬天的冰块四分五裂。

我们从河边回来的时候娘已经不哭了，娘开始烧饭了。娘要招待前来帮忙的邻居们。娘忙饭是有条不紊的。快到下午时，爹就回来了，出门借来了许多桌凳，爹还开始散纸烟。爹在晚上喝酒的时候还与姑父斗起了酒。爹的声音很大。邻居们在吃着我家的晚饭。他们再也不谈二哥了，再也不谈黄毛子短颈项越大越犯犟了。五减一等于四。四减一等于三。三减一等于二。二减一等于一。一减一等于零。娘在席间走来走去，为邻居添菜加饭。从大队会计家借来的汽油灯哐哐地响，把我的头都要弄炸了。

夜深了，在灶后昏睡的我和大哥被爹推醒，爹说，上床去睡。还是爹替我们推开了篱笆门，爹还顺手撕掉了篱笆门上已经剥落下来的红春联，然后像揉稻草团一样把红春联揉成一团，再后来这纸团跳到地上了，像一张紧闭的嘴唇似的，又小心地张开嘴，它想说些什么。爹说，睡吧，好好睡个觉。

我和大哥在床上怎么也睡不着。我对大哥说，大哥，你说二哥会不会跟我们开玩笑，他识字，他又那么聪明，他会不会耍了个花招，然后晚上再跑冻，悄悄回来。大哥听了，没说什么，只是长叹了一口气。我又说，大哥，你说是不是因为我们用了他的书来揩屁股？大哥突然扑过来，一把抓住我的衣领恶狠狠地说，三歪子，三歪子，我知道你们都怪我，你们不说，你们心里都怪我，上吊谁不会，明天我也弄根绳子去上吊。

酒酿圆子

王小丽刚到楼梯口,一股香甜的饭香就扑了过来。王小丽自己给自己打赌,曹丽丽一定是在家里煮糯米饭了。

王小丽当然赌对了,因为她是曹丽丽的女儿,可没有谁给她发奖品,即使是曹丽丽也不会。曹丽丽对她动不动就从夫家逃回到娘家的行为一直是嗤之以鼻的。曹丽丽曾经提醒王小丽记得不记得她当年的言传身教,可惜王小丽都当作了耳边风。

当年曹丽丽可从来没有逃跑过,她和王千帆发动了无数次世界大战,有时失败,有时成功,无论是失败还是成功,曹丽丽都没有逃跑过一次。曹丽丽的理论是,家又不是他一个人的,凭什么我走开,让他王千帆一个人独占?曹丽丽还把这种性格自夸为"有韧性",她希望王小丽也要做一个有韧性的女人。

王小丽说,尼龙绳最有韧性了,可我就愿意做根草绳,系得住就系,系不住就拉倒。曹丽丽说,我是尼龙绳,你是草绳,那你爸爸是什么绳?王小丽说,王千帆是钢丝绳,可惜淬火不到家。曹丽丽讲,尼龙绳和钢丝绳怎么会生出个草绳来?王小丽笑着说,你以为你们的产品退化了,错!错!草绳最环保,环保局应该给你们颁奖,你们当时就是绿色主义者呢。

曹丽丽大惊小怪,可王小丽波澜不惊。曹丽丽叫王小丽坚守在夫家,可王小丽偏偏愿意把新家让给那个宋文斌。一次又一次,曹丽丽气愤的次数多了,也就说得少了,因为王小丽从生下来就是这样的性格,死不悔改,决定蹬被子,哪怕感冒了,也要把身上的被子毛巾什么的蹬得一干二净。

现在三根绳子中,钢丝绳王千帆成了公墓里的一张瓷化的照片,草绳王小丽出嫁了,只剩下了曹丽丽这根尼龙绳坚持在家里。而在王小丽看来,曹丽丽的坚持其实就是死缠烂打,而死缠烂打就是不要脸,王小丽才不想做不要脸的女人呢。

王小丽开了门，又关上门，没有跟厨房里的曹丽丽打招呼，直接进了自己的房间，和那些她没有带到宋文斌家的书一一打了招呼。她根本就不用担心曹丽丽会动这些书，除非曹丽丽想要用书做菜的原料。

王小丽总是想不通，一辈子疏于厨艺的曹丽丽为什么现在热衷于做菜。曹丽丽不但做菜，还跟着时令腌小咸菜，做番茄酱，磨辣椒。进了腊月了，她要做糯米甜酒了。前年她把一锅糯米浪费了，糯米变成了绿宝石，都长了绿毛。这个失败让她写了整整三十页的经验总结。去年，她继续做，糯米没有变成绿宝石，糯米甜酒也从糯米饭里流出来了，可是做成了酸梅汤，如果存放到夏天，一定很畅销，可惜那是腊月。这次失败，曹丽丽写了一本经验总结，现在又到了她折腾糯米的时候了。王小丽想，当年她刚刚会说话，曹丽丽就教她背诵《锄禾》了，还教育她言行一致。真应该提醒她一下，为她回放一下当年的镜头。

其实说了也没有用，曹丽丽现在对于王小丽的明枪暗箭根本就不在乎了。何止如此，她还不在乎这个世界，在王小丽看来，世界上有些女人生活在别人的梦里，有些女人生活在自己的梦里。曹丽丽就是生活在自己梦里的女人，而且这样的生活方式长达一辈子。当初王小丽新婚，曹丽丽则和做菜新婚，家里就她一个人，做好的实习作品实在没有人欣赏和品尝，她找了许多目标，最后终于找到了曾经帮她修过抽水马桶的修自行车的老张。老张的生活水平是很低的，他的饭盒中哪里有曹丽丽的实习食品中的品位，况且又是免费的，只需要说一些赞美的话。

那一段时间，王小丽根本就没有想到，她只是一个月没有回家，曹丽丽就闹出了一起有关家庭名声的风流韵事。老张这个家伙，根本就是一个不识抬举的东西，他吃了曹丽丽的，也说了好话，也算过去了，根本就不应该在矮女人那里吹牛。矮女人就跑到曹丽丽家门口大哭大叫，说曹丽丽这只骚狐狸勾引她男人，还要和骚狐狸曹丽丽同归于尽。曹丽丽开始还理直气壮地解释，可她越是解释，就越是糊涂。有几次，矮女人从地上蹦起来，蹦得相当高，她的意思是直取曹丽丽的脸蛋，好在曹丽丽年轻时学过防身术，矮女人的报复没有得逞。

事情是宋文斌解决的，这个新女婿的一个哥们是城管局的，老张的矮女人再怎么不识时务，也不敢得罪城管局的。王小丽把消息告诉了躲在她家里的曹丽丽，王小丽说得很含蓄，说那个修自行车的老张把矮女人收拾过了，现在收拾好了。曹丽丽立即评价说，妇女运动都搞了那么多年了，就是没有任何效果，有些女人就是要男人打了才听话，你说我们妇女什么时候才能解放。王小丽笑着敷衍着，没有再和曹丽丽再说下去，她想，还是让她跟邻居去说吧，这个活在自己梦里的女人，根本就不懂一个真理，女人无关高矮，无关美丑，天生就是一只醋坛子。

也许就是因为这件事，结婚第一年，王小丽就不怎么往家里跑，她怕邻居问她曹丽丽和老张的事。其实就再婚的事，她在自己结婚之前，就明确地把自己的态度告诉过曹丽丽，她不会把她带到宋文斌家去，否则她和宋文斌吵架都不爽快。如果曹丽丽想再婚，她不反对，不过有个条件，不允许把王千帆的房子嫁出去，她可是有继承权的。曹丽丽也表示，无论如何她不会住到女婿家去的（当然后来老张的事让曹丽丽食了言），她也不会再婚的。

曹丽丽对王小丽说，我从来就是一个传统的女人。王小丽想不到曹丽丽会用传统这个词，差一点笑出来。想不到曹丽丽后一句话更让她想不到，曹丽丽看着桌上的王千帆的照片说，我告诉过你王千帆的，我喜欢人家叫我王师娘。王小丽看着王千帆的照片，再也忍不住了，扑哧一声笑出声来。

结婚第二年，曹丽丽倒是再也没有弄出什么事情来，也没有往王小丽家跑，倒是王小丽经常抱着一大堆东西回家了。一回到家，就把门关得震天响，和当年的待字闺中的王小丽一个样。

邻居都是有眼睛的，她们对曹丽丽讲，王师娘啊，真是养了一个好女儿。人家是十个女儿九个偷，你家倒好是，倒过来了。

曹丽丽说，你们又不是不知道王小丽的懒脾气，她并不愿意带的，可我们家宋文斌命令她带，宋文斌忙得很，逼着王小丽往家带。

邻居又说，阿姨，王师娘真是好福气，生了个好女儿，还找了一个好女婿。

曹丽丽和邻居说的话，坐在马桶上看书的王小丽都听见了，当时她就想冲出来，揭开曹丽丽虚伪的画皮，向邻居们说明真相。可她的便秘正在解决之中。真是奇怪得很，她和宋文斌一吵架就便秘，灵验得很，吃蜂蜜，喝决明子，都没有用，急得脸上出了许多红疙瘩。只有回到家里的马桶上，捧着书本，看上一会儿，便秘就解决了。

事情就是这样对王小丽不利，每当王小丽彻底把便秘解决了，曹丽丽和邻居的议论已经结束，她已经回到电视机的面前，为《大长今》的爱情和医术而长吁短叹了。她还指着电视对王小丽说，你看人家的电视剧，文化品位就是不一样，过去韩国和日本一样，都用的汉字，人家真的尊重历史呢。

王小丽根本就不想看《大长今》，她今天难得摆脱了宋文斌的纠缠，她正向自己的房间走去，她要重温少女时代通宵看书的乐趣了。

曹丽丽和邻居谈论的礼物，其实都是王小丽的宝贝书本。这些书都是她在这个世界上最好的朋友了。王小丽绝对没有想到，结婚之前的宋文斌和结婚之后的宋文斌绝对是两个人。她的理由是，结婚之前，是她对宋文斌提要求，可结婚之后，是宋文斌给她提要求，而且是在生活的各个方面提要求：什么小鸟依人，什么温柔贤惠，什么相敬如宾，什么什么什么，王小丽有时候真想用毛巾塞住宋文斌的嘴巴，要不，就用一根针把这个啰唆的男人嘴巴给缝起来。

　　王小丽是学过哲学的，她晓得量变和质变的关系，也晓得外因和内因的关系。宋文斌的啰唆会对她起作用的，为了抵抗这种作用，她就用这些书来抵抗宋文斌的努力。直到自己的便秘发生了，王小丽就会收拾起行李，把那些心爱的书抱回家。而王小丽抱着书本的时候，头脑里其实只有一个念头，到娘家的马桶上去。她看到宋文斌忧心忡忡的样子，心想，他倒是有曹丽丽那样的尼龙绳品质，要是他知道她头脑此时的想法，这根小尼龙绳会气昏过去。

　　逃跑主义者王小丽刚下楼，小尼龙绳宋文斌的电话就追过来了。宋文斌说，妈，小丽有没有到家啊？曹丽丽假装不明白的说，文斌啊，发生什么事了？宋文斌说，没有什么事，小丽是想妈妈了。曹丽丽哈哈一笑，那你也来嘛，我给你们做三杯鸡。宋文斌连忙说，妈，我现在忙，小丽到家了，你叫她打个电话给我，我不放心。

　　曹丽丽从来不会把宋文斌的话忽略掉，她总是挡在卫生间的门口，对正要往里面冲的王小丽说，小宋叫你回电话。

　　王小丽才不怕曹丽丽的拦截，再说，论力气的话，曹丽丽根本就不是她的对手，她的手轻轻一拨，就把曹丽丽的封锁给瓦解了。

　　曹丽丽依旧说，你看你，你看你，怎么不在大街上解裤子？你这样子，哪里有大家闺秀的样子，小宋叫你回电话。

　　王小丽说，你才是大家闺秀呢，要回电话你回。

　　曹丽丽说，可是你说的，你叫我回的。

　　曹丽丽说完，真的就去回电话了，她在电话里大声对宋文斌说，文斌啊，你放心吧，小丽到家了，你什么时候过来吃三杯鸡？明天……那后天，后天一定来啊。

　　曹丽丽回完了电话，又来到卫生间门口，大声地说，我给小宋回过电话了，他说他后天来接你。

　　王小丽说，请你以后不要打着我的旗号，明明是你邀请人家来品尝你这个高级厨师的手艺，还说我邀请的，我可不占人家的功劳。

　　曹丽丽说，你现在说这个有什么用？小宋可不是我替你选的，当时我给你选的，可你坚决不要。

　　当年曹丽丽为王小丽选的是一个小眼睛的男人，王小丽平生最不喜欢小眼睛的男人，小眼睛的男人怎么看都像一只老鼠。曹丽丽讲，老鼠有什么不好，老鼠相的男人都会聚财，你一辈子都不会愁吃愁穿的。世界就是这样的怪，曹丽丽介绍的那个小老鼠真成了富翁，先是搞药材，后是搞房产，越搞越大了，上次这只小老鼠还从奔驰车里把老鼠头伸出来，得意洋洋地要带小丽妹妹一段路。王小丽当时就说，谁是你妹妹？小心我到二院去告你在街上乱认亲戚！

既然谈到了这个话题，王小丽就说，那时是那时，现在是现在，那时他伪装得太深，现在狐狸尾巴露出来了。

曹丽丽说，我早说了嘛，可惜当时你根本就不信任我，生怕我把你一斤一斤地卖了。

王小丽虽然在卫生间里，可她却似乎看到曹丽丽的嘴脸又露出来了，立即冷笑，你只知道现在，将来呢，美国当年可是有一段杀富运动的，到时候，你让我像你一样做寡妇！还不如现在做一个离婚女人，离婚女人总是比寡妇好听得多的，最起码人家不说我有克夫命！

曹丽丽立即就不说话了，她就站在卫生间的门口，当王小丽一打开门，就看到了曹丽丽霜冻的脸。

王小丽才不怕曹丽丽严肃呢，她说，有什么好看的？看我还不如看镜子，人家都说我和你是一个模子刻出来的。

一听到这话，曹丽丽脸上的霜冻就解开了，恢复了一个做母亲的耐心，说，是啊，我真不知道上帝是怎么让我做出你这个产品的。

王小丽不依不饶，说，你别忘了，做我这个产品，可不是你一个人的功劳。

曹丽丽说，我就是看在他的面子上才收留你的。

收留？王小丽说，你怎么不说收容？真是说得比唱得好听。

两个人斗嘴完了，曹丽丽就继续到厨房里演习她这段时间学会的新菜，王小丽有千般不好，可有一点是好的，那就是她吃完了，嘴巴一抹，从来不像那个老张，吃了她的，说的全是好话。王小丽不需要拍她的马屁，她从小到这么大，也没有学会（当然她也不会习惯）拍她的马屁。她对于每一道菜的评价，总是一针见血。她真的需要王小丽的毫不留情面的评价，以用来继续完善她的厨艺。每当曹丽丽把厨房和餐桌都搞得活色生香的时候，王小丽的通达工程也就接近了尾声。

今天王小丽运气不好，曹丽丽一心只想做她的糯米甜酒，这次蒸的糯米和去年前年的都不一样了，蒸锅中的每一粒糯米都晶莹如玉，发育得恰到好处。她得等它们稍微冷却一下，再把那包酒引子准确而均匀地洒到糯米中间。

王小丽可不管这些,她趁着曹丽丽不注意,手就在那糯米饭中抓了一把。曹丽丽想抢回来,已经来不及了。她看着王小丽伸长了脖子,用手在喂着嘴巴,尖声地说,姑奶奶,刚才你有没有洗手?

王小丽没有时间回答她,舌头正舔着右手上的糯米粒,只是把潮湿的左手递到曹丽丽面前。曹丽丽说,怎么不噎死你!曹丽丽说完了这一句还不甘心,又说,我已经下过酒引子了,当心得便秘的。

王小丽支支吾吾的,曹丽丽以为王小丽肯定又在骂她了,耐心听了一会儿,终于听懂了,王小丽是问她有没有锅巴。

没有!没有!曹丽丽戳着王小丽的额头说,你乌鸦嘴啊,我的糯米饭没有锅巴的。

王小丽哑巴着嘴中的米粒,她根本就不晓得糯米酒是最忌讳锅巴的,可她绝对不能输在曹丽丽面前,尖声地对着曹丽丽喊起来,曹丽丽,你没有钱买衣服可以跟我说,拜托你了,千万不要穿王千帆的衣服,你把他衣服弄得这么脏,他在地底下都睡不安稳。

曹丽丽掸了掸身上的衣服说,王千帆他睡不安稳正好,你叫他过来,尝尝我的糯米甜酒,还有酒酿圆子。

当心我在里面放老鼠药!王小丽瞅了糯米饭一眼,说了一声,就屁股一转,噔、噔、噔,留下曹丽丽和她的糯米饭,怀抱着自己,关到房间里去了,房间里的每一本书可都比曹丽丽好说话。

曹丽丽根本就不看王小丽,她现在的女儿可不是她,而是糯米饭,该给它们下酒引子了。曹丽丽一边洒,一边对着王小丽的房间喊,过来看啊,我给糯米饭下老鼠药了。

曹丽丽的挑衅已经迟了,王小丽躺在沙发上,打开台灯,抱着书本,这是她的理想状态,天大的事情也搅动不了她了。

看起了书,王小丽就不是草绳了,她变成了韧性十足的尼龙绳。

两天之后,是曹丽丽给糯米饭下酒引子后的第三天,拎着一袋子苹果的宋文斌出现了。曹丽丽一边接过苹果,一边夸赞说,哎呀,文斌啊,你就是想得周到,小丽便秘就应该吃苹果。

宋文斌垂着手,谦虚地说,哪里哪里。

你们谈你们谈。曹丽丽对着王小丽挥了挥手,说了一声,然后就往厨房跑,王小丽看着她,心想,她肯定要探出身来的,然后说,文斌啊,来得早不如来得巧,我刚刚做了三杯鸡,一会儿你尝尝。

进了厨房的曹丽丽果真就和王小丽预料的一样，真的探出身子对正像一只公苍蝇一样搓手的宋文斌说，文斌啊，来得早不如来得巧，我刚刚做了三杯鸡，一会儿你尝尝。

王小丽觉得有些恶心，还说来得巧呢，早上她还躲在被窝里的时候，曹丽丽就出去买鸡了。而就在昨天，王小丽就听到曹丽丽打电话给宋文斌了。曹丽丽说，她其实已经后悔了，可她嘴硬，就是不认错，从小就是这样。曹丽丽说，你是男人，让着她一点。曹丽丽说，明天过来吃饭，我们等你。曹丽丽说得很多，王小丽想，也难得是宋文斌，如果换了她，她才没有耐心听曹丽丽说废话呢。有时候，她想抢过电话，对宋文斌大吼一声，姓宋的，你究竟是谁生的？我提醒你一句，目前为止她只是你的丈母娘，而不是你的亲娘！可王小丽实在没有这个兴趣了，曹丽丽和宋文斌说得多一些，她就没有时间和她啰唆了。既然宋文斌愿意做曹丽丽的孝子贤孙，那就让他去做好了。

宋文斌哪里只是愿意在电话里做曹丽丽的孝子贤孙，在餐桌上，宋文斌更是成了曹丽丽的乖儿子。宋文斌一边卖力地吃，一边卖弄地夸奖，三杯鸡真的此味只应天上有，做国宴的特级厨师也做不出来的。

王小丽吃不下去了，收住筷子，对宋文斌说，这么好的菜，没有酒哪里行？我妈刚做了糯米甜酒呢，你想不想尝一尝？

嘴巴吃得鼓囊囊的宋文斌不明真相，立即鸡啄米一样点点头。

曹丽丽根本就不在乎王小丽的冷嘲热讽，她像是一个慈祥的母亲，又给宋文斌夹了一根鸡腿，说，你别听她的，糯米饭正在发酵呢，发酵一个星期，要出酒还要等五天。

宋文斌又傻乎乎地对曹丽丽点点头，他面前的鸡的残骸都干干净净，根本不像王小丽面前的鸡的残骸，真是吃一半留一半，浪费惊人。

这下曹丽丽抓住了正反典型，对王小丽说，你啊，要好好向小宋学习。

我学他？王小丽指着自己，夸张地说，他可是猪八戒投的胎，你烧狗屎给他吃他也会吃光的。

宋文斌依旧傻呵呵地笑，他今天的任务就是要把王小丽接回家。和以往一样，他早就记住了曹丽丽教他的话，什么叫大丈夫，大丈夫就是能够忍，小不忍则乱大谋，她说几句就让她说几句，关起门来，别人又听不到，再说，她回家了，就是你最后胜利了。

吃完了，等待胜利果实的宋文斌当然第一个抢着洗碗，曹丽丽就开始收拾东西。曹丽丽收拾得很快，在王小丽进卫生间的工夫，曹丽丽已经把她的东西收拾差不多了。就等宋文斌把碗洗完了,然后再把王小丽,还有她的书本一起带走。

可这次不行,王小丽一把夺过曹丽丽手中的包,把包口向下,哗啦一下,里面的东西都倒到地上了,王小丽用脚踢了踢,对曹丽丽说,你是不是想赶我走?

曹丽丽没有想到是这个结果,只好示意洗完碗筷的小宋过来,把地上的东西再次收拾起来。小宋一蹲下,就被王小丽推倒了,王小丽尖叫着,请你不要碰我的东西,告诉你,我不走。

宋文斌松弛了这么长时间的脸立即绷紧了,他默默地走出门外,曹丽丽也跟在他身后默默走出了门。

过了一会儿,曹丽丽回来了,手里还拿着一把扫帚,她想把王小丽撒在地上的那些东西全部扫出门去,可进了门,地上干干净净,王小丽很迅速地收拾了那些东西,正跷着二郎腿在看书呢。

王小丽!曹丽丽大声地对着王小丽的耳朵吼道。

王小丽没有反应,眼睛还盯在书本上,跷起的二郎腿还晃荡了一下。

曹丽丽摇晃着王小丽,大吼一声,王小丽就笑着,扯出了堵在耳朵里的药用棉花球,这是王千帆对付曹丽丽河东狮吼的秘密武器。

曹丽丽的脸都气青了,王小丽才慢悠悠地,拎着那药用棉花球,说,你发什么火?我重要还是那个姓宋的重要?告诉你,你能穿王千帆的衣服,我就能用王千帆的棉花球。

曹丽丽不说话,王小丽说,不要生气,生气对身体没有好处,再说,你气坏了,糯米甜酒哪个做?我还要吃酒酿圆子呢。

我给你吃!我给狗吃,倒进马桶,也不给你吃!曹丽丽丢下这句话,就到卫生间去了。

王小丽翻了一页书,对着卫生间的门喊,你说过给王千帆吃的,我不吃我的那一份,我就吃王千帆的那一份。

小尼龙绳宋文斌受这次打击之后,也染上草绳气质了,有两天不打电话来了。这和过去每天都来电话不一样了。面对王小丽的冷笑,一直等待电话的曹丽丽自我解嘲地说,进腊月了,哪个单位不忙啊。王小丽立即说,他既不是老板,又不是局长,有什么好忙的。

第三天晚上,电话铃响了,曹丽丽以为是宋文斌,在接电话之前,还意味深长地看了王小丽一眼,笑眯眯地捧起话筒,可听了一会儿,脸上的笑就停住了。

电话是公墓那边打过来的,是告诉王师娘曹丽丽,王先生的墓地已经修葺完毕,请王师娘过来检验一下。曹丽丽显然没有任何准备,她根本就不知道修葺的事,吞吞吐吐地问起了费用问题,对方说,不是已经交过了吗?

对方的这句话提醒了曹丽丽,修葺的费用肯定是王小丽去办的,没等对方报告完毕,曹丽丽就恶狠狠地挂上了电话,瞟了王小丽一眼。

此时的王小丽虽然假装着看书,可她的耳朵一直警惕地竖着,她等待曹丽丽像一只母狼一样扑过来,就像当年曹丽丽做过的那样,为了这个,王小丽这几天都没有穿高跟鞋,而是穿了当年上大学时的运动鞋。打起架来,运动鞋总是比高跟鞋方便得多。

可尼龙绳就是尼龙绳,曹丽丽没有扑过来,只是背过身去,缓慢地走向自己的房间。当天晚上,曹丽丽没有让王小丽品点她的厨艺,但王小丽很高兴,比吃到了一顿法国大餐还兴奋。

第二天早上,王小丽还没有起床,曹丽丽就站在她的床前了,手里拿着一杯热牛奶,柔声地对王小丽说,真亏了你有这份孝心,我代表爸爸谢谢你!

王小丽本来还不想醒来,可就被曹丽丽的这句话气醒了,她头脑里全是鄙夷和气愤,你代表王千帆?你有什么资格代表王千帆?

王小丽和曹丽丽斗争的武器就剩下死去的王千帆了,王小丽一上班,曹丽丽就翻出王千帆的衣服。下了班,王小丽就会看见曹丽丽版的王千帆就在厨房里忙着。有时候,王小丽下了班,曹丽丽出去买东西了,可进了门,戴着王千帆帽子穿着王千帆衣服的曹丽丽完全是缩小版的王千帆下班了。

有时候,曹丽丽在电视机面前打瞌睡的时候,王小丽看到了,心里总是咯噔一声,眼神就恍惚起来,她真以为王千帆复活了。王小丽恨不得就把曹丽丽按到地上,把她身上的衣服给扒下来,告诉她,你根本就没有资格穿王千帆的衣服。

王千帆在世的时候,总是教育王小丽,人和人是平等的,王千帆不要她叫他爸爸,就直接叫他名字。王千帆愿意这样被女儿叫着,曹丽丽可不习惯,王小丽第一次这样叫她名字,曹丽丽总是觉得脸皮挂不住。有一次,王千帆不在家,曹丽丽就为王小丽叫她名字打了她一顿。

为了这样的事,曹丽丽在背后不知道打过王小丽多少次。可王小丽一次也没有告诉过王千帆。但王千帆还是知道了,把曹丽丽按在地上揍了一顿,一边打,还一边说,让她尝尝被揍的滋味。曹丽丽被打之后,立即就把仇恨记到王小丽的账本上了。

当时王小丽家三根绳子的斗争链是这样的:钢丝绳打尼龙绳,尼龙绳打草绳，接着，又是钢丝绳打尼龙绳，尼龙绳打草绳。循环往复，一直到有一天，中风死去的钢丝绳闭上了他的大眼睛，这三根绳子的斗争链中断了。

王千帆死了，曹丽丽哭得相当伤心，连王小丽都觉得不好意思了，她替曹丽丽羞愧，哭什么哭？鳄鱼的眼泪。

王千帆是有一双大眼睛的，这是家里唯一的大眼睛，这双大眼睛消失了，王小丽家里眼睛的整体平均水平立即下了一个档次。就这点，王小丽对曹丽丽最仇恨的不是她的打，而是她的小眼睛。她想不通，凭王千帆那样的大眼睛，怎么可以找这样一个小眼睛的曹丽丽呢？更可恨的是，这个小眼睛的曹丽丽还生下了一个同样小眼睛的王小丽，王千帆还把她的名字中夹了曹丽丽的一个字，是不是暗示了她继承了曹丽丽的小眼睛。一个"丽"字，形象上就是一个小眼睛的女人。

对于王小丽用她的名字取笑她的小眼睛，曹丽丽不生气，反而得意地说，人家都说你爸爸有情有义，他为了感谢我生了个女儿，就把我的名字的一个字也取进去了。

没有了钢丝绳的保护，草绳对于尼龙绳真是无可奈何。王小丽一岁说话，二岁识字，三岁学画，四岁学钢琴，五岁开始写日记，这日记本是王千帆送给她的，她在这本日记本上写下了三个字：我恨她！

这三个字中有一个字是用拼音写的，那就是"恨"字，上大学之前，王小丽翻开童年的日记本，她又看到了这个拼音写成的"hèn"，可有一个问题，是她当时不会写字吗？还是她怕被曹丽丽发现？她实在想不起来了，但三个字后面有十个大大的感叹号，不是后来加的，就是当时写的。

上了大学，王小丽和曹丽丽分开了，她的头脑里总是晃动着这十个感叹号，她尝试着用心理学解释自己对曹丽丽的仇恨：一个人会爱他的翻版，这叫做自恋；一个人也会仇恨他的翻版，这叫做自戕。

从这个意义上说，王小丽想，她是自戕，曹丽丽也是自戕。

自戕在王千帆生前进行着，自戕也在王千帆死后进行着，只不过，两个女人不再动手，而是动口。本来王小丽经过自我的心理分析之后，她渐渐原谅曹丽丽了，决定放弃斗争，转向合作，可后来有一件事让她放弃了合作的念头，寡居多年的曹丽丽成了多情种子。

那时，王小丽大学毕业，依旧回到了这个城市，上班，回家，二点一线。可曹丽丽似乎活得比她年轻，电影《泰坦尼克号》演出了，根本瞧不起浅薄流行文化的王小丽随手就把单位包场的一张票给了曹丽丽，哪想到曹丽丽看了，一发不可收拾，前后竟然看了五遍，回到家，成了一只哼唱《我心依旧》的大蚊子。

那段时间，王小丽很怕这只大蚊子，她总是待在单位不想回家，只要王小丽一回家，就看曹丽丽捧着王千帆的照片左看右看，那是年轻的梳着分头围着围巾的侧身的王千帆的半身照。

曹丽丽自己看了还不过瘾，还问王小丽，你看你爸爸像不像那个莱昂纳多？

王小丽讥诮地说，那我是罗斯的女儿了？

曹丽丽说，做我的女儿是你的幸运，你想想，没有你爸爸坚决地追我，你还不知道在什么地方打鼓呢？

王小丽说，要不要我给你放鞭炮送锦旗？

曹丽丽根本听不出她王小丽的讥讽，盯着王千帆的照片说，不管你怎么讽刺，你爸爸事实上就像莱昂纳多！

王小丽差点被气昏过去。

曹丽丽真的疯了，开始追忆和王千帆在一起的似水年华，她的记忆好像是过滤器，把王千帆打她骂她都过滤掉了，只剩下了王千帆的种种的好，更让王小丽不可原谅的，有一天夜里，曹丽丽竟然不知羞耻地打起了王千帆的呼噜，王小丽就在曹丽丽模仿的王千帆的呼噜声中失眠了。

在那几个失眠的夜里，王小丽决定把自己嫁掉，嫁给正在追求自己的宋文斌，本来她想找一个大眼睛的，宋文斌的眼睛既不算大，又不算小，在那种特殊的状态下，王小丽别无选择。

听到王小丽向她宣布出嫁，曹丽丽以为王小丽等不及了，其实她不知道，是她的呼噜把王小丽打跑了。

王小丽是在曹丽丽唱的《两只蝴蝶》中醒过来的，王小丽以为是宋文斌来电话了，可她等待了半天，曹丽丽并没有把这个消息告诉她，肯定不是宋文斌来了电话。王小丽看着在厨房里做老蝴蝶的曹丽丽，心里充满了疑惑，可她想不出来，曹丽丽究竟有什么喜事。

王小丽找了几个原因，又一一否定了。上班期间，从来不出错的王小丽连出了几个错误。下班的路上，差点撞倒路上的一个女人。这个女人既不是钢丝绳，也不是尼龙绳，更不是草绳，她是一根又硬又糙的塑料绳，恶言恶语把尖牙利齿的王小丽都抽打得节节败退。

王小丽怀着一肚子的怨气杀进了曹丽丽的房间，这房间以前王小丽经常进来，那时这房间真正的主人是王千帆，王小丽进来之后，感觉到又回到了以前，曹丽丽真是保存得不错，连王千帆的水晶烟灰缸放的位置都没有变，烟灰缸旁边，是王千帆的牛角烟斗。

王小丽轻车熟路地在王千帆的抽屉里找到了一盒烟丝,然后装在牛角烟斗里,点起来,坐在王千帆的红木椅子里,对着王千帆那幅被曹丽丽称为莱昂纳多的照片吐起了烟圈。这吐烟圈的功夫就是王千帆当年教她的,为了这个,曹丽丽还和王千帆打过一次长达六个小时的架。

王小丽吐烟圈的本领一点也没有丢,王千帆就在她吐的烟圈中时显时隐,王小丽的眼泪就这样流出来了。

王小丽的烟圈吐完了,眼泪也流过了,灵感顿时就出来了。想到那件事的时候,王小丽真的觉得那灵感是王千帆指点她的。

王小丽站起来,在曹丽丽的床上发现了王千帆的那件棉大衣,王千帆的棉大衣堆放在曹丽丽和王千帆的枕头边,王小丽把棉大衣移过来,发现重得很,把棉大衣展开来一看,原来里面有一只脸盆,而脸盆里存放的正是曹丽丽今年发酵的糯米甜酒!

王小丽看了看脸盆里的糯米,原来那么晶亮的糯米粒都变了颜色,像变了质的石灰。王小丽闻了闻,一点淡淡的酒味,像啤酒的味道。王小丽用手指挑了几颗,放到嘴里,很快又吐了出来。

什么糯米甜酒?王小丽想,真是浪费了,一点不好吃,就像夏天馊掉的稀饭。

曹丽丽发出尖叫的时候,王小丽正穿着王千帆的棉大衣在红木椅子上打瞌睡,她梦见了多年前的王小丽,王小丽问王千帆,为什么要给她找曹丽丽做妈妈?王千帆笑着扯开了话题,拿出烟斗,说,我教你吐烟圈。

在梦里,王小丽吃了一嘴巴的烟丝,也没有吐成一个烟圈。那烟圈不是一条线,就是有一个缺口。王千帆说,快了,快了,有失败,才能有成功。王小丽在王千帆的鼓励下,一个没有缺口的烟圈终于吐成了,而曹丽丽一手就扯破了它。王小丽尖叫着,扑向了曹丽丽。

王小丽醒了,她看到了一个她从来没有见过的曹丽丽,和当年哭王千帆的时候一个样子,王小丽真实地感受到,曹丽丽此时的伤心比那时真是有过之而无不及。

就在那一个晚上,宋文斌又打电话来了,他根本就不同意王小丽提出的,干脆,离婚。可他的电话打得不是时候。

这一个晚上,曹丽丽都在房间里为遭到王小丽"法西斯般破坏"的糯米甜酒做补救措施。她把过早暴露在空气中的糯米放在她的被子里,而她像挽救快要失去生命的婴儿一样，正在用体温温暖着它们。

王小丽也在曹丽丽房间里，她还穿着王千帆的棉大衣，看着绝望中等候希望的曹丽丽，说不出一句话来。她希望曹丽丽扑过来，骂她，打她，哪怕把那盆发酵的糯米全部泼洒到她的脸上，身上，她都心甘情愿。

可曹丽丽偏偏不这样做。王小丽想过是不是曹丽丽想让她内疚，很快她又否定了这样的想法，护着糯米甜酒的曹丽丽一下子老了。

王小丽想说，要温度，可以打空调啊。

王小丽想说，要不，让我替你一阵，我比你年轻，身体有温度。

王小丽还想说，对不起，如果你不用王千帆的棉大衣，我也不会把糯米甜酒搞坏的。

王小丽更想说，要不，你开个价，我赔你。

可王小丽说不出来。此时她心里想得最多的是宋文斌这狗日的，他为什么这时候不打电话来，曹丽丽最喜欢听他电话了，也许他电话打过来，她就不会这样尴尬了。

偏偏听不到宋文斌的电话，屋子里静得很。王小丽和曹丽丽都穿着王千帆的衣服，两个版本的王千帆就这么对峙着。

她们都错过小尼龙绳宋文斌的电话。

第二天的早饭是王小丽做的。王小丽根本就没有想到自己会起来做早饭，可到了早上，她再也睡不着了。昨天晚上，曹丽丽一直不说话，她的瞌睡虫上来了，曹丽丽还是不说话。王小丽想到第二天还要上班，就回到房间睡觉了。

很奇怪的是，她是第一次没有看书就睡觉了，而且还睡着了，这么多年，她在睡觉之前是一直离不开书本的，即使在和宋文斌的新婚之夜，她依旧要捧着书本，看上一会儿才睡觉的。

更奇怪的是，一直喜欢睡懒觉的王小丽是在第二天早上六点钟醒的。她想再睡一会儿，偏偏肚子太饿了，昨天晚上她和曹丽丽都没有吃晚饭。

王小丽把早饭端进曹丽丽房间时，心里一咯噔，手就颤动了一下，牛奶差点泼翻了，曹丽丽还保持着昨天晚上的姿势，像一只孵小鸡的母鸡。

王小丽心里又是一阵咯噔，放下了牛奶和煎鸡蛋，叫了一声，妈妈。

曹丽丽吃下了王小丽做的早饭，曹丽丽吃完了，王小丽还把碗洗掉了。曹丽丽笑着看从来没有做过家务的王小丽。

曹丽丽把去上班的王小丽送到了路口，曹丽丽拍着王小丽的肩说，你还说你是草绳呢，你现在也是尼龙绳了。

王小丽笑了笑，没有回话，心里想，我还是草绳，只是掺了一点尼龙丝而已。

糯米甜酒的事情使得王小丽和曹丽丽都变了许多。王小丽不怎么看书了，陪着曹丽丽一起看韩剧，曹丽丽总是抓住时间劝告王小丽，女人还是需要男人的。

每当曹丽丽说到男人话题时，王小丽就不看电视了，又钻到房间里拾起她的书。王小丽看了一会儿书，曹丽丽就捧着一杯热气腾腾的红茶进来了。

王小丽一边喝着红茶，一边夸奖妈妈。

曹丽丽根本就不要她感谢，又说，妈妈肯定不跟你一辈子，有男人，女人的日子才好过。男人好，男人坏处是有，但男人还是有好处的，像你爸爸，多好的人。

一提到爸爸，王小丽就挖苦地说，王千帆不是打过你嘛。

曹丽丽说，我也打过你啊，你不是也没有记过仇嘛。

王小丽说，和王千帆打你的性质不一样。

曹丽丽实在掩饰不过去了，又说，看样子，你爸爸还没有小宋好呢，你看他从来不敢对你动一根指头。

王小丽说，他敢？

曹丽丽就哈哈笑了起来，王小丽又听到了王千帆的笑声，她简直怀疑王千帆的魂附到曹丽丽身上了，不然曹丽丽怎么学得这么像，她又不是录音机。

王小丽在没有人的时候，很想学一学王千帆发火时的声音，可她失败了。最近她总是觉得困，说不定是被那盆她破坏掉的糯米甜酒散发出来的香气熏的。

王小丽说她说不定是今天去公墓，风太大了，她要感冒了。

怎么可能？今天和王小丽一起去公墓看王千帆的曹丽丽说，你爸爸这么喜欢你，他疼你还疼不过来呢，怎么可能用野风吹你？肯定是你睡觉太冷，睡感冒了。

见王小丽不说话，曹丽丽又说，还是有男人睡在身边好，男人身上火大，有能量。曹丽丽接着就说了许多宋文斌的好话。王小丽说，我看你都有点像《水浒传》上的阎婆。曹丽丽拍着巴掌说，我是阎婆，那你是阎婆惜了，那小宋他就是宋押司了，可张三郎是谁？告诉我，张三郎是谁？王小丽定定地看了一眼正在给糯米饭挖塘的曹丽丽，叹了口气说，怎么没有，总会有的。

曹丽丽咯咯地笑起来，叫王小丽过来看，王小丽过去一看，那糯米的体积完全小了下去，很多糯米都赖到了糯米汁液中了，都像是睡着了做着梦的孩子。

没有坏啊？王小丽说。

还没有坏，如果没有你那一出，会更好的，曹丽丽笑着说。

家里的酒香气越来越浓了,王小丽的心情一点也轻松不起来,曹丽丽跟她下了帖子了,明天就是廿四夜了,她只能在家里呆一个星期了,因为曹丽丽说了,按照风俗,嫁出去的女儿是坚决不能在家里过年的。

王小丽说,这是什么时代了,你还在乎这个?

曹丽丽说,我在乎这个?当年为了这个,你爸爸打过我一个耳光。

王小丽想起来了,那是一次廿四夜送灶,曹丽丽的第一碗饭没有盛给灶王爷,就被王千帆打了一个耳光。王小丽当时也搞不懂,水平那么高的王千帆竟然那么迷信。但这就是王千帆。既民主又迷信的王千帆。

王小丽说,我在家里不出门,别人又看不到。

曹丽丽说,我看得到,你爸爸看得到。

提到王千帆,王小丽叹了口气说,我不会赖在这里的!外面又不是没有旅馆。

曹丽丽说,也好,三十中午我们提前吃年夜饭,下午你去开房间,过了年初一,到了年初二,你再回来。

王小丽说,我才不走呢。

曹丽丽一点不松口,说,你不走,我就走,我就去开房间,你总不忍心让我这个老太婆去开房间吧,再说,你又不是没有家,小宋等着你回家呢。

拜托!王小丽说,我今天心情不好,请你不要提这个人。

廿四夜到了,由于今年是这个城市解除禁放的第一年,今年的廿四夜有点像是提前的大年夜,王小丽等着曹丽丽把第一碗饭敬给了灶王爷,曹丽丽还给灶王爷敬上了第一杯糯米甜酒。

王小丽和曹丽丽是在酒香之中开始了她们今天的晚餐。曹丽丽还在厨房里忙着菜的时候,王小丽就迫不及待地也给自己倒了一杯糯米甜酒。

王小丽想不到糯米甜酒那么香甜,一点也没有去年的酸涩感,她很是兴奋地跑到厨房门口对曹丽丽说,哎呀,如果不是我把上面的棉大衣掀掉,你今年的酒肯定会更好。

曹丽丽说,也不一定,说不定就是因为你掀了棉大衣,那酒就变好了。

王小丽一高兴,就提出要加一道菜,吃曹丽丽以前许诺的酒酿圆子,当然,还要喝酒,就喝今年新酿的糯米甜酒。

曹丽丽一一答应了。菜是一一地上桌了,王小丽给曹丽丽倒了一杯酒,也给王千帆倒了一杯酒,还有她自己,也倒了一杯酒。

王小丽在喝酒之前,很想说一些祝福的话,可这不是她的风格,只是笑着,高举着杯子,碰了曹丽丽的杯子,又碰了王千帆的杯子,一口气把酒喝下去了,还把杯子亮给曹丽丽看。曹丽丽笑着,也干掉了。王小丽给曹丽丽夹了一筷子菜,然后又把王千帆的那一份喝掉了。

王小丽和曹丽丽就这么二对一地喝着,曹丽丽想抢王千帆的那一杯喝,说,告诉你,糯米酒要么不醉,醉起来可是真醉。

王小丽坚决不同意,说,不能让妈妈喝醉,妈妈喝醉了,谁给我做酒酿圆子啊。

糯米甜酒真的很好,王小丽夸个不停,可喝得很快,曹丽丽就劝王小丽留一点给宋文斌喝,王小丽说,你有没有搞错?给他喝,他又没有参与我们的劳动,他是不是想学蒋介石,冲到峨眉山下摘桃子。

你说不留就不留!曹丽丽也给王小丽和王千帆满上了酒,这糯米甜酒,真是越到最后越是醇厚,就像王小丽的脸,红得像桃花一样。

曹丽丽忍不住地说,你真像一个新娘子。

王小丽说,那我嫁给你!

曹丽丽忍不住笑了起来,傻丫头,你喝醉了。

王小丽真的喝高了,等酒酿圆子上桌时,王小丽已经趴在桌上睡着了,那酒酿圆子是曹丽丽一汤匙一汤匙地挖完的,每挖一勺子,她都像老小孩一样放在嘴巴边,然后告诉王小丽,多好吃的酒酿圆子,你想不想吃?你不吃不要后悔啊。

最后一勺了,你吃不吃?你不吃我就吃掉。曹丽丽说完了,真的就吃完了最后一勺酒酿圆子,为了证明这一点,还把碗亮给伏在桌上的王小丽看,王小丽根本就不看她,继续醉睡着,任由曹丽丽伸长着脖子,上上下下地舔那空碗。

喝醉酒的王小丽是在廿五早上醒过来的,她一醒来就觉得不对劲,首先她发现自己是赤身裸体的,更可怕的是,她的身边也有一个赤身裸体的人,是一个男人!

王小丽正想尖叫,突然,就被那个男人捂住了嘴巴,王小丽认出来了,是宋文斌!

王小丽挣扎了一会儿,没有挣脱掉,眼泪落满了宋文斌的手,宋文斌抱紧了王小丽,凑到她的耳朵边问,小丽,你哭什么啊。

王小丽说,我饿了。

宋文斌说,你要吃什么,我给你去买。

提到吃什么,王小丽收住了眼泪,坚定地说,宋文斌,你叫曹丽丽来,我要曹丽丽现场给我做酒酿圆子。

纸龙船

  一支竹篙飞了起来。乌金荡里那些割水草沤绿肥的农民都看见了岸边的奇怪景象。竹篙上面还穿着一只大癞蛤蟆呢，它们在一起在向前飞。不仅前面有一只大癞蛤蟆在飞，后面还有一条大蟒蛇在追，蟒蛇的蛇信子在阳光下闪烁着一道金光。

  乌金荡很怪，谁也说不清的怪，动不动的就有鬼在作怪，明明太阳旺旺的，可就是起了风，还起了黑浪。还是干活吧。

  湖面浮上来的水草们葱葱绿绿的尸体，把人们的眼睛都映绿了。现在人都变成财疯子了，就连沤绿肥也沤疯掉了，水浮莲们被捞走了，水花生们也被人捞走了，行动比较慢的人只好捞长在湖底的水草。水草们沤成肥虽然慢，一船水草还是差不多抵得上一百斤尿素的。

  飞着的竹篙和癞蛤蟆是推网和雨来，后面跟着追的是麻子。雨来实在太小了，又跑得快，看也看不清楚。对于推网，麻子本来是不许用的，后来还是准用了，这是王支书做圆场做出来的，王支书还做圆场把雨来从树上放下来。冤家宜解不宜结。现在大河已经被麻子包了，市场经济嘛，人家承包了，现在就该人家的，谁也不要眼红。谁叫你们当时不投标呢。王支书的话是很管用的。王支书说，合同都定下来了。合同就是国家法律保护的。王支书把大家训好了之后，又对麻子说，以后是不许摸鱼，不许摸虾，更不允许张网。可以用推网，推网可以推螺蛳，螺蛳这个东西是土里生土里长的，又不要种，推就推吧。王支书拍了拍麻子的肩膀，再说，你承包了大河，就是大老板了，一个大老板，还在乎一个小孩子推多少螺蛳？

  那个很闷热的下午，麻子偏偏看到了水中摸鱼的雨来。麻子的撑船技术很好，竹篙一点一点的，身下的鸭溜子的屁股一沉，船头一翘，然后鸭溜子就像黄箭鱼一样窜。雨来游得再快，也没有麻团长的鸭溜子快。拿着竹篙的麻子简直高大无比，雨来像一只散了群的鸭子，被麻团长用竹篙呛到了乌金荡里。后来天色渐渐地暗了下来，麻子早就不见了，雨来只好改作仰泳，这是最省力气的方法，没有办法了，就这样浮着吧。脚能够蹬一下就蹬一下吧。水有时候就呛到了雨来的鼻子里，雨来的头皮都跟着辣了起来。乌金荡上空的云已经有点像被谁擦黑的棉花球，一只棉球又一只棉球，还垒了起来，叠在远处的湖面上，如同一只渐渐沉下去的运棉花的船。雨来在乌金荡里游了很长时间，脚还抽了筋，水面越来越阔，雨来不知道方向，他在湖面上转圈。雨来后来看见满天的星星了，它们就像亮晶晶的螺蛳壳，被他爹吸完了螺蛳肉，然后随手抛到了天上。雨来多么希望小新娘子能够听见，小新娘子刚刚嫁过来的时候，她不知道她是嫁了一对兄弟，两个光棍，当时雨来也去抢喜糖的，他连糖纸都没有抢到。小新娘子看见了，还悄悄地给了他一粒糖，一粒真正的上海糖！小新娘子听见了他的喊叫，她就用她的纸龙船来接她，就是让他吊着船帮歇一下，换一口气，那也是好的。带着腥味的湖风扑到了雨来的脸上，有人说话了，是麻子的丫头。这个丫头挤着小眼睛说，来吧，来吧，现在该派我上去晒太阳了。雨来用尽全身的力气骂了一句脏话，他是在骂她，他雨来才不想替她做溺水鬼呢。

　　后来在牛背上驮了半天才醒过来的雨来就不怎么敢下水了，他一闭上眼睛就做梦，一个晚上能够做几十个梦，在无数个梦里他已经不是在找茅缸撒尿了，而是麻子拿着一把雪亮的镰刀在追他，说要割他的麻雀喂鱼。雨来拼命朝后退，爹就把他向前推，爹对麻子说，兄弟，我早跟你说了，这个祸害，要杀要剐随你，出了人命不怪你，我去坐大牢。雨来没等麻子动手，就把麻子手里的镰刀抢过来了，自己给自己动手，把自己剐了。雨来很奇怪，镰刀剐在自己的身上一点也不疼，反而凉快得很。雨来剐得很快，一会儿就把自己变成一堆肉，一堆骨头了。雨来决定肉归娘，骨头归爹。雨来被自己感动了，在归还的时候还哭了出来。眼泪就真的流出来了。雨来每天醒来的原因不再是尿床了，而是哭醒的。

　　傍晚的空气越来越像傍晚的湖水，黏稠的，温热的，雨来跑着，有点感觉像在踩水似的，只是听不见哗哗的水声。他喉咙里像是有水在荡漾。有人在他的头脑里洒了一捧胡椒粉，他的头皮辣得很。鼻涕又辣出来了。

　　麻子在后面喘着粗气说，我早该把你这个丧门星捏死！

　　麻子是说上一次，雨来又被麻子逮到了，被关在麻子的看鱼棚里，麻子发誓说一定要把他这个偷鱼贼打死。麻子用蛇塞雨来的屁股。他用癞蛤蟆喂雨来的嘴巴。他还掏出自己的鸡巴对着雨来撒尿。他还用他蛮婆娘的脏纸逼着雨来咽下去。

麻子做完了就说，是不是你把拦网松开来的？麻子还用鸡巴在雨来的嘴巴上擦，小狗日的，你说，是不是你老子，是不是你老子叫你松的？你是不是来报仇的？麻子把一口痰吐到了雨来的额头上，又臭又腥的痰就沿着雨来的额头往脸下面流，麻子说，说啊，你哑巴了，你再不说话，老子就把你嘴巴里的狗舌头割下来喂狗！

　　雨来以为他爹和娘会在第二天来救他的。第二天过去了，雨来以为他们会在第三天来救他。到了第四天，雨来以为王支书会来救他的。又没有。一个人也没有。大家以为就是他雨来做尽了坏事，活该。其实不是他！真的不是他！雨来不说话。他听娘说过，秦桧和岳飞前世里就是仇人。这个麻团和雨来也是仇人，前世里有仇。麻子的鱼叉没有了，就说是他雨来拿的，麻子的大丫头死了，就怀疑是雨来杀的，他雨来简直成了麻子的灾星了。雨来绝望了，他完全可以想到雨来爹此时在干什么，又在说什么，雨来的爹一定在一边吸着螺蛳（雨来养在水桶里的螺蛳），还一边说，就比如少养了一个吧。雨来哪天被打枪眼了，他是绝对不会去收尸的，他更不会替他付子弹费的。一连五天，麻子问得很急，他最后甚至还失去耐心了，他都央求雨来承认了。雨来还是不说话。麻子脸上的麻团就一颗颗烧焦了。麻子后来哄他，只要他承认了，就既往不咎，不怪雨来的。麻子甚至还说，他一辈子没有儿子，如果有雨来这样又能干又肯吃苦的儿子，他吃再大的苦也是值得的。雨来差一点就坦白了。不过还是忍住了。即使他说了实话，不是他松的网把麻子养的鱼放到乌金荡里去的，麻子也认为拦网是他松的。连他娘也相信，所有的坏事都是他雨来干的。那些鱼都是雨来指挥着游到乌金荡里去的。

　　推网紧紧地拽着他，它也想和雨来一起逃。麻团——团长！团长——麻团！麻子最不喜欢人家说麻子，连他的婆娘蛮子也不允许，当初蛮子嫁过来的时候，到了第二天，才晓得她嫁了一个麻子，到了早上，麻子把脸上涂的糯米粉全洗掉了。

　　蛮子死的那天，雨来睡得很早。经过看鱼棚的五天，雨来变了，他不想出去玩，也没有人和他玩，他只是觉得太困，没有事情就睡觉，白天睡，晚上睡，总是睡不醒。他已经不尿床了。近来他的耳朵被爹拧醒了，他还以为是自己尿了床了呢。他还没有明白过来的时候，脸上已经挨了两巴掌。是不是你这个狗日的把人家推到河里去的？雨来被踢跪到了地上才知道，麻子的婆娘蛮子死了。爹用巴掌揍他的脸，意思是叫他把眼睛睁开。他的头在爹松下手的同时又耷拉下去了。爹想抓雨来的头发，可雨来剃的是光头。雨来听见爹恶狠狠地问他娘，是谁叫他剃的？雨来接着听见有人的脸上也挨了一巴掌，后来他就听见娘也哭了起来。柳堡子上去把雨来的头扳正了，又用手把雨来的眼睛扒开。雨来的眼睛里还是白的多、黑的少，柳堡子突然叫了起来：爹，爹，你看看，已经这个样子了，他还有脸笑！

麻子的蛮婆娘是滚到河里淹死的，捞上来已经是一个大肥猪了，麻子看到他的蛮子出水就昏过去了。麻子醒来的时候就喊，儿子啊，我的儿子啊。原来蛮子的肚子里又有了，麻子怎么知道他婆娘肚子里是儿子的？雨来在那天下午还看见蛮子的，蛮子在河坡上点种绿豆，蛮子从来没有休息的时候。蛮子还和雨来笑了笑，雨来，雨来！蛮子说，雨来，我替他向你打招呼。雨来吓了一跳，窜走了。

雨来的脚板发烫了。有一团火在烤他。雨来的身后一个人也没有了，雨来看见了满湖的芦苇。哗啦哗啦，哗啦哗啦。芦苇的叶子实际上比刀还割人的。那些芦苇把太阳的脸割破了，割出血来了，血流到湖面上来了，雨来是最看不得别人流血的，柳堡子的鼻子是沙鼻子，一碰就出血的，只要看见柳堡子鼻子出血了，雨来都乖乖地把柳堡子手里的活接着干完。这样淌下去怎么得了，人的血就是那么多，怎么得了！他屁颠屁颠地不计前嫌，弄冷手巾，弄棉花团，剥洋火盒上面的黑硝皮。等到娘找洋火盒点灯时，挨揍的还是他雨来。

雨来走下湖堤，把手探到湖水里面，红的，真的像血，雨来的手探进去了，又忍不住把手从湖水里抽了出来，烫，怎么这么烫，就像沸透了的开水。雨来看了看食指，食指的指尖上已经有一颗水疱了。就像上次，柳堡子用一把已经烧得滚烫的火钳，伪装成冷的火钳，还让雨来去摸，结果把雨来的手烫了一样。雨来站在岸边想了一会儿，还是忍不住，又把整个手探进湖水中去了。这次雨来是从湖堤边直接跳到湖岸上的，雨来嘴里"呵呵呵"地叫着，还甩着手，手指上的水珠把雨来的推网烫得嗤嗤地响。太烫了，雨来看了看自己的手，又看了看湖水。湖水一副无赖的样子。

都说纸龙船在乌金荡上最多，有时候，有好几条纸龙船在比赛似的飞驶。它们还是焚烧前的模样。红光纸、绿光纸、金光纸、锡光纸，比接新娘的轿子船漂亮、洋气、好看，还比乡里的小快艇快得多，还不像乡里的小快艇那样喜欢做"好事"，把大波浪压向社员们的小船，把小船们晃得像地震似的。突然，雨来的眼睛直了，一只纸龙船！想到纸龙船，就真的有一只纸龙船从芦苇深处驶出来了！这纸龙船真的是漂亮、洋气、好看，还刷了白的红的漆。船头还有一面红旗，风都把红旗搞直了。原来纸龙船是在芦苇丛里藏着的啊。雨来的口水就流下来了。他觉得纸龙船是向他这里开过来的，他就将信将疑地向纸龙船招了招手，想不到，纸龙船就看见他雨来了，直接向雨来这里开过来了。

雨来一阵眩晕，从未有过的幸福感就这么抓住了他，他快要飞起来了。他喊起来:这边这边!他带着自己的推网跳起来,推网有点像他雨来的旗帜。我是雨来!我在这边!我是雨来!我在这边!雨来还拍了拍自己的肚子,把肚皮都拍疼了,我是雨来,我真的是雨来啊!

纸龙船带出了很大的波浪,纸龙船怎么会带出这样的大波浪,还有机器的喘息声。雨来晓得不好了。先是那些像竹子的芦苇好像被人猛推了一把,都哆嗦起来,然后就不由自主地摇摆起来,就像地震了一样。

波浪还在向前冲。就像一只看家狗一样。那些刚才还在湖面上的水草船就不见了。那些救命的手臂在水面上摇着,像在说不同意。后来就不能说同意不同意了。不见了。波浪还在涌。一张大白塑料纸漂过来了,雨来开始还以为是刚才沉下去的捞水草的船上浮上来的,再仔细一看,其实不是什么白塑料纸,而是一阵白鱼阵。接在白鱼阵后面的是螃蟹阵。雨来听见了螃蟹们嘴里不停骂人的声音,像打雷了。接着就是黑鱼阵,一条又一条黑鱼啊,像是谁把一大缸的黑墨水倒进了湖水里了。

龙船渐渐地走近了,雨来看清了坐在龙船后面的铁栏杆上的那些穿制服的人,不像是警察,又有点像警察。上次蛮子死了之后,麻子把蛮子娘家的人全都搬到雨来家的门口,要不是雨来的爹把雨来从灶后的草堆里拎出来,雨来家的房子肯定要被扒到底了。雨来听见爹说,我不管了,我不要了,这个畜生交给你们了,要杀要剐随你们,谁叫我的鸡巴作痒,日出这样一个丧门星来!王支书说,雨来不傻,他是被他爹打傻了,王矮子边说还边摸着他的头说,我知道雨来不是有意的。雨来的眼泪就出来了。他们说你也是个麻子。雨来怕支书听不清楚,又指着他的爹说,就是他说的,你又不是麻子,爹说你也是个麻子!支书的手就从他头上松开来了。雨来你瞎说什么?雨来的头凉下来了,还酸得很,柳堡子拍了拍巴掌说,大支书你不晓得啊,我们都晓得的,他本来就是二百五!十三点!少零件!少螺丝!

纸龙船像拖拉机一样突突地叫着,把他的肚脐震疼了,雨来猛然抽了自己一个耳光,他的耳边的风声呼呼响了起来,风声中有麻子说话的声音。他的声音就像是破锣,抓住他,就是这个丧门星!就是这个祸国殃民的丧门星!抓住他,不要让他再跑了!

乌金荡的夜是那么黑,说不定就是雨来吐出的黑气一口一口地染黑的。雨来把肚子里的黑气呼出来之后,肚子真正瘪了下去,肚皮贴到后背上了。湖水上空的星子们是什么时候出来的?它们怎么看也像一个麻子在照镜子。天空的麻子脸把湖水也照成了麻子。麻团——麻团!团长——团长!

他的声音钻到乌金荡的一团又一团的浓黑里面了，消失了，四周那么静，雨来禁不住打了一个寒噤，后来接连打了好几个寒噤，都把肚子里的一点尿颤抖出来了。他从来也没有遇到过这样静的世界。忽然，雨来听到湖水里也传来了声音，不是麻子的声音，是雨来的声音。又不太像。

麻团！团长！湖里面也有一个人学着雨来的声音呢。雨来紧张的心一下子松了下来，就连那些亮麻子也从天上飞落下来了，还朝雨来的脸上飞来。雨来下意识地挡了挡，他没有挡得住，那些亮麻子还是朝他脸上身上撞过来，有点挑衅的味道了。他卸下肩上的推网去扑这些亮麻子，都有点像在夜空下推螺蛳了，还不像推螺蛳，更像是在扑蜻蜓。

雨来一边网着，一边在骂，麻团！团长！团长！麻子！雨来成功了，他把那些亮麻子们全都网住了，足足有一网呢！这些亮麻子野心不小呢，都想飞到他面前，想把他也变成麻子呢。雨来想，如果把这些亮麻子用香油炒成一盆菜，给爹下酒吃，爹肯定很高兴，喝一口醉仙桃浸的酒，就喊一声，我吃麻团！再喝一口，又叫一声，我吃团长！

雨来扛着满推网的亮麻子走着，有人在后面感叹，这个孩子，怎么可以网了一网亮螺蛳？

雨来回过头来，推网里的那些亮麻子们不见了，熄灭了，飞走了。光着身子的雨来在乌金荡边呆站着，脑袋想得发疼，天上是星星，湖里是星星，湖边是飞来飞去的萤火虫，都说这些萤火虫是一些冤魂变的，它们是不是那些水草船淹死的农民变的？它们总是从岸上飞到那些水草浮起的地方，然后又从水草浮起的地方飞到岸上来。

后面依旧有咚咚的脚步声，雨来跑得很快，咚咚的脚步声也很快，乌金荡应该是有边的，不就像一只大锅一样嘛，反正走一圈还会走到原来地方的。他很想学习孙悟空，先在一个地方做一个记号的。雨来握着自己，明明有尿意的，就是尿不出来。雨来叹了口气，只是轻轻的，过了一会儿，湖面上传来了更大的叹息声，把雨来吓了一跳。

雨来走到一个村庄里了。这是他从来没有到过的村庄，庄上走来走去的人脸色平静，好像怀着一些心事，不过他们没有一个来问一下雨来，也没有人看一眼雨来，冷漠得很，说不定他们还觉得，扛着推网的雨来就是他们庄上人。沿街的人家门都张开着，灯光就从门里面直射到巷子上，像是每家每户的舌头一样，这些灯光的舌头打在雨来的光身上，那特殊的感觉，蛇一样在他的身上一滑，然后就滑过去了。

巷子上走来走去的人很多，几乎不怎么说话。雨来听他娘说过，乌金荡边上总是出现鬼庄，这个村庄是不是鬼庄？雨来注意到人们走过屋子前灯光时的影子，如果是鬼的话，应该是没有影子的，而他们走过去的时候，也把自己长长短短的影子带走了，带到一个方向去了。为什么这个他们都向一个方向去了呢，这个庄上出事了，庄上肯定出大事了。

雨来顿时有了精神，平时在家里，他最喜欢看热闹了。庄上的其他人死去他都是去看的。那些人死了都有点不好意思，用一张纸把自己的脸遮住。除了那次麻子的婆娘的死，雨来他没有去看，他也没有办法看，当时闹得太大了，都闹到要械斗的份上了，有人把镰刀磨快了，有人把钢筋磨尖了，开始说得好好的，什么日子什么时辰，开始动手，家里有两个儿子的就奉献出一个儿子，家里是独子的就负责后勤。王支书不说什么，也不劝什么，好像他消失了，后来他出现了，他是和乡里派出所的警察一起出现的，最后抓走了几个人，爹也被抓走了。三天之后，等到爹从派出所回来之后，雨来的头真的已经被柳堡子揍成了大猪头，不该凸的地方凸了起来，应该鼓的地方红肿了起来。

忽然，雨来听见有人在叫他的名字，好像是柳堡子，雨来一哆嗦，回过头来找了一下，没有，什么样的扁头也没有，这个庄上的人都没有扭过头看他。雨来在一堵墙上看见了一只大乌龟，那是有人用石灰画的一只大乌龟。还打了一个大大的×。乌龟长了一副人的脸，这张脸就是柳堡子的脸。

前面突然光亮起来，是人家在放河灯呢，雨来打了一个寒噤。肯定是有人溺水死了，有人做了水鬼了，不然不可能放河灯。雨来挤到人堆里，湖里已有很多河灯了，忽忽闪闪的，一个跟着一个的往河中心走。

雨来看过很多次人家放河灯，一般的人家放河灯，放得不像这个人家多，这个人家的河灯多是多，不过这些河灯做得很不好，人家河灯应该放在油纸板上，这样漂起来，会漂得远，亮的时间也长。这个人家的河灯简直就是粗制滥造，只用几张旧报纸叠起来的，报纸遇到水就迅速地吸水，旧报纸对于水，永远是渴死鬼，遇到水就拼了命地喝，喝饱了，喝足了，就拼命往下沉。

那个蹲在湖边放河灯的人，脸色黯淡，他手里的河灯有时候还没有离手多长时间，就沉下去了，他还想努力去捞，哪里还捞得到？雨来看见他手里的河灯又沉下去了，就忍不住叫了起来，为什么不用油纸，没有油纸用荷叶也是好的，为什么不用荷叶？用荷叶就比用报纸好。

雨来的嗓子很脆，脆得就像一只水萝卜跌落在地上，里面的汁液都跌出来了。有很多人都回过头来看雨来，雨来就捂住了自己的嘴巴，他命令不要多嘴，身体里却有个人在叫他说,要放七十二个河湾呢。水鬼摸螺蛳很苦的,一天要摸七十二个河湾呢。雨来听见了自己的声音,他用手捂紧了嘴巴,声音又从他的鼻子里冒了出来,他们摸螺蛳呢。用的是没有底的桶呢。摸好了又丢掉呢。一天要摸七十二个河湾,还要摸满了才能上岸晒太阳呢。他们晒太阳是晒身上的水锈呢。水锈真是像是锈呢,是黄的呢。

那个放河灯的人回过头来看雨来了,雨来也看见他了,雨来不认识这个人,他看得出,这个人脸上的表情,全是支书训斥人之前的表情。雨来腾出一只手来,把发出声音的鼻子捏住,身体的声音很怪,又从他的耳朵里冒了出来,七十二个河湾呢。你这样放的话,他可是一个河湾也照不见呢。他摸不满螺蛳,就不得了了,就上不来晒太阳呢。你想想,摸螺蛳的木桶还没有底呢。

那个男人听懂了雨来所说的意思,他看着那些已经沉下去的,渐渐沉下去的河灯,突然放声大哭,哭声在湖面上爬行了一会儿,后来又缩了回来。看热闹的人就劝哭泣的男人,哭什么呢,哭坏了身体不划算的,他现在安稳了,就故意让你伤心,其实你也做得不错了,讨债鬼嘛,就是这世来讨你的债的,讨完了他就要走了,你拦也拦不住的。他要到好人家投胎,你有什么办法?什么叫做讨债鬼?谁叫你前世里欠了他债呢?

被劝的这个男人反而哭得更响亮了,简直是在唱歌了。唱的是没有词的歌。哦哦哦,啊啊啊的。雨来的头被辣了一下,如果他死了,他的爹娘肯定不会哭,不但不会哭,还要拍手大笑,而柳堡子会高兴得昏过去。如果他雨来真的溺死了,做了水鬼了,爹和娘肯定是不会替他放河灯的,更不用说给他雨来扎纸龙船了。

后来男人的哭声渐渐地小了下来,像一堆飞近了又不敢降临的蚊子。就在这个人的哭声之后,一个清脆的哭声加了进来,令这个哭泣的人吓了一跳,他一下子停止了哭泣,开始侧耳在湖面上倾听,听了一会儿,才明白过来,不是他死去的讨债鬼在哭,而是岸上有一个小孩在哭。就是刚才那个多嘴的光着身子的小孩。大家的目光全部落到了雨来的身上。雨来止住了自己的哭。

有人找来了干燥的荷叶,河灯放上去,真的不怎么往下沉了。河灯向湖中间游过去。过了一会儿,还是沉下去了。雨来抠了抠自己的耳朵,终于想通了,没有写名字!没有写名字!不写名字他收不到!不写名字被别的水鬼抢过去了!

周围的人都用很怪的眼光看着他,雨来就给了自己一拳头,这拳头打在自己的肚子上,很疼,雨来的眼泪也疼出来了。他不说话了。他听见了机动船的声音,原来是一艘夜行的机动船带来的波浪把河灯打翻了。最后放的几盏河灯就没有熄灭,它们肩并肩地走了很远很远,一直走到了乌金荡的中央,雨来觉得它们会走到湖的那边,然后一起肩并肩地走到天上。

有雨点了。来看热闹的人更多了。最后的,也是最为激动的时刻到了,有人抬来了一只扎得非常漂亮的纸龙船,还有三个和尚模样的人,和尚的后面是一群悲伤的妇女,和尚是念经的,妇女是来哭泣的。

雨来以为和尚他们会念很长时间的,可他们只念了一会儿,而妇女们哭得更短,她们都不会哭,哪有雨来的娘会哭,爹一喝醉酒,就打娘,娘一被打就哭,娘的哭才真的叫哭,边哭边数,边数边唱,边唱还边念。这几个妇女简直不是在哭泣,而是来假装了一下。

雨已经下大了,纸龙船都摆到河边了,被雨打湿的纸龙船耷拉下来。他们怎么不好好地遮一遮?雨来晓得喉咙里的声音又要喊了,不能再喊了,他就掐自己的胳膊,但是,雨来还是叫了起来,不能随便地放了!

推网首先成了人家的目标,推网先是被谁碰了一下,就离开了雨来的身子,然后落到了一个人的头上,这个人又把他的推网接到另一个人的肩上,他们都商量好了,要把这张推网扔掉,最后这只推网,就被雨来不知道的人扔到水里面了。雨来惊叫了一声,像只小老鼠一样窜过了人群,到了河边。

他的推网就在纸龙船的边上。纸龙船的底部已经有一只漏洞了。雨来把脸扬了起来,漏了,漏了,真的漏了!他的话还没有说完,头上就遭到一个人吐来的东西,又臭又腥。雨来口中的话已经停不下来了,漏了,龙船漏了。你们不听我的话,我不管了,我不管你们了!

雨来想上岸。他已上不了岸了,他一上岸,有人就握着他的推网把他往河里推去。都像一场滑稽剧了。雨来落水激起的水花很大,把那只纸龙船都打湿了,雨来看见了里面的芦柴架了,原来它们是用芦柴和纸搭成的。雨来伤心地哭了起来。他叫了一声,娘!随后他不叫了,就是他的娘在这个地方,她也不会救他的。

雨来不求饶,也不放弃,他们肯定没有想到,这个光屁股的小杂种并不是一个好对付的人。这更加激起了大家玩他的积极性。有的还说,反正他没有穿衣服,就多洗洗澡吧。还有人说,他的推网是不是偷的?最后还是那个哭泣的男人把大家劝住了。

湿漉漉的雨来上岸了,他刚才在河里摸螺蛳,大家允许他上岸晒太阳了。晒他的水锈,晒他身上的青苔。雨来没有带着他的推网走,他走过人群的时候,有人不停地踢他的屁股,他没有回头,他的屁股一点不疼。

他记住了那个放河灯的人,下巴有一颗痦子,痦子上有一根长长的黑毛,像是跟谁发电报似的。这时放河灯的和放龙船的人不理睬雨来了，他们实在没有时间来理这个小杂种了，纸龙船淋了水，点了好长时间都没有点着，最后还是拿来了一盏油灯，把油灯里的煤油倒在了纸龙船上，纸龙船点着了。浇多了煤油，又烧不尽了，火光不仅映红了大家的脸，也映红了寂寞的湖面。

等大家的脸抬起来的时候，他们发现全村用于给牛吃的像小山一样的牛草堆上还有一团火光，火光下面正是刚才那个他们玩弄过的小孩，这个光身子的小孩知道他们看见他了，还有意识地拍了拍自己的麻雀，意思是大家都来吃他的鸡巴。这是在侮辱大家呢。

光身子的小杂种说起来好抓，可真正要抓住他是非常不容易的，明明就要抓住他了，他的身子像泥鳅一样滑。还是那个下巴有瘪子的人出了一个主意，两边夹抄，用一张包围圈把这个小杂种网住。包围圈已经很小了，肯定能够抓住这个小杂种的，这个小杂种除非逃到湖里去。包围圈越来越小，小杂种跑不掉了。

他们还是失算了，黑暗的湖面上开来了一艘金色的纸龙船，无声无息，速度很快，几乎没有什么波浪，靠在了小杂种的身后，光身子的小杂种转身就爬上了这艘纸龙船，就像支书爬进了乡里带他开会的小快艇上，表情有点紧张，还有点自豪，小杂种上了船，纸龙船还像开来的时候一个样，速度像是在飞，没有波浪，没有声音，走了。

人们有点不相信自己的眼睛了，这不是刚才用煤油烧掉的纸龙船嘛，怎么现在被这个光屁股的小杂种抢走了？在牛草堆熊熊火焰的照耀下，小杂种就把纸龙船抢走了，他来这里就是想抢这个纸龙船的。要不是那只破推网还在，人们肯定不相信自己的眼睛，这破推网是这个小杂种自己带过来的，真的是活见鬼了。

雪等雪

她醒了。

被子横在床上，头发肯定乱成一团草了，手触到肩头的时候，不知道是手冷，还是肩头冷，她全身一个激灵。

梦里又遇到阿美那个贱人了，光着身子的阿美真是不怕丑，任自己的奶子一上一下地跳动，一边跳，还一边向后招手，也不知道要勾引谁。

过了一会儿，来了一个人，居然是小夏，小夏穿着红色三角裤，嬉皮笑脸的，一看到阿美就脱裤子，光着身子和那个贱人在雪地里打雪仗，那根活宝还一挺一挺的，要多难看有多难看，她都不好意思看了，不要脸！不要脸！她拼命地喊了起来。

灰黑的雪还待在门外的墙角上，这是腊月头上的一场雪。

雪是那天上半夜下的，她老家在南方，从来就没有看过下雪的样子，可那天她的生意实在是太忙了。阿美钻到她面前，歪着头看她，像个女痞子，阿美总是这么不要脸。她偏了身子，弹给阿美一支烟，点着了，阿美吸了一口，把烟圈放出去，虚张声势的烟圈们就一个个向她身边的客人扑过去。阿美说，外面下雪了，你看不看？

当时她听了，没有说不看，也没有说看。阿美红过几年，现在做得不行，再说现在是冬天，冬天不比夏天，夏天的时候阿美还有一点生意，天热的时候，那些男人一个个像饿坏了的大孩子，拣到篮里便是菜。到了冬天，阿美的生意根本就起不来，男人就像孩子一样挑食，冬天的男人更是挑食，她的确很愿意帮上阿美一把，可做这个生意，怎么帮？又怎么帮得起来？

有时候，客人把她们一起叫到包间里，叫她们排成一队，阿美总是想挤到前面去。每当这个时候，她总是躲到队伍的后面，她可不想破了阿美的风头。可说来也怪，她愈是躲在后面，就愈是被客人挑中。下雪的那天就是这样，她其实很想看下雪，可生意偏偏停不下来，腰酸得要命。这一钟忙完了，那一钟又被客人点上了。有些客人宁愿看着电视等也不愿意点其他姐妹的钟。老板一脸商量的笑，轻拍着她的脸，每一只手都多长了一根巴结的手指。老板对她不错，长得特别像她过去喜欢过的语文老师，她实在没有办法把停在她脸蛋的手挥开来。

那一天，外面在下雪，她的眼睛里也在下雪。到了深夜两点钟，她感到肚皮都被客人们压到后背上了，饿，累，还冷，老板特地为她到外面大排档上叫来了手擀面，她吃了几口就吃不下了。不饿了，可骨头疼了起来，胃疼，头疼，腰更疼，还有不知道什么地方疼。坐在面碗前歇了好一会儿，走到外面，冷风一激，身上的疼痛好了许多。四周一片银白，还真的是下了雪了，一阵一阵的风把楼顶上的雪吹下来，又下雪了。突然，她哆嗦起来，牙齿也跟着哆嗦，哆嗦了一会儿，叹了一口气，停住了，她多想就这么待在台阶上，雪下在她的头上她的身上，一点点，一点点，变成一个小雪人。

可雪早停了，她想，明天一定要早起来，看一看玉树琼枝和银装素裹的样子，那也是很好看的。就这样想着，睡着了，再醒来却是第二天中午了，白雪们都不见了，都变成了脏不拉几的雪，被随便地堆在路边，堆在墙角，她看着那些躲在背阴处的雪发了很长时间的呆。

她跳着步子，小心地绕过了那堆脏雪，走到巷子口，巷子口比巷子里更冷，她向远处的三轮车招了招手，有两辆三轮车围了上来。她上了一个戴帽子车夫的三轮车。没有戴帽子的三轮车夫就挡住了出去的道。戴帽子的三轮车夫很有耐心地等着，显得很理亏似的。

她不想看他们的斗气，用力把自己裹紧了。天实在是太冷了，自从上一场雪之后，有好多天都没有下雪，倒是听说堆在墙角的雪白天化了，晚上冻了，冻结实的雪水摔伤了不少人，伤筋膏药畅销起来，她的心中也布满了伤筋膏药的味道，要多难闻，就有多难闻。阿美对她讲的是真话，外面是下了雪，阿美为什么要对她讲真话呢？为了小夏的事，她们有几个月不说话了，她去替客人取卫生棉签，没有想到阿美和小妖精正在说她的坏话。

阿美是这样骂她的，骚×被人捣烂了就好了。

小妖精说，菩萨啊，保佑保佑这个骚货得艾滋病。

本来她想转身就走，后来还是不服气，当初阿美生意好，小妖精还准备找黑社会破阿美的相呢，现在她们倒是跑到一个茅缸里了。阿美记恨她抢小夏，其实能怪她吗？完全是小夏自己扑上来的，小夏是苍蝇，总是喜欢往臭肉那里飞的。她朝那扇门板踢了一脚,里面没有声音了。也许用力太过了,她的脚疼了半天。

出了巷口,戴帽子的三轮车夫理直气壮起来了,用力说话都很夸张,蹬脚踏的时候,屁股都离开坐垫了。其实路上并没有多少行人的,可他还是发出斗兽一般的吼声,让,让,让! 三轮车踏得很快,在拐弯的时候,还抢了一个出租车的道,被出租汽车的司机骂了几句,三轮车夫没有反应过来,等反应过来的时候,出租车已经开远了,三轮车还是吃了亏,好在他回骂的嗓子比较大,开个破夏利,有本事开奔驰,破夏利有什么了不起? 将来不是撞卡车,就是撞死人!

三轮车夫骂得很凶狠,骂完了,看了看四周,像是在找人,周围一个人也没有看他,他就回头对她笑,她差点叫起来,这个男人和阿美有点像呢,只不过皮肤比阿美黑些,年龄倒是差不多的,说不定是阿美的兄弟呢,阿美似乎也说过她有这么一个兄弟。三轮车夫似乎知道她在看他,又回过头对她笑了一下,真的像阿美对她笑,她冷不防就打了一个寒噤。

阿美与她不和,这是事实,可她从来就没有想过要把阿美怎么样,她从来就没有! 阿美逼她逼得太凶了,她是没有办法! 那一天,上她钟的客人是"王老板","王老板"是回头客,和老板又熟,所以就出去开了包房,可那天"王老板"忙得很,一个晚上倒有半个晚上在和谁打手机,她躺在床上看电视,电视声音很低,上面正好演了一个警匪片,血淋淋的,看得她全身发冷,她起身把空调打高之后,听到"王老板"隔着手机很隐晦地谈着"做掉不做掉"的事情。

开始她以为是叫某个小妹把胎打掉的事。她开了一个玩笑,原来王老板的枪很厉害啊。"王老板"听了她的话,眼神就变掉了,眼光收起来,冒出来的全部是冰箱里的冷气。她噤了声,又回过去看电视,却再也看不进去了,她已经不是开始刚入这个行的黄毛丫头了,江湖上真真假假的故事从来就比电视上演的更精彩。

"王老板"的电话就打完了,笑嘻嘻地过来了,扒光了她,可她的身体什么反应也没有,而"王老板"似乎吃了药,把她搞得很不舒服,到了第二天中午还在疼。恰巧第二天,失踪了多天的阿美发了个短信息给她,她说今年要回家过年了,问她有什么可以带给她家里的。她以为阿美是开玩笑,阿美告诉过她,当初从那个穷山沟里出来的时候,她就发誓过,不赚到一百万,决不回去。

那天上午,阿美就摸上门来了,当时她还在睡觉,阿美像个大姐姐,骂她懒虫,笑问她有没有收到短信息。那天上午,她的瞌睡很重,偏偏阿美就这么对着她笑。阿美已经不能笑了,一笑,眼角全部是鱼尾纹。阿美的话音里还有老家的口音。阿美和她家隔了一座大山,从她家翻过山就是阿美家。大山里过去有很多娃娃鱼,到了要下暴雨的晚上,娃娃鱼就拼命地叫,整个大山就像是一座没有院长的孤儿院。

那天的阿美就像是一只哑巴娃娃鱼，她给了阿美两千块。再后来，阿美又上门，告诉她，她要回家过年了，可要她带什么东西给她父母？她吃惊地看着阿美，以为她得了健忘症，阿美依旧把脸笑成了哑巴娃娃鱼的样子，她只好又摸给了阿美两千块，阿美扭着屁股走了。

两千块，连两声谢谢都没有得到，好像是她欠了阿美的债似的，再后来，那想法就钻到她脑袋里了，像一只棉铃虫，紧紧地咬住了她，把她的头当作棉花桃咬着啃着，一边大口吃着，一边放肆地排泄。

"咱家饭馆"的秃头老板一般都是站在收银台里的，可今天不在，许是去他的锅巴帮办事去了。这个秃头竟然想出了这样一个饭馆的名字——咱家饭馆。她问过来送菜的秃头，老板，咱家的，要钱不？秃头说，你说不要钱就不要钱，随你。秃头说得一脸的真诚，她反而窘迫起来。

秃头一点也不像是小夏所说的是老江湖，做过知青，上过山，他是锅巴帮的帮主呢。光是"知青"和"上过山"两个身份就不得了，又是锅巴帮帮主。

可他为什么还要开饭馆呢？她问小夏。

小夏说，你这就老外了，黑社会又不把身份刻在脸上，公安把这叫做洗白。

洗什么白？她一说出来就后悔了，她懂了，洗白和洗衣服是一个道理。这个世界上很多事情是一个道理。当初她刚做了这个行当，总是有点别扭，后来自己就把自己劝开了，她一不偷二不抢，靠自己做生意，她们中有许多姐妹回家找对象时，都会找一家美容医院，把自己修补得和出来的时候一样，修好的碗还不一样的盛饭盛汤？

她选了一个靠窗的桌子，一坐下，瞌睡又来了，她硬是用手掌将另半个哈欠挡了回去。她对自己搞不懂了，记得做生意的那些日子，她总是欠觉，总想补觉，可是睡觉这个东西狡猾着呢，它想你的时候，你没有理睬它，等你再要它的时候它就躲起来了，来个神龙见首不见尾。其实说到底，睡觉这个东西就像是年纪一样，丢了，或者浪费了，就是没有了，就是用美容或者再高级的化妆品也补不回来的。没钱打肉吃，睡觉养精神。小时候，爹就喜欢说这句话，现在有钱打肉吃了，睡觉就没有精神了。前几年睡眠也不足的，脸色并不像现在这么难看，可现在，睡眠不足的危害出来了，早晨起来，镜子里的她简直就老成了她娘的模样，皮肤里都长满了对生活的怨气。只有化妆了。有时候，她把那些怪名字的化妆品朝脸上涂的时候，她觉得不是涂的化妆品，而是涂的"睡觉"这个东西。

店里的生意渐渐地好起来了，就她一个空桌子了，在她看来，像一只空床，她掐了自己一下，有点疼，还是醒不来，布满瞌睡虫的身体像是没有老师的自习课，她是从夜里三点钟开始睡的，一直睡到下午，睡觉前只是胡乱吃了一点饼干，中间就没有起床，算起来，有过去两天睡觉的量，眼皮肿，手指肿，再睡下去，恐怕那些中裤都嫌小了。

她给自己点了一支烟。

"咱家饭馆"的斜对面是一家网吧，一些面容模糊的少年像小耗子一样往里面窜，那墙角堆的，也是一堆灰不溜秋的雪，上面都是一些黄颜色的窟窿，估计这些窟窿都是那些少年用熬急的尿砸出来的。

她想验证自己的判断，盯着网吧的门口等，果真，有一个少年出来了，站在墙角，就掏出来小便，哗啦哗啦的，喧闹得很，很奇怪，她的耳朵这么好使，饭馆里闹哄哄的，她就听到那些少年小便的声音。

她不看了，一转过来，小夏就撞到了她的眼睛里，一脸的坏笑，人家的酒窝都是一对的，怎么会有一个酒窝的人？偏偏小夏就是有一只酒窝的男人。

小夏似乎在外面冻僵了，身子来回晃荡着，搓着双手。小夏，小夏，大家都这么叫他，他原来不叫小夏，原来叫什么名字呢，他告诉过她的，还把身份证给她看。可是，谁晓得他的身份证是不是假的呢？她就有一个假身份证，二百块钱，假的和真的一样。这也是老板要求的。假名字也好，真名字也好，都不算数的，这个世界上只有钱是算数的。她们老家就有个叫成龙的，和大明星成龙一个名字，却是一个老惯偷，一辈子喜欢偷鸡摸狗，经常失踪三五天，三五天后出现在大家眼里，却是鼻青眼肿的，明明是人家打的，可他非说是喝醉了跌的。

呆子！小夏忽然刮了她一个鼻子，是不是不认识我了？我是你老公啊。

小夏的话没有说完，头上就挨了她一筷子，姓夏的，你的爪子重不重啊，做人要上规矩，你上次放的什么屁，放屁不算数还不如去吃屎。

小夏肯定被抽疼了，向后弹了一下，手里也抓了一把筷子，佯对着她的头，你相信不相信，我是练过功夫的，我抽下去，保证你今天不疼，三天之后骨头疼，拍个片子，全断掉了。

小夏的脸皮厚，嗓门响，仿佛是在做广告。也许天下有一个酒窝的男人都是无赖。真不知道她当时是怎么鬼迷心窍地看上他的，当初是阿美包了这个无赖，后来是她，像接力赛似的，两只灶上的软饭他都吃得心安理得，吃得理所当然。用阿美骂她的话说，天下男人都死光了。

阿美和她的仇就是这样结下的，可她恰恰就忘了这个一个酒窝的无赖就是阿美转让给她的，只不过转让费是一只不知道什么人用过的套子，腥不拉几的，塞在她的那只牛皮包里，把她最喜欢的一只坤包弄得臭不可闻。估计是阿美这个婊子。后来她就肯定了，就是阿美这个贱人。她也不是一只软柿子，她毫不犹豫地就把那只五百多块钱的包给扔了，把阿美身边的一个酒窝的男人捡起来，捡到身边来。捡到手的那天晚上，她停了生意，上街给小夏置了行头，然后就给自己买包。小夏倒是聪明，说让他送给她，她就选了一只打了三折的包，三折下来是一百多块，其中的一百块还是她垫的，但在她心里，还是认为包是小夏买给她的。阿美上门骂她是不要脸的骚货，她从来就不搭腔，把那只小夏买的包搭扣解开来，又扣上，扣上了，又解开来，仿佛是用包在装阿美的话，也仿佛是用包来回答阿美。

大堂里乱哄哄的，都在大声说话，又听不清楚他们在说什么，小夏点的菜都是她过去喜欢吃的菜，可她不想吃。今天她也不想喝酒。她不是不会喝酒，和客人出去包夜的时候，她也陪客人喝点酒的，可今天想起来就不要喝，白酒太辣，啤酒有一股冻伤山芋的味道。

小夏兴致不错，点了葡萄酒，还点了香妃醋，把香妃醋掺到了葡萄酒里面，说是一种新吃法。看到小夏吃得很香，她也抿了一口，味道并不怎么样，她放下了杯子，继续抽烟。

小夏的吃相偏偏和阿美有点像呢，身体向前倾，筷子夹着，嘴巴鼓着，眼睛还看着桌上的菜，似乎担心有人将它们抢去似的，怎么会是这样的吃法？这种吃相很熟悉，就像她在老家曾经喂过的一只猪。一只酒窝的猪。

小夏并不知道她在骂他，如果他知道了，会不会还吃得这么香？记得妈妈说过，天下把饭吃得很香的人肯定是一个福将，老家的弟弟也是这样的吃法，不过弟弟从来没有吃过这样的好菜，弟弟只要一筷子辣椒，就能够扒下一大碗饭。

小夏不是弟弟，他根本就不是吃辣椒的人。就那么一点点辣椒，他一边吃，一边还用餐巾纸擦了眼睛，又擦了额头。看来他是真心为她点的，放了辣椒。吃了一阵，吃得大汗淋漓的小夏收了筷子，看着她，小夏本来就是一副娃娃脸，现在被辣椒辣成了一个唇红齿白的少年，尤其是嘴唇，变得那么鲜红、饱满、无辜，有点跃跃欲试的样子。

突然，她感到屁股被一只手使劲地捏住了，真是一个小流氓，小夏的手在下面捏着，脸上还那么若无其事，似乎下面的那只不安分的爪子是别人的。

她一动不动，她倒要看看，这个一只酒窝的下流坯，什么时候能够把爪子收回去。

半支烟的工夫,小夏终于收回他的爪子,变成了桌面上的手。小夏摸起筷子,筷子在菜盆的上空迟疑着,盘旋着,显然他还没有吃饱。突然,小夏打了一个长长的饱嗝,声音有点像放屁,把她逗笑了。

你怎么说话不算数,你不是说回去的吗?

我和姐一起回去。小夏丢下筷子,爪子又不老实地捏住了她的屁股。

做你大头梦!她手一甩,烟灰就弹到酒杯里了,小夏酒杯晃荡了几下,说,你不是说夜班车上有流氓吗?我保护你呢。

你还保护我?不知道谁是流氓呢?她看着他,喉咙里嘟囔了几声,摁灭了烟。有些话真是不能告诉这个小流氓,当初她从老家过来,坐的都是夜班车,夜班车上竟然有那么多的咸猪手伸过来,就像小夏的手一样,这个小畜生,爪子还真的用上劲了,她厌恶地闭上了眼睛,说,我又不是阿美。

小夏还把有烟灰的酒喝下去了,伸出舌头舔了舔红嘴唇,说,我晓得你不是阿美,阿美的屁股哪里有你的屁股好。

真是厚脸皮,难怪在梦里他和阿美都不要脸地光着屁股打雪仗。忽然,咣当当——她的手怎么就缠住了桌上的一次性餐布,桌子上的碗筷全部掉到了地上,地上被油水溅得晶亮晶亮。

大堂里一下子静了下来,她聋了,她还没有回过神来,小夏就把她的身体从凳子上拎了起来,然后就挟着她飞出了"咱家菜馆"的大门。

小夏带着她飞过了长长的人民路,飞过了拥挤的解放路,就飞到了小巷子里了,她大口大口地喘着气,小夏捂着她的胸口,佯着喊,哎呀,哎呀,你的心好激动啊,快要蹦出来了。

她根本就想不到小夏会玩这一出,下次再也不能到"咱家饭馆"了,你说……秃头会不会追过来?小夏说,你还不知道啊,他已经变成鬼了,锅巴被锅铲割下来了,他用小头玩人家的马子,人家就要他的大秃头,小夏说完,手打了一个响指,喊起来,三轮车!三轮车!

天下有一只酒窝的男人都会说谎,总是把假的说得和真的一样。

远处传来了放鞭炮的声音,在城里听放鞭炮,就像是电影上的大炮声。冷不丁的,就是轰隆一声,华清池当初开业的时候,她不是感叹那么多鲜花,而是感叹像磨盘大的冲天炮,先是一颗炮上天了,接着又是一颗,一颗一颗的炮像是算好了的,接连着上天去表演。还带了红的绿的焰火,只不过在白天里只能看到小的红点和绿点。在来这个小城之前，她换过好几个城市了，那几个城市都禁放鞭炮，弄得过年过节一点意思都没有。小夏问她会不会再走。她说她不走了，就待在这个城市，她喜欢听鞭炮，喜欢这弥漫在空气中的硝烟，很香，很好闻。

其实她没有把不想离开这个小城的真正原因告诉小夏，她喜欢在华清池做生意，即使这次停业整顿了，她也等着它开业，她相信那个长得像语文老师的老板。外面都在说，华清池的问题很大，要整顿好长时间呢。不知道是谁把华清池的故事贴到了省公安厅的网上，公安厅来了一次大扫黄，她们就这样"待岗"了。老板托人给她们带信，很快就要松了，上面的口子一松，她们就要立即上班的。

一个月过去了，还没有松下来的意思，看样子要过年了。有的姐妹等不及，转到其他地方继续做生意，吃青春饭的，谁也耗不起一个月坐吃山空。

本来她想走的，阿美说她要回家，阿美还要给她的父母"捎信"。家书抵万金，阿美怕她忘了，在手机里为她文绉绉地念了这么一句古诗，又发了一则短消息，成了"家书抵万精"。这个贱人。

远处的夜空又有很多焰火升空了。红的，绿的，黄的，还有各种形状的焰火在空中绚丽开来，硝烟味道更浓了。

小夏搓着手说，廿四了，再过六天就过年了。

她没有说话，看着天空，焰火消失了的天空更加漆黑，她的心慌张起来，好像掉到了一个黑窟窿里，还在不停地往下掉，什么也抓不住，什么也抓不到。

吃过麦芽糖的灶阁老爷上天了，上天言好事，下界保平安。

站在路边等了半天，也没有等到一辆出租车。小夏拦了一辆三轮车，上了三轮车，她的心情好了起来，本来想和小夏谈谈家里的情况，没有想到，只说了几句，就和他因为什么时候送灶的事情闹起来了。

小夏说他们那里送灶是分日子的，大姓是廿四送，小姓是廿三送。她来了兴趣，问小夏他们家是二十几夜送？小夏说是廿四了。她说那灶阁老爷还不忙死啊，廿三为了小姓的人家上天，廿四又为了大姓的人家上天，那他会为谁说好话呢？

他吃麦芽糖啊，小夏说把嘴巴甜住了，我们行贿，他都要说好话的，你们那里二十几送？

她说，我们是大姓廿三送，小姓廿四送。

小夏哈哈笑了一声，你真是说谎说惯了，怎么可能？

她生气了，从小夏的怀抱里挣出来，要下车。小夏偏偏命令三轮车夫不能停车。

三轮车夫忽然插了一句，说，你们真是的，有什么好争的，都是哄哄人的，你们说,灶阁老爷会不会开煤气灶,会不会转微波炉?

小个子三轮车夫的话把她吓了一跳,原来他一直是听着的,小夏也很生气,你说什么话,你有什么资格说话?停车!

三轮车夫刹车了,声音很是刺耳,小夏下了车,没有掏钱,也不允许她掏钱,给钱?我不给钱,你知道我是什么人,老子可是黑社会!

小夏挥出了一拳头,三轮车夫低声叫了一声,跌倒在自己的车上,三轮车也跟着叫了一声,巷子里发出了格外清脆的回声。

她想上去看看,小夏把她拉开了,讨打,骨头就是贱!小夏又踢了三轮车夫一脚,说,装什么死,你死了替狗死,死了也好,省得在外面卖苦力,我是替你超生呢,喂,你有没有面巾纸,我要把指纹擦掉。

小夏的声音变得很假,她的身体忽然变轻了起来,像是在黑暗中飘荡的气球,要不是小夏扶着她,她肯定要飘到夜空上去。

到她那里去是她的意思。小夏不想走路,还想坐三轮车,她没有答应,不过没有说话,只是拔脚就走。忽然,她的脚就踩到了一堆积雪中,一阵骨头断裂的声音直冲她的耳朵,她的心猛然狂跳起来。

过了一会儿,她听见了小夏的脚步声,他的脚步声一脚轻,一脚重,一脚干脆利索,一脚拖泥带水,就像小夏这个人。后来,她见了自己的脚步声,发现她的脚步声也和小夏一样,听上去,就像是一个人在模仿另一个人的脚步声,只是说不出是小夏模仿了她,还是她模仿了小夏。

小夏很是殷勤,主动上去开门,开了半天,也没有开下来,肯定是里面反锁了。当初租房子的时候,那个长了一对老鼠眼的房东对她说,丑话说在前头,我最多等到十二点。老鼠眼很是龌龊,经常躲在门缝后面看她睡觉,她是知道的,有时候她就是故意把腿伸到了被子外面。他家还有一个小老鼠,小老鼠似乎知道她做什么职业的,看她的时候,像是要笑,又要努力地憋住,眼神怪得很。

小夏把门撞得咣当响,里面不会听不见,她叫小夏不要开了,另找一个地方。小夏却犟了起来,一下,一下,一下地撞门,把老铁门撞得咣当咣当响,房东老鼠眼要心疼了。

谁啊?里面终于有声音了。

我啊,小夏把喉咙捏起来,乖乖啊,快起来啊,起来尿尿!

里面不说话了,小夏还在喊,现在不尿尿,将来尿到了床上,要打屁屁的,小夏说得很滑稽,像是故意表演给她看。

她再也忍不住了，笑声和眼泪一起冲出来，过了一会儿，眼泪就冻起来了，都掉到地上去了，泪珠在地上摔得叮当叮当响。

帮我一个忙，小夏说，帮我搭个高肩，狗日的老甲鱼，我就不相信是他狠，还是我姓夏的狠！

搭高肩她是懂的，就跟小时候摸屋檐下的麻雀蛋一样，她蹲在下面，弟弟站在上面，多少年不做了，都好像是上辈子的事了。

小夏站在她的肩上，很重，真的快被这一只酒窝的男人踩塌了，她咬着牙，后来肩头空了，小夏爬上围墙了，只听见"咚"的一声，他跳到围墙里面了，听不见里面声音了。

小巷里渐渐清晰起来，积雪堆变得很白。小时候，她听母亲说过，雪总是要等雪的，如果上一场的雪总是不化的话，那就是说肯定还要下一场雪，等到新雪的时候，旧雪才会融化掉，这是雪与雪之间的一次约会。是不是又要下雪了？

一阵突如其来的风一下子吹透了她的身体，小夏从里面开门出来了，一把搂住她，说，看样子，今晚这里不能睡了。

她回过头，小夏的眼睛亮得要命。为什么？

小夏把她的头发捋了起来，他们的脖子都像是绳子，大老鼠的脖子像是草绳，小老鼠的脖子像是尼龙绳，我就这么搓了搓，他们就过去了，再也不会对老子啰唆了。

她愣住了，猛然把肩上的手甩开，跑了几步，低头呕吐，她把娃娃鱼的哭叫声都呕出来了。

小夏拍着她的后背，低声地窃笑。

出租车外黑得很，车又开得很快，她感觉不是朝前开，而是朝天上开去，地球离她们越来越远，悬在空中的恐慌令她紧紧地抱着小夏，司机跟着车子里面的音乐在摇头晃脑，是刀郎的歌曲。小夏一边拍打着她，一边也跟着哼，把他的怀当作她的摇篮了，她的眼泪又溢了下来。

车子是在"罗马花园"前停下的，这个地方，她跟"王老板"来过，当时"王老板"说他朋友有一个空房子，后来她就跟他来了。那时她的感觉就像是到了画里，夜里的罗马花园反而不像是画了，而像是梦了，那些五彩的地灯和仿宫灯把罗马花园照成了她的一个梦，在糊里糊涂中，她就被小夏推到了一幢房子中。

小夏，你是不是在这里做保安？她想抓这个有一只酒窝男人的手，可失败了，手带着身子扑了个空。

你说什么？保安？老子是什么人，老子才不做哈巴狗呢。小夏总是这样，懒得很，还喜欢赌，又特别会吹牛，他还说过，他跟公安的副局长是兄弟呢，怎么可能？

"当"的一声，一阵风撞到她的脸上，什么也看不见了。肯定是小夏把门踢上了，是要玩捉迷藏的游戏了？

游戏很短暂，小夏在黑暗中先捉住了她，然后扳倒了她，她轻轻叫了一声，倒在床上，忙乱中她似乎把自己的鞋子甩出去了，好久才听见它落地的声音，似乎是落在了小夏的头上。

小夏没有管他自己的头，继续撕扯着她的衣服。

她的衣服就一团一团地落到地上了，她明白过来，想挣扎，可挣扎不动，喊道，畜生，畜生！你下来，你给我下来！

再后来，她的喉咙里什么声音也发不出来了，太冷了，她想抓回自己的衣服，反而抓到了小夏的裤子，小夏的裤子上味道更是难闻，好小夏，好小夏，我今天不行，明天，明天好不好？

现在就是明天了，小夏在黑暗中奸笑了一声。她终于拖到了一条毛巾，捂在自己的身上，小夏拉了一下，没有拉动。

好姐姐，你说急人不急人，都到了这个份上，你再这样，你把我憋坏了你可给我赔，小夏的嘴巴总是很甜，姐姐，姐姐！小夏又扯了一下，不但没有扯掉毛巾，反而把她的身体扯了起来。

黑暗中她的身体像是一摊没有融化的雪，外面应该又下雪了，夜越来越深，反而是越来越光亮的样子，有一片雪飘到了她的胳膊上，她刚想去捉，可已经融化了。

一块巨大的黑雪从天而降，她看不见了，一床被子盖住了她。

两个身体都在簌簌发抖，说不定只是其中的一个，抖动的身体带动了另一个身体。

我晓得你为什么发神经了，你是在发那个老贱人的火，你叫我处理她，我就处理了，我早就处理掉了，小夏把她的头扳了过来，为了你，我可是一不做，二不休。

小夏的手在摸，摸到她的胸口，摸到她的脊背，摸到她的屁股，还摸到了她的大腿。告诉你，真的处理了，老贱人还当她十八岁，跟我哭，跟我闹，一会儿说要报案，一会儿又说要自杀，还要跟我算账，老子才不跟她啰唆呢，干脆就送她回老家了。

她不回答，手还在防御着那两只手的进攻，有无数只蚊子在她的鼻子里飞舞。

小夏停下来了，说，我本来不想提她，你非要提这个老贱人，她真的回老家了，小夏说到这里,声音突然变得又温柔,又恐怖,喂,你晓得不晓得,她现在就在我们的床下面,她看上去不大,可是装了两麻袋。

不是说……用硫酸……不要她……命的吗?

话还没有说完,她就看见阿美了,光着身子的阿美正在床下面,咬着牙,瞪着眼,红色的舌头伸在外面荡来荡去。她把眼睛闭得紧紧的,可还是看得见阿美的红舌头。

她的手就这样松开了,身体里蹿出了一阵鞭炮的呼啸声,在鞭炮还没有升上天空之前,小夏往她的嘴巴里塞了一件东西,她想吐,结果反而尝到了那东西的味道,像是糖。

阿美说,我最喜欢蒋勤勤了,蒋勤勤演的苦戏特别苦,我一看到她演戏,就要淌眼泪。

阿美说,我也喜欢赵本山,我一看到赵本山,我就笑,眼泪也就笑出来了。

小夏肯定听到了她嘴巴里的支吾声,说,就是糖啊,你不是最喜欢吃糖的吗,你怎么吃不出来啊,这是麦芽糖,你最喜欢吃的麦芽糖,送灶老爷上天的麦芽糖。

她的嘴巴里的确是麦芽糖,小夏进去了,一边动作,一边抓着她的长发在扯,说,你快动啊,快动,她总是说你是妖精,十八般武艺样样精通。

她把身体挺起来的时候,阿美的脸就浮现在天花板上,阿美说,不是我,哪里有你这个贱人的今天。

她一阵惊慌,定了定神,房间里哪里有阿美,身体像发动机样拼命地抖动,想吐出来,已经不可能了,麦芽糖正在快速地向她的喉咙深处滑进去。

太冷了,她快要冻僵了。冷,把她的全身紧成了一张弓,后来,小夏手中的刀子再次进入她身体的时候,她没有感觉到疼,一点也没有,也没有觉得冷,某处反而有了热的感觉。

这是她做得最不成功的一笔生意呢,这么想着,积了多日的冻雪堆就这么在她身体里摧枯拉朽地塌了下来。

陆地行舟

县政府训令
4月20日

令各区区署：

　　本府为了适应战士需要，曾于去年10月18日通知你区准备棺材10口，又于12月15日令你区增加35口，共计45口，统限于今年1月10日前完成（原先规定做棺材的材料①碉堡里拆下来的木头②已经归公的木头③动员群众献本地树木），工资每口棺材可报三天到四天伙食，定向江海公司领取。集中分散保管，将保管收据交本府存查。但到目前为止，除孤山区已送来4口，侯河3口外，其他区保管收据尚未送来，兹为了急用起见，特着你区将应完成的棺材（未做好赶快做好），共计45口，立即集中到城东体育场，将保管收据交本府，勿得延误。

　　此令。

县　长：薛先乐
副县长：吴进先

　　我们夹港什么时候落后过呢？陈区长一边晃着满头的白发，一边把用毛边纸写的棺材保管收据又还给了方木匠，老方，你是军属，你怎么一根筋呢？你交了棺材就应该直接去县政府，你这么一来一去，夹港这次肯定要落后了。方木匠笑眯眯地看着陈区长嘴唇上的火泡。哟哟哟，陈区长，看你急的，你嘴上的"炮"倒可以打老蒋了，什么时候去我那儿吃河豚鱼？陈区长不理方木匠这一套，拼死吃河豚，谁跟着方木匠下筷子谁就是朋友。陈区长可是眼睛一闭心一横地下过一筷子的。

　　陈区长说，老方，你再去一趟。方木匠眼瞟着门外，我去过的，薛县长不在，吴县长也不在。陈区长的声音突然高了起来，你认为他们等着你啊，大军就要过江了,他们都火烧屁股地忙。县府里没有其他的同志吗?方木匠说,也快的。陈区长说,怎么快?乘飞机?方木匠临走前还是丢了一句,也快的。

方木匠在从县城回来的路上先看见了一簇白棉花在路上急匆匆地飞,然后他看到了陈区长的黑脸。头发少年白的人!陈区长说,方阿三你真有闲功夫,怎么遛起马来了?陈区长还想摸马,马嘴喘出口粗气差点把陈区长的手烫了,陈区长看着自己的手,这可是军马!方阿三,我正要到县里开会,你把收据给我。

骑在马上的方木匠拽了拽马缰,这匹栗色马的头便偏了过去,我知道,陈区长,我是骑着马去的,县里的同志还表扬我们夹港呢。陈区长的手贴在栗色马滚圆的肚皮上,栗色马的肚皮竟这么暖和,这可是一匹好马。方木匠说,这可是立过战功的马,三野的马没有一匹不是立过战功的。

我知道是三野的马。陈区长又匆匆地带着满头的白棉花走了。其实更像雪,这个春天残存的雪。

方木匠又抖了抖缰绳,轻轻拍了拍马屁股,栗色马又得得地响起来了。他还知道呢,他知道这马只有一只眼吗?方木匠用手摸了摸马的眼。马不情愿地摇晃着马头,马脖上的马鬃飞扬起来,一团紫色的月晕。方木匠又轻轻拍拍马脖,低嗓唤了一声,然后滑下马鞍。

栗色马垂着马头,不紧不慢地跟着方木匠到了一条水沟边,水沟边的青草有点像马鬃和马舌头了,似乎地下也藏着一匹绿马,这绿马刚刚醒来,与栗色马就这么亲热地依偎着。方木匠的心抖了一下,眼泪就落了下来。那十口散发着树汁香的新棺材可都是他一木刨一木刨把木板刨平了,刨整了,那木刨花像新果子一样一颗一颗掉在他的脚边,把他的膝盖都淹没了。后来他又把自己的双腿从这些新果子中拔出来,反握起斧头,将一块又一块最好做婚床的木板钉起来。钉棺材时他还没有如此悲伤,那感觉就像替自家的女儿打嫁妆似的,疲惫的手摸到木板上,凉,爽,还有点说不出的惬意。现在不了,方木匠把头仰起来,天上也有一匹栗色马似的云呢,那栗色马正缓缓地在他的眼里走着。四周静悄悄的,一点也不像要打大仗的样子。麦子们已经蹿了个子,像半大的小子,在风中歪了身子,看着方木匠哭。

方木匠低下头抹眼,才知道眉毛上还有木屑呢。树汁的清香就是好闻,就像他年轻的时候,刘阿娣说他身上全是树汁的清香。现在刘阿娣老嫌他身上有一股"老油"味。方木匠抬起头,栗色马头正对着他的脸。方木匠突然想起四丫头了。四丫头的眼睛也这么清澈,这么不含杂质,但栗色马还多了一种深,像不远处长江的水,风平浪静的水。水底下全是看不见的漩涡。方木匠又看了一下栗色马的眼睛,好像江面上起风了,栗色马眼睛里的江水汹涌起来,发出了阵阵波涛声。方木匠眩晕了。

路上不时有人走过,大军要过江了,大家都在忙。方木匠看到了炊事班的罗班长,这个东北人挑着两箩筐大馒头,扁担被压得吱溜吱溜的。老方,有马不骑,有福不享?方木匠拍了拍栗色马说,它还要去打仗,我还想让它骑我呢。栗色马好像听懂似的,昂起头咴咴地叫了起来。方木匠抱着栗色马的头,马通人性呢。罗班长说,那当然,马比人还懂事呢。罗班长挑着担子走了几步,又停下来,扁担不叫了,喂,方木匠,你找着你儿子了吗?

方木匠也像马一样,默默地走在栗色马的影子里,栗色马的影子很大,把方木匠完全抱住了。有小孩在堤上看见了,哇,快来看啦,哪来的野马啊。

刘阿娣看着自己的手指,好像都年轻了,像十根通红的胡萝卜。十指连心,她的每个手指都像有一根麻绳在锯。嗤嗤嗤。刘阿娣一只手捧起另一只手,朝它们轻轻吹了一口气,疼痛好像减轻了一些。老头子快回来了,他一顿都不能空的,到了时辰就像饿急了的公猪嗷嗷直叫,还是做点草鞋底吧。刘阿娣又朝自己的手吹了一口气。

草鞋底,草鞋底,是谁想起了草鞋底这个名字?刘阿娣这一天一共替战士们做了二十三双袜改鞋,把战士们的每一双袜子都做得像草鞋底了。春天的时候,江滩上的芦苇桩依旧比鬼子的刺刀还要阴险、毒辣。已经有不少战士没有渡江就撤到后方去疗脚了。战士们的嘴都像抹了蜜似的,左一口方妈妈,右一口方妈妈,乐得刘阿娣像吃了六大碗蜜似的。这一点刘阿娣不像方木匠,方木匠只认一个小浩子。老头子就被战士们叫做老耗子。小耗子,小耗子,老耗子来了。刘阿娣开始还不明白什么叫老耗子,她问老头子,老头子说,老耗子就是老鼠嘛。直惹得刘阿娣差点笑岔了气,老鼠,原来你是只老鼠精啊,也难怪你小眼睛。老头子骂道,你眼睛大有什么好,眼大无光!

有了小耗子,老耗子就和小耗子整天泡在一起了,都说小耗子像四丫头,刘阿娣左看也像,右看也像。小耗子也叫她方妈妈。老头子好像得宠似的,说,还方妈妈呢,圆妈妈呢,叫干妈,小耗子就红了脸,像个女孩似的,这个小耗子!要是让陈区长知道了肯定笑话这个老耗子,你们不是跟我要宝贝儿子嘛,这不还给你们了。刘阿娣还朝门外看了看,她好像听见了陈区长的声音。

其实刘阿娣也想四丫头的,一想到四丫头她就想哭,但她忍住了,哭多不吉利,把哭忍下去了,只能化作一声长长的叹息。当初老头子拖着她去找陈区长要儿子,可四丫头是自己跟队伍上走的哇,陈区长说四丫头正在东北部队呢,可老头子非跟陈区长要，还说陈区长哄他。这个老神经！所以上次捐军粮时刘阿娣特意多捐点，但还是被陈区长发现了，阿娣，你是军属，你不该捐那么多的。刘阿娣说，我可不想丢四丫头的脸。弄得老耗子回家后一个劲地咬她，你说谁？你说谁丢四丫头的脸？这个会赖皮的老头子！

栗色马头探进门里的时候，把出门抱草的刘阿娣吓了一跳。之后她又看见了栗色马后面的方木匠。栗色马一跨进门，天井一下子就小了。方木匠低着头，又在院角边抱了一捆草，送到栗色马的嘴下，栗色马打了一个响鼻，没有吃。方木匠拍了拍这马的马头，这马都成了老东西的相好了。

方木匠躺到了床上，床吱呀吱呀地叫。在灶后的刘阿娣听了一会儿就朝灶膛里塞一把草屑，干草都献给部队上了。这个老东西真是一根筋了。刘阿娣起身将锅中的草鞋底翻了一下，草鞋底的一边有点焦了，一会儿草鞋底的香味就逸了出来。这菜糠做的草鞋底可不好跟面粉做的比，硬，涩，吃多了还屙不下来。刘阿娣朝灶后塞了一把草屑，走到床边，阿三，要不我替你抠抠？方木匠用叹息声回答了她。

刘阿娣等草鞋底完全好了，又来到床边，这个老东西，越来越像小孩。爱发脾气，还爱玩。还喜欢马。刘阿娣推了推方木匠，是不是晕马了？人也真有意思，有人晕车，有人晕船，也有人晕马。这个老东西晕马，可他非要骑马。他又不是小耗子，小耗子晕船，但部队上非要小耗子学会游泳、划船，这可是过江用得着的。

方木匠忽然坐起来，哼，还薛先乐呢，还薛先丧呢，不吉不利的，为什么要起这个名字？刘阿娣吓了一跳，你骂薛县长干吗？人家薛县长可没惹你。

小耗子刚才找你的，刘阿娣说。方木匠一听到小耗子，像缓过神来似的。真是一物降一物，小耗子就降老耗子。二月里学游泳。长大的雁，飞不过的江。要打过江去就要学游泳。这个老东西硬逞雄，喝了几口酒就下水去教小耗子扎猛子。结果小耗子还没教好，他自己就趴了下去，弄得人家苏连长逼着小耗子来向这个老东西赔礼道歉。刘阿娣说他，这个老东西还顶嘴，我在找四丫头呢，四丫头背上有一颗痣呢。真是想四丫头想疯了，陈区长说了，四丫头真的在东北部队呢，可这个老神经还是说陈区长哄人。

都在传说这几天部队要有大动作，方木匠有点不相信，要过江必须等落潮或平潮时，且要刮东风。可这几天刮的都是小西北风，虽说是春天，可西北风还是咬人的。小西北风把天上的云越刮越小，天都刮晴了，想让天阴都不行。方木匠走出院门时看到了院子里的栗色马。栗色马一动不动地站着，好像睡着了，正午的阳光把栗色马的影子打在刘阿娣刚刚打来的嫩草上，嫩草的颜色好像一下子变得苍翠了。

转过一条巷子就是王村长的家，要在往常，老远就听见歌声了，南腔北调的，但他们唱得好听，可今天不，静悄悄的，方木匠推开门，院子里只有王村长的妈妈。王奶奶也知道小耗子的，阿三啊，来找你的干儿子？方木匠说，是小耗子。王奶奶说，什么小耗子，就是你的干儿子嘛。之后王奶奶又骂起老天来了，天这么好干什么？还刮捣头西北风！蒋秃头那么坏，天还这么好！

  方木匠实在答不出天气好与蒋秃头有什么关系。方木匠可是个好木匠。整整一个冬天，为了部队能过江，方木匠就从一个细雕木匠变成了船木匠。20万大军啦，要多少船桨，多少船板，多少桨桩，多少桅杆，又需要多少木料。薛县长有一次还批评陈区长的夹港区送来的木料不够厚，不够宽。陈区长说，薛县长，我们那儿除了门板就剩下床板了。

  方木匠就是在这个做船木匠的冬天认识小耗子的。小耗子是来做他助手的。他像个小麻雀，叽叽喳喳的，问个不停。为什么要用石灰，为什么要捶麻绳，还要加上桐油，捶成油灰。才十六七岁的毛孩子啊，当初四丫头跑出去打鬼子也就这么大。小耗子第一次跟方木匠乘船时，骑马特像模像样的小耗子居然脸吓得煞白，还呕了起来，把眼泪鼻涕都呕出来了。苏连长说，小耗子怎么像个丫头似的。方木匠就一根筋起来了，他抓住苏连长说，你怎么可以这样，都像"国军"连长了？方木匠这句话差一点把苏连长说得跳起来。方木匠说，他还是个孩子啦。苏连长说，可他是个革命战士啊。

  船这个东西别看它在水里是自由自在的，乘风破浪的，可是你把船放在岸上走走看看，有点像行走的大雁了，笨拙的，还迟缓得很。方木匠所打好的船都埋在夹港坝后面的内河滩上了。一是隐蔽，二是在水里睡睡，养养船性子。当时说睡到春天叫醒它的，现在真是这样子了。

  引江河是刚刚挖出来的，方木匠还没到港口就闻见了新泥的味道。在引江河的后面是一道夹港坝，一群人正在用力拖着一只船翻坝口。这船可能睡得太久了，学懒了，有点不听话了，不情愿地往外爬。方木匠看着苏连长赤着胳膊在前面拉，一二一，一二一。船的屁股还赖着不起身，方木匠真想上去给它一马鞭，挨了鞭子的船肯定会跳起来，屁股一撅，船头就带着船身滑过坝进入江滩了。

  可船并不是马，大家推了半天船也只移动了一小步。方木匠挽了衣袖也上前去推，推了一会儿，大家停下来喝茶。苏连长说，方伯伯，是来找小耗子的吧？方木匠没有理这个山东侉子，只是看看他胸口的一道疤。苏连长拍了拍胸脯，这可是鬼子给我的勋章呢。

  方木匠的眼里忽然窜进了一匹马。那马也是栗色的，栗色马开始一点点小，然后一点点大。方木匠揉了揉眼睛，叹了一口气，看了看远处的长江，长江对岸的桃花已经开了，三三两两的红。方木匠再回头时一只栗色的马头已经探到了他的肩上。

嘿，方木匠叫了声。马背上的小耗子笑着。王村长说，小耗子，你刚才在我家里叫他什么的，叫啊，叫干爸。苏连长也笑起来，小耗子，叫啊叫啊，叫干爸。

马背上的小耗子脸全红了，他脸皮薄呢。小耗子拿出刘阿娣带来的两块草鞋底。方木匠接过了一只，啃了起来。

栗色马站在那只船的船头，马身上套上了绳子，小耗子叫了一声，栗色马就弓起身，用了力往外拉。苏连长还让人朝船上布满伪装，伪装没布置完，就听见了枪声。枪声是朝夹港这儿飞的。苏连长说，狗屁，打不着。又一阵枪声响起时，方木匠心里不免跳了一下。他看了看栗色马的眼睛，栗色马眼里依旧是波澜不惊的长江水。方木匠又叹了一口气，这可不是方木匠要叹的气，是叹气本身要叹气的。

有了栗色马带了头，那些睡了一个冬天的船都像马一样醒了，一只又一只滑过了夹港的坝口，像成群的马。

方木匠没有拉完布满伪装的船，王村长就逼他回去休息，王村长还动员小耗子来劝他休息。小耗子扯了扯他，说，回去跟干妈说一下，我刚才没有来得及把马粪扫了。

院落里真有一摊还散着热气的马粪，方木匠笑嘻嘻地凑着嗅了嗅，又嗅了嗅。有一点醋酸味，也有一点青草味。刘阿娣说，里面有金子？方木匠又嗅了嗅，他再抬起头时，刘阿娣发现方木匠真的老了，只一天工夫，他好像真的老了。阿三，要不你就躺一躺吧，做了一个晚上的棺材……

方木匠突然把桌子一拍，桌上的锡酒壶都跳了起来。

方木匠骑着栗色马正在和船比赛。鼓了帆的船也是很快的。方木匠前面还有一匹栗色马，骑手好像是小耗子。东风很大。小耗子好像还叫了他一声，干爸干爸快点。

方木匠的梦是被一阵阵炮声所震醒的，那是蒋秃头那边每晚的例行公事。像吃多了放屁似的，一个又一个。方木匠拍着床沿大骂，狗日的，蒋秃头，我日你娘。

喊了一阵，方木匠觉得口渴了，阿娣，阿娣，方木匠叫了两声，不耐烦了，老东西，你耳朵聋了？

方木匠后来感到有人走过来了，肯定不是刘阿娣。方木匠抬起身，他想也想不到，居然是白头发的陈区长。陈区长好像很饿。他手上还抓着桌上的一只草鞋底，咬了一口，可能咽得太急，打了一个嗝。后来又打了一个嗝。把方木匠打得笑起来了。别噎死了，吃慢点，又没有人跟你抢的。

陈区长好不容易才把嗝止住了,然后从怀中掏出了一张纸来。开始方木匠还认为四丫头来信了呢。就急忙起身点起灯。光晕漫开,把陈区长的白头发润得像一团四丫头最喜欢吃的棉花糖。

我现在是支前大队长,陈区长说。

县支前总队部紧急命令
4月21日

令各区支前大队部:

渡江大军明晚即行动,司令部命令要我们于沿江各军指挥所附近,各集中100口棺材备用。

在此伟大的壮举之下,必然是要付一些代价的,我们各区的干部和群众更须连夜做好下面几件事:

第一件,集中棺材。棺材来源除各区原有做好的棺材外,可向群众暂借,由区署出具借据,宜借小些的杂树,便于将来补还。东兴区集中50口上六圩(昨天令集中15口长里庵不算在内),柏木区集中50口罗家桥(昨天令集中15口到体育场不算在内)。夹港区共40口,昨令集中礼士桥,改集中体育场,以上三个区的棺材已集中起来,要主动向各该区驻军军部报告,并派专人负责看管,集中一些民工待用。

第二件,收殓埋葬。不论在陆地上或江里,如发现是我们的烈士尸体,必须妥善埋葬,并在烈士墓上写插牌子,干部及地方战士,须用棺木收殓。

第三件,在江里如有被火毁坏的船只,须组织群众抢救。

第四件……

第五件……

此令。

总队长:薛先乐
政委:汪青辰

方木匠把纸一推,我不识字的。

陈区长说,你知道上面什么意思的,我已向薛队长那儿给你报功了。

方木匠吼起来,这个薛先乐,人家应该先烧高香的,他倒好,先做棺材?!

陈区长说,这是唯物主义!材料我想办法,你要帮手找王村长。

方木匠说,什么唯物!分明是捣蛋。

陈区长说,这是规矩。

方木匠说，什么狗屁规矩，都是薛先乐这个混蛋。

陈区长说，薛县长开会时吐了一摊血。

方木匠说，他活该。

陈区长说，他才二十九岁啊。

方木匠怔了怔，陈区长。

陈区长刚咽完最后一口草鞋底，叫我陈队长吧。

方木匠一字一顿地说，陈区长，你！这！个！乌！鸦！

陈区长依旧笑盈盈地看着方木匠。方木匠却不看他了，眼里净是栗色马眼中的江水，耳边的风大了起来，江水一阵又一阵往外涌，止也止不住，这个汹涌的春天啊。方木匠又忍不住叹了一口气。

过了好久，方木匠才走出屋子，看到院子里有一团黑乎乎的东西。他走上去，发现那黑影竟然是栗色马。马的热气呼到了方木匠的脸上。方木匠紧紧地抱着栗色马的头，抱了一会儿，刘阿娣回来了，方木匠松开了马头，方木匠看到栗色马的眼睛里尽是天上眨呀眨的星子们。那么晶莹，那么剔透。有些像刚收获就脱粒的新米。

木刨花从木刨口慢慢地卷起来，像卷心菜似的，又像是结果似的，一颗一颗地往方木匠的脚背上掉。方木匠可真是个好木匠，是大师傅。他已经打了二十多个小时了，多少帮手都吃不消搞轮换，可方木匠没有换。方木匠还回家把自家的床拆了。方木匠把钉子衔进口中，一股腥味溢了开来，方木匠像喝了酒似的飘忽起来，斧头差一点还砸到另一只握凿子的手。这个薛先乐！乌鸦！这个陈白头！乌鸦！方木匠在心中不知骂了多少句。

刘阿娣一直跟着方木匠，她知道老头子的心事，薛县长是正话反说呢，话不说破了不好，话说破了反而好呢。

方木匠没有听进去。刘阿娣又找了一句话，陈区长是不是哄我们？

方木匠依旧不吱声。这次轮到刘阿娣伤心了。刘阿娣说，没用过的新棺材可以做嫁妆呢。方木匠又忍不住叹了一口气。

从清晨到黄昏，方木匠没有出来一步，待他出来时，发觉天阴了下来，风向也变了。他问刘阿娣，是不是变天了？刘阿娣说，毛主席真是真命天子呢，会借东风呢，要刮东风了。刘阿娣这么一说，方木匠心里的栗色马好像被抽了一鞭子似的，先惊悚了一下，然后就奔跑起来，得得得，得得得，越跑越快。

天真的阴了，方木匠骑在栗色马上，栗色马拉着一辆板车，板车上放着方木匠做的最后一口棺材。王村长想一起送走，可方木匠不让，非要自己送。王村长有点不放心，方木匠就叫起来，我留着它装自己！

东风一阵阵吹起来，把栗色马的马鬃吹得有些乱。方木匠用手理了理马鬃。但风一来，又乱了开来。路上的人很多，看样子，今晚要渡江了。方木匠看了看身后的新棺材，那么雪白，那么光滑，有点像新嫁妆了。方木匠有点后悔，为什么不用点东西把这棺材遮起来。方木匠跳下马去，自己爬上了板车，坐在了棺材板上。栗色马真听话，仍然不紧不慢地走着。得得得，得得得。方木匠的眼睛模糊了。老了，眼泪关不住了。

到了城东体育场，方木匠把棺材卸下，打了收据。然后他就把板车寄存，骑着栗色马直奔江边。还没到江边，方木匠就被一战士拦住了。方木匠说找苏连长，那战士说，找苏军长也不行。争了一会儿，方木匠居然看到了薛县长，现在叫薛队长了。真是瘦了，快瘦成皮包骨了。薛县长记性真好，一眼就认出了方木匠。

方阿三啊，你要干什么，你们陈队长呢。

方木匠拍拍栗色马，我要过江。

目前战马是不好过江的，薛县长说，况且，马是怕水的，要先把马眼蒙上的。

马才不怕呢，过去我们这儿还有老虎过江呢。方木匠又拍了拍栗色马，栗色马好像懂了，还刨了刨蹄子。

薛县长说，你有事去找你们陈队长。说完薛县长就走了。方木匠愣了一会儿，对着薛县长的背影叫起来，薛县长我不骑马了，我要做船工，我还会木匠活呢。可薛县长像是没有听见似的走远了。方木匠又来求那个战士让他做船工，那战士说，船工早找好了。

方木匠只好和垂着头的栗色马又回到了城东体育场。路上有小孩子发现了栗色马的一只眼，快来看啦，一只眼的栗色马！方木匠没有抬头，他到了贮藏棺材的地方，下了马，又抱了抱马头。栗色马看着他，满眼的江水一片迷蒙。起东风了。起东风了。

管理员是认识方木匠的。方木匠说，我有东西丢在里面了。方木匠感到身后的栗色马把头抬起来了，正看着他。方木匠没有回头，而是走进了贮藏室。屋里很暗，方木匠一手就摸到了他做的棺材，他推开棺材盖，然后自己就蹲了进去，躺了下来。开始他还嘟哝了一声，正话反说，正话反说。再后来他就不说了，他实在太累，眼皮就耷拉了下来。

那群没有脚的船，正在长满桃花的江南陆地上像马一样奔跑，得得得，得得得。奔跑在最前面的正是那匹栗色马。

你说有龙宫吗

志华是上辈子没儿子的命，平时一分钱都要掰下来用，却不怕浪费电话费，隔三岔五，要和留守在老家的儿子通电话，偏偏电话那头的儿子只是哼哼几声，就匆匆挂了电话。志华不生气，对女人小文说，小狗日的，我们还没老呢，就不耐烦我们了，还不是生了他，要是生个丫头，我们不晓得过得多舒服呢。你说我们为谁苦啊，还不是为了他，不耐烦我们，哼，将来我们去敬老院。小文看着志华，不说话，任凭志华把几句话颠来倒去。

好不容易熬到回家，一路上念叨的还是儿子。小文有些晕车，头靠在志华的肩上，听着他反复念他的儿子经，反而不晕车了。其实，小文也想儿子呢，儿子长到十五岁，从来没有离开过他们呢，他们不在身边，每天还得骑五里路上学，想想怎么也舍不得的。只是小文不像志华喜欢把话说出来。

车站到了，可在车站门口没有看到儿子。本来说好了，儿子在镇车站等他们。小文急了，连行李都没有拿，就匆匆下了车。志华自己爬上车顶搬行李，还帮其他人搬了，他正准备把自己的行李搬下来，儿子和小文赶到了。从车棚顶上看，儿子似乎瘦了，其实是穿得少。小文捅了捅儿子，儿子的嘴巴动了动。志华赶紧下了棚顶，儿子接过行李。志华这才仔细打量儿子，半年不见，害羞的不是儿子，而是志华。志华竟不怎么敢看儿子了。儿子竟高他一头了，腮帮上都是胡须。该给他买剃须刀了。

出了车站，儿子要志华把行李放在他的自行车上，志华怕太重了，不怎么背，坚持要自己背。儿子赌气似的扯了过去，偏偏一辆自行车放不下。志华又屁颠屁颠地上去帮忙，儿子却生气了，立在那里，任凭志华笨拙地摆布。志华正尴尬着，又一辆自行车过来了，来了一个少年，叫了志华一声叔叔。儿子兴奋地叫了一声，嗨！那少年赶紧下了车，把志华的行李分一半到他车上。

志华和小文没有乘摩的，而是决定走着回家。为了这，他们被开摩的的志广奚落了一番，志广说志华你在外面发了大财也不给我们小财发发？志华解释说坐了这么长时间，腿都坐麻了，需要走走路。志广说志华小气，根本就不心疼小文嫂子。志华不吱声，听凭志广的激将法。志广走后，志华对小文说，就是发了大财也不坐，你说我们空手人，有什么必要浪费这个钱呢。

　　志华和小文走了近一个小时，回到了家，他们的行李都在，儿子却不在家了。志华以为儿子就在附近，连喊了几声，飞飞！飞飞！没有人搭理。小文对志华说，不要喊了，肯定是和刚才那个小孩出去玩了。志华说，你看你看，真是和你一样的急脾气，连给买的好东西都不要看了？

　　志华对儿子不在家等他似乎很生气。儿子不像小时候了，过去儿子只要听说他去镇上赶集，就会很早在村口眼巴巴地等着。那时志华手头紧，但志华无论怎么样都要买点什么。志华总是想到他的小时候，连饭都吃不上呢，他就想吃苹果。当时志华没有见过苹果什么模样，只是听别人说苹果好吃。有一次，爹到县城去运粪，志华小心翼翼地向爹提出了要苹果的要求，却被爹狠狠踢了一脚，吃苹果？你是有宝宝了，还是害大病了？！志华忍着泪想，将来长大了有了钱，就去买一屋子的苹果，自己一个人吃，坚决不给爹吃。

　　小文没有时间理会志华的指责和啰唆，去灶上把几口锅拎出来，开始铲锅灰。铲完锅灰，小文又用灰扒把炉膛里的积灰掏出来。儿子在家上学，衣服由两里之外的外婆过来洗。平时儿子在学校吃，星期天可以到外婆家去吃，也可以在家自己烧。灶膛里半年都没有出灰呢，可那草木灰却并没有想象的那么多，扒了半天，没有一畚箕呢，平时儿子吃什么呢？小文看着天井里那锅灰留下的圆圈，发了一会愣，没有想出什么来。

　　儿子都不在家，小文就不急着烧饭了，还是先烧水吧。出去了半年，赚的钱都没有家里积的灰多，锅盖要刷，碗要洗，桌子要抹，儿子的被子、行李中的被子什么的，得洗上几个时辰呢。小文想了一会儿，夹起畚箕，把掏出来的草木灰倒到屋后的猪圈去了。半年不养猪了，猪圈里面长满了枯草。

　　回到灶前，小文对着堂屋喊了一声，志华啊，把飞飞的被子拆下来！再把澡桶用水泡一下，马上要洗被子的。志华似乎应诺了，小文给三口锅都放满了水，三口炉膛一起烧。柴草有点受潮了，烧得不怎么爽快，小文想叫志华去找一把蒲扇过来，给炉膛里扇点风。可一想到，说不定志华正在拆被子呢。小文往炉膛里塞了一把柴草就往堂屋里奔来。

小文绝对没有想到志华正在屋里调电视。电视机是老电视机了，比飞飞小不了多少岁呢，本来是彩色，现在都变成了墨绿色，图像质量也不稳定，常常跳来跳去的。小文不想看，省得眼睛疼，有时间看电视还不如睡觉呢。而志华呢，就喜欢看电视。在城里打半年工，他除了叨念飞飞，再下来就是叨念电视机。小文说，要是电视机是女的，你是不是就和它结婚了？志华想了想，承认了。

马志华，你有没有听到我刚才叫你做什么？小文压着怒气问。

你刚才说什么了？志华依旧漫不经心地调台，有好几个台的电视剧是同步的。

小文鼻子哼了一声，在空咸菜缸里找到了一把旧蒲扇，又风风火火地出去了。志华眼睛墨绿墨绿的，他搞不懂小文究竟为什么发火。过了一会儿，电视调好之后，志华看着正在俯着身子洗衣服的小文，小文背后的那一块肉随着她的衣服一上一下而发亮。志华走上前去，低身摸了一下。小文一个激灵，骂道，狗日的。志华说，我狗日的，那你儿子就是小狗日的了。小文抬起头，狠瞪了志华一眼，说，你无聊不无聊啊？

还真生气呢。志华嘟囔了一声，咽了咽口水，退远了几步，继续欣赏小文那背后的亮光。时光过得真快呢，那年中秋，志华提着一对藕去小文家"通话"，"通话"的内容是要求过了年就把小文娶回去。当时小文很害羞，根本就不和他说话，可小文明明是想和他说话的，总是把衣服放在天井里洗，也是这样，背后的那一块肉在阳光下闪着亮光。那时不像现在，可以放肆看，只是偷偷地看。后来小文改变了洗衣姿态，不再俯着身，而是僵直着洗。志华以为小文晓得了，担心得要命，吃饭的时候连看都不敢看小文。偏偏岳父要小文给志华添汤，志华一躲闪，那汤全倒在志华的裤裆上了，弄得像尿在裤子上似的。

儿子是和那个少年一起回来的，有说有笑的，似乎说了什么高兴事。志华想凑上去听，儿子却收住了笑，拉着那个少年的手进房间去了。志华有点落寞，又去调电视。儿子和那个少年的笑声一团一团地涌到志华的耳朵边，志华想把电视的声音开大，后来还是关了。跑到灶房里，小文正在忙饭菜，见志华进来了，说，老爷看电视看饿？志华本来想帮忙的，没想到被小文呛了一句，悻悻地离开了灶房，又回到堂屋里，打开行李，把带给儿子的增致牛仔裤和李宁运动鞋全拿出来，放到儿子最喜欢坐的那张椅子上，取了两包好香烟，出去了。

志华回来时，小文的饭菜已烧好了。刚在村里走了一圈，志华遇见的人并不多，连一包烟都没有散完呢。很多去外面的人都不愿意回来呢。志华本来也不想回来的，他的意思是待儿子初中毕业，考得上就供他上，如果考不上的话就把他带到城里去。可征求了小文几次意见，小文不表态。志华晓得小文不表态就是不同意，志华几乎每天都在小文耳朵边一二三四摆道理。志华的唾沫星都快说干了，偏偏小文就是哑巴口，不开金口。为了这个，志华有好几天都不理睬小文。后来志华还是原谅了小文。小文在城里做保洁员，五层楼，每天还不能坐电梯，上上下下地跑，不晓得要跑多少楼梯呢。回来后还要忙饭给志华吃。本来志华可以吃盒饭，可他的肠子娇气，不能吃盒饭，只能吃小文做的饭，同伴都说志华派头真大，一个打工者，竟然有个随军夫人。志华不这样看，要不是他把小文带到这个城市，她怎么会到城里来开洋荤呢。志华一副救世主的样子，没想到后来最先失去工作的却是他。志华闹着要回去，小文只好去辞工，城里人很认可小文，小文去辞了几次工，都没辞掉，志华彻底伤了面子，更是要回家，小文没有办法，只有硬着头皮说要回，人家舍不得，留了话，说下次到城里再来。小文学给志华听，志华冷冷地说，人家说的客气话，你都当成了宝疙瘩。

　　小文让志华跟儿子先吃。志华去厨房取了碗筷，敲了敲，叫了声开饭了。可儿子还和那个少年在房间里说说笑笑，没有吃饭的意思。志华使出小时候的手段，指着桌上儿子最喜欢的凤爪说，飞飞啊，你再不出来我就把凤爪吃完了。志华连喊了两声，嘴巴还咂巴着，模拟着馋嘴巴的声音。

　　儿子却认为志华丢了他面子，还为此生了气，一根凤爪也不吃，坐在桌上，摔筷子碰碗的。志华忍着一肚子气看儿子，儿子的鬓角变黑了，似乎和半年前相差了许多，变得不认识了。凤爪是志华特地在城里买的，价格很贵的，小文不同意买，志华坚持买的，儿子和小文都喜欢吃呢，虽然贵，可难得吃一次呢。

　　那个少年倒是好脾气，他小声地劝说儿子，儿子很听那个少年的劝，开始吃了，还和那个少年边吃边笑，咂巴着他们的小虎牙。眨眼间，凤爪成了一堆小碎骨，志华扭过头，看着门外，想，这个儿子真是白养了，都不给他妈妈留一点。

　　儿子和那个少年出去了，志华收拾了碗筷，走到小文身边，把飞飞的事说了一遍，左一口你儿子，右一口你儿子，意思是要小文评评理，小文不以为然，说，飞飞喜欢吃就让他吃吧。志华却说小文你太宠儿子了，从小就护，到老不上路。小文说志华太小题大做了，有时间发火还不如帮她再烧一锅水呢。志华走到灶后烧水，灶火把他的脸映得发烫，也把他的愤怒烤得滚烫，臭小子！真是一个白眼狼！

　　志华睡得很不好。一条黑草狗蹿过来，志华亮出了小时候躲狗的经验，蹲下来佯做拾砖头样，可黑狗根本不怕，张口就咬住了志华的腿，一急，醒了，却是小文的腿压在他的腿上。志华抽开了腿，睁着眼睛，想着儿子的事，头脑越想越糊涂。

志华再醒来，小文早起床了，四周静悄悄的。志华把手机打开，八点多钟了，现在还赖在床上真是不应该。志华匆匆起床，却找不到自己的衣服了。肯定是小文拿出去洗了，也真是的，得了洗衣服病了。志华一边嘀咕着，找到几件衣服，凑合着穿起来，开了门，一条黑狗就撞了过来，几乎和梦里一样。黑狗似乎想认识志华，凑到志华的裤腿边。志华正烦着呢，一腿踹过去，黑狗退了几步，对着志华哀嚎起来，仿佛受尽了委屈。志华在心里说，不要怪我，谁叫你在梦里吓我！

志华教训完狗，刚转身，儿子的房间里窜出两个人，第一个是那个少年，第二个是儿子，仿佛发生了地震。志华还没有来得及问，那个少年俯下身把那狗抱起来了，儿子尾在一旁，轻轻安抚那黑狗的耳朵。志华听到那个少年问，贝贝，贝贝，谁欺负你了？告诉我替你报仇！那畜生得了劲，叫得越发娇气。儿子似乎发现了什么，回过头看志华，那眼神和那小畜生的眼神几乎一模一样。志华心头一惊，说是它自己撞在门上的。儿子逼过来，问，真的假的？志华解释说，他开门，不晓得它在外面，不小心撞了它。志华有点气短，说得结结巴巴的。儿子越发不相信了，吼起来，贝贝哪里碍你事了？你竟然对它下毒手！你是不是有神经病？

那个少年倒是相信是贝贝自己撞的，把儿子劝到房间里去了。志华就愣坐在堂屋里，抽起了闷烟，儿子竟然骂他是神经病！那个少年把儿子安顿好了之后，就和小黑狗出来。小黑狗还邀宠似的，跑到志华的裤腿上蹭了蹭。那个少年叫了声叔叔，解释说现在村里偷狗的很多，贝贝就差一点被偷走。志华看着那个少年，没有说话。那个少年又说，我爸爸经常说你们当年好呢。志华对那少年苦笑了一下，亮出香烟，递给那少年，那少年先是一怔，后连忙摆手，叔叔，我们从来不抽烟的。

志华点点头。其实他并不相信那少年的话，哪个男孩没有偷着抽过烟呢，他自己的抽烟史就可以追溯到十一岁，他和志广躲在草垛后抽，一人抽半支。怕被发现了，跑到河边用烂泥反复抹手指，弄得满手的泥腥味。

那个少年和小黑狗走了。志华早就知道那个少年叫伍玉生，不是他们马家人，而是庄西头伍家的人。玉生的爸爸伍建国是志华的小学同学，个子大，却常常受到马姓人的欺负。马姓是大姓。伍建国尽管被人欺负，却是一副好脾气，见人三分笑。听说伍建国两口子在杭州打工，玉生和爷爷聋伍爷一起过。比起伍玉生，儿子真不懂事啊。志华想，也许小文说得对呢，自己在儿子面前实在是为低了。志华懂得小文的意思，为低就是犯贱。

志华又抽了一支烟，嘴巴苦涩得很。忽然，他站起来，推开儿子的房间，儿子在拨弄着小文的小灵通，估计在打游戏。志华想问儿子，玉生是睡在自己家的吗？儿子不开口，志华就不好开口，刚刚骂他神经病，他再主动开口，可真的是太犯贱了。

儿子明显是记仇的。一连几天，儿子都不和志华说话。志华又懒得和儿子接茬，他得去找活干了。志华去找过当年的班长现在的村支书志强，志强答应给田，可要等换季，志强还答应帮志华找工作。志华和小文又去了镇上，镇上倒是有几家化工厂，工资还可以。小文想做，志华不同意。志华看到他们工作时得穿上厚重的工作服，就像电视上见过的防辐射装。志华跟小文说了，小文却不以为然，说人家能做我们也能做。志华坚决不松口，辐射的后果很严重呢。小文的文化不多，平时又不看电视，电视上的广岛，还有前苏联的切尔诺贝利，连老鼠都畸形了，像小母猪在废墟里窜来窜去。

志强家里的过来一次，说是他打听到镇上一家养猪场缺人手，叫志华下个月过去试工。志华不想去，小文要去，说养猪场又没有辐射。志华说太臭了。小文问志华，饭臭不臭？钱臭不臭？小文还说，你马志华实在是变"修"了，有本事你去做老板啊。志华无话可说，平时小文说话不多，这次倒像一个演说家。志华倒不是怕臭，而是怕丢了面子，可他不好说出来，只是悻悻地回答，都是剥削人的。小文说，剥学？你说什么？志华不想解释，叹了口气，出门了。

儿子依旧和伍玉生打得火热，全然不顾他爸爸忧心忡忡的注视。他们有时候似乎故意似的，只要志华在家，他们的笑闹声就比平时响亮得多，笑声一浪一浪地涌过来，把志华的耳朵拧得生疼。志华明明坐在那里看电视，他们就在堂屋里追逐，风一样旋过来，又像风一样旋过去，志华的脸被一阵又一阵旋风抽得发疼。倒是那条叫贝贝的黑狗，有时候不想跟着他们打闹，像是挑衅似的，过来蹭蹭志华的裤腿，再摇摇尾巴。志华不为所动，眼睛盯着电视，心里却痒痒的，骂道，小贱货，真是一个小贱货！

小文似乎看出了志华有意见，借口自己也要看电视，暗示儿子和伍玉生到外面去闹。伍玉生听懂了，想拉儿子出去。可儿子疯起来根本就不听劝，继续逗弄伍玉生，要伍玉生逮住他。志华冷冷地看着他们，论个头，儿子比伍玉生高，可论速度，儿子根本就不是伍玉生的对手。伍玉生对待儿子，像有信心的猎手，让着儿子，等实在不想玩了，加快速度，一下子逮住儿子。有时候，伍玉生腻了，故意放慢速度，任儿子逮住他。儿子一把抱住了伍玉生，喉咙里的声音都兴奋得尖了。志华不想看他们，但他还是回头看了一眼，伍玉生身上那条新牛仔裤，眼熟得很。

志华想和小文两个人开一次家庭会议，和她正式谈一谈儿子的事，可一直找不到机会。本来可以晚上谈，可小文是头一落枕就要睡觉的，如果谈的话，效果很勉强的。志华考虑了几天,恰好儿子向小文提出,他要和伍玉生去镇上看马戏团。小文还没有答应,志华却摸出五十块钱给儿子,儿子看了看志华,一脸的迷惑,但他对钱没有意见,扯过志华手中的钱,转身就走,走了几步,又回过头看志华,志华笑着对儿子扬了扬手,儿子像一匹刚刚醒过来的马驹,一路蹦着,去庄西找伍玉生去了。

儿子一走,志华就凑到小文前面。小文骂了声,避开了。她还以为志华下流电视看多了,骚劲上来了,刚才把儿子打发走,白天就要干那事呢。过去志华又不是没有做过。志华晓得她误解了他的意思,赶紧说,小文,你晓得不晓得,你儿子把新买的牛仔裤送给伍玉生穿了。

小文白了志华一眼。

小文,你晓得不晓得,我家可是三代单传啊。志华又说。

小文停下了手中的活计,看着志华,男人像是中了魔似的,不晓得在说什么呢。志华是三代单传,她一到志华家,就是"座上喜",蜜月里就怀了儿子。儿子生下来后,志华自己服侍。小文的妈妈悄悄对小文说,小文你有福气啊,头胎是儿子,如果是丫头的话,你什么福都享不到了。

小文,你有没有看出来,你儿子和伍玉生有点过了。志华的这句话说得吞吞吐吐的。

过什么,你说过什么?!姓马的,你左一口你儿子,右一口你儿子,好像飞飞是我拖油瓶拖过来的。小文见志华神神秘秘的,恼火得很。

要是在以前,小文这么发火,志华也会跟着发火。可今天志华涵养好得很,很平静地把这几天观察和思考的结果告诉了小文。志华先从《红楼梦》里的贾宝玉谈起,谈到了一个叫秦钟的男孩。小文只晓得贾宝玉和林黛玉薛宝钗好,并不晓得贾宝玉和秦钟好呢,只好听志华说下去。志华说了儿子对伍玉生的依赖,儿子的娘娘腔,儿子对父母的不信任……种种表现都不正常。小文听着听着,又焦虑起来,嘴巴里不停地说,怎么办呢,怎么办呢。那样子,像是天塌下来了。志华赶紧安慰说,不要紧的,陷得还不深,我们可以把他拉回来的。

小文听志华这么一说,又有了信心,她决定动手搜查。花了半天时间,成果很大,儿子的房间里几乎摆满了伍玉生的东西,拳击套、握力器、篮球、背心裤头袜子什么的,还有几双运动鞋,不是儿子的尺码。小文想把它们全拾出来,志华劝阻住了,说,千万不能让他晓得我们搜了他的房间,发现了很不好,要让他们自己主动分开。

小文只好又把收拾出来的东西全部放到原来的位置上,可有几件想不起原来位置了。小文问志华，志华说，就这样放放，他们也不一定搞得清楚，以后我们要共同作战了，你要听我的指挥。小文点点头。志华说，他们快回来了，你该干什么就干什么去。

可焦虑就种在小文心里了，她怎么也不能"该干什么就干什么去"了，烧火的时候，被火钳烫了手指。志华想到电视上的方法，涂点醋。醋涂在手指上，好了一点，可还是钻心疼，小文没办法，只好把手放在水盆里，好受多了，再抬头看志华，志华的脸模糊得很。刚才泪都疼出来了。

谁能想到志华的钱包会丢掉呢。志华到养猪场去了一趟，回来后就发现钱包丢了，里面有七百多块钱，还有身份证什么的。志华在路上来来回回地找了好几趟，也没有找到钱包的影子。小文劝志华不要找了，破财消灾呢。志华想不通，犯了牙疼。

儿子并不知道丢钱包的事，他和伍玉生一直在外面疯，疯到晚上回来，没有看到妈妈，只看到捂着腮帮呻吟的志华。儿子问，怎么了？你怎么了？志华没有回答，儿子又问，妈妈呢？志华支吾着说妈妈找钱包去了。儿子没有听懂，去了灶房，志华听见锅盖在咣里咣当地空响。小文还没有烧饭呢。儿子可能很失望，冲进了房间，伍玉生也跟着进了房间。过了一会儿，伍玉生出了房间，一个人走了。志华的呻吟声更响了，仿佛有人在鞭打他似的。

小文回来了，志华依旧在呻吟，小文把儿子喊出来帮着烧晚饭。儿子很不情愿地去了。饭烧好后，志华依旧捂着腮帮，低声地叫。儿子开口问，你……能吃饭吗？志华很不满意这样的口气，想不理睬儿子。小文说，牙疼不是病，疼起来可要命，你爸爸也真是的，七百多块钱，又不是没有见过，犯得着想不开嘛。小文一边说，一边跟志华使眼色，志华忙对着儿子点点头，意思是能吃饭。

儿子给志华盛了饭，还拿了筷子。这可是从未有过的事。志华估计小文在灶后跟儿子说过什么了。可能是饭菜太烫，志华仅仅吃了几口就丢下了筷子，又坐到一边呻吟了。儿子皱着眉头看着他，腮帮像一只老鼠在窜来窜去。志华狠狠地说，哪天我要把它们全拔掉装假牙！儿子的腮帮不动了。

第二天，志华还不死心，又骑着自行车到路上找钱包，差点与志广的摩托车碰上，连人带车滚到河堤下。志广把他扶起来，送到医院，幸好没有骨折，但腿上胳膊上都缠了绷带。小文和儿子匆匆赶回家，发现志华已变成刚从战场上下来的伤病员了，小文落了泪。志广一边说明情况，一边喊冤，说他真的没有碰到志华，是志华自己慌了神，把龙头扳错了。志华没有对志广的话表示疑问，倒是儿子激动起来,指着志广说,你是不是想推卸责任?你是不是想推卸责任?我现在不跟你说,我们法庭上见!

飞飞你这是干什么干什么,他是你叔呢。志华喝住了儿子,儿子转过身来,看着志华,眼睛扑闪了几下,眼泪就下来了。志广也不晓得怎么办,志华对他挥挥手,志广走了。儿子见没有了外人,哭得更厉害了。志华看着儿子抹眼泪的样子,很是不舒服。志华摸着腿上的绷带说,飞飞,爸爸要上厕所了。

志华受伤的那几天,儿子完全成了志华的拐杖。上厕所,洗澡。儿子的个子大,但力气不怎么大,有时候并不能完全扶得起志华。志华想自己做,但儿子不让。看着儿子为自己努力的样子,志华有点心软。但他还是硬着头皮享受了。小文说,人家说久病无孝子,我家飞飞就是孝顺呢。志华说,不是这样说的,我记得电视上有个作家说过,多年的父子成兄弟呢。小文说,你们是兄弟,那我是什么?志华说,你是我们的妈妈!小文笑骂了一声,儿子咧开嘴笑了,那笑起来的样子活像小文年轻时呢。

志华养伤的日子里,伍玉生也来,不过来得没有以往勤,主要是儿子的心在志华这边。志广过来了一趟,拎了几个瘪了皮的苹果。儿子不想要,志华收下了。志广走后,志华叫儿子吃,儿子不肯吃。后来,伍玉生来了,志华又把苹果拿给伍玉生吃,伍玉生不好意思不接,儿子却劈手把苹果夺下,扔到网兜里,拉着伍玉生进了房间。

志华侧着耳朵听了一会儿,听到他们说到了志广是狗仗人势,还说到了志广的哥哥村支书志强什么的。一肚子的愤世嫉俗。志华怕儿子会做出什么傻事,赶紧叫儿子,他要上厕所了。儿子出来了,满脸疑惑,明明刚上过厕所呢。志华捂着肚子说,不是小的,是大的。

志华是儿子和伍玉生一起扶到厕所上的。儿子还要等,志华把他们赶走了。其实志华根本就不要上厕所,他只是要想一想,静下心来想一想,怎样才能把儿子和伍玉生分开呢,志华把他看过的电视在头脑里转了一圈,也没有找到什么妥当的办法。儿子肯定不同意的。历数马家和伍家的恩怨,好像过时了。

话头是小文和儿子挑开说的。伍玉生回去了,小文告诉儿子,她今天去算命先生那里算了,为什么这几天他们家总是出事,算命先生说家里有一个人的属相和你爸爸冲着的。儿子问是谁。小文说不是你也不是我。儿子不明白,家里就这么几个人呢。小文说人家就这么说呢。儿子说人家迷信你也相信?小文说我也不相信啊,可最近你看看,你爸爸破了财还跌伤了腿,你说这是为什么?儿子生硬地说,我怎么晓得？小文说你当然晓得的，玉生好像比你大两岁吧。儿子说，玉生又不是我们家的人。小文说可他总是睡在我们家啊。儿子不说话了，志华一瘸一拐地进来了，问他们在说什么。小文把算命先生的事说了，志华说，飞飞说得对，你其实就是迷信，一点也不讲科学。小文说，我迷信？张乡长的老婆就排在我的前面！志华很惊讶，你不是认错人了吧。小文说，你们不相信，明天我把你们都拉过去算一算，你说说，我们家过得好好的，为什么又破财还跌坏腿？

志华想不到小文现在变得这么会说，他瞟了一眼沉默不语的儿子说，有什么了不起的，大难不死，必有后福嘛。

伍玉生的东西消失得很神秘，也不晓得是怎么搬走的。志华想不通，也无法想通。本来他还想叫儿子把伍玉生的东西收拾干净，可一看到坐在堂屋里看电视的儿子，不敢再说了。电视上明明是赵本山和范伟，但儿子不笑，全是失落的表情，志华不敢再问了。倒是那条叫贝贝的狗还没有忘记儿子，经常到志华家门口摇头摆尾的。儿子也不怎么理睬那条狗，反而志华热情得很，用手去逗贝贝。贝贝不看志华，反而眼巴巴地看着儿子。志华有点不忍，刚想提醒儿子，却在贝贝的眼里看到了伍玉生的眼神，志华的心又硬了起来，对儿子说，飞飞，该出发了！

儿子似乎答应了，又似乎没有答应。志华不能确定，又叫了一声。儿子站起来了，去推自行车。志华去养猪场上班，但是他身上有伤，骑不得车，得儿子驮着他去上班。到了晚上，儿子又骑自行车过去，到养猪场门口把他接回来。

每天，志华坐在自行车的后座上，他想和儿子说话，可儿子不说话，只是喘着粗气，遇到一条石板的桥也不下来，呼的一下过去了。志华被颠起来，下意识地抱住了儿子的腰，仅仅一会儿，志华就松开了，他从儿子的腹部明显感到了儿子的隐忍。志华的耳朵里全是小猪叫的声音，这些小猪都是老板刚刚从山东运过来的，它们认生呢。不过，叫过一阵就好了，小猪们会渐渐把山东口音忘掉的。

他们还常常遇到过志广。志广问志华请了驾驶员了，还说了客气话，意思说他可以效劳。志华想和志广说几句，可儿子根本就不和志广说话，反而加快了速度，把志广晾到一边去了。

志华的膝伤渐渐好了，儿子可以不做自己的司机了。他很想找个时间和儿子谈谈，过了中秋，该准备到县城学一门技术，电焊或者开铲车之类的技术活，在大城市，不会技术活的顶多一千多块一个月，而有技术，工资就会翻几番。儿子小着呢，只要用心，入门肯定很快的。

儿子并没有理会志华关于学技术的事，也没有同意志华自己骑自行车，他一把抓住志华准备骑走的自行车龙头,把志华连抱带扯地安顿到后座上。志华叫儿子今天休息,偏偏儿子已经跨上了车。见父子这么争着,小文笑道,志华,你真是犯贱呢,飞飞不带你你会说他不孝顺,儿子要带你,你又舍不得他。志华说,我不是舍不得,我觉得我快要成修正主义了。志华怕儿子不懂什么是修正主义,补充道,我不能总是剥削飞飞的劳动力嘛,这样,飞飞,待过了节,我自力更生。儿子没有说话,眼睛盯着天空。志华仰起头,却连打了几个喷嚏。志华说,肯定有人在说我,是谁在说我呢?

儿子还是把志华的话听进去了,过节的前一天早上,儿子赖了床,志华自己骑了自行车去养猪场。这段时间做下来,志华已习惯养猪场的生活了,养猪场并不是想象中的那么臭,比干农活干净多了。那些山东来的小猪长得可快呢,都认识志华了,也能听懂志华的命令了。有时候志华都觉得自己不是一个工人,而是一个幼儿园的园长。

也许是被儿子服务惯了,志华下班的时候,还到处寻找儿子,可找到了自行车,没有找到儿子。后来才醒悟过来,儿子今天不做自己司机了。想想儿子还是个孩子呢,要是在城里,还被人宠着呢。应该好好犒劳儿子一下。

志华绕道到镇上买了凤爪,给自己买了两个鸭头,他想今天喝喝酒,有好多天没有喝酒了。可没有想到,儿子不在家。志华以为儿子和小文一起去外婆家了,就主动忙了晚饭。平时的晚饭都是小文忙的,志华不太熟练,连刀放在什么地方都需要找一找。志华在磕磕碰碰之中把晚饭忙好了,放在饭桌上,打开电视等小文和儿子回来。

小文回来了,儿子不在他身后。志华问儿子在哪里,小文说不晓得。志华说会不会在伍玉生那里?小文说,我听说伍玉生去杭州了。志华听了,心里咯噔一声,赶紧到儿子房间里,发现儿子的房子并没有少什么。志华的心稍安一下,他估计儿子去什么地方玩了,说不定去哪个人家玩电脑游戏放松放松了,这段时间,儿子也蛮辛苦的。志华叫小文先吃饭,小文心却定不下来,不肯吃。志华也不好自己吃,就继续看电视。小文嫌烦,不让志华看。志华只好把电视关了,听着肚子饿得叽里咕噜的叫。小文还是不让他坐着,逼他到村里看看。

志华在村里找了一圈,谁也没有看见飞飞。志华还去了西头伍玉生家,聋伍爷一个人在家,都上床睡觉了。志华晓得他听不见,大声问了好几遍,聋伍爷才听懂了志华的意思。聋伍爷说他不知道。志华又问伍玉生在什么地方?聋伍爷说他也不知道。志华怔在那里,那条叫贝贝的狗走过来,认出了志华,盯着志华看。志华俯下身,摸了摸黑狗,黑狗的背都饿尖了。可能是害怕,贝贝在志华的手下簌簌发抖,志华的身体也跟着颤抖了起来。

志华回来告诉小文,说伍玉生有可能没有去杭州呢。小文问有什么根据。志华说猜呗。小文却不相信,反而怀疑起了志华,马志华,这几天你有没有骂飞飞?志华摇摇头。小文说,飞飞从小就胆小,他肯定不会这么晚不回家的。志华怕小文向坏处想,安慰说,飞飞又不是不会游泳。小文说,飞飞肯定不在庄上了。志华说,他不在庄上?他在什么地方?我估计他的电脑游戏还没有结束呢,一结束他肯定回来,再说,他已经十五岁了,不是小孩了。

不是小孩?小文说,狗日的,如果飞飞有什么三长两短,我和你没完。

志华怕小文继续纠缠,又说,我去志强支书那里,请他用大喇叭喊一喊,等你宝贝儿子回来你再跟我发飙行不行。

马飞!马飞!听到广播赶紧回家,听到广播赶紧回家,你爸爸妈妈等你吃晚饭呢!

志强在大喇叭里连喊了三遍,他的声音像打铁,叮叮当当地在马家庄人的头顶敲了一遍。过了一会儿,志华家来了不少邻居,纷纷问飞飞怎么了。小文说飞飞不听话,志华打了他。志华晓得小文要面子,说了这样的理由。志华赶紧补充说,都怪我脾气急。邻居劝道,不是什么大事嘛,现在老子打儿子,将来是儿子打老子,都是肉烂在肉汤里,没什么大不了的。

志华赶紧散烟,邻居们取了烟,又走开了。小文关了门,对志华说,飞飞肯定出事了。志华不说话,只顾抽烟。小文又说,都是你放屁啊。志华说,我说什么了?小文说,你说什么了?你这个神经病,不是你说什么,还说电视上这个事……我说不好意思说出来,你说天下有你这样做老子的嘛,跟儿子还用计策……小文没有说完,就捂着嘴呜呜呜地哭了。志华晓得小文说的是他拆散了儿子和伍玉生。但他不后悔,只是自己太粗心了。他为了拆散他们,是用了苦肉计。可志华又不是假受伤,完全是真受伤呢。

儿子估计不在村里,都是马姓人呢,再说,支书马志强都喊了喇叭了。志华想去镇上找儿子,可又不放心小文。好在志广过来了,志华给志广五块钱,请志广到邻庄用摩托车去把小文的妈妈接过来。志广不肯要钱,志华脸一冷,说,汽油又不是你们家生产的。志广只好收下了。

志华怕儿子就在附近躲着,他用电筒在屋前屋后找了一下,还去了废弃的猪圈。里面似乎有猪的叫声,志华摸进去找了一下,找到了一只脏球鞋,上面都是淤泥,扔了很长时间了,鞋子前面破了一个洞。儿子穿鞋子就像吃鞋子,鞋子前面总是有一个洞,像是一只眼睛似的。志华想找到另一只鞋子,可没有找到。志华灭了电筒,捧着那只鞋子,心里酸楚得很。昨天还好好的呢,今天早上还好好的呢。

小文的妈妈过来了。志华简单地向岳母说了儿子的情况。岳母叫志华不要急,过去小文的哥哥也有过的,当时以为他躲起来了,结果呢,他跑到县城看电影去了。岳母也把这样的话跟小文说了,小文不听,捂着心口,呻吟着。志华想上前安慰,岳母对着他挥了挥手,意思是叫他走,不要再刺激小文了。

志华站在走廊上,天井里的风却大起来了,几乎是满天的灰尘。志华的眼睛被迷住了,揉了一会儿,揉出了许多泪水,终于把呛进眼睛的灰尘认出来了,那是小文撒在猪圈里的草木灰。志华找了一盆水,到猪圈前把那灰泼了一下。刚停下,志广过来了,递给他一支烟。志华抽了一口,志广说,不要往坏处想呢,你这么一哭,嫂子怎么办?志华说,不是。志广说什么不是,你的眼睛都哭红了。志华抬起头,问志广,告诉我,你这几天有没有看到伍玉生?就是聋伍爷的孙子。志广说,这几天没有看到,倒是前一段时间,他扛着一床被子去镇上等车,我问他去什么地方,他说他去北京。志华心想,还去北京呢,真是吹牛不上税呢。随后狠抽了一口烟,呛了,猛烈地咳嗽起来。

晚上的路和白天就是不一样,似乎突然长出了许多沟壑似的,志华扶龙头的手被震得生疼。疼其实还不算什么,主要是心冷。他不知道儿子现在什么地方,将要到什么地方去。骑着自行车的志华全身在发虚。本来志广要陪他一起去镇上找飞飞,志华没有同意。自己的儿子,何苦惊动人家呢。也说不定这个小畜生躲在什么地方睡觉呢。志强家里的刚才也过来看了小文,还带来了志强的意见,问志华要不要到派出所报案。志华说不要,随后他又后悔了,报个案总比不报案好吧。可话说出口了,志华想,要报案就等明天吧。

风越来越大,志华感到自己的头发都散到了虚空中。忽然,志华感到额头上多了什么,后来越来越多,再后来,那些东西就化成水了,流到他的脖子上了。下雪了。真是下雪了。志华骑得更快了,可那土路却越发泥泞,似乎长出了爪子,使劲地拽住志华的车胎。志华火了,用的力更大了,膝盖却软了,一个趔趄,摔了下来。自行车压到了他的身上。志华很是生气,从地上爬起来,又想骑,却骑不动了,链条断了。

风雪更大了,根本就看不见前面是什么,志华摸出手机,借着光亮,一点一点地摸着走,他想找到一个打谷场,打谷场上都有草垛的。过去他也有过坐在草垛过夜的事。草垛暖和啊。可这些年,哪里还有草垛啊。稻草都没有用了,不是空烧掉，就是推到河里去。为什么都不要草垛呢？志华想到了儿子，不知道儿子现在有没有睡？是不是也像他在路上呢。志华的手冻疼了，他把手放到口中呵，手指更疼了。十指连心啊。儿子啊，儿子，志华想流泪，眼泪却冻住了。儿子从小就喜欢志华，总是跟在志华后面做跟屁虫。儿子还喜欢跟志华睡，儿子睡相不好，喜欢蹬被子，总是感冒，后来志华只好抱着他睡觉，不料却养成了另一个习惯，喜欢把他的小脚搁在志华的肚皮上睡觉，志华被搁得难受，想用枕头换自己的肚皮，没想到这个小畜生很灵敏，一下子就醒了。

  雪越下越大，志华感到自己的力气快用完了。他想摸手机，手机却找不到了，也不知道什么时候把手机搞丢了。志华擤了擤鼻涕，看着天空。似乎亮了许多。志华把自行车倒下来，他坐在上面，把自己环起来。志华对自己说，不能睡，千万不能睡。志华对自己这么说着说着，睡着了，还做了一个梦。

  那年除夕，小志华好不容易有了五分钱的零花钱，他去代销店买了最喜欢的小鞭炮，想不到把家里的鸭子炸散了，他家的十三只生蛋鸭不肯回家了。父亲很生气，跟他说不把鸭子找回来就不要过年。小志华只好出去找，找了一圈，没有找着。母亲叫他回家穿新衣服，小志华不听，继续赌气出去找。小志华的呼唤声都被此起彼伏的鞭炮声淹没了。小志华怎么找也找不着鸭子，又不敢回家，最后他躲到了稻草堆中，就准备这样过年了。后来还是提着小桅灯的母亲把他拽回家了。小志华说有黄鼠狼要吃鸭子呢。母亲说，这么多鞭炮在炸，哪里还有什么黄鼠狼。小志华还是担心在外面过年的鸭子们，也不知道什么时候睡着的。大年初一那天，阳光很好，母亲把小志华推醒，告诉他鸭子找到了。小志华问在哪里，母亲说在河里。小志华飞快地穿着新衣服，来到河边，看到鸭子们真没丢失呢，十三只鸭子，它们在结冰的河面中央，游出一个没有结冰的水圈，像是冰中间掉了一个大窟窿。小志华问父亲，为什么其他地方结冰了，唯独那个地方不结冰呢？父亲说，那水面下有个深洞的，直通龙宫。

向日葵

那天我爹回到家的时候，我正在打草包，草屑已经把我弄得像一个稻草人了。我爹踢了我一脚，明天不打草包了。我抬起头，看着爹，爹的脸一半是亮的，一半是暗的。爹说，狗日的，明天书房开学了，你去上学。二扁头可能也被爹的决定吓坏了，叫了一声，爹——我觉得他是提醒，怎么可以让三歪子不打草包，而去上学享福？可是爹好像没有听见似的，又对我说，你看你，比猪干净不了多少，明天给我找块洋碱把你的狗头好好洗洗。二扁头说，先生呢？先生先死，陆先生不是死了吗？爹回过头来就揍了二扁头的后脑勺，狗日的，老子说话的时候，要你插什么嘴！二扁头摸着头看着我，我晓得，他又把这笔账算到我的头上了。爹骂完了就睡觉。我还在打草包，今天的任务还没有完成，不过我已经做好了二扁头收拾我的准备，谁知道他出去撒了一泡尿就改变了态度，他幸灾乐祸地对我说，恭喜你啊，你们的先生，姓刘，牛×的刘。名叫大力，刘呀么刘大力。

二扁头还说，现在来的刘先生一点也不像陆先生邋遢，刘先生看上去有点娘娘腔，脸那么白，手指那么长，会弹钢琴呢，还听说他天天吃珍珠粉呢。听说大支书庞大胡子对于他从公社里好不容易"要过来"的刘大力非常重视，刘大力一到我们村庄，第一顿饭不是在宿舍里吃的，而是在庞支书家吃的。与刘大力一起受到重视的还有我这个三歪子。庞支书把爹叫过去，掰着指头说，这次你要不要我做工作？我知道你不喜欢三歪子，我向公社里保证过了，三个都不能不上学，全部要识字。

我和其他人不一样，打记事的那个时候起，我就知道我是多余的。挨打挨骂就是我的家常便饭。其实我从小就不尿床了。能够捉鱼掏蟹，能够打草包，能够烧饭洗衣，还能够喂猪食。爹种田种苦了，他就把我吊在天井里的榆树上打，晚上，蚊子像轰炸机一样围歼着我。可是到了第二天，连我也奇怪，我又活下来了。后来，庞大胡子也看不下去了，他对我爹说，你以为牢饭是那么好吃的吗？新社会了，共产党了，老子把儿子打死了也是犯法的。

我爹在我面前是只猫，可是到了大支书庞大胡子面前就变成了老鼠。他就被庞大胡子的话吓住了。上一次庞大胡子也到公社里"要来"一个"右派"，这是我们村庄第一个"右派"，会讲几个外国话的老头。庞大胡子对公社书记说，我们村上也要"积累和右派斗争的经验"。后来有人说是为了他的独生儿子庞志伟，因为我们村里人要上学，就必须到五里外的李庄去上学。五里路，起码有二十座榆树棍子做的桥，他不放心。庞大胡子就有这个本事。他就让我遇到了眼睛里总是有眼屎的陆先生。我个人卫生搞得不好，家里人都叫我三拉挂，外面人都叫我三歪子。邋遢的陆先生并不管我们的卫生。他喜欢睡觉，上课的时候也打瞌睡，到了他不打瞌睡的时候，他就讲课。他知道几千年前。他还知道天上的星星。谁能够想到陆熙哉先生就会"睡"死了呢。大人说他心里苦，心里苦就想睡觉吗？我心里也苦的，可是我总是睡不着觉，你想想，二扁头的脚丫那么臭，我怎么可能睡得着觉。

没有了陆先生，我的倒霉运就又来缠住我了。我到邻村看露天电影的时候，由于我踩了一个人的脚，就惹出了我们村和邻村的一场恶仗。我的鼻子被打破了，我的三个同伴被打成了瘸子。我爹照例又收拾了我一顿，我在我爹的诅咒声中，我是一条比毒蛇还毒的倒霉蛋。事实上，我经过的田野，还没有结山芋的山芋叶肯定离了根，瓜秧上的瓜纽也会离了藤，就连不甜的高粱秆的头也不见了，他们都说是我弄的，我走过的时候，我拼命用一只手箍住另一只手。在我爹毒打当中，我曾经想说，你们不相信的话，可以把我的手捆起来，我走过山芋地、瓜地、高粱地的时候，它们照样是那样，一副被破坏的模样。真的不是我，是它们一起想诬陷我，它们合力把我诬陷成了全村庄最不受欢迎的人。

但是，你能够说说，长在陆先生坟上的瓜，为什么一只不会少呢？谁能够替我说，没有的。有时候，我背着一只狗屎篮子，走过我们由祠堂改成的学校时，我还听见陆先生在里面的咳嗽声，长长的，带着破折号和省略号的咳嗽声。陆先生胸口总有一口痰咳不出来，即使我在他身后轻轻地拍，他也没有咳得出来。我估计，他就是被这口没有咳出来的痰哽死的。

二扁头真是长了一副乌鸦嘴。第一堂课，我就给了刘大力一个不好的印象。他说，同学们，我是革命的"左派"……我哈哈一笑，刘大力用他漂亮的眼睛瞥了我一下。我还在傻笑，露出满嘴巴的黄玉米。我这个人的脾气是，要么就笑个不停，要么就哭个不停。刘大力不了解我。我估计我们的仇就这样"结"上了，就像南瓜沿着瓜藤在草窝里悄悄埋了一只瓜，我还不知道呢，它已经长大了，长硬了，长得像磨盘那么大了，怎么也消灭不了了。我并不认为我有什么错误。他是革命的左派，革命的左派怎么可能到我们这里来做左派。说实话，相比刘大力，我更喜欢陆先生的邋遢，我头上像刺猬一样的头发几乎和他一模一样。说句内心话，我是真的不喜欢刘先生的干净。上学没几天，我的个人卫生状况就被刘大力批评了三次。庞志伟说三歪子本来就像猪！刘大力说，不要不文明。庞志伟说，本来嘛，他是猪！赵玉花家的猪！刘大力皱起了眉头，他说不定想象到了猪圈的臭味。庞志伟还补充了一句，本来就是他被他老子骂的！赵玉花家的确养了很多头猪呢。有时候，同学们还把我和正在跳橡皮筋的赵玉花联系起来，你有没有饿啊，到赵玉花那里要吃的吧。我对猪的称呼并不生气，有时候还故意拱着个嘴巴，嗯嗯嗯地向赵玉花要吃的，大家还起哄，喂他！喂他！直到赵玉花的脸被起哄得通红通红的这才收场。

　　刘大力到底是大支书从公社里"抢"来的宝贝。他的长项在于文体活动。但是我一上到体育课和音乐课的时候，全身就不自在，觉得太滑稽了。比如上体育课的时候，列队训练，立正、稍息、立正、稍息。有时候，我以为是轮换的，可是大力先生总是搞突然袭击，把两个立正和稍息连在一起喊，我的洋相就出来了。好不容易把立正和稍息搞熟悉了，又搞正步走了，左、右、左，左、右、左。走着走着我的手和腿就同步了。还有更令我出洋相的，本来是向左转，左是我的反手，我心里一慌，就变成了向右转。有时候，我向后转的时候，还和同学撞在了一起。从来不说脏话的刘大力说，就是猪，也比你聪明得多。

　　不用刘大力他说我了，就是我自己也觉得我真的是笨，真的是无用。那段时间村里人说，打谷场上闹鬼了。我不想说出来，那是我为了不在体育课上出洋相，我晚上一个人跑到空旷的打谷场上练习，那时候我的眼前全是可疑的黑影，过去听说过的许多鬼故事蜂拥而来，我闭着眼睛在练习队列。终于练熟了。可是到了第二天，我又恢复了原来的笨拙。洋相依旧。窘迫依旧。

　　因为没有钢琴，唯一的手风琴也被老鼠咬出了窟窿，所以刘大力弹不了琴。音乐课实际上就变成了唱歌课，不过我的喉咙一到唱歌，真相就出来了，用刘大力的话说，我不唱还好，唱起歌来就连乌鸦也比我好听。我后来就变成哑巴了，甚至连书包也不会背了，紫红书包上的太阳光芒又掉了两根，我娘发现了，我说不出下落，我得到了娘的臭骂，本来这只书包还是我的哥二扁头传下来的，怎么一到我的手上就坏了？

　　总而言之，刘大力对于我这个不讲卫生的学生，不听他谆谆教导的学生，还白着眼睛看他的学生，彻底地厌恶了。他给我下了一个断语，意思是我是缺少了细胞的学生。"细胞"这个词太吓人。细胞是什么？我想不通。可能细胞就是零件的意思，没有了细胞就是少了零件。在我们这里，少零件就等于有问题，等于二百五，等于神经病，等于不可救药。刘先生并不知道我已经努力过了，我想告诉他时，他已经误解了我，他还用上了大支书给他的法宝，不要客气，不听话就给我打！我是全班第一个被他打的学生，他打了我，并不看我，只是仔细地看着打我的那只手，是不是他想看弹钢琴的手有没有被我的手硌破了？

我已经不喜欢刘先生了，我越不喜欢的人就越要和他对着干。他不知道我的脾气，哪怕他再骂我，再打我，除非他把我打死，我还是要反抗的。反正我来到这个世界上也是多余的。

好在刘大力总是让男生独唱，或者是女生独唱，有时候他更喜欢小组唱和全班合唱。这时候我就是陆熙哉先生讲的南郭先生，没有细胞的我就坐在有细胞的同学中间滥竽充数。刘大力先起了一个头，"干干干！预备唱……"我们就张开了喉咙，我对于南郭先生的感觉更为强烈。越是强烈我越是要张开喉咙。"干干干！咱们要大干！为祖国出大力，为人民流大汗，革命不怕挑重担，越干咱心越心欢！嘿，越干越心欢！"我们唱了一遍又一遍，歌声嘹亮，响彻校园，把站在校园周围杂树上的鸟儿都惊飞了。刘大力的耳朵是很好的，他一旦听到我们的歌声里有混的嫌疑，大力先生就皱眉头了，等到他的眉头皱得像电影上的解放军的前线指挥官，他就把胸前的铁哨含在嘴巴里。没有等到他吹，我们就停下来了。我们早就被他训练好了。接下来，他会叫我们班的文娱委员赵玉花起来，让她给我们示范唱。赵玉花站了起来，一双大眼睛紧紧盯着教室前面的毛主席，准备示范唱。赵玉花的嗓子和她娘一样，嗓门尖，而且很炸，很适合在广阔的水田里，一边插着青青的秧苗，一边唱着清脆的秧歌。

赵玉花明显不适合唱这首歌，赵玉花唱了一句，就停下来了，头低了下去，抓着自己的辫子末梢，怎么也不肯唱了。庞志伟还举起了手，意思是他想唱。刘大力没有叫他，反而盯上了已经坐到教室后面的我。刘大力问"没有细胞的人"还在笑什么？我说没有笑什么啊。刘大力先生说，你是不是说我眼睛瞎了？看错了？我冤枉你了？我还没有回答，刘大力就一把拎起我的耳朵，我疼得实在受不了了，只好抓住大力先生的胳膊，我就这么在同学们的视线中离开了地面，滑稽地吊在了刘大力的胳膊上。刘大力的力气真大，一直把我拎到讲台的前面，然后他就像甩鼻涕一样，把我甩到了教室的外面。我真正地滚到教室外面去了，我揉了揉耳朵，我的耳朵还没有坏，我听见里面有一阵哄笑声，就像一群鸭子在闹栏。在刘大力的破手风琴声中,我觉得我就是秋天的蚂蚱,我的末日渐渐临近。

我走路的时候,就像是旋风鬼投的胎。"干干干!我们要大干!"一群鸡被我撵得飞上屋,几只在阴沟里打滚的猪被我撵得变成了兔子,其实窜得比兔子还快。我上次准备做光荣的"骑兵",用的坐骑就是猪,它们吃够了我的苦,现在还记着呢。"干干干!我们要大干!"几只会咬人的狗早就夹着尾巴逃得远远的。它们更是怕我,它们肯定记得我三歪子用鞭炮系在它们尾巴上放个不停的事。

国庆文艺汇演要到了。"天亮了,解放了,场上有人偷稻了⋯⋯"其实我也会唱一些乌七八糟的歌,不过刘大力是不会让我参加国庆文艺汇演的。国庆文艺汇演是一项"非常严肃的政治任务","无论是从战略上,或者是战术上,都必须重视起来,全体行动起来"。刘大力怎么可能不重视呢,那些金光闪闪的锦旗可是那些"表演唱"表演回来的。他这么一重视,我就解放了。"干干干,我们要大干!"

我其实每天还是有任务的,那就是不能参加排练的,成了每天的教室卫生的值日生。每天我负责打扫教室。其实我每天可以打扫得很快,但是为了看那些女演员的排练,我就把速度慢下来了。你想想,我在劳动,她们是在慰劳我的劳动呢。《积肥小唱》,《选良种》,几个女同学用蓝头巾把头一包就变成了大嫂。大嫂啊,你养了几个孩子了?有时候我会趁着刘大力上厕所的时候问"最有艺术细胞"的赵玉花。赵玉花是会发嗲的,我问是问着玩的,可是她们"大嫂"就不好意思演了,怎么也不肯选良种了。我就站在她们前面,嗲声嗲气地像母鸡啄米一样,为"大嫂"们示范表演了。

"六大嫂手拿筛子走得忙,

喜气洋洋来筛粮⋯⋯"

赵玉花她们被我逗得乐翻了天,个个捂着自己的肚子说疼。只要看到她们笑的话,我的表演就放得更开了。后来我的阴谋还是被刘大力发现了。我想着逃走,已经来不及了。我被抓住了。刘大力叫我鼻子靠墙,叫我的脚跟跷起来。六大嫂就在我的屁股后面继续"选良种"。后来刘大力觉得这样太便宜我了,就把我塞到他的办公室下面,就像塞一团草一样。等排练结束,刘大力把我像拖草包一样拖出来的时候,本来个子很矮的我好像变扁了许多。

无论是《积肥小唱》,还是《选良种》,都是不好看的。这两个节目肯定不会在公社里拿奖得锦旗的。这是大支书的指示,为了在国庆汇演中扛回锦旗,庞大支书建议上男女搭配节目。这个意思是非常明显的了。庞志伟的老子是支书,庞志伟就是我们的班长,在排练节目的时候,他就是当仁不让的男主角。如果我们班排练

《红色娘子军》的话,他庞志伟就是党代表洪常青。如果排练《沙家浜》,那么庞志伟就是郭建光。反正这个位置是谁也抢不走的。就像是庞大支书的位置,是谁也抢不走的。大力先生果真又搞了一个新节目——《逛新城》。这个新城是社会主义的新城。庞大胡子的儿子庞志伟嘴巴上粘着一团棉花扮演"父亲",他与"女儿"一起逛社会主义的新城。一路上,"父亲"跑得比"女儿"快,赵玉花这个"女儿"就在后门嗲声嗲气地喊:"阿爸哎,等等我——"我们这里可是从来不叫"阿爸"的,我们这里叫父亲为爹。庞志伟这个大呆子黑眉毛红脸蛋带着"女儿"赵玉花逛着新城,他并不会表演,有时候感觉他像一个木头,僵硬地在舞台上转来转去。说我没有文娱细胞,庞志伟也没有多少文娱细胞,要是有,只能是半点文娱细胞,连一点文娱细胞都没有的。他怎么可能和"全身都是艺术细胞"的赵玉花对戏。赵玉花的眼睛大嗓子亮,赵玉花的兰花指翘得好看,用大力先生表扬的话说,"赵玉花的眉毛带有艺术细胞",真是废话呢,不是说她全身都有艺术细胞吗?眉毛属于脸蛋吧,脸蛋属于全身吧,赵玉花全身都有艺术细胞,赵玉花的眉毛当然也有艺术细胞了。我还听说,刘大力不光做先生呢,而且还替庞支书家"积了肥","选良种",说了一门媳妇呢。这门媳妇就是"全身都是艺术细胞"的赵玉花了。既然这样,赵玉花也不值得我们看了,她都是大呆子庞志伟的人了,有什么看头?一点意思都没有。还"阿爸"呢,还"女儿"呢,他们叫得不肉麻,听得还肉麻呢。

不过,有一个游戏是非常有意思的,是我一个人玩的,我总是躲在树上,只要他们排练《逛新城》,我就竖着耳朵等"女儿"赵玉花的喊叫,只要她的一声"阿爸哎——"出来,我就敞开喉咙,很舒服地答应:"哎——"然后飞也似的逃跑。我知道,如果被刘大力抓住了,可不是闹着玩的,不死掉,也会脱层皮。

谁能够想到呢,《逛新城》这个节目就下马了呢。庞志伟一下子就从主角变成了"群众",变成了赵玉花身后的人民群众了。他们说是公社小学也在排《逛新城》,他们演得比庞志伟他们好多了。那个演"阿爸"的尤其神气,当然也是"全身都是艺术细胞"。刘大力本来还不敢弃短扬长,后来还是庞大支书发了话,为了公社里拿到锦旗,支书的意思是不要让他们家的志伟"特殊化"。"特殊化"就是脱离群众,会犯"形而上学"的错误。刘大力本来还想坚持,庞大支书手一挥,"就这么定了。"刘大力就把庞志伟退到群众中去了,不做"阿爸"了,而和其他同学一样,在赵玉花的身后做背景,做"祖国大河里的波浪",或者做"红旗漫山红遍"。刘大力还充分发挥赵玉花的艺术细胞,排练一个独舞节目,叫做《绣金匾》,原来做"女儿"的赵玉花就变成了一绣毛主席二绣周总理的小姑娘了。看到刘大力和赵玉花排练《绣金匾》的时候，我们这才发现，刘大力哪里是男人，分明就是女人，他的腰比赵玉花的还软，看样子，《绣金匾》到公社里拿锦旗是十拿九稳的了。有人还看见刘大力先生在教赵玉花踮着脚尖跳舞呢。刘大力也只有在教赵玉花的时候，脸上的笑容才那么可爱，全身都散发着清香。有时候，我真的觉得，我身上是没有细胞的。我还觉得，我身上真是很臭呢，就像是刚从猪圈里出来似的。那一天，我用掉了娘洗衣服的半块光荣牌固体肥皂，惹得娘一阵冷笑，妖怪精，我们家出了妖怪精了，你以为洋碱不上计划啊。我不想辩解，其实我这么多年没有用过洋碱呢，上计划也有我的一份呢。我捂着自己梳得像毛主席的头，在娘的冷嘲热讽中夺门而出。

我本来是想把全新的我送给庞志伟看的，没有想到庞志伟反而告诉我一个惊人的秘密，刘大力喜欢赵玉花！本来刘大力就喜欢赵玉花，这不是什么秘密。可是庞志伟下面一句话吓住了我，他是那种喜欢呢，刘大力是个流氓，他摸了赵玉花的这儿……庞志伟还在胸脯前做了一个动作，就是这儿。把赵玉花的脸都摸红了，第二天，赵玉花的胸脯就突出来了。庞志伟的话把我吓了一跳。我的心跳得非常厉害。舌头发硬，口中发干。这样的秘密可真是秘密啊。我说不出话。庞志伟以为我不相信他，于是他又以赌咒的形式说，他不是因为刘大力不让他唱《逛新城》才瞎说的。他说，狗子瞎说。他说，如果他瞎说就死他全家！

庞志伟为了证明他说的话是正确的，还带着我到赵玉花的家里去看赵玉花，赵玉花的娘说她家的"花儿"不在家。还问"伟儿"找她家的"花儿"什么事？庞志伟对于他未来的丈母娘的热情不屑一顾，直奔赵玉花家的猪圈方向而去。拎着猪食盆的赵玉花一点也不漂亮，穿着一件又肥又旧的老蓝衣服，可能是她娘的衣服。我们一起都停住了，不说话了，目光盯着一处，赵玉花很勇敢地面对我们的目光，她面对观众还是很有一套的。可是不管我们怎么看，赵玉花的大胸脯好像不见了。赵玉花说，你们找我干什么？庞志伟不吱声了，我说，庞志伟要找先生反映一个很重要很重要的问题。赵玉花叹了一口气，把手上肮脏的猪食盆放下来，手捋了一下头发，一块猪食就沾到"最有艺术细胞"的眉毛上了。赵玉花说，先生到别的村去借衣服去了，半个月后，要到公社里演《绣金匾》呢。

又是《绣金匾》！庞志伟在赵玉花走后，用两只手牵着左右胸脯上的衣服，各做了一只小乳房，还捏着嗓子说，半个月后，要到公社里演《绣金匾》呢。我说，伟儿，花儿不是你婆娘吗？庞志伟吐了一口痰说，我宁可打光棍，我庞志伟才不要被人摸过的破货呢。

第二天，刘大力又叫我们唱《咱们要大干》时，全班都不唱，都看着穿着运动裤的刘大力。刘大力以为我们叫他起头，就清了清嗓子，"干干干！咱们要大干……预备唱！"我们没有唱，只有赵玉花一个尖嗓子在唱，"干干干，咱们要大干！"后来赵玉花也停下来了。寂静的教室里忽然爆发出一阵哄笑，我没有笑，我坚决不让刘大力抓住我的把柄。刘大力恼了，说，你们少零件。一群神经病！全班笑得更厉害了。其实他们是想说，你说谁是神经病？是谁是少零件？摸赵玉花胸脯的先生是一个什么先生？赵玉花的胸脯都已经被你摸大了，你还好意思来骂我们？

我们在替赵玉花伤心，下午放学的时候，赵玉花照例留下来排练《绣金匾》，全体男生的眼睛睁得大大的，刘大力在辅导着赵玉花，而庞志伟就在后面小声地喊，你们看，看看，流氓又摸了，又摸了！看啦，又靠上去了，又靠上去了！

因为没有找到真正的绣匾，刘大力还用一只正在开花的向日葵匾代替绣匾，赵玉花就这么一手握着正在开花的向日葵匾舞来舞去，弄得金黄的向日葵花瓣落了一地。我们发现，赵玉花的胸脯的确又大了一些，用庞志伟的话来说，小姑娘的胸脯男人是不能摸的，一摸的话就像馒头一样发起来了。的确是这样的。很多人知道了这件事，二扁头说了许多下流话。二扁头还对我说，看样子，三拉挂啊，你长大了也肯定是流氓，流氓教出来的学生，怎么不是流氓呢？！二扁头还说，赵玉花这下嫁不出去了。我说，她嫁不出去正好嫁给你。二扁头还不好意思呢。他不知道我是正话反说呢。我又说，你想得美啊，人家赵玉花是庞支书家的儿媳妇呢。二扁头说不过我，当即就用武力镇压了我。他逼着我改口，为了赵玉花，我的嘴巴被二扁头打出血来了，我也没有松口。可是，赵玉花的胸脯被刘大力这个流氓摸大了。

庞志伟变成了群众，就没有多少事情可做了，有时候在排练的时候，他就从口袋里掏出几只橡皮套子，分给同学们吹。那些男生们也是故意的，总是一起夸张地喊，大了，大了！赵玉花说不定已经知道男生们在说她什么了。有一次，手一哆嗦，向日葵匾就落到地上了。向日葵匾在地上转了个圈，然后就倒在了正在吹泡泡的庞志伟的脚下，庞志伟脚一抬，向日葵匾就被像癞皮狗一样被庞志伟踢远了。

赵玉花立即就哭了，等到刘大力从办公室里出来，赵玉花已经变得苦大仇深。刘大力跑到正在吹泡泡的庞志伟跟前，他以为是庞志伟嘴上的泡泡把赵玉花弄哭了，就说，庞志伟，你这个班长，怎么不讲文明呢？庞志伟不说话，笑眯眯地继续吹，他嘴巴上的泡泡越来越大，前面还有一个奶头一样的东西呢。庞志伟的脸上全是对刘大力的轻蔑和敌视。在刘大力找出出气筒之前，我早就躲到臭烘烘的厕所里了。我透过厕所泥墙的一只窟窿看，刘大力把庞志伟嘴巴上的泡泡一拔，扔掉了。我以为庞志伟应该与刘大力打上一架，没有想到的是，庞志伟没有说什么，而是笑了笑，用两只手抓住胸脯前的衣服，做出了一对馒头状，还骄傲地挺直，一摇一摆地走了。赵玉花痛哭的声音散发在操场上，可以这样说，响彻云霄。这可是刘大力的好下场。我得意忘形，我的笑声还是被刘大力听见了，他一个箭步，就抓住了正想从厕所里窜逃的我。我拼命地挣扎，这能怪我吗？你不去抓庞志伟来抓我干什么？但是，这是没有用的，就连大支书也对我失望了，他相信刘大力的话，也相信我爹的话。我爹说，我早说了不叫他上学，他是狗屎糊不上墙的。

我爹一个巴掌，我鼻子里面的血就出来了。我看着刘大力，刘大力的眼睛并不看我，他向上看，屋上除了吊吊灰，其他什么也没有。我成了爹所说的狗屎了。我爹一边用棍子抽我，一边还发表宣言，还说人家志伟呢，人家多懂事，我打你，是为了你将来不要打枪眼子，小小的年纪，就不学好。打死你也活该，也是为民除害。奇怪的是，我的耳朵里响起的竟然是刘大力教我们的《咱们要大干》，我们是革命的左派，我们要大干。他的脸怎么这样白？是不是真的每天都吃珍珠粉？

我绝对是一个好了伤疤忘了疼的人，我爹其实给我下过命令的，没有他的允许，我不能跨出大门一步的。可是，几天后，我能够走路的时候，我又一次来到了我们的学校，我不知道现在赵玉花的胸脯有没有大了一点，我也不知道庞志伟现在怎么样了。

我没有想到学校里空空荡荡。除了在操场上滚泥塘的猪，它们好像也不怕我了。估计它们也知道我被我爹收拾的事了。我趁着爹还没有发觉，赶紧朝公社方向跑，我的耳朵里全是《咱们要大干》，虽然我不会唱歌，没有音乐细胞，可是我喜欢热闹。

到了公社礼堂的时候，我们送的节目刚刚开始，我的同学们站在赵玉花的后面，赵玉花拿着一只硕大无比的向日葵匾在绣，可以看得出来，这只向日葵匾太沉重了。虽然赵玉花笑得如向日葵一样灿烂，"一绣"还没有结束的时候，她头上的汗水正在一颗颗地往下滴，胸脯还一挺一挺的，急促地呼吸。我说了一句，她拿不动了！好像没有人听见，我的声音大了起来，她快拿不动了！

这时，我突然看见了刘大力，他从观众席里站起来，向后面眺望，我向他招了招手，他没有看见，但是他已经知道是谁了，他说，三歪子，你给我站住！

我怎么可能站住呢？我才没有这么傻呢。我也不往外面跑，我跟我们的刘大力先生在礼堂里跑。我钻甘蔗田是很有经验的。那些如剑一样的甘蔗叶带割不动我，刘大力的长臂是抓不到我了。刘大力的脸不是越来越白，而是越来越黑。不知道为什么，我就窜到台上去了。赵玉花绝对没有想到我突然出现在灯光下。我早就说了，赵玉花拿不动了嘛，果真，她手中的向日葵匾就掉了下来，还在台上转了一圈，停在我的脚下，还气喘吁吁的，然后就大功告成地躺下去了，熄灭了。我学着庞志伟的样子，两只手在胸脯前各拎起一块衣服，嗲声嗲气地唱：

"六大嫂手拿筛子走得忙，

喜气洋洋来筛粮……"

我的腿就是在那次事情中被我爹和二扁头共同打瘸了的。他们认为我丢了他们的脸，应该把我的腿打瘸。留着我一条狗命就算好的了。我从三歪子变成三瘸子。作风不好的刘大力被庞大支书"还"到公社后，不知道到哪里去了。赵玉花随即就嫁人了，只是不知道嫁到哪里去了。她是我们全班结婚最早的。

像我这个瘸子和哑巴，除了现任村里的民办教师庞志伟，谁也不会搭理我，当然我也不会搭理人。我和庞志伟有时候会跑到村子外面的葵花林前，大眼睛的赵玉花似乎就消失在葵花林中了。我甚至觉得，正在怒放的葵花都是赵玉花一个动作一个动作绣出来的。

我和庞志伟已经抵达了初精时代，看到了向日葵都有点不好意思，面对笑得如此明亮的向日葵，我们的姿态总是不约而同，要么左顾右盼，要么干脆扭过它去，这向日葵为什么会开得这样灿烂？

泥鳅

清明节一大早,老铁打电话给老家的老婆,吩咐她给死去的老妈和老头子烧纸钱。老婆说儿子不放假呢。老铁说儿子不放假你烧嘛。老婆说不好。老铁忍住火气问她为什么不好。老婆说你老妈在世的时候对我说过,烧纸要男人烧,女人没有男人烧的值钱呢。老铁的喉咙粗了,现在什么社会了,男女一个样,你就替我跟他们说,你儿子在城里做事赚钱供你们孙子上学呢,抽不出空回不来。老婆说,你放心,我会跟他们说的,我还会替你和儿子多磕几个头。老铁听到老婆的声音有些沙哑,又说,你多送几刀纸给他们,用不掉就存银行,再不行就去炒股。老婆根本不想听老铁说笑话,心疼电话费,问老铁还有什么事,没有事就挂了。

老婆挂了电话,老铁感到还有话没有说完呢,可却想不起是什么话了。一整天,那句女人烧的纸没有男人值钱的话就种进了老铁的心头了,那话还生了根须,一条条地扎得他心疼,疼得他直想发火。老铁是个孝子,他经常感慨老妈死得太早了,活到现在也该享清福了。跟在老铁后面的刘叔晓得老铁心情不好,就叮嘱跟老铁一起搭伙的小元,晚上要为铁大哥多烧几个菜。小元没有搭理他。刘叔一把拽过小元,骂道,真不晓得当初你的铁大哥是怎么看上你这个木瓜的,刘叔告诉你一个秘方,男人的火,要么用女人灭火,要么用酒火上浇油,晚上给你的铁大哥灌上几盅黄汤就好了。小元依旧没有说话,盯着前面的老铁,皱着眉头,似乎犯了牙疼。

下午从工地回租住的宿舍,小元用电炒锅炒了两个菜,蒸腾起来的油香气果然钓起了老铁肚子里的蛔虫。几杯酒下肚,老铁的疯劲就上来了,非要小元陪他一起喝。老铁说,小元啊,你裤裆下面究竟有没有长蛋啊,长蛋的人都要喝酒的。小元不气恼,也不回答。他平时就是滴酒不沾的。小元不肯喝,老铁就自己喝。小元怕老铁喝多了,把酒瓶抢过来。老铁急了,说,干什么干什么?我老婆还没有管过我喝酒呢,今天清明,又不是你供我,我自己供我自己酒呢。小元怔住了,把酒瓶丢在桌上，背对着老铁，站在窗户边。老铁晓得小元生气了，不过他不怕，以前小元也生气的，过一会儿就好了。

老铁喝酒的兴致没有了，不过他还在喝，嘴巴里还泛出了许多声音。老铁还站起来盛了一碗饭，吃完了。老铁走过去叫小元，用酒气呵小元。要是在过去，小元一定会笑着躲开，可这次小元没有躲，老铁探过头一看，小元满脸的泪花。老铁夸张地叫道，哎哟，比我儿子还会哭呢。小元抹着眼泪说，我又不是你儿子。

第二天，天阴了下来，小元的脸比天还阴。老铁吃完早饭就去工地了，鼓着嘴巴的小元跟在老铁身后一声不吭，老铁走得快，小元也走得快；老铁走得慢，小元也走得慢。本来有六个站台的路，竟然比平时提前十多分钟到了工地。这就苦了那些准时到工地的人，老铁还以为那些外包工迟到了呢。老铁平时待他们不错，但他最看不得手下人迟到，骂骂咧咧的，喉咙大得很，像是要吃人。刘叔用手捅捅小元，元秘书，元秘书上啊。元秘书是大家给小元的爱称，以往老铁发火，灭火器总是小元。今天小元却哑巴了，低着头蹭着鞋。刘叔问小元，是不是昨天你们两口子吵架了？小元抬起头，狠狠地瞪着刘叔，那眼神把刘叔吓了一跳，连忙指着老铁说，你不要跟他一般见识，铁老板也不容易呢，换成我和你，都不可能做到他今天这个样子。

老铁把自己从老铁变成铁老板花了五年的时间，前三年，他跟在别人后面做，后两年，他拉起队伍自己做。老铁是做绿化工程的，但这个绿化工程又和其他的绿化工程不同，他的规模小，只是承包边角料的绿化工程，那是大工程队不屑做的小尾巴。就是这些小尾巴，也是很难跑下来，好在老铁在前三年的生意中积累了一些人脉，有些工程是朋友转包给老铁的。就这样，老铁做了老板。

老铁的手下有十几个人，都是老乡，唯独小元不是。小元是老铁从街上捡过来的。那时小元刚下火车，没有找到老乡，钱包却丢了。也不知道为什么，他真是对老铁一见钟情，见老铁在前面走，他就认定了老铁，跟在老铁的后面，到了工地，还没等老铁吩咐他做什么，他就拿着锹平地去了。老铁奇怪极了，问是谁带过来的。刘叔说他不是跟你老铁来的吗？老铁明白了，扭过头就对这个小伙子说，你不要干了，干了我也不会给你工钱的。小伙子像是听不见似的，干得更欢了。老铁走上前去，想夺他的工具。小伙子对他一笑。正是那一笑，亮出了小元的一口碎米牙。老铁喜欢有一副好牙齿的人，他就把小元留下了。再后来，他见小元干净，又没有地方住，索性带小元到他的租住屋暂时住下来。可老铁没想自己开伙，他在家从来没有碰过锅灶，平时就在工地附近的通富快餐代伙。偏偏老铁在一盆菜中吃到了老鼠屎。其实在快餐店吃到老鼠屎是常事，倒掉再换就是。可老铁不行，他对老鼠屎过敏，那一次他差不多把苦胆吐出来了，还泻了肚，吃了止泻药也没有用。老铁狼狈得很，工地上可以随地小便，站在一个角落就可以解决，可大便得跑三里路外的地方。老铁来回跑，差点瘫在厕所里，最后还是小元把他搀回来的。再后来，老铁就下决心去看医生，花了一大把钱，查了大便小便和血，什么也没有检查出来，随便定了一个病，神经性肠炎。老铁从医院一出来，小元用热水瓶和热得快给老铁熬了一锅稀饭，老铁吃得很香，他想不到小元会烧饭。

　　老铁的病是小元的稀饭治好的。老铁后来就带着小元去了一趟批发市场，买了电饭煲和电炒锅，还去农贸市场扛了一袋米，小元和铁大哥两个人搭伙，小元做厨师。搭伙的条件是老铁每月给小元二百五十块伙食费。听到二百五十块，老铁就主动加到了一个月三百块。小元不肯要，老铁就怀疑小元的私房钱贴进去了，小元坚决不承认。老铁对小元说你不要傻，老铁还说你小元啊你还要赚钱找对象结婚呢，可无论老铁怎么说，小元都说钱真够了。老铁不知道小元的话是真是假，往回买卤菜的次数更多了，小元喜欢吃凤爪呢。

　　还是下雨了，本地是胶黏土质，一下雨就得停工。老铁出去会朋友，吃了点酒，回来就闻到屋子里有一股酸臭味。老铁以为是脚臭，但那臭味又不像脚臭，估计是下水道堵起来了。租住房是原商业公司家属房，建得很早，下水道还是铸铁的。

　　老铁本来想自己去找通下水道的工人，小元不会还价，可酒力上来了，困得很，他对坐在饭桌前的小元说，我吃过了，你吃完饭就去找一个通下水道的，记得要还价，最多二十块。小元没吭声，脸还是阴得很。老铁笑了笑，真是个孩子，给我脸色呢。老铁没解释为什么不回来吃饭，而是去阳台上，换了拖鞋，小元却不见了。老铁想，真是急脾气，怎么也要等到吃完饭吧，着什么急呢。

　　老铁一觉睡了三个多小时，外面的光线完全暗了。老铁喊了一声小元，可没有人应声。老铁起床一看，小元没有回来，饭也没有动。真有意思，就是找不到通下水道工，也不想回家吃饭嘛。老铁拨打小元的手机，可小元的手机关着。老铁突然警觉起来，抓了把伞就冲到雨里去了。

　　小元坐在他经常去的街心公园，全身湿了。老铁拽着小元就往宿舍走，小元想挣脱，但挣不脱，平时老铁的力气就大，生气了的老铁力气更大。回到租住房，老铁说，我就喝个酒，你还要管我，你说你应该不应该？他们都说你是我的秘书，可我怎么看你都像是我的领导。老铁又说，论年纪，你比我小，可你却比我还想不开。小元连连摇头说不是不是。老铁说，那我还冤枉你了？小元的喉咙也大起来了，我不是要管你喝酒，我是对大嫂负责。小元说得理直气壮，仿佛那个从未见过面的大嫂真的把老铁托付给他看管了。

老铁根本不想谈大嫂，问小元有没有请到通下水道的。小元给老铁亮了他手中的马甲袋，里面是几条泥鳅。可这几条泥鳅做菜又不够啊。老铁正疑惑着，小元却把那泥鳅全部倒到下水道里了，不见。过了一会儿，小元把一盆洗碗水倒进去，哗啦哗啦地响，那声音一听就是通了。屋子里气味不那么难闻了。老铁说，看不出来小元，你去学水暖工吧。

我很笨的，学不会的。小元边说边搓着手，脸涨得通红，连老铁的脸都不敢看了。窗户外是一棵张牙舞爪的泡桐树，还没有长叶，却开满了花，花骨朵大大咧咧的，像头上戴满了花到处显摆的疯子。

有一段时间，老铁都会猛然想到那几条钻进下水道的泥鳅，也不知道它们怎么样了，会不会死掉呢？会不会长出泥鳅怪兽来？老铁很为这些想法苦恼，他怎么就担心起了那几条泥鳅来了？

小元也觉得铁大哥想多了，叫铁大哥不用为泥鳅担心，下水道里有吃有喝的，还没有围网捕它们，过得不要太舒服啊。小元说得有根有据的，仿佛他刚刚和那些泥鳅通了电话似的。

天似乎得神经病了，雨下下停停，工地成了溃烂了的冻疮，工程就无法彻底收尾。老铁气得跺脚骂娘，但也没有用。老铁实在没有事做，索性带了两个朋友到宿舍斗地主。小元不会斗地主，可看了几把牌，就懂了，对底牌猜得特别准。小元弄不明白，铁大哥打牌实在不怎么样，牌好的时候不做地主，一手烂牌偏要做地主。

老铁总是赢得少，输得多。小元很心疼。老铁说，你还不懂呢，你以后要学的东西多呢，比如抽抽烟喝喝酒打打牌。小元说我才不学抽烟喝酒打牌呢。老铁本来还想说找女人的事，话到了嘴边，他改了口，小元学好呢，不像我们，五毒俱全，没得救了。小元说，铁大哥谦虚呢。

夜已很深了，过了瞌睡的时刻，老铁睡不着，问小元有没有睡着。小元也没有睡。老铁就问小元想家吗？小元回答得很干脆，不想！

老铁的兴致上来了，小元说起了他家里的情况。小元的爸爸早就死了，而妈妈后来给他找了继父。老铁问小元有没有弟弟。小元说没有。老铁说那你是你继父带大的了？小元隔了好长时间才回答，我恨他！老铁问为什么恨他？小元咽了一口唾沫说，反正我恨他！老铁不说话了，远处的泡桐花啪嗒啪嗒地往下掉，像是跳到地上搞集体自杀似的。

最近，老铁要跑后面的生意，总是出去应酬。老铁不在租房吃饭，小元也不开伙，随便凑合着吃点。为了这个，老铁说过小元几次，嘴巴里是省不出钱来的，想吃什么就去买什么嘛。小元答应了，去了市场，买回来的却是几斤青萝卜。小元用青萝卜切成丝，用盐码了，沥干，加上酱油和醋，倒是伴粥的好东西。老铁平时早上起床，他宁可喝水和抽烟，也不喜欢喝粥。可有了腌萝卜丝，老铁会一口气喝上两碗粥。老铁打着饱嗝说，下次把腌菜的手艺教教你家大嫂。

老铁酒量并不大，胃又不怎么好，晚上经常大醉回来，小元就给他煮萝卜汤，青萝卜汤加冰糖，醒酒的效果特别好。老铁问小元为什么懂得这么多？小元说，手机短信上说的。老铁很感慨，建议小元去学厨师。小元怕做厨师会变成胖子。老铁想想也是，说，小元，你会是一个好男人，将来谁嫁给你会有享不尽的福气。

谈到找对象，小元又脸红了。老铁说，你啊，都不如我上高中的儿子呢，这个世界上，都是大鱼吃小鱼，小鱼吃小虾，小虾吃泥巴，你总不可以做一辈子泥巴吧。

小元当然不想做泥巴，可他也不晓得怎么做小虾，再做小鱼，最后做大鱼。他很想问铁大哥是什么，大鱼还是小鱼？铁大哥肯定不是泥巴，也不是小虾了。可没等小元问，老铁的呼噜就响起来了。小元只好上床睡觉，怎么也睡不着，脸和耳朵像是刚刚在火上烤过，滚烫滚烫。

第二天，老铁找不到自己的鞋子了，床下有一双锃亮锃亮的新鞋子。老铁迟疑了很久才认出是自己的皮鞋。吃早饭的时候，老铁跟小元说，谢谢你啊。小元说，谢谢我什么啊。老铁用筷子敲了敲碗沿，指着粥碗，又用筷子指了指脚下的皮鞋。小元见老铁表扬，很不好意思地摸着头，说不出话来。老铁又说，以后皮鞋就不用擦了，工地反正脏的。小元的脸霎地红了，说了几句，意思将来没有饭吃了，可以上街擦皮鞋。小元说得结结巴巴的，说完了，竟然是一头的汗。老铁没有表示什么，呼呼呼地喝粥，像渴了很久的老牛。

天终于放晴了，老铁也习惯了小元擦的皮鞋。老铁尝试自己擦，可怎么擦也擦不到小元擦的那种效果。老铁问小元有什么奥秘，小元叫老铁猜。老铁想了半天，也没能猜得出来，问小元怎么擦。小元却卖了个关子，说他也不知道。其实他说了谎，要把皮鞋擦得又黑又亮，就要往鞋面上滴几滴醋。老铁见小元不肯说，也不生气，笑道，不说就不说，专利嘛。

有了"专利"的小元很兴奋，说话又尖又亮，连走路都变了，蹦来蹦去的，像一头小鹿似的。刘叔问小元，元秘书你是不是有什么喜事啊？小元站住了，看着刘叔嘴巴中的黑牙。刘叔又问，是不是老铁答应把他小姨子嫁给你了？小元很疑惑，没听说铁大哥有小姨子啊。其他人都笑了，刘叔依旧一本正经，那我怎么听老铁说你要和他做连襟了？大家忍不住笑了，笑声填满了小元的耳朵。小元霎地白了脸，大眼睛扑腾扑腾的，盯着刘叔看。刘叔怕了，忙解释道，你们说说，我们的命怎么没有人家元秘书好呢，想睡觉就有枕头，想找工作就碰到了我们的铁老板。刘叔的嘴巴动得很快，像是嚼着什么难咽的东西，咽不下去，脸上还是堆满了笑。小元很想听刘叔在说什么，可他听不见，耳朵被什么堵住了，小元用手指往耳洞里使劲挖了几下，还是听不见。一定是堵住了，小元绝望地想，如果有泥鳅就好了。

　　整整一个下午，小元的耳朵都堵着，直到老铁回来，那闭气的耳朵才被老铁的话轰然打开。小元听到铁大哥喊，发工资了，同志们，发工资了！老铁霎时就像吸铁石，把工地上的人都吸到身边去了。小元没有跟过去，按照惯例，每到发工钱的那天，老铁总要和刘叔他们出去潇洒的。小元隐约晓得"潇洒"的意思，可他不愿意去想。世界上有些事情，只要不去想就没有事了。

　　果然，那些师傅拿到钱就急吼吼要去潇洒了，刘叔要小元一起去，小元说他不想去。刘叔笑小元，你以为你是谁？是人民币还是美元？这个世界上，其他的都是假的，唯有自己是真的，自摸算什么，打炮才是真正的爽呢。小元被刘叔的话羞得不行，老铁把小元轰走了，刘叔，你跟人家红花郎说这些干什么？刘叔笑了，哈哈，红花郎，红花郎，红呀么红花郎啊！刘叔几乎唱成小曲了，很不好听。但那曲子偏偏一直在小元的耳朵边转，小元回到租房，把门窗全关上了，耳朵才好受些。

　　老铁不在，小元下了一碗面条，似乎味精放多了，胃很不舒服。小元到外面走了走，想走到那棵泡桐树下，可隔着一堵围墙，围墙上被人涂了许多数字和地址，小元仔细地看了看，竟然没有一个数字和地址和他有关系。

　　小元睡得很早，做了一个梦，他的面前全是汽车，而每一辆汽车里面，都是老铁开的，小元拼命地叫老铁停下来，带他上去，而每一个老铁都听不见，一次又一次在小元面前呼啸而过。

　　也不知道发生什么事了，老铁把工程暂时丢给刘叔负责，匆匆回了老家。刘叔很担心老铁家里出什么事，悄悄问铁老板怎么了，小元说铁大哥没有告诉他。刘叔怀疑小元也跟着保密，小元发了誓。刘叔还是不放心，借口问工程的事，用小元的手机给老铁打了电话，老铁的手机关着。到了晚上，刘叔又过来，小元问他吃了没有。刘叔说没有，小元给他煮了碗面条，刘叔连汤带水的都吃下去了。刘叔又拿起小元的手机,老铁的电话通了,刘叔和老铁不咸不淡地说了几句,从老铁的话音听上去,不像是发生了什么大事。

老铁是第三天回来的,小元正在洗被子。老铁没有理睬小元的问候,落到床上,扯过老棉絮就睡,仿佛几天不睡觉了。小元悄悄打电话给刘叔,刘叔急急地赶过来。老铁还在打着呼噜,小元悄悄指着老铁的脸,老铁的脸上有三道长长的新伤痕。一道长,两道短,像是一个卦象。刘叔拍了拍小元的肩,说,没事的,正常,猫抓的。小元说,那会不会得狂犬病啊?刘叔说,放心吧,他又不会咬你的。小元支吾道,我不是那个意思。

老铁的脾气变了许多,对小元做的伙食挑剔,对小元擦的皮鞋挑剔。到了工地上,又对刘叔他们挑剔。刘叔不像小元在老铁面前低三下四的,老铁的话只要说重了,他就和老铁对着骂娘,小元劝都劝不住。老铁和刘叔两人还差点动了手。刘叔不怕老铁,还记老铁的仇,吵架后会有好几天不理睬老铁。

刘叔不和老铁说话,老铁的怨气就更多,每天回家都踢这摔那的,似乎天下人都欠了他五百万,天下人全是忘恩负义的白眼狼,天下人都在挖他的墙脚。老铁骂的是他的那些狗肉朋友,可小元总觉得老铁在说他。

小元把要离开的事告诉了刘叔,刘叔说,你真不想做铁大哥的元秘书了?小元承认了。刘叔说,离开也好,反正要散伙的。小元以为刘叔要劝慰几句的,脸色很落寞。过了一会,刘叔笑着说,元秘书你给我说心里话,你真的舍得离开你的铁大哥吗?

刘叔笑得很暧昧,小元把头扭到一边,悄悄把离开铁大哥的日子定了。待二十岁的生日,小元想,待过了二十岁生日,那个十九岁的小元就没有了。让那个十九岁的小元留下,他带着二十岁的小元离开铁大哥,至于是擦皮鞋还是做厨师,他还没有想好。

有了要离开的念头,小元反而轻松了许多,变着花样给老铁做菜。老铁似乎心情不在菜上,对小元还是很挑剔,有一次,还把小元洗的衣服给小元看,你看看,这就是你洗的袖口!糊弄人也不是这样糊弄法嘛。其实小元洗得比过去还尽心,只是老铁的衬衣质量不好,刚开始又洗得不彻底,脏东西都附在上面了,完全不能怪小元的。小元看着老铁消瘦的面容,数着要离开的日子,连忙检讨说,我再洗,我再洗。

那天小元去买菜,恰好看到一个农民卖野黑鱼,小元把它买下了。野黑鱼实在太凶了,在剖鱼鳞的时候,它反过来咬了小元一口,指头上留下了两排密密的齿痕。小元生气了,用菜刀背使劲地砸黑鱼,连砸了几下,黑鱼不动了。再后来,菜刀也趁机咬了小元一口。菜刀咬得实在是太狠了。小元捂也捂不住。老铁从工地回来的时候,小元正撅着屁股找创可贴呢。老铁打开手中的公文包,掏出了一版创可贴,撕了一张,贴上了。

小元把指头凑到鼻子前嗅了嗅,葱姜味,鱼腥味,血腥味,还有一股香烟味。老铁的公文包里是从来不离香烟的。

菜是老铁做的。上了桌,老铁叫小元先尝尝,小元舀了一口,说汤很鲜。老铁说,怎么可能不鲜呢,里面有小元的血呢。小元笑了,指头上的疼轻了许多,就抢着做事,被老铁骂了一通。

老铁不让小元开伙了,他们去吃大排档。大排档的价格不高,但小元看得出来,铁大哥的胃口并不好。可他的指头总是不能愈合,反而由于偷偷下过水溃烂了。有些事情只能独手做了,独手擦皮鞋,独手洗碗,可洗衣服就不方便了,小元不想让铁大哥洗,铁大哥哪里是在洗衣服,完全是在和洗衣粉打架,小元去市场上买了一只塑料洗衣板,靠在洗衣板上搓洗好了衣服,再漂洗干净,让铁大哥去晾。老铁一边晾一边说,小元啊,真有你的,我老婆都没有这样指挥过我。

生日那天,小元说什么也不肯和老铁出去吃饭。老铁问小元想吃什么。小元说他想吃方便面。老铁很笨拙地用电饭煲给小元下了一碗方便面,里面还卧了一枚鸡蛋。小元吃得很慢,他二十岁了。

小元的手指愈合了,他再没有提离开的事。可小元估计铁大哥晓得了,不然铁大哥也不会给他加工资。小元去问刘叔,刘叔说铁老板也给他加了工资。刘叔说,老铁人好,我们就得好好干。小元问,你说铁大哥会成为大老板吗?刘叔摇了摇头。小元不相信刘叔的判断,他相信铁大哥,铁大哥会成为大老板。

端午节的前一天,小元和老铁一起回租住房,一推开门,满屋的油香味和粽子香扑过来。小元连打了几个喷嚏。停下来,看到一个女人正背对着他们忙活着,说,饿了吧,快好了。

小元的脸立即就拉下来了,没有脱鞋。老铁却兴奋地抓住小元的手,给你们介绍一下,这是小元,元秘书! 这是王凤英,王秘书!

我不是……秘书。

小元小声地否定道,全身发热,窗外的泡桐树长满了大巴掌叶子,对着小元乱扇扇子,但他却收不到一丝丝风花。

小元兄弟,你别听他瞎说! 那个叫王凤英的女人笑得很灿烂,似乎在替老铁打招呼。老铁却笑得像个孩子，趁着小元换鞋子的机会，凑到小元的耳朵旁说，你到刘叔那里待几天，待她回去了你再来，没几天的。小元这才明白过来，王凤英是老铁的老婆，难怪她也有钥匙呢。

小元，你喜欢吃红豆粽子还是白粽子？王凤英没等小元回答，就迅速剥了一只红豆粽子，尝尝！我儿子也喜欢红豆粽子呢。

小元接过红豆粽，那些躲在糯米中的红豆，都不敢看小元。小元不想吃它们，但王凤英就盯着他，小元只好抿下了一颗红豆。

小元吃得真文气呢，王凤英一边说着，也给老铁剥了一只粽子，不是红豆粽子，而是通体透明的白粽子，一粒粒糯米被粽叶浸润成好看的青玉色。

我听小桃子经常提起你，说你人好。王凤英说。

小桃子？小元不知道铁大哥就是小桃子，小桃子就是铁大哥。

王凤英哈哈直笑，说，他老妈当年不开怀，他老子去偷了人家的桃子，后来生了他，就叫小桃子了。小元哈哈大笑，脸色缓和了许多，喝了一杯酒，借着酒力，对着铁大哥叫了一声，小桃子！

小元喊完了，觉得挺别扭的，老铁也觉得别扭，似乎还不习惯小元叫他小桃子，小眼睛奇怪地瞪着小元，摆出了大哥的架势。小元也对老铁也瞪了一眼，他还站起来，敬了王凤英一杯酒，指着自己问王凤英，我是不是你兄弟？王凤英很奇怪，说，当然是了。小元说，那我抱抱你。老铁不知道小元要干什么，喊，小元你干什么啊。小元回过头，大哥你不懂，这是我们那里的风俗，小叔子抱大嫂。老铁想去扯小元，王凤英喝住了老铁，你这是干什么啊？

王凤英大大方方地张开了双臂。小元迎上去，张了张口，想喊声大嫂，那声音偏偏泥鳅一样滑进喉咙里了，涌出口的，却是一声轻叹。

小桥的年关

镇是小镇,四面环水,所以孩子取名为小桥。小桥并不喜欢别人叫他小桥,他有理由的。他不小了,应该叫他大桥。小桥这么一说,大家都笑,还长江大桥呢。小桥很生气,不理他们了,一心盼着腊月的到来。腊月一来,正月就会跟着来。一过年,小桥就真的不小了。也许是这个原因,小桥不太喜欢夏天,虽然可以下河游泳,可夏天实在太长了,长得指头都数不过来。秋天还好,一眨眼就过去了。冬天来得更快,只是睡了几个懒觉,西北风就过来揪小桥耳朵了。

腊月是跟着西北风过来的。打小桥记事起,每年的腊月都是他爸爸用刻刀一刀一刀地刻出来的。爸爸要刻封门钱。每当爸爸磨刻刀的时候,总是要替小桥磨一下铅笔刀的。小桥要期末考试了,小桥的心却不在考试上,他总是喜欢给爸爸打下手,待爸爸收工了,小桥抢着去拿扫帚扫地上的碎红纸。碎红纸很不听话,小桥一边扫一边说,爸爸,待我放了假我帮你刻封门钱。爸爸总是举着缠满伤筋膏药的手说,小桥啊,你有这份心就得了,扫完地你去看电视吧。小桥犟不过爸爸,只好看电视。小桥一点也看不进去,眼神里总有一把刻刀,把花花绿绿的电视图像也刻成了"新年大吉""福""禄""寿""禧""财"的字形了。爸爸晓得小桥的心事,说,小桥,你还小呢,不能刻的,会伤力的,实在你想做事,你就替我去卖封门钱吧,反正也好卖,两毛钱一张。小桥点点头,记住啦记住啦,一副门共五张封门钱就是一块钱。腊月十九,小桥放了假,没有出去玩,而是早早上了床。爸爸以为他生病了,用手背去靠小桥的额头。小桥扑哧一笑,说,干什么干什么,人家要早点睡呢,明天要出摊呢。

腊月二十,镇上还没有过年的年气。卖桂花汤圆的白大爷说今年年成不好。白大爷又说,今年就等做腊月底的生意了。白大爷话多,有些话小桥是懂的,有些话小桥听得糊里糊涂的。不过生意的确不好,小桥的封门钱摊子的确也没有人光顾。几天都卖不出一张封门钱,小桥难免有些泄气。爸爸说,你和白大爷的汤圆摊子放在一起,你有没有看到,刚出锅的汤圆为什么要吹一口气再吃啊?小桥不明白,爸爸说,心急是吃不了热汤圆的,再等等吧。

一晃就过了腊月廿四,镇上的人多了起来,渐渐把小镇填满了。白大爷说,小桥,你要喊的,不喊生意哪里来啊。小桥不应。白大爷说,我这汤圆是不要喊的,再说了,我这个老头子,破铜锣,喊不出来,哪比得了你这个童子鸡,喊,一喊生意就来了。小桥看着街上的人走来走去的,把他的眼睛都带花了,就是不肯在他的封门钱摊子前停下来。小桥想喊了,可爸爸没有教他怎么喊呢。但说来也怪,他没有张口喊,还是有个声音从他的嗓子里跑出来了:"封门钱,封门钱,大吉大利的封门钱!"可他的声音太小了,滴到人群里,一下子就被吸没了。小桥脸臊得发烫,半天都没有理会白大爷。

晚上回到家,小桥把白大爷教他喊生意的事告诉了爸爸。爸爸没有吱声,依旧在刻封门钱,一刀刻下去,牙齿会狠狠地在腮帮上撞一下,撞出一个个小包。刻几刀后,爸爸停下来,俯下身去,吹上面的碎红纸。爸爸的一口气真长,仅仅一下,那些碎红纸像是被鼓风机吹过了,纷纷扬扬地舞动起来,有的落到了爸爸的胳膊上,有的落到了爸爸的肩上,有的落到了爸爸的头上。

小桥,我说你心急你就是心急,还没有呢,到了廿八廿九会更忙,你没听说过吗,廿八廿九,拖了年货就走。小桥像是没有听见似的,指着爸爸的头说,爸,你现在都有点像新郎官呢。爸爸却恼了,声音很大,小桥你瞎说什么啊,睡觉去!小桥其实是想跟爸爸开玩笑的,说爸爸头上全是红纸片,就像是新郎官呢。

小桥怏怏地上了床,刚想用被子捂住头,爸爸的声音追了过来,要过年了,哪天有空先去剃个头洗个澡再出摊吧。小桥应了一声,带着满脑子纷纷扬扬的碎红纸钻进被窝里了。

还没来得及去剃头洗澡呢,理发店却涨价了,浴室也涨价了,都翻了个跟头。小桥跟爸爸说,人家都涨价了,我们也涨价吧。小桥爸说,傻小桥,你能把爸爸今年刻的封门钱全卖掉的话就不简单了,人家的东西过了年还能卖,而封门钱过了年就不好卖了。

小桥喊生意喊得更卖力了。白大爷说他的耳朵快被小桥炸聋了。小桥还觉得自己喊得不够,因为生意明显难做了,在他的封门钱摊子前,不知道是哪里来卖过年玩意的人不断冒出来。卖糖葫芦的,卖花花绿绿气球的,卖纸风车的,卖竹篓的,卖油煎火腿肠的,还有无数个乞丐。小桥还看见了大军。大军平时最喜欢穿一件不知从哪里弄出来的警服,走路时还嘴里"呜呜呜"地开路。小桥不知道今天大军在干什么。他跑到小桥面前时小桥还认为大军是来捣蛋的,可没想到大军从口袋里掏出了一张小塑料薄片做的财神像,说了声,一块钱。小桥不知道大军是什么意思。白大爷说,大军是叫你请他送的财神呢。白大爷说着掏了一块钱给大军。大军收了白大爷的钱后就向小桥伸出他脏兮兮的手。白大爷示意小桥也给他,小桥不情愿地掏出一块钱,还没有交给大军,大军就迅速抓了过去,把小桥的手心都抓疼了。大军还不忘把那皱巴巴的财神爷塞到他们的摊位上,然后又向前"呜呜呜"地走了。白大爷对小桥说,小桥啊小桥,这年头,钱大爷比你白大爷有架子啊,连大军也知道要赚钱啦。

小桥没有说什么,只是想,这个大军,如果他们给一块钱请财神菩萨,那街对面的花炮店应该给一百块,因为花炮店的生意实在是太红火了。柜台上那些花不溜秋的花炮像是长了飞毛腿,一上柜台就跑到别人怀里去了。花炮店的王胖子忙得像一只气球在人群中不停地飘,就是不肯落到地上来。小桥最喜欢的是钻天猴,他在梦里也曾梦到过。钻天猴卖得好,几乎有一半的人家喜欢买钻天猴,把小桥的眼睛都看疼了。

斜对面就是服装店了,走到服装店的人都在试衣服,新衣服也在晃小桥的眼。再隔壁就是电器店了,小桥常能听到里面有许多电视机在吵架。知道电视机吵架原因的肯定是那些嘴脸蒙得实实的电冰箱洗衣机。不时有人家抬着电视机箱子走了,像是逮了一头该杀的大老牛。买电视机的钱用来买封门钱那该能买多少张呢?小桥算着算着就算不准了,反正算不清的。卖五十张的封门钱才十块钱。况且还没有人家买五十张的,总是十张地买,还有个戴着金戒指的女人不知道买走多长时间了,又回过头来,用张弄坏的封门钱跟小桥换,还说,你小小年纪也会掺假。小桥的嗓子都急哑了,他想喊,谁掺假了谁掺假啦。可他嗓子里却没有任何声音跑出来帮他说话。在那个女人走后,小桥用手挤住了自己的细脖子,像是在挤牙膏。

守了几天摊,小桥觉得自己在一天天地长大。现在小桥不再怕别人换了,也不怕别人还价了。他只是在愁,人是何苦呢,为什么什么事都要凑到腊月里忙呢。那么多的事放在一起忙,总是要忙出气来的。服装店的老板刘文秀几乎每天都会与前来买衣服的人吵上一架。也不知道是不是刘文秀不想卖自家的衣服,还是她的脾气不好,人家来看了一下新衣服,试穿了一下,没有看上。刚才还笑嘻嘻的刘文秀就臭里臭气地说人家,你买得起吗?你买得起吗?我看你肯定是买不起的,穷大!刘文秀说到"穷大"这个词时脸上一脸的轻蔑。小桥是熟悉这表情的,小桥与刘文秀的胖女儿朱安娜是同班同学,朱安娜骂人时也是这样一副表情,眼睛和鼻子都挤在一起,目的是让红嘟嘟的嘴巴更有力量说出:穷大!穷大!白大爷说他看不懂刘文秀,这样做下去迟早有一天去喝西北风。小桥很有同感,天下哪有这么做生意的,难怪刘文秀店里的衣服总比别的服装店里多上许多。

　　到了晚上,小桥会把街上的事一一讲给爸爸听,爸爸瞧不起的不是刘文秀,而是王胖子。小桥的爸爸说王胖子曾经和他同学,成绩差得不得了,有一次数学只考了1分。连老师都不知道王胖子是怎么考1分的。小桥也说不可能不可能,考零分容易,考1分有多难啊,就是全部选一个答案,也不止1分的。小桥爸爸说,怎么不可能?的确考了1分。小桥说,可白大爷说王胖子精呢。爸爸说,有些精不是真正的精。小桥听糊涂了。爸爸说,你长大了你就懂了。小桥说,长大了我就开一家花炮店,我要把每种花炮都放一遍。小桥爸听了,把刻刀一拍,碎红纸们就惊飞了起来。爸爸又说,我供你读书可不是让你开花炮店的!小桥不说话了,一只钻天猴又在他心里呼啸起来,尖锐,刺耳。小桥紧紧捂住了耳朵,看着爸爸带着满头碎红纸在腊月深处一刀一刀地刻。

　　小桥不看花炮店了,他现在看得最多的是副食品店,进去的人都夹着一只空蛇皮口袋,出来的人都背着鼓鼓的蛇皮口袋。一般都是这样,他们往镇里的班船上背,再通过各村的班船带到更远的地方。所以,更远处的副食品商店比花炮店的生意更好。里面的人真是应了小桥爸爸的话:"廿八、廿九,拖了年货就走。"白大爷说,疯啦疯拉,钱都怕用不掉了!

　　腊月廿七这天,小桥看到了个戴棉帽子的人拎着两包麦片袋急急地往东边跑,开始小桥认为这个戴棉帽子的人是去送礼的。人情大如债,穷人送礼顶锅卖。这是白大爷告诉小桥的一句话。没想到这个戴棉帽子的人不是来送礼的,而是来退货的,他走到副食品店门口就大声地喊,假货!假货!街上的人都往这边看,戴帽子的农民在副食品店门口一晃就不见了。

　　过了一会儿,戴棉帽子的人就被副食品商店的姜老板揪出来了,他的棉帽子也掉了,露出了一头的癞疤。姜老板说,你这个臭癞子,你说这麦片多少钱一袋?那个癞子肯定被揪疼了,拼命想挣脱姜老板的手。姜老板说,我告诉你,我卖给你是五块钱一袋,五块钱算几个钱?五块钱不买假货买什么?你这个癞子,又不想花钱又想送礼想得美。说完了,姜老板还推了一下那个癞子,癞子退了几步才停来,然后戴上他的棉帽子钻进人群中不见了。姜老板还在那里意犹未尽地说,假货!这镇上从东到西都是假货,只要毒不死人就能卖钱。小桥晓得镇上有许多假货的,比如假可乐,还有假中华烟假三五,他们学校门口就有得卖。他们班上的同学就偷过他爸爸的一根假中华给他们轮流抽着玩,小桥只抽了一口,结果头晕了两天。

你还做不做生意啦？白大爷推了推正在发呆的小桥说，小桥，聪明的人看一眼，痴子才看千遍的。小桥很不好意思，白大爷说，小桥，我再提醒你一次，你要给我留十张封门钱，再不提醒你留给我，我就买不到了你这个小生意经手里的封门钱了。

的确，小桥的封门钱生意越来越好了。人家虽是十张二十张地买，但还是很忙的，大概大家都记起了今年该换新封门钱了。有时忙起来时，白大爷也会过来帮忙。到了下午，乘班船进镇赶集的人都像潮水一样乘着班船回去了。小桥就摸出五毛钱向白大爷要上一碗桂花汤圆。桂花汤圆很好吃，小桥边吃边看风景，镇上好像一下子静下来了，花炮店静下来了，电器店也静下来了。小桥吃完了一碗桂花汤圆，白大爷照例又勺给他一碗。

腊月廿八的下午，小桥在吃第二碗汤圆，突然看到刘文秀正气喘吁吁地往西边跑。王胖子看见刘文秀跑，说，刘文秀啊，你是不是在减肥，好准备过年穿裙子？刘文秀啐了王胖子一口，放你娘的屁，假十块的，假十块的，我一直在提醒你提防假一百块钱的，没想到我倒是收到了假十块的，我去追。十张假十块钱的，我一天生意白做了。

腊月廿九了，应该是年根岁底了。小桥的生意又不好了，用爸爸的话来说，买的人已经买了，没买的人肯定忘了或者还没有工夫买。爸爸决定不刻封门钱了，他说把手头这些封门钱卖掉就行了。

爸爸不但不刻封门钱了，还换了小桥自己去卖。小桥跟着过来，也站到封门钱的摊子帮爸爸张罗。爸爸拿出了十块钱，说，小桥，苦了这么多天，该放你假了，你想买什么吃就买什么吃吧。小桥不肯要，爸爸说，你怎么不要，是不是嫌少啊，这是你今年的压岁钱呢。听到是压岁钱，小桥接了过来，也觉得自己真的是放了假。小桥想了想，是从东往西跑呢，还是从西往东跑呢。他自己跟自己打赌，结果从西往东跑赢了。

小桥想买的东西实在太多了。看到了冰糖葫芦，小桥对冰糖葫芦摇了摇头。小桥也闻见了油炸火腿肠的香味，他把头侧着穿了过去。小桥想，我要到王胖子的花炮店买一只能放七种颜色的花炮，然后再买一只会呼啸上天的钻天猴。

小镇不大，小桥一会儿又回了爸爸封门钱摊子前，爸爸正在对一个穿警服的人说着什么。小桥以为这个人是大军，很是气愤，想这个大军怎么又来跟爸爸骗钱了？等小桥奔到封门钱摊前，才发现这个穿警服的人不是大军，而是派出所的一个真警察。后来，这个警察拿着一叠封门钱走了。小桥问，爸，他有没有给钱？爸爸笑着说，小桥，你玩你的。小桥还是问，他有没有给钱？爸爸对白大爷笑笑说，你这个孩子，真是还不懂做生意的。小桥很生气，想，这么多天的生意是谁做的？难道不是他小桥做的？

爸爸不理会鼓着嘴巴的小桥，小桥只好气鼓鼓地走到王胖子的花炮店里去了。王胖子正在里面用计算器嘀哩嘀哩地算着什么，他看到小桥就笑了起来，小桥，买花炮么。小桥说，你们店里的花炮怎么不多了？王胖子呸了一口说，坏小桥，好话不会说啊，不说好话就做哑巴，反而给我说不顺遂的话。卖得快才好呢。小桥就不说话了，看着王胖子嘀哩嘀哩按计算器。王胖子按了一会儿，停了下来，抓了两只花炮就往小桥面前一放，小桥，送你。小桥说，不要钱？王胖子说不要钱的，我哪能要小桥的钱，但你得告诉我你娘今年回来过年不？小桥扫了王胖子一眼，王胖子胖得真像气球一样，这个王胖子应该用一根竹竿挂到街上去卖，卖不掉晚上收回来把气眼一放。早晨再用脚踏打气筒打气。打了比以前还胖。

王胖子见小桥不吱声，竟然一把搂住了小桥。小桥吓了一跳，一只大气球搂住了他！小桥越想挣扎那气球就越晃得厉害。小桥好不容易挣脱开了，气球却没有飞上天去。气球说，小桥，王叔叔喜欢你。小桥很奇怪王胖子为什么喜欢他。王胖子又拿来两只花炮，说，小桥，这个你也拿去，小桥，你的脸蛋像蛋糕一样好。小桥觉得王胖子这句话说得多不好听。这么想着，小桥忽然发现那两只花炮又带着一只大气球向他压过来了，小桥头一偏，躲过去了。小桥听见王胖子在他耳后说，小桥，你知道你妈妈在外面做什么吗？做小姐！

小桥跑到爸爸面前还气喘吁吁的。小桥爸想抓住小桥。小桥甩开了他爸的手。小桥爸问，怎么啦，小桥？小桥没有说话。小桥爸又问了一声，你哑巴了不说话？小桥依旧不说话。心中的钻天猴终于落了下来，落得无声无息。

一阵风吹来，把一张没有压住的封门钱吹到了地上，红色的封门钱在地上挣扎了一下就不动了。封门钱就这么脏了？小桥忽然想哭。爸爸的手背又贴上了小桥的额头，咦，没有发烧啊？小桥把头扭开了，对面刘义秀的服装店挂的衣服似乎少多了，小桥的心很疼，他很熟悉那些挂在店里的衣服，他看得很眼熟，就像是小桥熟悉的人了，现在突然一个一个地不辞而别了。

白大爷的桂花汤圆生意或好或淡，好在白大爷不在乎，白大爷的笑像是天生的。白大爷脖子上有一块疤。爸爸说过白大爷是抗美援朝的荣军呢。小桥不懂，问白大爷什么是扛米的又弄潮的？白大爷笑着说，你听谁说的，米潮了桂花汤圆就不好吃了。小桥说，那你的疤是哪里来的？白大爷说，哪里来的，跟人家打架打的呗。小桥不解，想不到整天笑呵呵的白大爷还会与人打架。白大爷说，男人嘛，就是要打架的，不然下面白长了个机关枪。

到了大年三十这天，上午只有半天生意可做了。小桥依旧在街上来回"视察"，"视察"他心里想要买的东西。好多他想买的好东西，都看不到了，都让人买光啦。不过小桥不心疼，他看到了好多他爸刻的封门钱已经被人家贴在大门框上了。五张红艳艳的封门钱在风中舞蹈着，就像五只灵巧的手指在弹着琴似的。小桥好像还听见了淙淙的琴声了。

小桥兴奋起来，走路速度也快了起来，很多人家已经把封门钱贴出来了。那些红红的封门钱一边舞蹈着，一边还向小桥招手，来吧，来吧，小桥听到了很多这样的声音，有点像他妈妈的声音。

小桥来到了他爸爸面前，说，爸，你说妈今年回来过年的呢。小桥看着爸转过头来，咽了咽唾沫说，我不是早说了吗，你妈和你舅那边忙，她不是寄钱回来了吗？小桥就不说话了。白大爷喊道，小桥，小桥，吃不吃汤圆？小桥好像没听见似的。爸爸转过身对白大爷说，白大爷，我们家小桥可能年饱了。

也许是服装卖得好，也许是刘文秀心情好，她也给自己放了假，走到小桥爸面前，说，听说小桥他妈在外面发了大财了吧。刘文秀说得很慢，小桥爸说，哪会呢，混饭吃呢。刘文秀就笑了起来，像个妖怪似的。

想到"妖怪"这个词，刘文秀真的就变成妖怪了。因为爸爸竟然没有听到小桥的咳嗽声，而是直接中妖怪的奸计了。小桥听到他爸说，刘老板你要多少封门钱尽管拿。刘文秀说，哪好意思呢。小桥爸说，有什么好意思不好意思的，都是熟人嘛。刘文秀说，那就不客气了。

刘文秀"剥削"了一叠封门钱走了。爸爸回过头，对小桥说，你不要这样，你小时候还吃过人家刘老板的奶水呢。小桥不相信。爸爸说，你不相信可以问白大爷。小桥不想问白大爷，大人总是说，你小时候怎么样怎么样，总是哄小孩子，因为人是看不到自己小时候的。爸爸对小桥说，小桥啊小桥，要过年了，喜庆点好不好，我看你快要变成气球了，你拿钱去洗个年根澡吧，下午就没得澡洗了。

小桥拔腿就走，小桥听见爸爸喊，钱。小桥拍口袋。爸爸还在后面喊，小桥，把脖子多擦擦，你看你的脖子那么黑，快要变成黑乌龟了。

小桥在浴室里使劲地擦着脖子。脖子被擦得生疼生疼，小桥的眼泪和龙头里的水一起往下掉。洗完澡，小桥的眼泪收住了。他在穿衣镜里看到脖子红彤彤的、嘴唇也红彤彤的小桥。小桥还对镜子里的小桥做了个鬼脸。

小桥在浴室门口时遇见了王胖子。王胖子把一双胖大手张开拦住了小桥。小桥晓得这只气球又要来捉他了。小桥说，你走开！王胖子说，我就不走开！小桥说，你不走开我就喊了！王胖子笑嘻嘻地说，你喊啊你喊我爸，我就给你五十块压岁钱。小桥就喊了,王公公,乌龟公,王公公乌龟公。

王胖子的笑冻住了,最后对着小桥的背影吐出了一尖声尖气的话,你他妈的婊子养的。小桥也回过头骂了一句,你他妈的才是婊子养的,王公公乌龟公。小桥还用手做了一个乌龟爬的动作。做完了这些手势,小桥看着王胖子真的从一只白气球变成了一只红气球,在浴室门前冉冉上升。

快到中午了,崭新的封门钱在很多人家的门口舞来舞去了。很多心急的小孩已经穿上了新衣服,小桥还看见了刘文秀的女儿朱安娜,朱安娜的头发已经做过了,竟然做了个夸张的新娘头,把朱安娜的胖脸衬得更大。小桥走到了朱安娜的面前。朱安娜叫了一声,小桥。小桥知道朱安娜是想让他看她好看不好看。小桥把鼻子眉毛一挤说,朱安娜,你真像——朱安娜的脸一下子红了,像什么。小桥说,像一只正在灌水的猪肚肺!小桥说完了,朱安娜的脸真像灌多了水的猪肚肺挂在新衣服上面,正一滴一滴往外滴水呢。

小桥来到封门钱摊前,爸爸不在。爸爸刻的封门钱正在一块木头的镇压下努力地动着,小桥知道它们也想在风中舞蹈。白大爷的桂花汤圆摊前也没有人,桂花的香气把这个中午洗得清清爽爽,小桥忽然听到爸爸的声音从电器店传来了。小桥走到电器店里时,听见了电器店的小周老板正在对白大爷说,你的信誉能值几个钱?你替人家赊,这年头可以赊娘老子赊老婆就是不可以赊东西。

小周老板的头发光溜溜的,小周老板的嘴巴肥肥的,你白大爷是谁?我知道。我认钱不认人,我忘恩负义。我不赊。白大爷的战友,我知道,我不赊。白大爷你整个摊子能值几个钱?信誉能值几个钱?小周老板还对小桥爸爸说,老赵,你是知道的,你小舅子还欠了我一台电视机就跑啦,我向谁要去?小桥听见爸爸说,这个畜生他死啦,他真的死在外面啦。他欠了那么多钱一跑了之早该死啦。

白大爷身边有一个老头,脸上全是尴尬。白大爷脸上更是霜冻一般。那个老头说,都怪我,我把老脸都丢尽了。小周老板还得理不饶人地说,不怪你,都怪你那个宝贝儿子。有本事把人家肚皮搞大都没有钱结婚。真是的。大年三十了,我要收拾了,大家请吧。

小周老板一边说,还一边关电器店里的电源。啪啪啪,啪。许多活着的电视机都一下子死了。忽然,小桥高声地喊起来:小周小周,满头猪油;小周小周,屁股像皮球;嘴巴说的喝酒,心里想的是鱼头!

白大爷问小桥,为什么是鱼头啊?小桥说,我也不知道,狗啃骨头猫啃鱼头。小周老板笑着说,不是鱼头是芋头,说完自己也在黑暗中笑了起来,像一只猫头鹰扑翅而笑。

小桥和爸爸一起从电器店里走了出来。小桥的眼睛被阳光晃了好一会儿,才能看见自家摊子上那些舞蹈的封门钱,那些封门钱过一会儿要跟着小桥一起回到家里,爸爸和小桥还会把它们一一贴到门框上窗棂上。如果多几张,还可以贴到对面的墙上。贴上了封门钱,家里就喜庆多了。

　　远处传来了不怎么整齐的锣鼓声,那是镇上慰问军烈属的慰问团。锣鼓队肯定会停在白大爷的桂花汤圆摊前,放上一串鞭炮,会送上一份礼品,还有一张印有"光荣人家"的条幅。锣鼓队后面还有个少年,和着锣鼓队的鼓点昂首挺胸地走着,嘴巴里还模仿着鞭炮的爆炸声。这是谁啊?怎么这样面熟呢?怎么这样像自己呢?小桥甩开了爸爸的手,使劲地撕着自己的两只耳朵。

　　小桥,小桥!爸爸不知道发生什么事了,紧紧箍住了小桥,喊道,小桥小桥,你疼不疼啊?小桥摇了摇头,盯着爸爸看,在爸爸的眼睛里,他看到了一只长了一对红耳朵的水灯笼。

请左手原谅右手

有的人有点像写在纸上的几行字，由于不如意的表达或表达的不如意就这么随手一撕，然后再揉成一团扔到地上，这废纸团在黑暗中又会慢慢地松软下来，像在欲说还休——谁能知道这团蹂躏的纸的疼痛？而这个人的一生就这么错过去了。

赵一平一直觉得自己写诗像在做地下工作，在生活的窥视下，赵一平不屈不挠地写了这么多年诗，为了那几行诗句，赵一平不知扔掉了多少只写几个字的废纸团。但赵一平从没觉得像昨晚那样感到自己像一团废纸，赵一平感觉自己这么多年是写了那么几行诗的，但一下子就成了废纸团！拿王玉萍的话来说，你哪里在写诗，你是在写屎，因为你吃了屎，所以你才写屎，赵诚的小嘴也跟着对赵一平喊：屎，屎，啊——气！一副厌恶的样子与王玉萍没有二样。

赵一平不知自己究竟犯了什么错误，赵一平说，那我不写诗，我去打麻将。王玉萍一拍巴掌说，你不写破诗，你去打麻将就阿弥陀佛了。赵一平是不会去打麻将的，赵一平觉得打麻将是浪费时间，玩物丧志。王玉萍可不这么认为，麻将桌子是个大熔炉，能将书呆子赵一平锻炼成一个会过生活的赵一平。

王玉萍提出会过生活的标准并不高，也就是让赵一平和她一起去贩带鱼。而对于赵一平，这个要求也不是没有考虑过，因为在每天晚上，赵一平面前的纸上就不断地出现"带鱼""带鱼"的字样。这带鱼像不像破折号。破折号后的赵一平不断撕稿纸，王玉萍就被这撕纸声惊醒了。你跟稿纸有什么意见？这稿纸可是用钱买的。赵一平没好气地说了一句，这稿纸可没带鱼味。王玉萍听出意思来了，哼，破稿费，一行五毛钱。熬了二十行才十块钱，你今晚熬了多少行？我看不是其他原因,而是赵郎才尽了。与纸有矛盾还不如用来揩屁股。

赵一平没有吱声,又哧啦撕下了一张纸,揉成一团,扔到地上去了。纸团在地上挣扎了一下,就静默不动了。接着又是一个纸团扔下来了,也同样挣扎了一下。

王玉萍在被窝里喊了起来,赵一平,你真是吃了屎了,你为什么总是撕纸?

赵一平恶狠狠地说,我在给自己做花圈。

赵一平早晨起来时脸色很难看,这是赵一平在镜中看到的。赵一平还在镜中看到了头发蓬松的王玉萍在恶声恶气地给赵诚穿衣服。赵诚有点不听话,王玉萍就打了赵诚一个嘴巴。赵诚的小脸上立即出现了红手印。赵诚张开嘴巴哭了,哭声像剪刀一样剪着赵一平的眼睫毛。赵一平努力地闭上了眼睛。

王玉萍在临走时对赵一平说,赵一平,你看看,你让一个妇女上街去卖带鱼,而你一个大男人家却在家里写什么破诗,像什么话?

坐在车上的赵诚也学了一句,像什么话?

赵一平没说话。赵一平没话说。赵一平像一团废纸被自己扔掉了。赵一平觉得每天王玉萍这样大声说话是别有用心的,最起码邻居们知道了他在写诗。而在这个年头,写诗和神经病是一个意思。赵一平长叹了口气。赵一平觉得他应该把他过去的生活扔掉,把一切都像废纸一样扔掉。

旧的不去,新的不来。赵一平不知道新的生活将是什么。

王玉萍咣当咣当骑着三轮车回来时,天已经黑了。王玉萍打开了日光灯,日光灯跳了几下,才把光打在了赵一平的身上。

王玉萍嗅了嗅鼻子说,赵一平,家里怎么有一股焦煳味,是什么烧着了,这么臭?

赵一平笑了,赵一平笑起来时也是很好看的。当年王玉萍曾反复说过赵一平长得像顾城笑起来像北岛,有一种忧郁的高贵。

王玉萍是看到了赵一平的笑的。王玉萍觉得赵一平的笑有点不正常。赵一平,你不要吓我。你不要笑,真的,你不要笑。你肯定烧掉了什么。

王玉萍悄悄地靠近赵一平,还一边说,你不要笑,你为什么这样对我笑?说着就想抡起巴掌。赵一平一把抓住王玉萍的手说,你不要认为我疯了。我没疯。我把你称之为狗屁的东西全烧掉了。明天我跟你去卖带鱼。

王玉萍没吱声。

赵一平说,明天我就跟你去卖带鱼。明天我还去打麻将。谁再写诗谁就是狗日的。

　　王玉萍立即像一条带鱼一样依偎在赵一平的怀中。赵一平觉得不习惯。赵诚在喊，下流，下流，爸爸和妈妈下流了。

　　待赵诚睡熟之后，王玉萍就游到赵一平身边了，赵一平轻车熟路地温习着以前多次温习的工作。最后赵一平哭了。赵一平的泪滴在了王玉萍的脸上，王玉萍紧紧地抱住了赵一平。

　　赵一平觉得现在世俗比诗歌更有力量。有一句话是这么说，好了伤疤忘了痛，赵一平觉得自己就是这样的人。他对于诗歌之疼早已过去了，而且习惯了没有诗歌的生活，早晨与王玉萍出去卖带鱼。那些咸带鱼死带鱼一条一条地游出去，然后那些带有鳞片的纸币就飞回来。晚上赵一平就坐在电视机前呆头呆脑地看电视，王玉萍就在数钞票。数完钞票的王玉萍就对赵一平说，你为什么不出去打麻将呢。赵一平就出去打麻将了。

　　开始打麻将时邻居还问他，你现在不写诗了？

　　赵一平有点尴尬，不写了，不写了，汪国真都不写了，我还写干什么，诗又不能当饭吃。

　　谁？汪国真？

　　赵一平就叹一口气说，汪国真，一个戴眼镜的人。

　　后来有人问他，你现在不写诗了？

　　赵一平就呵呵地笑起来，把手中麻将拍得脆响，写诗？我现在已改邪归正了。

　　以后再也没有人问赵一平了，赵一平习惯了，邻居们也习惯了。

　　有时候晚上没事的时候，王玉萍就问赵一平，你究竟烧了哪些诗。赵一平就说，我当年写给你的情诗啊。王玉萍就说，你记得不记得了，你给我背背。赵一平想了想，就说，我给你背背，王玉萍小姐，你听着——

　　我爱你，像咸带鱼一样爱着你……

　　王玉萍很纳闷，我怎么不记得这诗了，那时你每天写给我一首情诗我都背上了好像没有这首……你再背背。赵一平就说，记不得了。

　　有时候赵一平就闷着不说话，心中的痛就涌上来了，鼻孔里全是那天灰飞烟灭的焦味，被烧过的纸是有一种特别的香味的。那些香味涌上来，使赵一平觉得自己全身都是咸带鱼的咸臭味。

　　一般来说，赵一平和王玉萍在贩带鱼时是不会遇到尴尬的事的。因为赵一平负责收钱，而王玉萍称秤，王玉萍一边称一边算。闲着没事的赵一平还突发奇想，如果每个人系裤子不要用牛皮裤带而改用带鱼系那就有意思了。赵一平还是很怕见熟人的，因为熟人总是问他同一句话，你现在还写诗吗？一般熟人问了这句话，很多拣带鱼的人就不约而同地把目光对准了他，而他，就成了众人眼中的一条咸带鱼了。赵一平没话可回。而此时王玉萍就说，我家一平先物质后意识。赵一平听了之后也这么认为，先物质后意识是唯物主义者，还是做一个彻底的唯物主义者吧。这样一想，赵一平就心安理得了。赵一平就以这种心态接待过日报的老编辑，日报的老编辑是发过赵一平诗的。赵一平拣了一条大带鱼给他。日报老编辑由于这条大带鱼就开始骂现在的报纸水平越来越低，都取消副刊搞什么文化快餐。赵一平记得这句话很过瘾，但又觉得是那条大带鱼起了作用。赵一平还接待过一起写过诗的朋友，这个朋友不是来买带鱼的，而是告诉赵一平说，现在他也不写诗了，而成了全国著名的法律文学作家，他写的一篇法制文学大特写，一篇能挣五千多块。这件事弄得王玉萍在晚上与赵一平唠叨，王玉萍的意思再也明白不过，就是让赵一平不卖带鱼而是也去写那个法制文学，赵一平说，你别妄想，我这辈子再也不动笔了，除非签逮捕证、签离婚证。

王玉萍说，拿离婚吓人啊，离就离，这世上又不是没有男人，离婚。

赵一平真的像一团废纸被自己揉成一团扔到这如潮水般的生活中了。这团废纸开始紧闭着嘴巴不说话，后来就慢慢地松开了，张开了口，欲说还休。可赵一平一点也不想说，赵一平有时能在电视机面前哈哈地大笑。赵一平还喜欢和赵诚在一起看动画片。赵一平被赵诚称为小头爸爸，赵诚就当仁不让地称自己为大头儿子。赵一平还教了自己儿子一首《大头歌》：

"大头大头，
下雨不愁，
你有洋伞，
我有大头。"

王玉萍就在他们父子的嬉闹声中洗洗涮涮。王玉萍有时候望着赵一平，不由长叹了口气。

赵一平问，王玉萍，你叹什么气。

赵诚也跟着问，王玉萍你叹什么气。

王玉萍就恼了，我连叹气的资格都没有了吗？我不仅会叹息，而且可以哈哈大笑。

赵一平觉得王玉萍怪怪的，就说，怎么啦，怎么啦，你要笑就笑给我们看啊。

王玉萍就张开了嘴，刚想笑，但却觉得笑不出口。王玉萍又长长叹了一口气。

赵一平觉得王玉萍以前不是这样子的。

王玉萍突然想起了什么，赵一平，你与那个人通信了吗？

哪个？

王玉萍说，就是那个女诗人，称你为老师的女诗人啊。

赵一平也想起来了，早已不再通信了，我想她可能嫁人了吧。

王玉萍说，你怎么知道她嫁人的？

赵一平说，赵诚，你妈妈蛮喜欢吃醋的，你喜欢不喜欢吃？

我不吃，醋比屎还难闻。大头赵诚说。

王玉萍好像有什么疼痛解不开的样子，还在问，你怎么知道她嫁人的？

赵一平太奇怪了，赵一平正在看电视上的女模特表演，有一个女模特裸身上披了一件黑纱，两粒乳头清晰可见。真不像话。王玉萍还在问，赵一平，你知道她现在写不写诗了？

赵一平回过头来，谁？

王玉萍回答他的依然是一声叹息。

大头赵诚上幼儿园了。王玉萍说，如果这个夏天没有赵一平忙着卖带鱼，那么赵诚上幼儿园的三千块赞助就没法交，而这一切的一切，都是因为赵一平不再写诗了。王玉萍又给赵一平买了一套休闲西服。赵一平穿上西服是挺好看的。王玉萍觉得赵一平生得好看。要貌有貌，要才有才，她王玉萍才看中了他，而那时赵一平也蛮邪的，一天给她写一首情诗。新婚之夜，赵一平问王玉萍，我给你写的那些诗呢。

王玉萍说，都留着。

留着干吗？

将来给小孩子揩屁股啊。

那时的王玉萍其实已怀孕两个月了。赵一平当时问的可不是这个意思。女人一结婚就不一样了。赵一平有时候想到这个就觉得王玉萍很有远见。一切都过去了，大头赵诚都上幼儿园了。

秋天到了，带鱼生意不好做了。王玉萍就开始和另一个姐妹合在一起卖胸罩。卖胸罩赵一平可不能上街了，王玉萍也不想让赵一平上街去卖胸罩。一个大男人卖胸罩也会把男人卖掉的。王玉萍对赵一平讲，赵一平，这个秋天你休息，冬天我们一起去贩皮手套。

赵一平就在家里休息了，说是休息，其实也不能休息，要送赵诚去幼儿园。买菜烧饭，再接赵诚回家。吃饭，再送赵诚去幼儿园。再接回来。烧好晚饭等王玉萍回来。赵一平觉得王玉萍越来越瘦也越来越黑了，但王玉萍觉得愉快，这个生意做得不错。

赵一平晚上依旧去搓麻将。人们早已不再问他,你写不写诗了。而是问他,今天你准备送多少分给我们。赵一平可不是呆子,赵一平说,恰恰相反。事实也正是如此,赵一平打麻将入道迟,但由于赵一平悟性好,他赢得还是比较多的。所以有人就说,赵一平写诗不行,来麻将行。好一个麻坛新秀。

赵一平没有觉得这句话刺耳。他只想起那个日报老编辑在多年以前在编者按中曾称赵一平为诗坛新秀。新秀马上就成了老将了。赵一平对麻将是有信心的。赵一平甚至希望在皮手套生意没有开始之前,自己能多打几场麻将,当然也就能多赢几场。

王玉萍得意地说,赵一平,我当初劝你不写诗而劝你去打麻将就是因为你写诗太可惜了,这不赢钱了?你每个月的收入不比我卖胸罩差呢。

赵一平看着王玉萍,王玉萍正在收拾那些白花花的胸罩。赵一平想起了他曾经扔掉了的废纸团。那些白花花的废纸团在王玉萍的手中无声地跳动着。

秋天越来越深了,大头赵诚已经学了不少知识。大头赵诚是很注意炫耀自己的知识的。大头赵诚总在晚上临睡之前考忙个不停的王玉萍。

妈妈,你知道什么是木马吗?今天我们玩了木马。

王玉萍就对赵诚说,去去,去问赵一平。

赵诚就问赵一平,赵一平,你知道什么是诗吗?我背一首诗给你听听。

背屎?臭死了。赵一平装出厌恶的样子。

大头赵诚说,是诗,唐诗,你懂不懂,不是屎。

王玉萍就走过来,赵一平,你怎么这么教育孩子,赵诚你背给妈妈听。

赵诚就奶声奶气地背起来了:

"鹅,鹅,鹅,

曲项向天歌。

白毛浮绿水,

红掌拨清波。"

赵一平开始还有点不在意,后来他回过头来看赵诚的红口白牙。赵一平觉得眼睛很疼。大头赵诚仍在咬他的痛处。他说,我还能背一首,我背《春晓》。

赵一平一手拍拍赵诚的被窝,说,小赤佬,你背什么,睡觉睡觉,明天还要上学。

大头赵诚就哭开了。哭声很嗲,故意一抽一抽的。像是等王玉萍发火似的。后来王玉萍就真的发火了。

赵一平,你不要神经病,你为什么今天不去打麻将?

我今天就不去打麻将,告诉你,我不想打麻将。

王玉萍悻悻地说,发神经病了。赵一平,你每隔一段时间就发一次神经病。上次你打赵诚也这样,再上次你还准备动手打我。我们娘儿俩迟早要被你搞神经掉。

赵一平的耳朵开始装聋了。赵一平只盯着电视机看,并且把电视机的声音开得很响,赵一平肯定听不见王玉萍在说什么。

王玉萍晚上是被家中奇怪的声音弄醒的。王玉萍抬起身子,模糊中发现赵一平正在黑暗中翻抽屉,翻了一个又一个抽屉。赵一平想找什么。赵一平是不是想找钱?

赵一平,深更半夜你在干什么?

赵一平没吱声,又翻开了一个抽屉。

赵一平,你到底想干什么?

纸。我在找纸。赵一平的声音有点变了。

赵一平,你穿上衣服。

我要纸,我不要衣服。

所有的纸都被你烧成灰了,家里只有卫生纸。王玉萍又睡过去了。

赵一平一会儿又摇醒了王玉萍,王玉萍,你知道哪里有笔吗?

没有笔,我又不是会计,没有笔。王玉萍觉得赵一平真是一个神经病。

我要笔。

王玉萍直起身子,说,赵一平,你真是神经病了,你要笔,你去梳妆盒里去找。里面有一支眉笔,还是我结婚时买的。

赵一平就哗啦哗啦地翻开了王玉萍的满是灰尘的梳妆盒。王玉萍说,你为什么不把灯打开?赵一平低声说,赵诚要睡觉。

那你还在干什么?

赵一平说,不干什么。

不干什么你深更半夜找纸找笔干什么?

……

赵一平说,我想写些东西。

写什么东西?

离婚协议书。

你敢。

台灯被打开了，灯光开始有些刺眼，但后来就柔和了，像一床新弹的棉花胎覆盖着赵一平和王玉萍。赵一平望着王玉萍，原先脸上有皱纹的王玉萍在灯光下变得年轻多了。赵一平似乎闻见了这床新棉胎的太阳味儿。

赵一平看着王玉萍说，王玉萍啊王玉萍，我怎么找了你这个守财奴。

王玉萍没吱声，王玉萍的眼睛盯着台灯看，很亮的目光。

赵一平又说，你怎么不是守财奴？上次你说我为什么要把诗稿烧掉，多么可惜。卖给废品收购站不是有一笔钱吗？多可笑，你知道废纸多少钱一斤吗？一角钱一斤。现在一角钱掉在地上也没有人弯腰拾一拾的。说罢赵一平就呵呵地笑起来，还笑出了一滴眼泪。

王玉萍拂开了赵一平伸过来想抚摸她脸的手，说，赵一平，当初我怎么会看上你，当初有多少人追我，你其实是个阴谋家加神经病，用诗来骗我，我真是瞎了眼了。说罢王玉萍就啪地灭了台灯，瞬间的黑暗像是两人都很默契地钻到那床既松软又暖和的新棉胎下面了。

夜多么黑，像新婚之夜新鲜而安静。

蛙在什么地方鸣

娘终于在她的小塑料面笔记本上写完了日记，然后噗地一下吹灭了罩子灯，散发着稻叶清香和猪屎臭的夏夜就开始了，蛙鸣如鼓，呱呱呱，呱呱呱，不断地搅断失眠者的梦。有时候田鸡也会静寂下来，静寂下来的田鸡就开始往水里跳，扑通，扑通，扑通，这时娘会叹气，翻身。娘的叹气声是非常长的，像一根细麻绳紧紧地缠住我，缠疼我。我醒来以后就再也睡不着觉了，我和娘一起听着田鸡呱呱的叫声，像草鞭子抽打我和娘，我也想呱呱呱地叫，但我呱不出来。我只有渴望着捕蛙人走近，捕蛙人的脸布满青春痘，把一只又一只乱呱的田鸡全都捕捉到他灰色的竹篓中，然后就转身而去，留给我一个耳根清净的夏夜。有时候我会爬起来隔窗望去，田野里黑黝黝的，有几只萤火虫像鬼的眼睛在眨呀眨的，有时候还能看见鬼火在窜，有时候也会看见一颗流星从天而降。其实能看见捕蛙人高举的火把是很少的，所以娘和我只有在每个夏夜中倾听蛙声如鼓，呱呱呱，呱呱呱，呱呱呱。

娘依旧在叹气。娘是在为自己叹气吗？我没有爹。娘说我爹死了。娘那么白，我那么黑。我见过一次城里的外公外婆，也是那么白。去过一次后娘再也不带我去城里了。娘说，他们是城里人，城里人看见了乡下人就像我们看见了癞蛤蟆，我们能允许癞蛤蟆进屋吗？我说不能。娘说，那他们也不能。我只有把目光投向稻田，黑暗中如剑的稻叶守卫着一种疯狂，一阵阵疯狂的蛙鸣。我看不见这些剑，它们可能都在努力地睡觉，都像我这样。而娘每天白天都要穿越这青青稻田去生产队的打谷场上，与另一些社员集合去割草。有时候，娘走过的时候还能惊起一只秧鸡，灰色的秧鸡咯咯咯咯地飞起来，令娘不由自主地打个寒战。和娘一起来乡下的人都去了城里，而娘则和我一起留在这村子里做了城里人眼中的癞蛤蟆。我一想到这个，就感到全身皮肤疙疙瘩瘩的，我努力地抹，但怎么也抹不平。

我每天晚上都睡不好觉，我缺少睡眠，而到了白天我也睡不着觉，我觉得太阳一直照着我。我的眼睛没有什么东西可以盖上。我弱不禁风的样子令李喜他们轻视。李喜他们手里都有几十枚银光闪闪的五分钱镍币。这多么令人自豪。李喜话音高昂。李喜说，这钱是用来买电筒的，电筒是用来逮长鱼和田鸡的。逮了长鱼和田鸡干什么呢？我问他们。他们不屑地说，这你也不懂，买电池，雄鸡牌电池。我又小心翼翼地问，不是可以用火把吗？李喜用鼻腔说了声，火把，那是纸做的。我们用电筒。说罢，他们的眼睛就盯着我的脸看。他们总喜欢盯着我的脸看。我觉得真有一束电筒光照在了我的脸上，使我的眼睛睁不开来。我摸了摸脸，我脸上没有什么。我反而看见了李喜他们脸上有很多疙瘩，像癞蛤蟆身上的疙瘩似的。我说，我倒发现你们脸上有很多疙瘩像癞蛤蟆似的。二呆子骄傲地说，李喜他发身了。

我当时并不知道发身是什么意思。我认为是发生。我说发生什么故事了。李喜他们就更放肆地笑起来。发身就是发身，你以后也要发身的，发了身就要找婆娘了。李喜就笑得更邪了，手中的镍币哗啦哗啦响。

我知道这些镍币都是那些呱呱呱乱叫的田鸡变成的。我甚至想到了那些呱呱呱乱叫的田鸡在李喜这些癞蛤蟆面前一动不动的样子。李喜有时候会突然问我，你娘每天晚上和谁睡？我还是想起了如潮的蛙鸣的夜晚娘长长的叹息声。我把头扭过去，我还是能感受到他们的目光，如他们未来手中的手电筒严厉而促狭的光。在这样的光中，再胆大的田鸡也住了口。就像李喜他爸李支书往吵闹的人群中一站，只用目光一扫，原先叽叽喳喳的声音就消失了，使人觉得自己的耳朵突然失聪了。我也渴望有这么一支手电筒，我要所有胆大的胆小的田鸡统统给我住口。

李喜是从不带我去捉田鸡的。李喜说，你什么时候发身了什么时候就来找我。我不知道我什么时候能够发身。二呆子说，什么时候发身你什么时候体内就有精子了。我越来越不明白了。李喜说，跟你这个小孩子说不懂的，这样说吧，精子就是蝌蚪，这蝌蚪最终是要流向女人身体里的。如果有蝌蚪在你身体里游来游去，那你就发身了，那时你就是我们红一方面军了。我不光带你去逮田鸡，而且还带你去打黄鼠狼，再打刘村的那些狗杂种们，他们也配叫红一方面军。

娘收工回来我曾提出一个要求，我说给我买一支手电筒。娘警觉地说，要手电筒干什么？我支支吾吾地答不上来。娘说我看你疯了，晚上又不走夜路，买什么手电筒。我提出了逮田鸡的事。娘说，逮田鸡，你能去逮田鸡？你能和那些乡下孩子相比？他们不怕蛇，又不怕蚂蟥，不怕鬼。你怕不怕？我很不明白，娘不是自己说了自己是乡下人吗？但娘还是把她自己和我与村里人严格区分开了。在蛙声如鼓的夜晚里我依旧睡不着觉，我决心自己赚钱买一支手电筒。而自己买一支手电筒只有逮田鸡去卖。我眺望着窗外澄明的夏夜，有多少田鸡在呱呱呱地嘲笑着我，这嘲笑比起李喜他们的嘲笑更令我羞愧不安。我流下了泪水，冰凉的泪水爬过我的脸颊时，我觉得有一束光照亮了我。

  我去找那个眼有些吊的拖拉机手了。拖拉机手看着我，眼睛就更吊了，他久久地看着我，说，你真有点像一个人呢。我看着他的吊眼，他把脸别过去。我说明来意，拖拉机手却摇摇头说，不行，这是集体的东西，我怎么行。要柴油必须由李支书批准，你让你娘去找李支书批一张条子。我没有动，我依旧看着他的吊眼。拖拉机手不说了，你可不要缠我，我还要去耕田。而我在回来的路上，我看见李喜他们手拎着油瓶嘻嘻哈哈地走进了拖拉机手家的门。我知道他们走到了拖拉机手的吊眼中了。

  李喜是有特权的。李喜有个做支书的爹。而我只有娘。我也真想拥有一个爹。娘从来不允许我问这些的。娘只是在灯下写她的日记，那个塑料皮的小本子里写了许多蝌蚪一样的字。有时候娘写着写着就哭了，哭完再写。想起了灯。我知道了我该怎么做。李喜他们拎着一瓶柴油走过我身边说，再逮一次田鸡和长鱼，我们就能买一支手电筒了。

  吊眼的拖拉机手也在后面走着，用他布满油味的手摸着我的头说，你让你娘找李支书开条子，他肯定批给你娘的。浓烈的柴油味差点使我呕出来。我挣脱开他的手，跳出来说，我日你娘。拖拉机手笑了，吊眼就不见了，他说，你日，我看你的细鸡巴上有没有毛？

  我飞也似的回到了家，到了家中，娘正在剥黄豆。娘说，我都烦死了，你别乱动好不好？我看你真的像一只癞蛤蟆跳来跳去的。我说，我不像，李喜他们才像呢，李喜他们脸上全是癞疙瘩。娘说，你可不要学坏，娘要不是因为你早就过好日子了。我一声不吭地盯着家中的油灯发呆。油灯沉默。油灯的芯和我的心一样黯淡。娘说，你发什么呆，快帮我一起剥黄豆，下午我还要去堆草堆。

  柴油做火把是暗红色的，且有很多黑灰，一晚上烧下来，鼻孔里痰里全是黑灰。而我在那个晚上高举的可是火油火把。火油火把很亮，仿佛能把这夏夜照得亮堂堂的。我感觉到我在提着一盏汽油灯。许多田鸡都惊呆了。我还看见了李喜他们的火把。李喜说，你哪来的柴油？我笑了笑。李喜说，肯定是你偷的。我爹说了，这些天总有人在偷大队拖拉机里的柴油。我还是笑了笑。我知道他们在吓我，并且在嫉妒我的火把比他们更亮。李喜他们有三支火把,三支火把被李喜举在了一起,但还是红色的火。我说,李喜,你闻闻,这是什么油?李喜闻了闻,他娘的还不是柴油,是火油。

我就举着这火油火把在夏夜里行走,许多田鸡都吓呆了。我想把每天晚上打扰娘和我睡觉的田鸡全部逮住。然后卖掉,再买个电筒。我的火把还是越长越小,最后火把越来越暗了。我到家的时候,火油已经烧光了,火把已经熄掉了。我眼中的火把却没有熄掉,还在我的眼中晃来晃去的。我推开门时,娘说,你野到哪儿去啦?我没吱声。娘又说,这个月的火油怎么这么费,灯里居然没油了。娘说,你点蜡烛吧。我一点也不敢吱声。我把逮来的田鸡全都倒到了木桶里,然后我就洗了脚上床。娘说,你快睡吧,今天田鸡有些怪,一只也不叫。我很快就睡着了,我在我的梦里提着一支手电筒把田中的田鸡全逮干净了,但为什么总有一支手电筒在天空中直射我的眼睛,使我一直睁不开眼来。我一直努力在睁,我不知道是谁在用手电筒照我。我肯定是李喜他们。我说别闹了别闹了,我看不见但我知道是你们。没想到最后睁开眼来看见了娘,娘手持一把扫帚对我说,昨晚上你做了什么,居然倒了火油去逮田鸡,逮了田鸡还不算,把田鸡都弄到家里来叫了,呱呱呱地叫了一夜,小畜生你想害死我啊,我耳朵都被吵肿了。娘的扫帚就打在了我的头上、身上。我感到了痛。我不叫。我被打时是从来不叫的。娘却相反,如果我不叫她是不肯罢手的。我没有求饶。娘最后还是拗不过我,娘打累了,娘说,你必须在今天把家里的田鸡全逮出来丢掉,否则我会让你也变成一只田鸡去乱坟堆里吃虫子。说罢娘就捂着心口黑着眼圈上工去了。

我到木桶前一看,只有一只瘸了一条腿的田鸡在挣扎,其余全都逃出来了,逃到我家的各个角落里了。我忍着疼在家里找。在床下我找到了四只沾满灰尘的田鸡。我移开米缸,米缸后有一只目光炯炯的田鸡。我又到灶后去找,又找到了沾满草屑像长满了毛的田鸡。我越找越多,越找我越没有信心。我自己也不知道昨晚上逮了多少田鸡。而白天田鸡是不叫的,它们全都关着嗓门睡觉。

我垂头丧气地坐在家中。二呆子愣头愣脑地跑进来说,李喜叫你。我没理他。二呆说,李喜叫你,我带到信啦。二呆在临走时说了这么一句,李喜叫你,你要知道李喜发过身了,发过身的人鸡巴还是比你大的。

我想想李喜脸上的红疙瘩们。我来到李喜身边时,李喜说,你昨天逮了多少田鸡。我没吱声。李喜说,你居然和我们一起比啦。李喜就一拳头打在我的脸上。我的眼里立即有很多盏火把。李喜说,其实不是我叫你,而是我爹叫你。我爹说你昨晚逮田鸡把公家的秧田都弄坏了。我的脑子里好像有许多田鸡在拼命地叫。我很怕李支书。娘总说，总有一天李葫芦会要遭雷打的。而这个李葫芦居然要见我。李喜说，我真的不骗你，是我参要见你。李喜就连拉带拽地把我拖到了大队部。

　　大队部里只有李支书一个人。李支书居然笑眯眯地对我说，来，来，你不是要柴油吗？我用瓶子给你装了一些柴油，你提回家吧。

　　在我的脑袋里的许多田鸡就扑通扑通地跳进了我骤然停止跳动的心塘里，水花四溅，波纹荡漾呀荡漾，有些水就在我的眼眶里漾起来了。

　　娘收工回到家时看到了我正在装火把。娘说，你还想逮田鸡啊，你给我好好地待在家里，你不把家里的田鸡逮干净别想吃饭。娘还啪地摔掉我面前那瓶亲切的柴油。柴油瓶碎了，黑色的柴油流出来，在阳光下幻着五颜六色的柴油花。娘的眼圈依旧是黑色的，娘不停地扶头。娘的头一定很疼。在摇曳不定的蜡烛光下，娘还扶着头写完了日记。娘到底写了什么呢？有没有写到田鸡和柴油？娘写完了就吹灭了蜡烛，难闻的蜡烛味就在屋子里弥漫开来。屋外蛙声如鼓，而屋里有几只田鸡故意地叫了起来。开始是一只很怯弱地叫了一声，呱呱，后来就有几只加盟了合唱团。我的心一下子没了。我知道我闯祸了。这样家里肯定不安生了，这田鸡要在此为家了，生下蝌蚪再生小田鸡。娘用力地拍打着床沿，田鸡识趣地停了一下，但只一会儿，田鸡又叫了。这田鸡把我的心当成了铜锣，当当当地敲了一夜。我的心已肿了。第二天早晨，娘站在我面前时，我知道一切都完了，她仅仅有气无力地打了我几下就停了下来。娘说，没良心的，我怎么养了你这没良心的。我打不动你了。娘一夜没睡。我也一夜没睡啊。娘的眼圈黑透了。娘上工前丢下话说，今天你再不把家里田鸡逮干净，娘我就死了，被这些田鸡叫死了。

　　我只好再一次对家里进行了大搜查。我用力移开水缸，在水缸的后面找到了两只。我在一只靴子里还找到了一只。我把这一只只田鸡全都摔死了。这些田鸡落在地上时还呱地一叫，然后就不叫了，永远地不叫了。我明白了让一个人不说话的方法。我满身灰尘地坐在门槛上看着那些肚皮朝天的田鸡，没想到李喜却走了过来，李喜从身后亮出了一只亮晶晶的玩意。

　　你猜这是什么。

　　我知道这是电筒。我没好气地说：鸡巴。

　　李喜笑了。鸡巴能有这么长这么亮吗？李喜还用这亮晶晶的东西在档部示范了一下，并且揿亮电筒。一束电筒光射了出来，李喜流氓地笑了，我用手挡了挡那光，那光软得像泡尿。

不亮。

不亮。李喜说，这是白天，到了晚上可比太阳还亮。李喜关上了电筒。李喜说，你拿田鸡开什么穷心。你吃田鸡也不是这么吃法，吃田鸡是先剥田鸡的皮。

我说，我逮的田鸡我想怎么吃法就怎么吃。

哟。哟呵呵。李喜退了几步。李喜像是不认识我似的。李喜说，鸡巴硬起来了是不是，我看你的鸡巴还没有我的小拇指大吧。你硬什么。今晚上我约你一起去逮田鸡，用手电筒。李喜还把手电筒晃了晃，这是我爹给我的。我爹说让我和你一起去逮田鸡，我爹说你蛮可怜的，你娘也可怜。很多知青都恨我们村的。

李喜这么一说，我觉得我真的可怜了。我的鼻子酸了起来，仿佛他的拳头打在我的鼻子上。

我决定今晚和李喜他们一起去用手电筒逮田鸡。李喜说得不错，在黄昏里揿亮手电筒与在白天揿亮电筒就完全不同了。黄昏里电筒像一把刀在割着暮色。我像一根尾巴一样跟在李喜们后面走。我开始对田鸡产生了仇恨。我像拍死一只虫子一样打着田鸡。由于田鸡，我被娘打，我被李喜打。我跟着李喜他们成为了围剿田鸡的帮凶。田埂上手电筒光像一把棍子，棍子扫过，很多东西都被这棍子打了个稀巴烂。

娘还是逮回了我。娘说，你如果不把家里的田鸡逮干净了你休想出门一步。娘像逮田鸡一样捏住了我的脖子，李喜他们在后面起哄。李喜还用手电筒朝我和娘这边照。我回转身来，看到李喜把手电筒照在娘身上。我想用手去挡，李喜就嬉笑起来，挡什么，隔了一层布，大家都有数。二呆子也在他们身后起哄，隔了一层布，大家都有数。

娘的手紧紧握住了我，生怕把我丢了。娘拽着我健步如飞。娘一声不吭。娘亮起蜡烛。娘在写日记，边写边看我。我认为娘肯定在写我，画我，写我不争气，写我不听话。我只好把头低下，把耳朵竖起。我仿佛听见了李喜他们逮到一只又一只田鸡时的欢呼声。屋外蛙声四起。李喜他们是逮不尽田野里的田鸡的。

娘吹灭了蜡烛，难闻的蜡烛味又弥漫开来。屋子里静悄悄的。我在等待屋子里的漏网的田鸡叫，奇怪的是没有，一只也没有。我只庆幸了一会儿，有一只田鸡还是带头叫起来，又有一只田鸡也叫了起来。娘又开始拍床沿，又开始翻身叹息。娘又要过一个不眠之夜了，我也要过一个不眠之夜了。该死的田鸡啊，身体这么小，嘴巴却这么大。我的脸火辣辣的，娘说得多么对啊，我总是成事不足，败事有余。

李喜第二天来找我，我已经把那两只该死的田鸡找了出来，这是两只灰皮田鸡。我看着两只灰皮田鸡的尸体发呆。李喜晃了晃手中的电筒说，你看看，我爹又给电筒加了个尾巴，两节电筒变成了四节电筒。四节电筒去逮田鸡，你逮过吗？

李喜还说，你知道昨晚上我们在打谷场上照到了什么？一只女人的白屁股，大白屁股比这电筒光还亮。那时我们全被照晕了。今晚我带你去。你已经是一个要发身的人，还想在家喝奶吗？今晚你再不去，我就真的不理你而且也不让你加入红一方面军了。

我想起了娘的扫帚和娘黑沉的脸。我还想起了那些该死的田鸡。我说，我去，今晚我去。我与田鸡有世间最刻骨的仇恨。我决心躲着娘而与李喜他们一起去用四节电筒逮光田中所有的田鸡。

晚上我蹑手蹑脚地回到家里的时候，我心里害怕极了。我们今晚逮了不少田鸡，二呆子都扛不动了。我发现娘正在黑暗里抽泣。我跪在了娘跟前，娘依然不理我。我感觉到娘的眼睛很亮，像电筒光一样直射我，我只好把头低下去。此时我多么渴望有一只田鸡能在屋里叫起来，然而没有，屋里死一般寂静。娘仍然在哭泣。娘一抽泣，我的心也不由抽了一下。我依稀听见一声蛙鸣。似乎在家里，再仔细一听，是在门外，像是有人在学蛙鸣，呱呱、呱呱。我奔出去，也呱呱地叫了一声，然而屋外就什么声音也没有了。我像一粒黑蝌蚪一样游在了夏夜中，我听不见一声蛙鸣，田野中的田鸡都被我们今晚逮尽了。我抬头看着天，天空中是大朵大朵闪烁的星子。我突然听见那些星子如田鸡一般在天空中齐声鸣叫，倾盆而下的蛙鸣就使夏夜大地带着我一起哆嗦个不停。

为小弟请安

娘阵痛的时候我正准备去茅缸拉屎，娘叫我："鱼儿，去喊四妈。"我没有理娘，我正要上茅缸呢。娘又颤着声叫了一声："鱼儿，娘怕是要生了，快去喊四妈。"我这才憋住自己快要到屁眼的屎出去喊四妈。四妈是我们村的接生老娘，我走过她家时她正在用一根火柴杆剔她的又黄又大的板牙，我出现在她面前她吓了一跳，因为我此时毫不客气地放了一个很响的屁。四妈摇摇手说："鱼儿，你想呛死四妈啊。"我说我娘快生了。四妈这才咧开大嘴巴笑了："知道了，快回家烧水，你爹不在家，你就是你爹了。"我嗯嗯地回答着，其实这时我快要屙下来了，我好不容易才回到家中，娘早说了，猫是吃家饭屙野屎，而人必须吃家饭屙家屎，人可不要把屎屙在外面，肥水外流。我蹲在茅缸沿上，听见母亲在杀猪般地喊，娘快要生了，四妈怎么还没有来呢？

待四妈来的时候，小弟粉嫩的小脚已经伸出了一只，后来四妈又找到了另一只，一拽，小弟就下来了。我在门外茅缸上听着小弟响亮的哭声，心里想着爹，爹这个小木匠现在还不知在什么村庄什么人家做活呢。我忽然听见四妈在大声骂我：这个小婊蛋的，死哪儿去了呢？我没有应声，我在茅缸上蹲着，一点便意也没有，小弟的哭声越来越响，为什么这么大声哭呢？撒什么娇啊？这个穷家让你天天吃山芋使你天天朝外吐酸水天天屙屎。

我回到屋子里的时候小弟已经睡了，四妈也走了，只有娘在床上静静地躺着。娘说："鱼儿，娘求你了，煮两碗糯米粥吧，一碗给娘，一碗给你。"我不知道家里哪来的糯米，但我还是坐在灶后烧那与小弟有关的糯米粥。我不断地想起我爹，会做木头手枪的爹，我的木头手枪被民兵营长的儿子抢去了，你为什么还不回家呢？

娘第二天早晨就下床了，娘的脸苍白得有些怕人，我这才上去看一看小弟，多丑的小弟啊，满脸的皱纹，小小的眼睛，大大的鼻子，我用手摸了摸他的脸。他竟然嘴一咧，哇哇大哭起来，娘走过来给我一巴掌，为什么要打他？我说我没有打他，他自己哭的。娘又给了我一巴掌，你还回嘴。我从来没有看到娘这么狠过。"哇"地一声大哭起来。那个小弟也在咧嘴大哭，娘解开怀奶他，我突然觉得娘从小就没有奶过我，不然我怎么不记得娘奶的滋味呢？我说，我知道你只喜欢小弟不喜欢我了。娘抬起头，脸已经像一张纸了，鱼儿，娘也喜欢你。我在心里说，不，这世上只有爹一个人喜欢我，娘你在说假话。

　　娘月子未满就下地干活了，小弟就完完全全丢给我了。小弟脸上的皱纹已经不见了，已经会笑了，但我恨他，如果没有他，我会和小伙伴们一起玩我自己喜欢的事，譬如上树掏鸟窝，或者一起去骗一个瞎子，但这已经不可能了，娘整天沉着脸。下工的时候小弟见到她就呀呀呀地乱叫，我知道，小弟这家伙鬼得很，讨好娘，想娘的奶喝，心里更厌烦他，我有意把头扭过去。有一次娘见了，不禁笑着问我："鱼儿，你想喝一口吗？"我咬着嘴唇不说话。娘又说："鱼儿，你小时候喝奶可真狠，将娘咬着疼得直叫，还是你爹打了你一下才松口的。"我在心里说我不相信，我怎么不记得这件事了呢？娘以为我听入耳了，接着又说："那时候你总喜欢吃完了就拉屎，拉了屎你爹就拿到河边去洗，一天也洗个不停。那时你爹也不怕难为情，一个大男人洗尿布，不过他高兴，终于有一个儿子了。"我简直想象不出我那时是怎么整天吃了拉，拉了又吃的样子，娘脸上竟有些红润了，小弟竟吃得呛了起来，娘用手轻轻地拍着他，又说："鱼儿，把小弟的尿布拿到河边去洗一下吧，娘要做饭。"我去取尿布时，狠狠地看了一眼小弟，但小弟竟然朝我甜甜地笑了笑。

　　春天彻底地来了，屋前的槐树花开得正好，把屋子弄得香喷喷的，平原上的风一阵接着一阵。我们村子里来过一个口吃的货郎，来过一个讲蛮话的养蜂人，还有一个头上没有戒疤脚上穿着草鞋的云游和尚，但他们都没有带来爹的消息，爹握着斧头或者凿子或者木锯正在谁家院子里打木器呢！娘似乎已经不管这些了，娘得下田，小弟就真的丢给我了，我开始玩起了两面法。娘在家时我是一个样，娘不在家时我又是一个样，反正小弟又不会说话，但我在外面时间玩长了也有露馅的时候。有一次娘回家，小弟正在睡觉，而我不见了，但一只大老鼠就蹲在小弟的身边。娘狠狠地打了我一顿，娘骂我没良心的，爹也是没良心的，大没良心的养出个小没良心的。我看着满脸是泪的娘，心中依然在想，老鼠只不过是看着小弟，又不是把小弟吃了，吃了才好呢！吃了娘就只喜欢我一个人了。

没等老鼠把小弟吃掉，小弟就染上了咳嗽的毛病，他不停地咳着，那小小的咳嗽声整日整夜地响在我们家中。娘开始用她过去曾用过的秘方，用只鸡蛋和素油熬了让小弟喝，但小弟吃了还是咳，还加上了一项：泻。害得我没日没夜地洗尿布。夜里，小弟涨红了脸在咳，不知道他喉咙里究竟有些什么，小弟在娘的怀里仍然带着他小小的身体剧烈地咳嗽。娘把家里的两只老母鸡给小弟用了，一只给何仙姑，她只给了一道符，符灰水喝下去又呛了出来；一只老母鸡给了村卫生所的赤脚医生，医生只给了一瓶黑乎乎的糖浆和几颗药片。娘给小弟喂下去，这时小弟的嘴唇已经很薄很薄了，娘也明显瘦了，头发凌乱在脸上，吃完了药，小弟仍是咳个不停，咳嗽声中已明显地带有了一种摩擦声。娘抱着咳嗽小弟默默地流泪，苦命的小弟啊，而我则没良心地在一旁沉睡不醒，我总在梦中梦见我当木匠的爹，但梦中的爹仅仅留给我一个身挑木匠担子的背影了。

小弟终于在一个黄昏里停止了咳嗽，娘抱着小弟的尸体哭得死去活来。四妈说：他是讨债鬼，你前生欠他的债，他讨得你的欢喜就走了，你还是多往鱼儿身上看看吧。娘的泪眼并没有看我，而是依然看着小弟，小弟已经睡了，我终于可以不洗尿布了。娘抽泣着，忽然解开衣服把奶塞进小弟的嘴中，小弟你再吃娘一口奶再走吧。但小弟已经睡了，他不吃！我看着不肯吃奶的小弟，忽然感到了一种恐惧向我袭来，我哇地一声哭了起来，四妈说，鱼儿这孩子的哭怎么像夜猫子哭。我哭得更凶了。

半夜里，娘撞醒了我，鱼儿，鱼儿。我说，爹要回来了。娘吃惊地问，你怎么知道的？我说，梦里头爹告诉我的，再过半个月爹就回来了。娘说，那个没良心的已不要我们娘俩了，不要提起他。你今晚上陪娘把小弟送了。我猛然想起了床上还有一个死去的小弟，真像是睡熟了一般的小弟，似乎还抿着嘴笑着。娘又说了，鱼儿，你拿刀冥纸，今晚上把小弟送了。我糊里糊涂地拿起冥纸，而娘则把小弟裹在一张旧草席里，像抱着小弟出门似的。出门的时候，我忽然看见小弟的腿动了一下，不由惊呼起来，娘，小弟还没死呢。娘没有回答我，依然抱着小弟在前面跑着，小弟的腿就这么在我的眼前晃动着，不知跑了多远，我全身不停地打着寒噤。娘说，就这儿吧。娘小心地放下了小弟，用手开始挖土。我说，娘，我回家取锹。娘说，用锹小弟会疼的。坑越扒越大，娘的双手上黑乎乎的不知是泥还是血。我好像听见有人向我们走来了。娘用袖抹了抹脸说，鱼儿你去四个方位烧一堆冥纸，托人家照顾你小弟，我在四个方位烧了四堆冥纸，夜风中冥纸烧得很快，一会儿就熄灭了。娘已经准备把小弟埋了，她抱着小弟亲了又亲。我又喊了一声：娘，小弟的腿又动了。

娘说：鱼儿，你不要再吓娘了，娘害怕。

很快娘就把小弟掩埋起来，像种下一颗种子似的，娘和我在一个有残月的夜里把小弟种到土里去了，许多年之后，小弟会长成一个黑脸膛小眼睛的像父亲一样的乡村农夫吗？

回到家中，我一直在娘的怀里簌簌发抖，娘不停地问：你是不是冷？我没应声。娘用她曾搂着小弟的怀抱抱着我说："鱼儿，你是不是冷？"我还是没应声。娘叹了口气，解开衣服，把乳头塞进我哆嗦的嘴唇中，我不再发抖了，我喝到了娘的乳汁，奇怪，不甜，也不咸，似乎像水一样，这就是娘的奶汁吗？

半个月后，爹真的挑着他的木匠担子回来了，那时门前的槐树花已经往下落了，爹似乎和以前一样，不说话，也不表示什么。娘似乎已经从小弟的死事中走出来了，娘烙了饼，杀了一只鸡，爹看着娘忙来忙去，就用手抚摸着我的头，我很快地摆脱他的大手，我在梦中曾梦见他做木头手枪，可他并未带来。爹说：鱼儿你是不是病了？我说，不，我没病。我没吱声，我还是在心里说。

当天夜里，爹就和娘吵架了，我醒来时，娘正在哭泣。我似乎感到什么不对劲。爹捧住我的头说："鱼儿，死去的小弟像谁？"我不知道爹的意思。娘说："你别吓着孩子。"爹粗暴地骂了娘一句。娘不吭声了。爹开始磨斧头和凿子，霍霍的磨斧声在我们家里回响着。我看见爹的小眼睛在灯光下变得老大。磨完了斧头，爹又开始起身磨凿和刨子。磨完了凿子和刨子，爹又开始用钢锉锉锯子口。我不知道爹想干什么，是不是爹又找到木匠活干了，要知道，我们村只请爹做棺材，而一个村死人是很少的，况且现在村上火葬，根本就不用棺材，要做木匠活爹只有出门谋活。娘和我就这么看着爹在吱嘎吱嘎地锉着钢锯，好像在用锉子锉着这夜晚无边的寂静，锉得我们的心一阵一阵地痛。

第二天早晨，爹就爬上了门前的槐树，我还以为他爬上树去掏鸟窝呢。爹一上树，槐花就落下白花花一层。爹是握着锯子上树的，爹想用昨晚上锉利的锯子锯这棵正在开花的槐树。不一会儿，带着槐花的青青树枝就这么一根一根地落了下来，我家门前堆满了厚厚一层，娘在树下捡着树枝，一会儿树枝就堆得像小山似的。娘什么话也不说，爹也什么话不说，原先像巨伞一样的槐树已成了秃秃的树干了，像一只被切断了手指的残掌，想向天空中抓住什么。爹后来像猴子一样跳下来，又取出钢锉锉钢锯，这时我发现以前很丑的爹变得很英俊，他吱嘎吱嘎地锉着，不一会儿，锐利的锯子就锉好了。爹又开始锯树。娘走过去和他一起拉锯，两个人一句话也不说,直到粗壮的树干轰然倒地时,他们也没有说上一句话,一棵槐树,就这样被锯倒了,院子里突然亮堂了许多,一种很刺眼睛的亮光倾盆而下。

锯完了树,爹又取出钢锉锉锯子,吱嘎吱嘎地锉着,娘取来一碗水,爹居然把碗打翻了,水渍在地上暧昧着。娘捡起碗回到屋里哭了,爹可不管这些,他取出墨盒斗往槐树身上打墨线,然后又用锯子锯开。整整一个下午,爹在干他的木匠活儿,院子里堆满了槐树木潮湿的木屑和潮湿的刨花。由于树潮,树干常常咬住了爹的锯子、斧头或者刨子,我看见爹总是咬着牙,发一下力就将槐树的"坚牙"给拔掉了。我永远也不会忘记那个下午满屋子的槐树花香和槐树汁香。爹在这样的香气里干着他最得心应手的木匠活,一件崭新的木器就要诞生了。

到了晚饭时分,沉默了一天的爹忽然开口了:"你去把小弟找出来。"娘的手中的筷子差点掉了下来:"干吗?"爹用力拍了一下桌子,碗和筷子吓了一跳,"我是他爹,小弟是我儿子,养不活他,爹是个木匠,难道不能给他一口小棺材吗?"娘支吾一阵,"小弟埋在哪儿我不知道了。"爹吼道:"你怎么记不得?你埋的,你肯定记得,有一根骨头你就把一根骨头找回来。"说完爹就摔碎了手中的饭碗,娘伏在床上放声大哭。"哭什么,我还没死。"娘还是哭,爹冲上去给娘一个耳光,爹好像不是我爹了,"我叫你哭,我叫你贱。"爹又给了娘几个耳光,我看见血从娘鼻孔里、嘴角上流了出来,娘不哭了。

爹又一次说:"今天晚上小棺材就要打好了,你不把小弟找回来你就睡在这棺材里。"娘紧紧地抱着我,我被娘抱得生痛。我闻见娘身上的一股槐树花香。一直到半夜,娘才站起来,爹在天井里吱嘎吱嘎地锉着钢锯。

槐树木湿得很。

娘搭着一只竹篮和我一起走进了黑夜里。没有星光,也没有见到一盏灯亮着,只听见远处有一两声狗吠声传来。娘走了一段路就问我:"鱼儿,是这儿吗?"我说娘我也不知道。娘又走了几段路,又问我:"鱼儿,这儿是小弟吗?"我说娘我不知道我真的不知道。娘索性低着喉咙喊起来:"小弟——小弟——"但没有声音回答她。娘又喊:"小弟,娘带你回家了。"娘的声音真像是喊一个在外顽皮迷了路的孩子。

只有漆黑的夜色,并没有声音回答她,这个沉睡了的大地,我们曾在你的怀里藏下了小弟,现在你该将他摇醒啊,让我们把他带回家啊。娘摇摇我的手说:"鱼儿,你叫小弟,小弟最喜欢听你的声音了。"于是,这寂静的乡村夜晚又多了两个声音在喊："小弟，回家吧。""小弟，回家吧。"但小弟在这一长一短的呼唤声中始终没有应声，小弟，你真的忘了娘的乳汁了吗？

忽然，娘说，我听见了，小弟肯定就在这儿。娘放下竹篮，立即用手扒开脚下的土，土迅速地被娘的手抛开，我也用手扒。娘说："鱼儿，小心，不要碰痛了小弟。"娘又说："小弟，小弟，你出来吧。"我不知道这样的挖掘是世界上一种什么样的挖掘。但娘还是挖出了小弟的几根骨头，我听见了小弟的骨头蜷伏在竹篮里的声音。

但小弟的头盖骨不见了。娘不甘心，娘用手扒过的泥过了一下，又挖出更大的坑，挖到更深处，还是没有！直到天已经亮了，小弟的头盖骨还是没有，小弟不肯见娘，小弟学会了害羞。娘不禁哭了起来："娘真蠢啊，小弟。"娘怀疑起小弟的头是被野狗吃掉了。只有我一个人知道，我的聪明又狡猾的小弟已经找到了他另一个讨债的家，也许他正在那一家的襁褓里哇哇哇哇地哭呢。

当我搀着弱不禁风的娘回到家中的时候，爹已经把雪白雪白的小棺材打好了，这是一棵老槐树变的小棺材啊。爹说："小弟捡回来了？"娘没应声，娘已经没有力气了。爹又一巴掌打到娘身上："当时你是怎么犯贱的？"虚弱的娘已经禁不住碰了，娘一下子瘫倒在地上。娘好像死了一般瘫倒在地上，爹又上去蹬了几脚，"装什么死啊。"

还是我把小弟的几根骨头倒进雪白的棺材中的，爹真是好手艺，这么湿重的槐树还能打出这么好的棺材给小弟睡呢。我听见小弟的骨头在棺材里断裂的声音，小弟肯定在喊疼，但爹听不见，爹正拿着棺材盖准备给小棺材上钉呢。

最后，爹就把这具小棺材埋在了我家门口的槐树身下，爹很快就用锹挖好了一只坑，埋好了小弟。他在拍土夯实的时候，四妈恰好从这里走过，问爹："埋什么宝贝啊，真巧啊，让我看见了，你不怕我来偷吗？"爹一听，手中的锹一松，咧开嘴，竟号啕大哭起来。

野猫

本财原来是食堂里的职工,食堂没有出事之前,他一直没能进入我们的视线,需要我们关心的事情太多了,人事制度的改革,商品房价格的上涨,恐怖主义,等等,等等。每一件事都会牵扯我们的精力和口舌。还有中央的精神,上级的决定,领导的爱好,市委常委会的秘密,它们,都比一个食堂里的临时工重要得多。

有一年,来了一个新的市委书记,他长得很富态,可他偏偏反对大吃大喝。只要他没有到外面开会,饭店肯定都是冷冷清清的。谁也不想因小失大。我们的领导也是这样,单位的食堂就这样建起来了。到饭店去吃工作餐,怎么解释也和大吃大喝有嫌疑的,而吃食堂就不一样了,无论怎么大吃大喝,只能说明一个问题,后勤工作搞得好,职工福利搞得好。

食堂搞得最好的那阵子,我们几乎都不回家吃午饭了,那些家离单位相当近的几个同事也不回家了,还有那些本来在学校代伙的孩子,一起享受单位的福利,不吃白不吃,白吃谁不吃。更为重要的是,我们领导也喜欢上食堂呢,吃食堂的好处有目共睹,既能享受社会主义的大锅饭,还能和领导打成一片加深感情呢。那时,每到了午饭时刻,我们的食堂就像是一个和和睦睦的大家庭,食堂里的位置都不够坐了,我们就到外面去,坐在横在地上的几根水泥杆上(那是上一任领导乱搞基建的遗产)吃午饭。坐的条件艰苦,可我们吃得快乐,吃得开心。其乐融融,体现了凝聚力,大凝聚带来了大团结,大团结带来了大稳定。那年,市里搞综合作风考评,我们单位被扣的分最少,也就是说,我们单位得的分最高。很多单位不明白真正的原因,其实很简单,职工们都以单位为家,哪里有搞不好的单位?

我们单位成功的是食堂,事情也出在食堂,倒不是食堂的账目不清,而是食堂里出了一起风流案。女主角是食堂里的一位叫奶牛的女职工,而男主角恰恰就是我们的领导。本来风流案属于领导的私生活,放在今天也没有什么大不了的,再说了，领导吃到了奶牛的奶，我们就能够吃到领导给我们的福利，双赢的事，多好。关键的关键是我们领导家里的领导，领导的夫人不高兴了，她带着她的五个兄弟抓了我们领导和奶牛一个现行。抓了现行也就罢了，领导夫人又把光着身子的奶牛押到我们单位的广场上。从那以后，奶牛就从食堂里消失了，再后来，奶牛就自杀了，在我们的食堂里，开了煤气。

  自杀的奶牛就是那个本财发现的，他把奶牛抱到医院里去抢救。可那时我们还没有关心过本财这个名字，我们更关心的是奶牛事后的处境。热情洋溢的奶牛死了，又不见了亲切和蔼的领导，再好的福利我们也没有胃口了，就这样了，食堂慢慢式微了。

  领导就这样调走了，成了我们的前领导。前领导一走，现任的领导就上任了。他是肯定不喜欢食堂的，这个道理是不用再讲的。再说，大气候也变了，吃点喝点早就不算什么腐败了，这是纪委文件上都写过的。现任的领导很干脆，要吃饭的话，就到不远处的税务局食堂去，按五元的标准吃，自己贴一元，单位贴四元。说现任领导不关心我们的生活也是不对的，他一上任，就对我们单位的厕所大为不满，说我们单位真是九十年代的建筑，七十年代的厕所。所以，他上任的第一件事情，就是把十五层的厕所全部装修一新。

  食堂里的人鸟兽散了，有的去了后勤科，有的进了宣传科，有的进了办公室，有几个就回家了。本财没有走，还是和前领导有关。前领导的表姐原来在我们单位是负责发报纸和倒茶水的，前领导一调走，她也走了。有人想介绍自己的亲戚代替前领导表姐的缺，领导发了话，什么人员也不进，自己动手，丰衣足食，倒茶水自己来。

  偏偏本财就留了下来，到底是什么原因把他留下来的，谁也说不清楚的，这也是不能打听的，跟谁打听都不安全的，反正又不关我们的事。最可靠的说法是这样的，本财留下来，是他肯吃苦，给一份工资，得干两份工作。他要做掉前领导的表姐的工作：发报纸。更为重要的是打扫上下十五层楼的每一层的男厕所（另一个负责绿化的女工兼打扫女厕所）。厕所是现代化了，可总归要打扫和添加卫生纸的，总不能叫我们自己打扫厕所吧。

  本财来到我们的身边了，他每天都会在我们面前最起码出现两次，上午为我们发报纸，下午为我们打扫厕所。可我们还是记不住他，我们几乎都没有叫过本财这个名字。更让我们关心的是网络，是QQ号，是短信息。黄色的短信息发过来，发过去，很庸俗，也很无聊，可我们还能够干什么呢？原来食堂搞得好的时候，我们都有奔头的，那就是悄悄酝酿着激情，准备到食堂吃饭时，把酝酿好的激情释放出来。可食堂没了,我们也没有必要酝酿什么激情了。总不能酝酿激情上装修得现代化的厕所吧。我们的精神臃肿得很,从激情的青春时代一下子落到中年脂肪里了。

领导是明察秋毫的,他晓得我们的埋怨我们的苦闷,决定给失去食堂的我们安慰和补偿。安慰和补偿的方法有两种,一个是加发福利,一个是给我们安排旅游的机会。领导还通过民主集中制把征求意见表发给了大家。我们中立即就分成了两派,一个是福利派,主要是四十五岁以上的老同志;一个是旅游派,主要是我们这些四十五岁以下的年轻同志。经过统计和归纳,旅游派占了上风,达到了百分之八十八以上。也就是说,赞成发福利的人只有五六人左右。得知这样的结果,我们又进行了去什么地方旅游的讨论。因为旅游时间的限制,这次,领导没有用民主的方法,而用了集中,不去海南吃椰子,也不去新疆手抓羊肉,去庐山看瀑布。消息一出来,几个中层干部有些微词,主要是因为他们去过了。可领导说,我都去过三次了,可我还是要去的,大部分人都没有去过,少数服从多数。再说了,大家一起去庐山,在庐山过集体生活,你们没有经历过吧。

得知去庐山,我们的头脑中就响起了李白的诗句,飞流直下三千尺。没有去过的人问去过的人,真是飞流直下三千尺?去过的同志回答得很狡猾,你可以不相信我,但你总得相信李白吧。

从庐山旅游回来,看着那些和庐山合影的照片,我们又似乎回了一次庐山。我们爱上了清凉的庐山。我们说得最多的,就是庐山的瀑布,我们去的时候,虽不是瀑布水最大的时候,我们还是在瀑布下回到了快乐的童年。打水仗的时候,领导也参与了,与民同乐,我还丢失了一副眼镜。后来是在牯岭街配的,开了发票,算在了单位的总账里,这是领导特地吩咐的,属于集体损失。

导游江西安告诉我们,可以叫他安老表。可我们都喜欢叫他小安子。他假装不高兴,可他还是认可这个称呼的。小安子带我们去了美庐。毛主席的庐林一号的建筑很朴素。导游还带我们去了庐山植物园,领导带我们去看一个新景点,叫景寅山,并不是山,而是一个土坡。上面埋着国学大师陈寅恪和他的夫人的骨灰,碑文是黄永玉写的:"独立之精神,自由之思想。"我们想不到的是,领导居然非常喜欢国学大师陈寅恪,一路上,领导也给我们讲了柳如是。美女柳如是,侠妓柳如是。我们大都是大学毕业,可有谁拥有那些国学知识能够和领导对上话呢。这是一个有水平的领导。

爱上了庐山,我们就理所当然地爱上了江西。江西好,有山有水,难怪很多伟大的人都和江西有关呢。再后来，我们就养成了关心江西的习惯，江西的天气，江西的洪水，江西的……社会新闻。有一天，我们就读到了有关江西王老表的一则社会新闻。王老表下岗之后，在外面开无牌照的摩的，被警察抓过几次，只能做一个地老鼠。昼伏夜出，打打零食。有一天，他的邻居装修（当时这个房子是原来他们厂的副厂长的，可他从来就没有住过，只是出租，这次是真正的卖掉了，卖给一个乡下人）影响他休息了，他说了一次，可得到的是难听的话。他一言不发，拿出斧头就把那个木工劈了。王老表的老婆有精神病，他说他早就活腻了，活烦了，睡个觉也不安稳。一会儿嘟嘟囔囔的，一会咚咚咚的，你装修，你发财，你活得美，那你偷着乐啊。在我的身边闹，可我偏不让你美。

读完了这个消息，我们都不约而同地想起了本财。本财就这样走到了我们的视线里了，本财和这个江西的王老表是一样的境遇呢。他也有一个精神病的老婆，还有一个残疾的女儿。他会不会做出和江西的王老表一样的事情来呢？

本财再来发报纸的时候，我们就喜欢和他说上几句话了。本财也不避讳，他告诉我们，他老婆是生了女儿后才疯的。本财还告诉我们，当年他有两个预备新娘的，一个没有结过婚的姑娘和一个带着两个儿子的寡妇。可他偏偏就选择了那个没有结过婚的姑娘，他不知道她曾经疯过。

我们听到这里，很是有想法的，本财啊本财，为什么当时不想一想，世界上有些事情就是好货不便宜，便宜没好货呢。可看到本财一脸的后悔，我们就不能说了。说实话，如果这个答案放在我们的面前，我们也肯定会犹豫的。这样的选择是摆在了光棍本财面前的，本财也是犹豫的。况且还是在十五年前，在选择之前，本财和那寡妇睡过两次的，是那寡妇主动的，可他还是选择了那个姑娘。

本财走进了我们的视线，本财很能吃苦，本财做了单位的两份工作后还有第二职业，他在下班之后还踏三轮车找闲钱的。我们很想为他做些什么事，后来就想到了他喜欢废报纸的，他肯定是把废报纸收好了卖些钱的。我们有了废报纸什么的，都会打电话给本财的，叫他上来悄悄拿走。每当他拿报纸的时候，我们会和本财谈谈他的老婆，最近的病情稳定不稳定。本财说，他老婆是关在家里的，女儿在他丈母娘家，每个月给三百块钱生活费。他老婆的神志不清楚，可是饭量很大。有一次，单位分福利了，多了许多比废纸更值钱的纸盒，我们叫本财来拿。也许是硬纸盒的价格比废报纸高吧，本财说话的兴致很高，连声说我们都是好人，他给我们亮出了右胳膊上的伤疤，这是一次车祸的纪念。有一天，他急着从单位往家里赶，被一辆摩托车撞伤了，摩托车撞完了就跑了。他的胳膊被撞断了，还没长好的时候，他老婆恰巧犯病，脱光了衣服就往外面跑，本财想拦住她，刚接上的胳膊就被她扯断了。本财说到这里,又给我们强调了一下,她力气大,一顿能吃两碗饭。

本财和我们熟了,有时候到办公室来发报纸,也会坐下来,和我们啰唆几句。他老婆又把电视机砸了。他老婆又把洗衣机砸了。他老婆又把玻璃窗砸了。几乎每次都是说他老婆砸东西。本财走后,我们的头脑里就有一个疯女人,她总是狂叫着砸东西,噼噼嘭嘭,咣当咣当。不晓得本财是怎么忍受得了的,他会不会有一天把她弄死?这么一想,我们就会小心地试探本财,问他这样下去,也不是个办法啊。本财说,能有什么办法?就这样过下去吧。我们就不好说什么了,本财是一个本分的人呢,再说,那个疯女人还跟本财生了一个女儿呢。

可本财还是太啰唆了,有时候,他下午来打扫厕所,手里就拎着那些垃圾桶里的厕纸和我们啰唆。那些厕纸都是我们用的,可怎么看着也不舒服。还有,本财的身上总是弥漫着一股类似汗臭的味道,他的嘴巴里还有口臭。

后来他也意识到我们的冷淡,就不怎么来向我们汇报他老婆的情况了。其实他不向我们汇报,我们也能想象得出,关在他家里的老婆总是狂叫和砸东西。咣当咣当,噼噼嘭嘭。

渐渐地,本财就淡出了我们的视线,再加上我们自己也遇到了麻烦。单位的纪委和办公室出台了一个规定,不允许带零食到单位来吃,谁带零食,一经查到,当月奖金扣一百,第二次再查到,扣五百。规定刚刚出来的时候,我们中大部分都被罚过,一袋豆浆,一盒饼干,结婚喜糖,孩子塞在我们口袋里的半块巧克力,都被纪委那些"特高课"查到过,查到就被罚款。罚款也就罢了,还上墙公布。那时间,真是人人自危,一有个风吹草动,就头皮发紧,心跳加速。

我们都很愤懑,真是只准州官放火,不准百姓点灯啊。那些到饭店吃饭的,都是享受了一定级别的。那些去税务所食堂吃饭的,有点像小娘养的,总是吃不舒心。什么叫做在家时时好,出门处处难,到别的单位食堂也是难上加难的,人家单位有外客,食堂的大厅就得让出来,你去了就尴尬,只有改成快餐。要照顾自己的肚子,那只有犒赏自己一点零食。可偏偏这些零食也不允许带过来呢。那时候,我们就很怀念前领导给我们的和睦、团结和稳定。有时候,我们连前领导的夫人也骂上了,为什么她不睁一只眼闭一只眼呢?奶牛的老公都没有生气,她凭什么要这样破坏我们原来的好日子?奶牛死后,前领导坚决要求和她离婚了,即使被她的五个兄弟打断了一条腿,他也和她离了婚。听到前领导离婚的那天,我们的心情就像是久阴过后的晴天,那可是我们单位这么多年来第一起离婚案呢。

也许领导意识到我们的情绪,就专门开了一次会议,解释这个规定出台的原因:为什么要禁带零食?是和食堂有关的,过去食堂办得太好了,惹来了很多的野猫。原来以为食堂不办了,这些野猫会搬到别的什么地方去,哪怕就是去不远处的税务所食堂也好啊。可这些野猫一直没有搬家的迹象,闲置下来的食堂让它们成了家,在里面生儿育女。更令人气愤的是,野猫嘴巴很馋,它们接连咬坏了我们单位的很多现代化的设备。上个月,被野猫咬坏的设备损耗是五万多。再上个月,是四万多。这些损耗都是不应该有的,直接影响了年终单位的效益,也影响了所有职工年终的福利和奖金。在没有办法的情况下,只好清理零食。

我们说,这些野猫也有好处的,那就是可以捉老鼠。

领导说,什么老鼠?现在的老鼠不多了,你想想看,你有多长时间见不到老鼠了?

想想也是,的确很长时间见不到老鼠了,领导说,更为可怕的是,野猫身上都有狂犬病,而狂犬病比艾滋病还可怕,请各位同志配合,一定要把对野猫的战役打胜!

领导动员讲话后,后勤科的同志介绍了和野猫战斗的一些情况,真是不听不知道,一听吓一跳。后勤科的同志在对野猫的战斗中已付出了大量的人力、物力和财力,有两个同志还负了伤,一位和野猫比赛从围墙上往下跳,结果摔伤了小腿,一位是追赶野猫的过程中,高血压发作,得了小中风。还有一位同志差点被野猫抓伤。单位已经特地为所有参加和野猫战斗的同志保了意外人身保险。后勤科的同志还说,一分耕耘,一分收获,我们第一阶段的战役里,用毒、打、杀、赶的方式总共消灭了五只野猫。照这样的速度,我们可以在年底完成全面清除野猫的工作。我们在台下听了,很是羞愧,人家后勤科的同志是多么辛苦,我们居然为自己解馋,给他们增加了不少麻烦。

大会之后,我们都自觉加入了剿灭野猫的战斗中了,到图书馆查找消灭野猫的资料,到互联网上求助,向老人们寻找古老的消灭野猫的办法。各种信息很快就汇总过来了,也不外乎毒、打、杀、赶几个方面的手段,比如什么用麻醉枪,用地雷战,用袭击战,用伏击战,用围困战,甚至有人还把一个说湖南话的猫贩子请过来,可这些野猫似乎都熟悉那些猫贩子的味道,在猫贩子守候在我们单位的那几天,野猫几乎全部消失了。为了那几天劳务费的问题,猫贩子还跟我们的后勤科长吵了起来,当然不可能不给,也不可能全给,我们后勤科长的绰号就叫做八折,即使有完全的理由也是八折。更为奇妙的是,湖南的猫贩子前脚走,有一只野猫就爬到后勤科的窗台上,对着我们的八折科长叫板。

大家都低估了野猫,当我们采用了大步撤退、诱敌深入、集中兵力、各个突破的运动战中歼灭敌人的办法,智力惊人的野猫用的却是毛主席的敌进我退、敌驻我扰、敌疲我打、敌退我进十六字方针。有人怀疑那些野猫有人指挥，朝这个思路想下去，有人很快就想到了是奶牛的鬼魂在指挥呢。说句实话，最初为我们单位引猫入室的人就是奶牛，心慈手软的奶牛，出手大方的奶牛，就是她把那些流浪猫喂出了甜头。

有一天，我们的工会主席生病了，好几天没有上班。有人说是被一只眼睛能够射出绿光的猫吓的。那天，轮到他值夜班，他听见了走廊里有猫叫，他就循着猫叫走过去，就在前领导的办公室门前（一直空着），他和那只眼睛射出绿光的猫不期而遇，那只猫还叫了他一声，那声音和奶牛的声音一样。

这种带有迷信说法很快就传播开来，有些女职工连上厕所都要结伴。后来领导知道了，说工会主席不是生病了，而是出去疗养了。领导还说，野猫就是野猫，和什么奶牛扯在一起。日本鬼子很厉害吧，八年后他们不是乖乖地被赶出了中国了嘛。再说，那些野猫哪里有日本鬼子厉害呢。为了让大家除去疑问，领导还把前领导的办公室装修了一下，变成了我们单位的荣誉陈列室，用闪亮的奖杯、奖牌和红彤彤的锦旗赶走传说中的奶牛和野猫。

消灭野猫的战斗让我们把本财给忘了，他继续忙他的工作，我们有什么废纸什么的，就直接堆到厕所里，反正本财会整理的。

严峻的学术周开始了。领导说了，学术周，每个人都要参与，都要写正式的业务论文，每篇起码一万字以上，不允许上网抄袭，必须理论联系现实，尤其要联系自己的工作经验。一想到我们领导是那么的熟悉陈寅恪，谁也不敢懈怠了。领导还说了，你们不是看过陈寅恪的墓了吗？上面写的什么？独立之精神，自由之思想！现在知识更新得多快啊，有人还想凭着当年大学的一点东西吃老本！你们肩膀上的东西可不是只用来吃饭的吧，思考！思考！我们需要真正的业务尖子！

领导那么多的感叹号把我们的自卑感都打出来了。野猫是不需要我们过问了，一切工作都要为学术周让步。有人提出把食堂拆掉算了，可后来听说我们前面的单位，也就是靠近食堂的单位一直想扩容，如果我们拆了，就等于出让了我们单位的土地，这是完全可能的，我们没有理由再砌新房子了（我们单位的新大楼还有很多亏空），而与食堂相邻的这个单位的前领导是现在的副市长。只有把废弃的食堂的门窗全部封死。

其实野猫也有一个功效的，那就是考验了我们单位门窗和制度防小偷和防野猫的双重本领，后来野猫意识到了，设备是不能破坏的，破坏设备也就招来杀身之祸，它们就不再破坏那些设备了。大家都显得相安无事了。有时候，我们会在大门口的月季花丛里看到一只野猫，阳光下盛开的月季花，一闪而过的猫，就像一幅充满灵性的水彩画。

本财就在这个时候再次闯入我们的视线里，那是一个特别的日子，是我们学术周论文截止的最后一天。原来的截止日期是下个星期，可领导要去欧洲考察，他要在欧洲考察之前看我们这次学术周的成果。提前了。

这个决定一下子把我们打懵了，说得很容易，可做起来是多么的难。每人一万字业务论文，还有五万字平时学习心得，不允许打印稿。领导说了，如果交得不及时，不但扣除当月奖金，季度和年终奖金也要扣除。如果不交，那就要准备行政处分。

领导要提前看，有弊有利。利是可以糊弄了，领导要出国，没有时间也没有精力，不可能全看的。弊是我们还没有完成，论文可是和教授导师连在一起的，谁都怕的。很多人都有想抄别人的念头，大家都这么想，反而没有什么着落了。有人想借鉴网上的文章，可不是所有的眼睛都好的，尤其是中年同志，他们不习惯用网络，就是打字，也是一指禅。必须要翻报纸，前几天的报纸。后来，报纸也不够用了，平时都及时处理给了本财。本财就是这样被我们想起来的。电话打过去，本财就答应了，他会赶紧把今天的报纸送给我们的。

本财走到我们面前时，我们都似乎没有看见他。要知道，大学毕业以后，我们从来没有像今天写过这么多的字，不管写得好不好，写得通顺不通顺，六万字，该有多少笔画？一些更年期的症状就这么显示出来了，头昏眼花，腰酸背痛。本财出现的时候，我们还以为是个幻觉。其实当时我们把本财的故事写到业务学习的笔记中去，领导也不会看到的。领导要的不是内容，而是态度和字数。

我们谁也没有想到，本财是找我们"有事"的。听到"有事"这个词，我们的精神一下子上来了：是不是他的疯老婆又把家里的东西给砸掉了？

那时，大部分人的六万字已经过了三万字了，可以歇一会，调剂一下，本财就来说"有事"，真是恰到好处。

本财的"事情"是我们没有料到的，他说要离婚，和他的疯老婆离婚。

离婚？！我们一下子记起了江西的那个王老表。本财的确应该离婚，王老表的悲剧之所以发生，就是他没有离婚呢。再说了，本财这么多年受的苦太多了。

我想请问你们，本财搓着手说，我该怎么离婚？

我们听说过离婚，也有朋友离婚了，可怎么离婚，手续该怎么办，真的需要问一问再说。说完了这个答案，我们都发现了本财的额头上有一块新鲜的伤疤。本财走了，我们继续写业务学习的体会，我们都没有说话，静静地写着，我们都为这伤疤分泌出了更多的真情实感。

现在，本财真正地走到了我们中间来了，我们在单位上讨论的是本财的离婚。我们和朋友讨论的也是本财的离婚。有时候，我们回到家里，跟老婆谈起的也是本财的离婚。我们中间还为勤劳而老实的本财准备了一个对象，那是我们同事一个离婚多年的表姐，她是被发了财的老公一脚踢开的。

我们中间有法院关系和律师关系的同事责任最为重大，本财的老婆可不是正常的人，而是一个精神病患者，精神病患者可不可以离婚？如果离婚了，有什么附加条件？这是我们需要为本财回答的。你想想，我们每天都要见本财的，平均每天见本财二点五次。每一次见他，总觉得有负担。可我们和他相比，本财应该是生活得最苦的。

消息一点点反馈过来的时候，我们的心就一点点往下沉，都是不利于本财的消息。夫妻双方如果有一方是精神病患者的，法院很难作判决。除非一方答应把精神病的这一方生活和治疗全部照应过去，也就是说，给予对方以足够的生活费和治疗费。这肯定是不行的。如果有治疗费，本财也不会把他的疯老婆关在家里让她乱砸东西。

后来又有了消息，去找一下他老婆在结婚之前就疯的证据，或者其他不利于对方的证据。听说这个消息的时间是在下午，那时本财正在打扫厕所，我们没有顾及本财身上的味道，而拦住了他，告诉他这些条件。

本财结结巴巴地说，肯定拿不到的，她过去疯的证据是没有的。本财还说，她和他结婚的时候的确没有疯。

看到我们失望的样子，本财也很失望。那一天，他在我们这一层打扫厕所的时间比以前长得多。我们到下班的时候，很是不放心，就派人去看一看，可本财早走了，他是什么时候走的呢？又是以什么方式走的呢？我们还到厕所窗户那里看了看，本财不至于跳楼吧。

第二天，本财出现了，他手里捧着今天的新报纸，脸上依旧是那种老实的笑容。在发完报纸之后，他就坐下来了。有人还给他倒了一杯水。本财就给我们说出了他的一些证据。我们开始以为是什么证据呢，听本财讲后，都不知道说什么才好。其实这已经是刑事案件的事了。本财告诉我们，他把老婆关在家里，有很多时候，她是能够跑出去的。本财说到这里的时候，我们都想起了本财经常说的话，她力气大，一顿能吃两碗饭的。

本财喝了一口水，继续讲他老婆的事。他一点不晓得她跑到什么地方去了，只有骑着三轮车到处找，等到他把她找回来，她总是光着屁股。更多的时候，她在建筑工地的工棚外。本财过去的时候,那些民工们就不怀好意地对他笑。本财说,如果他那时有一支枪,肯定会把他们全部枪毙掉。本财说到这里的时候,眼睛里闪过了一道凶光,那凶光肯定也在王老表的脸上闪现过。

只是过了一会儿,本财又恢复了原来的老实表情,把纸杯里的水一饮而尽,说,我也过了这么多年了,就这样过吧。

我们中有个人说,本财,你可以再找一个女人的,不离婚,就在家里过。

本财听了,没有说什么,脸上浮现出了一种奇怪的表情。

这以后,我们一见到本财,即使他依旧是那老实的表情,可我们还是能够忆起他那天奇怪的表情。我们甚至不敢看他手上的那道被不明的摩托车撞伤的伤疤,仿佛我们就是那个撞了他逃跑的那位肇事者。

仔细分析下来,我们的内心都有一些愧疚的。废报纸,或者是价格更高的废纸盒在这个苦命人面前不算什么了。有一个女同事很心细,把家里没有人喜欢的玩具带了过来,说是给本财女儿。本财很是惊喜,看来他最喜欢的还是他的女儿。

我们这下找到补偿本财的方法了。在那段时间里,我们几乎把家里小孩不玩的玩具都带了过来。有人还带来了一些新衣服。见本财收了,我们就带来了更多的小孩的旧衣服。那是每年都准备捐给灾区人民的,捐给本财其实一个样,甚至比捐给灾区的人民更为快乐。

我们共同施予本财的那些日子里,本财很是快乐,我们比他更为快乐。本财就这样走到了我们的中间。有时候,本财送了报纸之后,会给我们讲一讲他寄养在岳父家的女儿。有时候,他也会讲他和小舅子之间的矛盾。但他不讲他的疯老婆了,估计他很是后悔上次给我们讲他老婆被人欺侮的事。看得出来,本财心里是有伤痛的,这伤痛已纠缠了他很长一段岁月,还会继续纠缠下去的。

这一段日子可以算得上本财和我们的蜜月期。有几次,我们晚上在街上散步,会遇到正在街头拉客的本财,他会告诉我们,今天做了几角钱了。看到我们不解的表情,他还会告诉我们,他所说的几角钱是三轮车夫的行话,一角就是一块钱呢。本财说,最多的一个晚上,他弄到了九角钱。

有一次,我们在电视上看到了,公安局抓获了一个专门敲诈三轮车夫的犯罪团伙,这些小青年专门在下三轮车的时候说自己被车碾伤了,然后进行敲诈。看到这个新闻,我们就问本财有没有遇到这样的事情?本财说,有一次,他也遇到的,只是他的身上只有刚刚做到的三角钱。他告诉他们,他家里多么的艰难,那些小青年也相信了,他也只损失了三角钱。

本财和我们的蜜月期很快就结束了，表面上是因为我们太忙了，本财更为忙碌，大家都要投入创建省级文明城市的活动中。更为主要的是，本财总是穿着我们捐给他的旧衣服上班。当然，下了班还去踏三轮车。我们都相继在本财身上认出了我们的旧衣服。虽然我们都没有说出来，可对于本财的关心就慢慢熄灭了。

创建文明城市是全市范围里一场人民战争，每个人都是参与者，每一个都是主力军。市长说了，如果哪一个单位失分，就是一票否决，这个单位的一把手必须辞职。为了配合文明城市的创建，我们的领导又一次采取了民主集中制的原则，要求我们献计献策，为如何增加我们单位的形象分出主意。

方案有很多种，比如雇佣蜘蛛人擦洗户外的玻璃，比如制作一些宣传牌，比如把单位门口的招牌再上一次漆。最后的方案是领导拍板定下来的，在大门口的围墙边修建一道大型的山水盆景。我们在办公楼上可以看见，外人从大路上也可以看到，绝对是可以增加形象分的。我们领导在宣布这个决定的时候还说了一句很有名的话，仁者乐山，智者乐水，愿我们既能成为仁者，又能成为智者。

山水盆景建起来了，很是别致，在短期内我们是不会成为仁者，也不会成为智者的。领导以为我们喜欢这山水盆景，其实我们更为关心的是山水盆景里面的红鲤鱼。红鲤鱼们很是害羞，在楼上看的时候，可以看到那些红色的逗号在里面一闪一闪的。我们到了楼下看的时候，那些红鲤鱼都躲起来了。有人提议拍巴掌，可拍巴掌，它们也不肯出现的。有人吐了一口唾沫，红鲤鱼就出来了，像游来游去的感叹号。估计它们是要吃的，可单位的不带零食的禁令还没有消除，看来只有悄悄地带。好在红鲤鱼吃得不多，只要有一点点就够了。

每次我们在山水盆景逗那些红鲤鱼玩的时候，本财那头发零乱的头总是会挤过来，他肯定也喜欢这些红鲤鱼的。这个苦命的人，不晓得他老婆现在砸不砸东西了。这样的念头只是一闪而过，因为我们爱红鲤鱼的兴趣也是一时的，领导不喜欢我们集中在门口看红鲤鱼，下了班，我们都要赶回家的。

有很多时候，我们下班回家，就看到本财一个人在山水盆景那里看红鲤鱼，满脸欣喜的样子，这个苦命的男人啊。

我们市如愿得到了省级文明城市这个称号，我们单位得到了创建活动的一等奖，当然，我们也得到了创建的奖金。这些奖金对于我们来说，只是一些过手的钞票，一会儿就被我们花光了。生活就是这样，一些令我们感兴趣的事物慢慢地就被遗忘了。比如本财，比如庐山，比如陈寅恪和柳如是，比如那个江西的王老表。比如红鲤鱼，越长越大的红鲤鱼。

直到美国"9·11"事件发生的第三天。那几天，总是有一种复杂心情在我们中间弥漫。我们特别盼望着每天的新报纸，可我们等到下午，才得到报纸。送报纸的也不是本财，而是传达室的一位老张。

我们大吃了一惊，本财怎么没有上班呢？王老表的故事一下子又从我们的头脑里冒了出来。是不是他杀了他的疯老婆？或者他杀了一直有意见的小舅子？或者是装修的邻居？

传达室的老张否认了我们所有的猜测，不是因为人，而是为了鱼。老张说，你们昨天下班的时候，有没有看到本财坐在山水盆景前哭？

老张这么一说，我们想起来了，是的，昨天我们下班是看到本财坐在山水盆景前的，我们以为他是喜欢那些红鲤鱼的。

老张说，不是喜欢，而是伤心，那些红鲤鱼都不见了。

可本财也不至于为了这个伤心得哭吧，可仔细想想，也不是不可能呢，这个苦命的人，哪里是哭那些失踪的鱼，而是哭他自己呢。他过得实在是太苦了呢。

老张又说，你们可能不晓得，这些鱼都是本财的宝贝呢，这些鱼都是他从家里带过来的呢。

我们都以为是本财买的。可老张说，本财一直养红鲤鱼呢。

老张说完就走了，可我们还有一个疑问，就算是本财是在家养红鲤鱼，可在山水盆景没有建起来之前，他的红鲤鱼养在什么地方呢？他的那个疯老婆不是见一样东西砸一样东西吗？看来一切都要等本财来了才能解释呢。

本财第二天也没有上班，看样子是真伤心了。我们都谴责起那些偷红鲤鱼的贼了，什么不好偷，偏偏要偷这些不值钱的红鲤鱼？

说到贼，我们很快就把话题转掉了，这些年，我们都被贼惦记过，也多少被贼偷过。贼，成了我们那一天的热门话题，比"9·11"事件和拉登更为热门。

本财是第三天上班的，他来送报纸的时候，我们都差点把红鲤鱼的事情给忘了。如果不是他主动说起那些红鲤鱼，我们真的把他为了红鲤鱼哭泣和生病的事情给忘了。我们问他，家里还有没有红鲤鱼了？本财说，全部都拿过来了。

本财的这句话就证明了两点，他在家里的确养红鲤鱼的。第二，他的确是对红鲤鱼有感情的。可他是把红鲤鱼养在什么地方的呢？

本财很不好意思地说，他是养在三轮车的座位下面的，因为地方太小了，有时候小鱼孵出来，都没有地方养，只好送人。可人家都喜欢金鱼，不喜欢红鲤鱼。

可以想象每天骑着三轮车的本财了，和红鲤鱼一样在夜晚的大街上游来游去的本财啊。他在风雨中奔来走去,而那些红鲤鱼在摇篮一样的鱼缸里睡着了。可它们真的睡着了吗? 它们总是睁着眼睛睡觉的啊。

那一刻,我们真的被感动了,为了表示立场,我们纷纷在他面前骂起了那偷红鲤鱼的贼。

本财却否认了我们的说法,他说,不是贼! 是猫! 是那些野猫!

本财的话一说完,我们又想起了与野猫作斗争的那些日子。可我们有很长时间没有见过那些野猫了,有很长时间听不见猫叫了,说不定是本财猜错了呢?

本财说,还不是别的猫,就是上次的那趟猫,猫不是狗,狗不记仇,猫是记仇的。

本财的脸上满是悲愤,他肯定还在想念那些红鲤鱼,像逗号的红鲤鱼,像感叹号的红鲤鱼。

可我们都有点不相信本财话,冬天来了,那没有红鲤鱼的山水盆景都冻住了,如果本财的红鲤鱼还在的话,肯定都要被冻死的。可我们都不把这话说出来,只是每次走到山水盆景那里的时候,都想到了脸色越来越孤苦的本财。

有时候,我们叫他来取厕所废纸,本财不再像以前那样急冲冲地走上来,不再给我们一脸老实的笑了。他有时候会在第二天,或者是在第三天,才把那些丢在厕所的废纸带走。

听老张说,本财正在追杀那趟野猫,我们都怀疑本财能否成功: 第一,那些野猫好长时间没有见到了,如果它们还在我们单位的话,那么它们隐蔽得就特别的好了,都像是特务了; 第二,过去我们花了那么长的时间消灭这些野猫,也没有取得成功,光凭本财一个人,他会成功吗?

春天来了,那些野猫又出现了,野猫真的是色胆包天啊,晚上嚎,白天也嚎,有时候,我们在上班,就听见食堂那边有野孩子一样的嚎叫,满腹的委屈和不安。它们用叫春的方法提示了它们的存在和本财的失败。估计它们这么多天来,是一直躲在被我们门窗紧闭的食堂里的。

我们的领导肯定也听见了,可他们不着急,准备砌后勤中心的报告已经得到了上级的批准,资金也有了着落,是社会上的资金。食堂的拆除已指日可待,那些野猫再疯狂也没有了,它们是秋天的蚂蚱,长也长不了了。根本就不用去管它们了。

本财还在记着那些野猫的仇,我们几乎每天都看见他追逐着野猫。可野猫跑得比笨拙的本财更快,更为灵活。有时候,我们没有事做了,就站在楼上的窗口前,看本财在原来的食堂那边追赶野猫。

那些野猫肯定晓得本财是不会追得上它们的,它们总是在戏弄本财,根本不用上屋上树,只是在食堂外面的那些横陈在地的那些水泥电线杆上窜过来窜过去,像一道道闪电,而笨拙的本财就像一个疯子,手里的竹扫帚只是闪电边的乌云。

有时候,我们从本财的动作中想到了他老婆的动作,他关在家里的疯老婆如果没有东西可打了,是不是也是这样在虚空中拍来拍去?

本财是不服输的,他总是在追赶,也许本财追赶的时候,嘴里还会骂着什么,可我们在楼上,隔得太远,总是听不清楚的。

那天下午,本财正在厕所里打扫,不晓得是谁学了一声猫叫。本财听见了,也像一只野猫从厕所里窜出来,手里拿着一只拖把,我们可从来没有见过他怒目金刚的样子,可这次见到了,有点滑稽。

也许是他意识到是我们中间有个人在学猫,他的那点愤怒就一点点泄掉了,像一只被人踩了好几脚的废纸盒。再等他从厕所里拎着装厕纸的桶出来,我们都有点不敢看本财了,好像他在某一张厕纸上,窥见了我们留下的不可告人的秘密。

野猫是什么时候消失的,我们都不知道,也许是我们准备出去旅游的时候消失的,也许是我们出去旅游的时候消失的。野猫已不是我们所关心的话题了,我们更为关心是旅游线路。这次我们去的是陕西,我们到了西安,也到了延安。这当然又是一次福利旅游。大雁塔,兵马俑,宝塔山,窑洞,小米饭,羊肉馍馍。

回来的时候,我们都爱上了陕西和黄土地。大多数的白杨树一丈以内是绝无旁枝的,有一些白杨树在一丈以内还是有旁枝的,不过几乎所有的白杨树上都有喜鹊巢,有的白杨树上有几个喜鹊巢,像是结了好几个大果实似的。也许是因为旅游的最后一天,遭遇到了北方的一次沙尘暴,我们内心更爱的,还是温润的家乡。

回到单位上班的那个星期,我们似乎都很累,总是打不起精神来,主要是买的纪念品影响了我们。都说北方人豪爽,不会欺骗人,可我们好像都上当了,那些纪念品要么是太劣质,要么就是被宰了。

本财送报纸过来的时候,我们就索性送了一些旅游纪念品给他,有个人还送了一串贝壳项链给本财,说让他女儿戴。本财很喜欢这个项链,问我们,是不是那个地方有海啊?

我们都被问住了,是回答有呢,还是回答没有呢?不好回答。好在此时有个人又送了本财一双绣花鞋垫,上面绣的是一对鸳鸯。我们都看到了,本财肯定也看明白了,他的脸上掠过了一丝害羞。真是不可思议呢。

食堂开始拆建了,每天我们都看见食堂在变矮,在消失,原来承载着福利和奶牛的爱的食堂就很快被摧枯拉朽地推成了平地。没有见到野猫,一只野猫也没有见过,说不定这些聪明的猫早就晓得房子要拆建,早就搬到了它们选定的安置房。

再后来,打桩机的轰隆声一阵阵传来,像是一个巨人的心跳。我们有时候隔着窗看去,看见那竖得高高的是打桩机,而横陈在地的是那几根前领导留下来的水泥杆。听说无法处理它们,已经没有人用这种水泥杆了。扔也不好扔。

有一天,我们看到了一群人坐在水泥杆前,他们在敲打那些水泥杆。下班的时候,我们顺便问了老张,原来这些人都是老张叫过来的外地民工。叫他们处理,不给工钱,但要把水泥杆里的钢筋给他们。老张说,本来想叫本财赚这个钱的,可本财很奇怪,像是中了五百万,坚决不肯做,钱只好把那些民工赚了。

本财还像过去那样,上午送报纸,下午整理厕所。星期三那天下午,有人在网上看到了一个消息,说是我们刚刚爱上的陕西出现了一只30公斤的肥猫,大家正议论着,本财就过来了。我们有好长时间没有和他说他的疯老婆了,可本财显然更愿意和我们谈猫,他说,你们晓得不晓得,那些野猫到哪里去了?

野猫?就是那些吃红鲤鱼的野猫!我们怎么会晓得它们到什么地方去了呢?肯定不在我们单位了。

本财像卖关子一样的笑了笑,说,都是我把它们弄掉的,我把它们全部赶进了水泥杆洞里了。

本财怕我们不明白,补充了一句,我把两头全部封死了。

看到本财脸上那很老实的笑,我们一下子想起了那个江西的王老表,还有在那几根水泥杆里乱窜的野猫,它们无论怎么叫和挣扎,谁也听不见,也不可能逃出那水泥杆的洞。

可是,怎么证明呢?

我们没有再问下去,开会时间要到了,我们纷纷打开抽屉找业务学习的笔记本,每个星期三下午,我们单位都要业务学习的。

一根细麻绳

冯玉生的呕吐是由一根细麻绳引起的。仿佛这根细麻绳的前端有一只钩子，用力一钩，玉生的五脏六腑就全部被钩出来了。当然还有刚才冯玉生和刘强队长他们一起吃的白煮毛芋头。冯玉生一阵又一阵地呕着，呕得大嘴李胜一个劲地怪刘强，刘队长，你不该这样吓小鬼。刘强回过头，大嘴李胜就看见了刘强队长脸上的一块疤在闪烁。不吓怎么行，刘强队长晃晃脑袋，那块亮疤也在晃。环境这么残酷，我也想让他早点长大，对得起死去的冯远同志和雪静同志。再说，这根细麻绳的确勒死过八个汉奸嘛。冯玉生呕吐得更厉害了，眼泪鼻涕都溅了出来。冯玉生刚才扔掉的细麻绳像缩成一团的蛇静静地看着他。大嘴李胜用手拍了拍冯玉生的背说，小鬼，吐吧，把小胆子吐掉吧，吐完了你就能做你爹一样的无胆英雄了。

月亮快要落下去了。公元1940年8月的月亮又灰又暗。弓着身子的冯玉生开始是由大嘴叔叔背着的，后来冯玉生荡来荡去的手臂就碰到了大嘴叔叔头上的汗珠。冯玉生还认为是露珠。后来刘强队长说，玉生，玉生，你现在已经是革命战士了，你怎么可以让大嘴叔叔背呢。再说，大嘴叔叔背上的枪伤还没好呢。冯玉生就推了大嘴李胜一把，自己就从大嘴李胜背上滑下来了。被推的大嘴李胜向前趔趄了一下，然后站住了，伸过手来握住冯玉生的手。冯玉生握到了大嘴李胜手上的汗渍。冯玉生看着前面头也不回的刘强队长，就猛然甩开了手，跟了上去。

月亮终于躲了起来，好像这世上只响着他们三人的脚步声。冯玉生还听见自己咚咚的心跳声。走了一会儿，冯玉生有点气喘吁吁，想对刘强队长说停下来歇会儿，可刘强队长一直没有回过头来。刘强队长刚才说了，如果天亮之前走不出这块空地，明天鬼子在炮楼上用望远镜一望，就会发现三个没有良民证的人。刘强队长还对冯玉生说，你爹冯远同志是我最佩服的英雄，他在鬼子面前……很英勇。说完了刘强队长还用手往冯玉生肩上一拍，冯玉生没承住，身子往下一沉，差点倒下来。

冯玉生一点儿也想不起冯远的样子，也想不起章雪静的模样。他们是夜里的两双大手，把很想睡觉的冯玉生搂来搂去。白天这两双大手就变成了哑巴爹和瘸子妈。冯玉生整天都看到哑巴爹用手跟他比画，还对冯玉生龇牙咧嘴，像是要把冯玉生吃下去的样子，冯玉生吓得连连往瘸子妈身边躲。瘸子妈就对冯玉生说，你爹是告诉你不要出门，外面是鬼子，青面獠牙的鬼子，你一出门鬼子就会把你吃下去，而且都不吐骨头。冯玉生一次也没有见过鬼子长什么样子，只是在梦里梦见了鬼子长了一个癞蛤蟆的头。冯玉生曾悄悄问过大嘴叔叔，大嘴叔叔一听就笑了。大嘴叔叔一笑嘴就更大了，说，鬼子跟我们长得差不多。冯玉生半信半疑地看着大嘴叔叔。刘强队长说，冯玉生同志，你快快长大，亲自去杀一个鬼子，一来替你爹你娘报仇，二来看看鬼子的真模样。

气喘吁吁的冯玉生是看着刘强队长在他面前突然消失的，后来大嘴李胜也消失了。恍惚中冯玉生看见了一座坟包，坟包里突然伸出了两只大手，一下子就抓住了冯玉生，冯玉生不由"呀"地惊叫了一声，随后就被一双大手捂住了嘴。冯玉生觉得自己就飞了出去，飞在萤火虫乱飞的野地里。冯玉生隐隐约约地听见刘强队长低声说，李胜，看一看，有没有情况。

冯玉生醒来就觉得自己到了阴间了。冯玉生经常听瘸子娘讲阴间的故事。冯玉生想快要见到他的爸爸妈妈了。恐慌之中，冯玉生摸到了一双湿漉漉的大手，眼泪就止不住地流了下来。他低低地叫了一声，爹。这双大手就把冯玉生抱紧了，冯玉生这才发现抱住他的不是他的爹冯远，而是大嘴李胜。玉生，玉生，醒醒，我是大嘴叔叔。冯玉生醒了过来，闻见了一股霉稻草的味道。大嘴叔叔，我们是在草垛里面吧。李胜没有答冯玉生，只是掏了一个东西给他。玉生，饿了吧，吃。冯玉生接过来咬了一口，才知道这是一只冷山芋，山芋上的泥还没有洗净，直碜玉生的牙。冯玉生喀嚓喀嚓地嚼了一会儿，觉得整个世界都充满了喀嚓喀嚓的声音。冯玉生忍不住又问了一句，大嘴叔叔，这是在哪儿？大嘴李胜说，我们是在地下室里，刘强队长侦察情况去了。

吃过冷山芋后，冯玉生觉得头脑不再混沌了。他伸出手往四周摸了摸，摸到了许多乱稻草。手一哆嗦。他又想起了昨晚上的那根细麻绳。细麻绳像扎蚂蚱一样扎了八个惊恐万状的男人。刘强队长和大嘴叔叔分别扯着麻绳的两端，用力把那些捆绑得严严实实的男人拖到屋外。那时月亮还没有升上来，浓浓的夜色中什么声音也没有。刘强队长和大嘴叔叔回来的时候，手里只剩下了那根细麻绳。麻绳的颜色变了，变得黢黑，有一股鱼虾腐烂后的血腥味……想到这，那血腥味又涌上来了，冯玉生觉得细麻绳又要从他的胃中钩出他刚才吃下去的冷山芋了。他低下头，听见大嘴叔叔说，玉生，你是不是病了？冯玉生不吱声。一只大手横在他的额头上。玉生，你说说你哪儿不舒服。冯玉生依旧不说话，他抬起头，头上碰落了一块土，一些土屑落到了他的脖子上。冯玉生又哆嗦了一下，问，大嘴叔叔，这是在哪儿？

大嘴李胜什么话也不说，依旧抱着冯玉生的头。冯玉生又问了一句，大嘴叔叔，我们是不是已经死了？大嘴李胜说，别瞎说，我们命大是不会死的。你爹你娘也会保佑你不死的。冯玉生说，那我们在哪里？大嘴李胜说，我刚才不是跟你说了嘛，我们是在地下室里。你给叔叔说说，你是不是怕那根细麻绳？冯玉生心中咯噔一声，说，大嘴叔叔，那根细麻绳……大嘴李胜说，那根细麻绳被刘强队长带出去了。

冯玉生仿佛看见了那根细麻绳正在一圈一圈地扎着一个眼球暴突的人头，血和口水流了出来。冯玉生又一次呕吐起来。冯玉生这回什么也没有呕出来。

玉生，玉生，你这样胆小怎么革命？连一根细麻绳都怕。

刘强队长的那双草鞋最先碰到了冯玉生的嘴，那一股脚臭味比哑巴爹的脚还臭。玉生又听见了两双大手紧紧握在一起的声音，那声音就像是火镰石打火的声音，"噌"的一下，火苗就产生了。

怎么样？大嘴李胜问。

把黄村的那个办了。开始他还求饶，不知道他过去的凶劲跑到哪里去了。后来这家伙把屎屙到裤子里了，弄得一身的屎臭。

冯玉生静静地听着，他的鼻孔里弥漫了臭味。冯玉生又一次张开了嘴，干呕了一声。他知道是那根细麻绳还在拼命地拽他的胃，一寸一寸地往外拽，拽不动还使劲地摇晃，就像打钟绳一样使劲地摇晃。

玉生。冯玉生听到刘强队长在喊他。

刘队长，我看玉生这个孩子寄养在老乡家把胆子寄养小了，一根细麻绳就把他吓得这样，将来怎么办？冯玉生听到大嘴李胜说，刘队长，那根细麻绳呢。

听到细麻绳，冯玉生冷不丁打了一个寒噤，眼前就游动着一团软软的蛇样的东西。冯玉生顿时尖叫起来，尖叫声在黑暗中像一根战栗不停的老鼠尾巴。

外面听得见吗？

听不见的。玉生，你紧紧抓住这根细麻绳，这是革命的绳子，结实着呢。这是替你爹你娘报仇的绳子。你难道忘了冯远同志和雪静同志是如何被鬼子杀害的吗？

对啊，玉生，血债就要用血来还。你现在握着的是绳子，将来就要拿枪。只不过现在困难，杀的都是汉奸，将来杀鬼子我们就有枪了。

冯玉生的手在黑暗中直立着,他试图把手指张开。后来,那五根指头有点像油灯的光芒一样胆怯地散开,但还没有发光就被黑暗一口吞没了。

冯玉生觉得自己恍恍惚惚的。一会儿听见哑巴爹在叫他,玉生,玉生,拿麻绳来,我们又捉住了一个鬼子,青面獠牙的鬼子。冯玉生还看见靠一根木棍走路的瘸子娘走着走着就被一细麻绳缠住了。冯玉生想扑上去却被刘队长用大手挡住了,冯玉生再扑上去又被大嘴李胜紧紧地抱住了。后来冯玉生就觉得有一根细麻绳缠住了他的脖子,一阵眩晕之后冯玉生就睡着了。

冯玉生这一觉睡得很长,醒来的时候手一摸,手里空荡荡的。再一探,探到了一双脚。玉生,玉生,你终于醒过来了。我就怕对不起冯远同志。玉生,你刚才发着烧还说胡话。冯玉生觉得自己的脸有点肿胀,问,刘队长呢?刘队长去给你弄药了,他怕你会烧坏,玉生,你真是太胆小了,你还是留在老乡家吧。冯玉生仿佛看见哑巴爹对他嘿嘿地笑了。大嘴李胜说,不过你不能回哑巴他们那里去了,他们也牺牲了。冯玉生就哭了,呜呜的哭声在黑暗中还有回音,仿佛有人在陪着他哭泣似的。你骗人吧,大嘴叔叔。大嘴李胜说,不骗你的,玉生,就是黄村的那个汉奸告的密,刘队长昨夜已经替他们报过仇了。

冯玉生觉得这地下室突然变大了,就像黑夜里的大地一样,冯玉生还仰头看见了满天的星星。哑巴爹在向他招手呢,还有瘸子娘。冯玉生说,大嘴叔叔,那根细麻绳呢。大嘴叔叔好像没有听见似的。那根细麻绳呢,我不怕。冯玉生觉得自己的声音跑得很快,嘴唇还没张开,声音就倏地闯出来了。

那根细麻绳被刘队长带上执行任务去了。冯玉生又想到了那根细麻绳,可这次玉生胃里一点儿反应也没有。冯玉生说,我要那根麻绳。大嘴叔叔说,这儿有很多稻草,你先学着搓草绳吧。草绳也能报仇的,只要是绳子就能替你报仇,自己搓的绳子比什么都强。

冯玉生快要把绳子搓成两臂长的时候,刘强队长回来了。大嘴李胜说,药呢,药呢。刘强说,妈了个巴子的,他不肯交。刘强队长顿了顿,又说,后来不交也交了。玉生,吃下去,吃下去。冯玉生就咽下了两个颗粒,两个颗粒在冯玉生的喉咙里一点点往下滑,后来有一粒爬下去了,有一粒就卡在冯玉生的喉咙里故意不上不下。冯玉生又干呕起来。刘队长说,对了,玉生吃口山芋吧,把药片带下去。大嘴李胜说,你想报仇就不能胆小,把你搓的绳子给刘队长看看。刘强队长没有吱声,他听见了许多稻草挣扎的声音,嘶喊的声音,最后他听到"叭"的一声,草绳挣脱了刘强队长的手。刘队长说,玉生,草绳不管事的,不如用这根细麻绳吧,我记得这还是你娘搓的,你娘雪静同志搓这根细麻绳是在一盏小桅灯下,边搓还边唱一支好听的歌，唱着唱着就搓好了。

冯玉生的手抓住了这根细麻绳，忽地血腥和屎的味道从不同的地方汹涌而来。

这时冯玉生看到刘强队长把地下室的黑暗捅出了一个亮窟窿，或者说是刘强队长把地下室的黑暗打碎了。冯玉生听见刘强队长在上面喊，玉生，玉生，出来吧，见见太阳吧。冯玉生就钻出来了。他的头一下子被阳光像网一样罩住了，冯玉生不晓得这是清晨还是傍晚，只觉霞光似血。冯玉生看见一只大鸟从前面的树林上缓缓地飞过去。他抓到了两只大手，一只是刘队长，一只是大嘴叔叔的。两人使劲一提，他就被提出了地下室。冯玉生觉得世界一下变大了，变得空了，变得不可捉摸。他抖抖瑟瑟地缩作一团。刘队长哈哈一笑，说，玉生，你冷吗？祝贺你啊，玉生，你已经勇敢地在这坟包里生活了三天三夜，你长大了。

冯玉生看着霞光中的刘强队长。刘强队长没有看他，而是看着远方的树林。冯玉生把目光转向大嘴李胜，大嘴李胜也看见了冯玉生眼中霞光灿烂。大嘴李胜说，玉生，总有这一关的。你再过一个关就彻底长大了。

冯玉生不知道李胜说的是什么意思。他看着自己睡了三天三夜的坟包，一句话都没说。

冯玉生总感到口袋里那根绵软的细麻绳会醒过来。

细麻绳在冯玉生的口袋里埋伏着。此后大约有三个月的时间，刘强队长、大嘴李胜和玉生一起住过破牛棚和草垛，甚至还像候鸟一样栖居在三棵树上。细麻绳还沉沉地睡在冯玉生的口袋里。其间冯玉生已经跟着刘强队长他们锄过奸了。刘强队长说，必须把这些嘴巴长得不牢心眼长得不正踏着烈士尸体而苟活的汉奸们杀尽杀绝，我们的革命才有希望。是的，冯玉生是和刘强队长他们一起把那个叛逃到日军、像狗一样牵引着鬼子四处掠杀强奸的汉奸杀掉了，但冯玉生并没有看见刘强队长和大嘴李胜如何杀人，他甚至没有看过杀死后的汉奸是什么样子。这次刘队长他们没有用细麻绳，他们就地取材，一块石头，一根棍子，还有菜刀和斧头，甚至一把破堡用的钉耙也被他们用上了。大嘴李胜还用过一把尖尖的杀猪刀。用杀猪刀杀了那个像猪样的汉奸之后，大嘴李胜说，我杀了那头猪。

刘队长与大嘴李胜锄奸的时候冯玉生负责放哨，放哨时他的眼睛里全是天上亮晶晶的星星。冯玉生还用手伸进口袋去摸那根细麻绳。细麻绳已经有冯玉生的体温了，他一直在等刘强队长来要这根细麻绳，可刘强队长一直不提细麻绳。大嘴李胜也不提。细麻绳像是累极了似的沉睡不醒。

平原上的狗很多。到了夜晚，狗就竖着耳朵保持高度警惕，它们为主人长出了第三只耳朵,只要有生人走近,狗就先吠起来。往往这个时候,冯玉生他们已经走得很远很远了。

既然细麻绳没有用场,它就要继续沉睡在冯玉生的口袋里。有时候冯玉生还掏出来闻一闻,上面的血味、口水味和屎臭味似乎都不见了,只剩下冯玉生自己的汗味。冯玉生忆起自己以前对这根细麻绳的恐惧,就梦中笑自己,真是个胆小鬼。冯玉生还用这根细麻绳玩跳绳的游戏,并能跳出一个个的花跳,这是哑巴爹教他的。一想到哑巴爹,冯玉生觉得手中的这根细麻绳变得重了起来。

细麻绳醒过来的时候已经是一个初秋的晚上,刘强队长、大嘴李胜和冯玉生三人锄奸小组悄悄来到了一家代销店的木门前。不用刘强队长说,冯玉生就掏出家伙对着门框尿了一泡尿。冯玉生的尿把门框浸湿了,开门时就不响。刘强队长悄悄拨开了门闩,推开门就闪了进去,李胜也闪了进去。一会儿李胜就在门缝里向玉生招手,玉生,玉生。玉生闪进去了。他闻见了一股酱油的味道。冯玉生看到了灯光下的一个老头。那是一个干瘪的老头。刘强队长说,玉生,报仇的机会来了,细麻绳呢。冯玉生口袋里的细麻绳就跳了出来,跳到他的手上。刘强队长说,上。那根细麻绳就带着玉生上去了。奇怪的是,冯玉生往那个老头的脖子上绕细麻绳时手哆哆嗦嗦的,像是绳子在拎着他的手。刘强队长低声吼道,快,快,时间来不及了。可冯玉生还是快不起来,细麻绳的一端缠住了冯玉生的手指。大嘴李胜一把夺过冯玉生手里的细麻绳,一顿缠绕,那细麻绳就缠住了那老头的脖子,使劲一抽,那个老头的眼睛就突了出来。冯玉生看到了那个老头口中有几颗金牙。

大嘴李胜把温暖的细麻绳递到冯玉生手上时,冯玉生还愣在那个地方。外面好像有声音了。刘强队长说,愣着干吗?撤。冯玉生就狂奔起来,他边跑还边甩掉手中的那根细麻绳,可那根细麻绳已像蛇一样缠住了他的手臂。紧紧地咬着,绝不放松。待全村的狗叫起来,邻村的狗叫起来,后来什么狗叫也听不见时,三人锄奸小组才停下来。冯玉生看见那根细麻绳已像蛇一样紧紧缠在他的身上,并且越缠越紧。冯玉生觉得那根细麻绳又钻到他的胃里去了,还使劲地拽着他的胃肠。

事情过后,冯玉生一直等着刘强队长的批评,可刘强队长并没有批评他,倒是大嘴李胜说了一句,冯玉生,冯玉生,你真一点儿也不像你爹。冯远同志曾经一口气杀死四个敌人还用细麻绳顺提一个,眼不眨心不跳。冯玉生一句话也不说,只是长长地叹了口气。

细麻绳已经不在冯玉生的口袋里了,可冯玉生不知道是在刘强队长的口袋里还是在大嘴李胜的口袋里。冯玉生不想问也不敢问。倒是细麻绳离开冯玉生后，冯玉生变得比以前更活泼了，不再做噩梦，也不再说胡话了。冯玉生主动充当了火头军的角色，冯玉生还去捉了田鸡。大嘴李胜一边握着田鸡还赞许了冯玉生。大嘴李胜一边握着田鸡的大腿，一手撕扯着说，玉生，你杀敌人和杀田鸡是一回事的。冯玉生点点头，他的眼睛看着刘强队长，可刘强队长嘴里咀嚼着，眼睛还若有所思地望着远方。

过了几天，刘强队长终于找冯玉生说话了，刘强队长首先摸着玉生的头，摸得很轻，冯玉生想起了黑暗中的爹。刘强队长说，玉生。冯玉生就嗯了一声。刘强队长又叫了一声玉生。冯玉生又嗯了一声。刘强队长又叹了一口气说，玉生同志，组织上决定让你回后方去，一是对冯远同志和章雪静同志负责，另一方面环境残酷，你还小，不适合这样的斗争方式。冯玉生一下就哭开了，哭得一抽一抽的。大嘴李胜说，别哭了别哭了，像个小姑娘了，刘队长，我们就带上玉生吧，他除了胆小，什么都好。冯玉生听了也揩揩眼泪说，我已经十二岁了，我再也不胆小了。刘强队长沉着脸，过了好一会儿才说，好吧，我还要考验考验你，考验过关你就留下来。冯玉生没吱声，大嘴李胜用手按了按冯玉生的头说，行啊行啊，玉生你就答应下来，行啊。

刘强队长有一天晚上领着大嘴李胜和冯玉生闯到一户人家，刘强队长说，我已经观察过了，这户人家早已没人了，我们就借住一宿吧。后来冯玉生就睡到那人家的床上去。冯玉生已经有好多年没睡在床上了。冯玉生在人家的床上做了一个梦，梦见了他的哑巴爹和瘸子妈。哑巴爹正在灶后做饭，冯玉生还闻见了饭香。冯玉生睁开眼醒过来时还摸到了嘴边的口水。冯玉生有点不好意思地看着正在桌边等他吃饭的刘强队长和大嘴李胜。

桌上一盘炒肉片很好吃。玉生吃得很快，差一点儿噎着，直打嗝。大嘴李胜看着冯玉生打嗝就笑了起来，这孩子真饿了。

刘强队长抬起头来，笑眯眯地问，玉生啊，今晚上的饭好吃吗？冯玉生不明白刘队长是什么意思，就说，比生山芋好吃。刘队长又问了一句，什么东西好吃。冯玉生说，都好吃，说完还用舌头意犹未尽地舔了一下嘴唇。刘强队长说，等我们把鬼子杀光、赶走，你就能天天吃上这样的饭菜。冯玉生看了看桌上的盘子说，什么时候把他们杀尽斩绝就好了。刘强队长笑了，笑得非常响亮。笑过之后他说，玉生啊，鬼子杀你的父母，还杀我们的同胞，他们禽兽都不如，可你不敢杀他们。冯玉生又觉得有一根看不见的细麻绳缠住了他的身体，钻进了他的喉咙里，往外拽他的胃。他狠狠揪了自己的脖子，站起来，吐了一口唾沫说，队长我知道了，杀他们就像杀一条疯狗一样，不杀死它，它张口就会咬人。刘队长摸了脸上的疤痕说，不对敌人残酷无情是干不成革命的。玉生，还是乖乖地让大嘴叔叔送你去后方吧。

冯玉生摇晃着站起来，他似乎用手拽住了那根细麻绳，说，刘队长，大嘴叔叔，我不走，你们把我打死吧，不打死我就跟着你们走。

这天晚上，刘强队长低声对大嘴李胜说，又有任务了。冯玉生听见了，没有应声。冯玉生估计刘强队长这么小声说是不想让他去。冯玉生说，刘强队长，我请求战斗。刘强队长并不吱声。冯玉生又大声喊了一声，刘队长。刘强队长低吼道，吵什么喊什么，冯玉生同志，我们一起走吧。

锄奸是非常顺利的，大嘴李胜捉来了一个挺风骚的女人。这女人被大嘴李胜挟到刘强队长和冯玉生等待的乱坟堆前好像已没有气了。冯玉生似乎又闻见了一股熟悉的味道。血腥味、口水味、屎味又从不同的方向一起涌来。冯玉生握住了杀猪刀，说，这不过是只女田鸡、母田鼠而已，我已杀过无数只田鸡和田鼠。冯玉生正在鼓励着自己，没想到手中竟然空了。

刀是被刘强队长夺过去的。刘强队长用刀指着那女人说，玉生你应该知道我们为什么要杀她。我们早就想宰掉这个贱货了，她是日本的密探，先后有数十个同志栽在这个贱货手里。刘强队长吐了一口唾沫，又说，其中就有章雪静同志。

提到章雪静的名字，冯玉生发现那女人睁开了肿胀的眼。冯玉生感到她是盯着自己看。那眼神怪异得很。冯玉生想迎住那目光，仅仅一瞬间，冯玉生还是把脸转过去了，眼睛被灼得生疼。

这个骚货早就罪该万死了。玉生咬了咬牙，伸手去夺刘强队长手中的刀。没有想到，大嘴李胜动作很快，他掏出了那根细麻绳，换取了刘强队长手中的刀。刘强队长对那个女人说，我代表人民处决你这个汉奸。刘强队长话音还没落，那根细麻绳就绕住了那女人的脖子。那女人的嘴巴就慢慢张开了，绿褐色的舌头探到了嘴边，头耷拉到胸前，像是在发呆。

回去的路上，晚风吹得冯玉生的脸挺舒服的。冯玉生很亢奋地对刘强队长说，刘队长，你说我爹第一次杀鬼子时有多大？刘强队长没有回答冯玉生的话。大嘴李胜说，冯远同志第一次杀鬼子时三十二岁。他一口气杀了四个鬼子，还活捉了一个。冯玉生说，那我比我爹强多了。刘强队长突然停下了脚步，对冯玉生说，敌人比我们想象的还要凶残……刘强队长刚说到这，大嘴李胜就上去捅了捅刘强队长。刘强住了口。

过了一会儿，刘强队长猛然抓住了冯玉生的手，问，玉生你知道细麻绳做武器有几个好处吗？冯玉生的手被刘强队长的手硌得不舒服，收回了自己的手，说，容易藏。还有呢。刘强队长又问。冯玉生头脑里闪过刚才那女人的眼神,杀人隐蔽性强,不见血。还有呢。刘强队长又不紧不慢地说。冯玉生最怕刘强队长不紧不慢的样子。可这次冯玉生不想被刘强队长绕住了,说,对了,可以反复使用,节约成本。

刘强队长哈哈一笑,说,对,你说得很对,冯玉生同志。那根细麻绳还在那个女汉奸的脖子上,我命令你去取回来。半小时后在这里会合。半小时后见不到面就各自撤离此地。非常时期非常情况是很多的。刘强队长没有理睬本想着急阻止的大嘴李胜,紧紧握了握冯玉生的手,说,我完全相信你。记住了,半个小时之后。

记住了……冯玉生的脖子缩了缩,嗓子干得很,他没有吐完这几个字,看着大嘴李胜被刘强队长拉扯走了,消失在黑暗中。

半个小时后,其实还没有到半个小时,大嘴李胜就提前来到他和冯玉生分手的地方等。两个小时过去了,冯玉生也没有出现。刘强队长认为形势很危险,命令大嘴李胜和他一起赶紧撤离。大嘴李胜坚决不同意。再后来,大嘴李胜冒着危险去处置女汉奸的地方找了找,女汉奸尸体还在,多了许多苍蝇。女汉奸脖子上的麻绳不见了。

天快要亮了,大嘴李胜是慌乱中被一件东西绊倒了。那是冯玉生,被那根细麻绳捆住的冯玉生。大嘴李胜给冯玉生揩去嘴巴边的呕吐物,摸了摸冯玉生的脖子,脉还在动呢。麻绳扎得不紧。

是谁干的呢?

大嘴李胜没有问冯玉生,冯玉生也没有说。

追逐

黎明时分，也就是一天中最黑的时候，父亲总是用巴掌揍着我们三兄弟的屁股："起来，起来，不要只吃饭不做事。"我们三兄弟就依次醒来了，照例二哥的屁股又被父亲揍了一下，二哥是个癞头，他得找到他的污迹斑斑的黄军帽。我捂着被揍疼的屁股看着黑暗中的二哥，他的眼中肯定噙满了泪水，父亲心狠手重，大哥暗地里早说了，待我们长大了，他老了，我们在每天早晨也得朝他的大屁股上揍一下，并吼起来。父亲速度很快，待我们跨出门槛时，父亲早已蹲在门前的茅缸上吭哧吭哧地拉屎了，他一边用力拉着，一边用力使劲地搓着手中的稻草团，以便使那些坚硬的稻草变得柔软一些。

大哥照例咣当咣当地挑着他的铁皮水桶去挑水了，他一路上就这么来回晃着，把一巷子的人都咣当咣当地晃醒了。唉，这个矮大！不知是什么意思，那时大哥才十四五岁，乡亲们就预言大哥是个矮大，果真后来他就成了一个粗壮的矮汉。过了很久，大哥才将一担水挑回家，此时二哥已经坐在灶前烧早饭，鲜红的灶火照见他戴军帽的样子，很是严肃，假如他摘下那顶旧军帽，灶火照见他头上的癞疤肯定是金光闪闪。烧完早饭，二哥还要洗一家子臭烘烘的衣服，但二哥还是遭父亲的打最多，因为二哥还尿床，即使他晚上不喝稀饭也尿床。我还是扛着我的狗屎篮子去拾狗屎，这时天还没亮，我到哪儿去拾狗屎呢，我只好将地上所有黑乎乎的东西都扒进我的狗屎篮子。结果有一次，我的狗屎篮子里居然扒到半块砖头和一只破皮鞋，父亲总是暗示我，叫你拾狗屎你就拾狗屎，还有猪屎鸡屎牛屎对了还有人屎。我知道，父亲是让我到别人家的猪圈牛圈或者茅缸里扒一些，我不得不这样做，因为父亲说了，不拾一篮子屎就不要回家吃早饭。

一个早晨就这么来临了，最后的风景是这样的，我在上学之前，必须把一只沉甸甸的尿壶倒进茅缸，然后再提到河边冲洗干净，这带有浓烈的尿臊气的尿壶我提了整整八年。每天早饭后,我又带着一身的尿臊气走进教室,兄弟三人,只我一个人上学,父亲早说了,上学有什么屁用?我最讨厌识字的人,天下只有用半升子借米的,没有用半升子借字的。每天上学途中,我也常听见有人在骂哪个缺德鬼死娘老子的把泥码头浇得精湿,我悄悄地在心里说,只有我一个人知道,那是大哥干的。

本来我们兄弟三人肯定按着乡村少年发展的轨迹在这块土地上留下既定的轨迹。大哥成家立业,实在娶不到就花钱买一个外地姑娘。二哥一辈子打光棍,谁愿意嫁一个癞头呢?反正他也会洗衣服做饭了。而我也许能如愿以偿,能当上兵,离开这个臭烘烘的家。

但是在一个春天的凌晨,也是一天中最黑的时候,父亲突然脱光了衣服,在村子里狂奔。我很清楚地记得,那一年门前的苦楝花开得又浓又香,老人们都说,门前不要种苦楝,不好。父亲说,再等几年锯吧,那样可以打一张床了。不料,父亲却疯了,那一个春天凌晨,打更的老人推醒了我们,快起来,快起来,你们的老子好像中邪了!那天凌晨,二哥连那顶军帽都没有戴上就冲了出去,我们三个人像三条蝌蚪一样游进了黑夜中,父亲在哪里呢?我们大声地喊着,找着,终于在天明微白时在村东头的油菜地里看见了赤身裸体的父亲,他在油菜地里奔跑着,像一只工蜂一样,全身沾满了金色的花粉,他似乎很惊奇这么多人来看他,大哥最先脱下了衣裳替父亲遮住了他硕大的令我们羞辱的鸡巴,父亲一巴掌把大哥推开:"遮住干吗?"村里人都放肆地哈哈大笑起来,大哥脸上的青春疙瘩一颗一颗地红了,他大声骂着:"你们这些狗娘养的,看什么看?你们老子没有啊,你们男人没有啊?"村长说:"你这个孩子,大伙是好心帮你寻的。"大哥毫不嘴软:"哼,好心……哼,好心……"他已经找不到词了,而我和二哥就这么呆呆地站着,潮湿的气和浓郁的油菜花香使我不停地打着寒噤。

之后我们就陆续地散了,而赤裸的父亲居然就在油菜地里睡着了,被他压断的青菜薹渗出的汗水多像是我们心头羞辱的泪水,我们弟兄三人好不容易才将父亲抬回家,大哥抬住父亲的头,我和二哥抬着父亲的两条沾满泥水的腿,我在路上突然发现了一摊热气腾腾的狗屎。

从此村里就多了一群追逐的身影,不管是秋天还是夏天,也不管是春天还是冬天,父亲都能在凌晨赤身狂奔,而我们三个人就在他身后追逐着,大哥在前,二哥在中,我在最后,我们坚决不出声,咬着牙奔跑,在乡亲们沉睡的凌晨里奔跑,父亲那赤裸的身体早已被村里人说成了一道尴尬的风景。他跑过成熟的麦地,他跑过刚刚打苞的棉花地,他跑过村后无主的坟地,他跑过堆满草垛的打谷场,他跑过白雪覆盖的芦苇地。我们三人好像就在这期间渐渐长大了。大哥成了一家之主,但他好像越长越矮了,二哥不再尿床了,我家的尿壶早就被发疯的父亲砸成了碎片,好在也不需要了,因为在凌晨时分,我们都不睡觉,我们都在奔跑,得抓住赤裸奔跑的父亲。渐渐地我们有了一些经验,追逐时大哥在东,我和二哥在西,两头包抄,就能抓住父亲,哄父亲回去,奔跑过的父亲满嘴白沫,他也听话,跟我们回去。到了家中,我们的衣服早已被潮湿的雾、露水和汗弄湿了,我们把衣服全部脱下,四个赤裸的男人在家中也没有什么羞耻的,二哥还得把几件破衣服拧干净晾起来,白天已经到来了。

老人们都这么说,父亲犯了邪了,我们家前原是一座庙,"文革"时拆了,父亲总是蹲在菩萨蹲的地方拉屎。还有人说,父亲年轻时曾打死一只白狐狸。还有人说,父亲犯了桃花病了,想女人了,四个男人在一起火太大,把父亲烧疯了。小眼睛的表叔请来过一个巫婆,那个巫婆让父亲喝了一碗符灰水,带走了家中仅有的十元钱,第二天早晨,父亲依旧脱光了衣服奔跑,大哥大声对抓回来的父亲吼:"为什么不朝河里跑呢?河里可没有盖子啊!"后来真有一天,被追逐的父亲跑到河里去了,我们三个人都像鸭子一样跳进了水中,四只鸭子就这么在凌晨的河水中游着,还是二哥聪明,二哥大声地喊着:"乡长的小汽艇来了,快回头!"果真父亲就回游了,否则我们都得淹死,这一下,大哥再也不敢咒父亲了,二哥也不敢说乡长了,因为回家后父亲一直问二哥要乡长,一个巴掌把二哥的嘴巴打肿得老高,我真觉得父亲没疯,许是想女人想疯了,我曾问大哥,我们的妈妈呢?大哥怔了怔,我也不知道。

天亮了,父亲就清醒了,我去问父亲,父亲却傻里傻气地说,是翠香。怎么可能是翠香?翠香是村里开代销店的女人,人家也有四个孩子。许是另一个翠香吧,但父亲却坚持说是这个翠香,大哥去问了,结果只有一个。翠香只说了一句,矮大,你怎么可以相信疯子的话呢?大哥又回来问父亲,父亲却又说:是娥女。许是父亲真的疯了,娥女是村长的老婆,大哥狠狠地打了父亲一个嘴巴,疯了!父亲捂着自己的嘴巴:"矮大,你真打啊!"父亲越来越糊涂了。

终于,村长来到我们家了,他对大哥说:"矮大,你父亲疯了,得送到精神病医院去用电击一下。"大哥听了,苦着脸看着痴呆的父亲,在白天父亲不跑,但满脸的痴呆,眼光也直直的。村长又说:"不要紧,村里给钱,你们弟兄三个多苦啊,这样下去可不是个事。"说罢就抚摸了一下我的头,他肥厚的手令我禁不住流下了泪水。

父亲终于被村里人送到城里去电击了。我们三个一个也没去,村长说了,去也没用,不如在家里。每天凌晨,大哥就用他的大巴掌将我们揍醒,然后就挑着他的铁皮水桶咣当咣当地去挑水，二哥就戴着他的旧军帽在灶前烧火，我依旧去拾狗屎，耽误了这么多时间，狗屎已经太多了，一切在大哥的指挥下有条不紊。锄草、施肥，给棉花打杈枝。而乡亲们则在咣当咣当的声音中唉声可怜我们这三个没爹没娘的孩子，但我们觉得很快活，我们总觉得父亲去城里过好日子了，或者父亲已经死了。

但好日子是不常在的。两个星期之后，村里人又把痴呆的父亲送还到我们的手里，两粒电击的枯痕对称性地留在他的两颊了，像是两粒痣似的。村长说，城里医生让父亲住院治疗，但住院费太贵了，这次电疗就花了不少钱。即使这样，我们已很感激的了。电击过的父亲就这样沉睡着，我们已经不再在凌晨奔跑了。我和二哥在大哥的指挥下甚至比在父亲指挥下搞得更好，大哥每天凌晨咣当咣当地担水，二哥在灶前烧早饭，我去拾狗屎，我早已不上学了，他们都说我也会疯的，他们还说我们父亲的鸡巴真大，像个牛鸡巴，他们也熟悉了我父亲的身体，并用最恶毒的话羞辱他。

也就是这一个春天，大哥宣布说："这几天我不担水了，我要去村长家帮工，村长家要砌楼房了。"由二哥担水、烧饭、洗衣，我拾狗屎并照顾父亲。大哥干得很卖力，村长和村里人都说矮大仁义，他替村长家挑砖、拌灰、运土，像是为自己砌房子似的，连一口水也没喝村长家的。村长的女人娥女送来一碗肉，大哥舍不得自己吃，让二哥和我吃，而大哥则微笑着看着我们吃。大哥说，人要有良心，不能忘恩负义，滴水之恩滴水回报是对不起人家的。这样仁义的人使村长夸下了海口，三年内替大哥说一门媳妇。大哥干得更卖力了，以至于大拇指被砖头压得青紫也没有休息一天，就这样，村长家的三层楼房就竖起来了，真的很好看，有气派，娥女站在三楼的平台上大声地说话，晾衣服，我和二哥都羡慕地看着人家的楼房，我突然发现，这块地不是父亲第一次裸奔的油菜地吗？

门前的苦楝树又开花了，花的苦香使大哥二哥和我都无法入眠，看着痴呆的父亲躺在床上，我们似乎都看到了前途的迷茫和无奈。大哥已懒得去挑水了，二哥接过了大哥肩头的铁皮水桶咣当咣当地挑着水，他在巷子里咣当咣当走过时，我正在人家黑暗的猪圈里扒着人家的猪屎，人家的猪正在吭哧吭哧地睡着。有一天，我似乎看见一个白色的身影在我面前一晃而过，我扭头一看，是父亲！父亲又一次发疯了，他又开始了他的裸跑。大哥在后面追逐着，说："你向东，我向西。"赤裸的父亲已经很瘦很瘦了，他的鸡巴依然那么硕大那么不知羞耻地悬在他的胯下，他奔跑的时候就这么一晃一荡——像一只悬壶似的。二哥也赶来了，我们兄弟三人又一次和我的父亲在凌晨的黑暗中追逐。父亲跑过了青青麦地,惊起的一只野物又撞到了我的腿上;父亲奔跑过油菜地,油菜花瓣纷纷落下,把地上染成一片金黄;父亲奔跑过野坟地,把栖息的乌鸦们哇地一声惊飞;父亲奔跑过打谷场,陈年的稻草垛已经很矮了,像一顶顶旧草帽。我们兄弟三人和父亲就像是在一堆旧草帽间做游戏的人。一直到天亮,我们也没有抓住父亲,直到父亲累了,躺在一座草垛上,我们这才发现,一个平常的乡村早晨来临了,青草气,油菜花香,薄雾,水上的雾岚一起钻进了我们的鼻中。二哥最先看见了村中的异常,村长家三楼顶上挤满了吃早饭的人,他们在看戏!看我们追逐着我们赤身裸体的父亲,而这个疯男人已经睡着了,太阳照在他粘满草叶和泥水的身体上,那个令我们蒙受羞辱的鸡巴就耷拉在一旁,二哥拖来了一把稻草把它遮住,之后,我们三个,大哥、二哥和我都低着头,让初升的太阳慢慢将我们潮湿的全身晒干。

这下可好了,电击不但没有使父亲好起来,反而使父亲更加痴呆了,大哥去找村长,村长说,上次去城里电疗的钱还没还呢!大哥只好回家朝我们发火,还用竹条狠狠地抽了父亲一顿,父亲的身体被抽得满是横一道竖一道的血痕,可父亲好像不痛,他除了奔跑之外其余都是痴呆状态。开始大哥每抽一下,我们都条件反射地跳一下,再后来就无所谓了,但每天的鞭打并不能改变什么,父亲总准时在凌晨裸身而逃,我们依旧在追逐。一条大鱼和三条小鱼。一只老狗和三只小狗。一匹老狼和三匹小狼。毫不羞愧的父亲奔跑着和羞愧不已的我们在追逐着,在长期的追逐中,父亲逐渐变得很狡猾,有时候他并不在我们包围网中,他有时会拐弯,有时候能在一块棉花地里藏起来,等我们都走后奔跑,要逮住他越来越困难了,村里人越来越有意见了,父亲奔跑时折断的庄稼要我们赔偿。大哥说:赔,赔你们一个疯老子!村里人说:看来这家子都是疯子!大哥又用碎砖块和碎玻璃布满在家门口,赤裸的父亲两脚被扎出了鲜血可还在奔跑,后来发炎了化脓了满脚的血水也在奔跑。二哥对大哥说:"应该用绳子把他捆起来。"这句话像一道光照亮了大哥,大哥连夜用萱麻搓了一根麻绳,沙沙沙的搓绳声在寂静的夜里和父亲的鼾声混在了一起,这个无奈的家啊,这个沉睡不醒的又疯狂的父亲,沉默不言的大哥,隔着军帽搔痒的二哥,还有狗屎一样的月亮被谁刷在了天上……

但就在大哥的绳子还没有搓好时,父亲就醒了,父亲脱光了衣服,我拦不住他。二哥一把抓住父亲的头发,但父亲灵巧地摆脱了,二哥手中只剩下父亲一把头发。我用力抵住了门,父亲一把推开我,把门打开,我们都知道,他又要奔跑了,他将带着他的身体在这漆黑的黎明里奔跑。

大哥往手心吐了一口唾沫,很镇定地说:"让他跑吧,待我绳子搓好之后,再去捆他！"大哥手中的绳子已经很长了，软软的绳子瘫在地上，像一条长蛇似的，大哥已经很像没疯的父亲了，果断，迅速。他果真用刚搓好的绳子把睡在稻田里的父亲捆回了家。此时天还未亮，我们大哥去担水，我去拾狗屎。

天亮了，被捆住的父亲醒了，他像一头困兽一样开始骂人，反反复复地不知在骂谁。后来就骂我们，说我们不孝。再后来就哀求我们放了他，他说他得下地干活呢，田间都长草了，大哥说："不要你管，你就给我们好好地在家里蹲着，像一条狗一样。"大哥把"狗"说得很重，痴呆的父亲低下了他的花白的头颅，村里人都来看热闹，大哥说："看什么，他只不过是一条狗，你们也是狗，狗看狗有什么看头。"

但父亲还是在第三天凌晨挣断了绳子，又一次在秋天的旷野上奔跑，我的大哥、二哥和我又一次在后面追逐着，这已越来越不像是追逐了，倒像是父亲带领着他的三个儿子在旷野上奔跑。棉花地、花生地、稻田、防洪堤、打谷场、野坟地、茨菰地、甘蔗林，还有一块南瓜地，多少南瓜被我们像头颅一样踢起来，咕噜咕噜地滚个不停，一直滚到黑暗深处。

终于在一块芦苇荡里捉住了咬牙切齿的父亲，此时我们已经奔不动了，直在喘气，父亲却又睡了，任凭我们把他抬回家，担到半路上，大哥说："把他扔了吧。"二哥和我都没应声，这是我们的父亲，怎么可以扔了呢？扔了谁做我们的父亲？他除了奔跑并没有什么过错啊！

回到家中，大哥用三条绳子把父亲捆了起来，瘦削的父亲只剩下他硕大的脑袋和硕大的鸡巴。整个秋天，他都夜里被大哥捆住，白天松开，每天清晨，他都睁大眼睛听着大哥指挥二哥烧饭，我去拾狗屎，大哥自己咣当咣当去担水。大哥照例把码头弄得精湿，但已无济于事，因为村长已让人将泥砖头换成了水泥码头。再后来担水就成了二哥的事，大哥什么也不做，他定定地看着父亲，父亲也定定地看着他，二哥和我都觉得大哥也快要疯了。

深秋的一天，狡猾的父亲不知怎么弄断了三根绳子，他弄断最后一根绳子时，他叫醒了我们，给我们每个人屁股上打了一个巴掌："起来、快起来！"要不是父亲赤身裸体，我真以为回到了从前的岁月中，大哥惊呼："爸，你回来。"二哥也在喊："爸！"我还没来得及喊时，他已拉开了门闩，还回头笑了笑，出门奔跑去了。我们兄弟三个就在枯黑的大地上追逐着他，但在瘦削的父亲面前已经没有什么可以阻挡他了，稻子收了，棉花摘了，花生收了，甘蔗砍了，连高一些的草也被养牛的人家割去当过冬的牛草。他跑得那么快，一晃就跑过了三个村庄，他又跑得那么慢，我们几乎就要抓到他的背了，甚至在光滑的背上留下大哥的新鲜指痕了，但我们抓不住他！我还踩在一摊热腾腾的狗屎上滑了一下……这一天凌晨的黑暗是那么漫长,父亲和我们的游戏似乎已到了尽头,一直到了邻村打谷场,父亲停下来,第一次对气喘吁吁的我们说:"好吧,我跟你们回去。"这一次好像不是我们抬着父亲回家,而是父亲收工回来顺便抓回了三只野兔,他的大鸡巴在前面有力地晃动着,与他生命的步伐一致。

  回到家中,父亲就病倒了,他的腿上的青筋曾如蚯蚓般暴突,如今已经死了,他已无法奔跑了,躺在床上的父亲一直不说话,但每天凌晨我们兄弟三个都准时醒来,看着这奄奄一息的父亲,我们不是担心他死去,而是担心他有一天会再一次站起,然后再奔跑,但这样的奇迹始终没有发生。村长来看过一次,翠香也来过一次,都是来要债的,直至在一个大雪的清晨,父亲忽然说话了:"大、二、三,你们好啊?"我们也不知道什么意思,忽然听见门外有人在敲门,打开门一看,雪上一行脚印已经奔跑而去,谁啊?待我们回头,父亲已经咽气了,他的最后一次奔跑居然就这么成功了。

缓刑

那天清晨,我那刚识了几个字的儿子赖在床上怎么也不肯起床。已经快六点半啦,我要上班呢。我掀开他的小被子,看见了他的小鸡鸡正像小玉笋一样亭亭玉立在那儿。我说,东东,要尿尿了吧。谁知这个小东西居然笑哈哈地说,爸,这叫金枪不倒九。我以为我听错了,他才六岁啊。我问他,你说什么你说什么。他说,金枪不倒九嘛,这个都不懂。我顿时就火啦,给了他一巴掌,真是个小流氓,谁教你的?

他"哇"地一声就哭了,边哭边喊,还说我呢,你是个老流氓,整天就知道出去找小姐。

我厉声问,这是谁说的?

他眼睛一翻,然后嘴一撇,这姿势与王玉萍一个样。谁说的,若要人不知,除非己莫为。

我已不用再想小东西的"金枪不倒九"这个词是从什么地方来的啦。小东西记忆力太好了,上面几句话学的是王玉萍的。"金枪不倒九"这个词是从我家防盗门把上夹的性药壮阳药广告纸上得来的。他还不认识"丸"字。我每次都收起来然后带到卫生间慢慢地看,上面都写得让我自惭形秽。结果还是让这个小东西看到了。

我说,你不是喜欢你老妈吗,你叫她来替你穿衣喂饭啊。

小东西立即不哭了,这可是你说的啊,赵一凡,我来打电话。

我开始还以为小东西是记不得他外婆家的电话号码的,哪知他真的就按了我初恋时令我心跳又令我不安的号码。7-4-3-5-5-4。我急忙奔过去,还碰翻了一只杯子,把电话挂断了。我知道这小东西的脾气,跟他妈一样,会表演,会添油加醋,还会恶人先告状。如果他今天早上在电话里先一说,我今天的苦肉计就没法实施了。要知道这几天晚上我总翻来覆去地睡不着,我可有多少年不过单身生活了。昨晚上我就痛下决心了，负荆请罪也好，忍辱负重也好，虚情假意也好，我今天一定要去我岳父家把王玉萍请回家来，只要把她请回来就好办。写检查也好，打自己嘴巴也好，或者就跪地板，反正外人看不到，只要王玉萍一软，一切就好办了。

我把小东西送到了幼儿园。为了稳住他，我答应他花二百块钱给他买最大的变形金刚。这二百块可是我的私房钱啊。王玉萍临走没有忘了把家里的存款首饰席卷一空，用她的话说，对待我不能像东郭先生。东东这小东西是有奶便是娘，他在路上一个劲地叫我，好爸爸，我是坚决站在你这边的。好爸爸，我们班的孙子文的爸爸就是离婚的。好爸爸，待王玉萍回来我们不理她好不好，她是小气鬼，连最小的变形金刚也不肯买。

小东西进了幼儿园之后，我一看表还早，才七点五十。我知道王玉萍一家肯定还没有把清晨交响乐奏定，在乐曲没有奏定就走进前台是有后果的，后果是什么词性，这个我懂。反正今天不忙，我请了假。我跟我们刘若男科长说，我老婆病了，得上医院去吊水。刘科长听了之后不但不训我，反而说，好，准你假，三八妇女节要到了，我们局里准备评一个最佳丈夫，你就作为候选人吧。这是多么好的事。一举两得，一箭双雕，一石二鸟。我知道说谎对于生活是必需的，没有谎言就没有真理，没有谎言也就没有最佳丈夫。最佳者，最会说谎者也。

我在街心花园坐了一会儿。街心花园里尽是那些与衰老作斗争的老人们。老头穿着白衣白裤，老太穿着红衣红裤。他们不折不扣、不屈不挠、不骄不躁、一板一眼地在练功跳舞。太湖美美就美在太湖水……我们唱着东方红……在那桃花盛开的地方……乐曲一个接一个。老人们变换着不同的姿势。我心中模拟的王玉萍也就变幻着不同的王玉萍，咬牙切齿的王玉萍、怒发冲冠的王玉萍、捶胸顿足的王玉萍、后悔莫及的王玉萍、唉声叹气的王玉萍、亡羊补牢的王玉萍……我多么希望王玉萍能够明白这个成语，亡羊补牢，犹未晚矣。

一个白衣老头悄悄凑近了我。我知道他的意思。一个大男人班也不上坐在这儿是不是患了癌症失了恋或破了产？我对他笑了一下。我见他表情依旧是那么严肃，我又笑了一下。谁知他更严肃了。我平时最怕严肃的人。在严肃面前我是紧张，在活泼面前我是团结。我再次笑了一下。他就开口说话了，小同志，你瞧我是什么，直肠癌十年了，我没死。知道普希金的诗吗，假如生活欺骗了你……

我的头就立即炸了开来。要是在以前我会接着往下背。现在不了。这不怪普希金的事，谈恋爱时我为了把这首诗抄好，练了一百天庞中华的硬笔书法。后来我就把这首诗送给王玉萍了。记得这次王玉萍卷款逃回娘家前对我曾经"严肃"过，姓赵的，我以为你是一个君子，做错了事会承认错误，可你不。我曾一而再，再而三地暗示你，如果你坦白了我会原谅你。我等待了你一天，又等了你一天。我实在忍无可忍了，今天我们必须把话说清楚。

我说，你说得很清楚，你忍无可忍了。

王玉萍就由严肃转到严厉了，你到这时候还这么装模作样。怪不得你那时抄了一首破诗给我，原来你早暗示我你是个骗子！骗子！王玉萍又重复了一遍，超级骗子，骗了我整整八年。说完之后王玉萍却不像以前那样抽抽泣泣地哭，反而哈哈大笑起来，像女共产党员那样哈哈大笑，笑得英姿飒爽。她在大笑中向前走七步，又向后走了七步，然后就凑到我的身边。我以为她要咬我耳朵的。女人定期总要发脾气的，不发脾气就不是女人了，让发了脾气的女人咬咬耳朵也没什么了不起的。我做好了疼痛的准备。谁知王玉萍在我的耳边炸雷般地喊：

"假——如——生——活——欺——骗——了——你……"

我说，谁欺骗了你，这么大声？

王玉萍的手就过来了。我看到她的由过去的纤纤素手变成了劳动妇女的粗糙有力的手，然后这只手就准确地落到了我的脸颊上。被打的顿时失去了重心，我赶紧气沉丹田，一会儿又稳如泰山了。王玉萍肯定被谁欺骗了，而且她从这个骗局中清醒了过来，以愤慨表示了她的清醒。我大声？姓赵的，我就是要向全世界宣布，你赵一凡这个伪君子，这个臭流氓，居然去洗澡，居然去找小姐。你既然不想要这个家，我还要它干吗？

我说，我没办法，老同学请客……

王玉萍说，没办法，人家让你洗澡你就去洗澡，我不是没警告过你，不要到那地方洗澡，你偏不听，人家让你吃屎你就去吃屎啦。

我飞也似的逃出街心花园。我知道我肯定会让那个老头的"严肃对象"上升为"严打对象"，我肯定像一个惊恐未定的逃犯。

我拎着口子酒、桂圆和水果来到我岳父家三楼时，我的手臂都举不起来了。其实没有多少重量的，以前我拎一百斤大米或一只煤气罐可比这个重多了。我知道我是心中没力了。一想到王玉萍的严肃，我连抬手敲门的力气都没有了。

这时我岳父提着塑料壶，开了门。我估计我岳父准备出门去买酒。他就喜欢喝酒。喝酒可能使他眼睛都喝迷糊了，他眯着眼睛看了我好一会儿，然后冷笑了一声，我又不是局长。我喊了一声，爸。他眯着眼看我。我又叫了一声，爸——我岳父终于不笑了，让开身，让我进了门。我连忙掏出口子酒递给岳父，爸这是孝敬您的。

我岳父没收，而是转身向门里大声地嚷，小兰子，小兰子，你女婿来啦。

小兰子是我岳母。都这么大年纪了，我岳父仍叫他小兰子。我岳母小兰子肯定听见了，但她没吱声。我岳父又叫了一声，小兰子，你女婿来啦。

我岳母小兰子这才从厨房里走了出来，手中还提着一把明晃晃的菜刀，脸上冷冰冰的。这一点不像过去的岳母，过去我进这个门岳母可是比关心王玉萍还关心我。今天不啦，看来王玉萍到家里没少耕耘和播种，还在种子种下之后浇上了仇恨的苦水。

我立即掏出桂圆来。我岳母小兰子岿然不动。我只好把它们放到桌上。我岳母小兰子说，我不像有的人，不坚持原则，不坚守立场。

有的人也就是我岳父说，小兰子，要光明正大，不要搞阴谋诡计，有话就明说。

我岳母小兰子就把手中的菜刀一扔。菜刀在地上咣当一下就跳到我脚边了。这肯定是在警惕我。我岳母小兰子却手指向了我岳父，姓王的，你说我搞阴谋诡计，当年你跟那个小妖精看戏我没计较你，你现在倒好，纵容包庇……我岳母小兰子越说越起劲，眼泪就一颗颗掉下来了。

我一点也没有料到这个结局，我的"行贿"计划如果不成功那我今天接王玉萍回去的可能性就等于零啦。就在这时，今天的女主角王玉萍出现了，她一个箭步冲到我的面前，指着我的鼻子说：

姓赵的，你倒挑衅到我家门上来啦，你为什么不回到你的赵家，你们赵家都死光啦。

我多想说，我有一肚子的话要说。可我只能这样沉默，装聋作哑。当年华子良就是这么做的。王玉萍一计不成，又来了一计，劈手就来夺我手里的水果袋。我多么想给她，替她剥开香蕉皮把软塌塌的香蕉肉塞到她战栗不止的嘴唇中。可是不能把水果袋给她，我知道我一给她她就把这袋水果从窗户里扔到三楼下的马路上了。那等于把我也扔到楼下了。我不能松手，坚决不能松手。

这时我岳父大人开口了，玉萍，有话好好嘛，当初可是你一口咬定非赵一凡不嫁。我当时是坚决不同意的。可以说你当时年轻不懂事，可有人在暗中支持了你，你应该找她算一算领导责任。

王玉萍就松手了。王玉萍当然知道我岳父她父亲说这"有人"是谁，这"有人"就是我岳母小兰子。我当时与王玉萍恋爱时的确是我岳父坚决反对，我岳母暗中支持。

我岳母小兰子说，谁想他是这个样子，这么……作风不正派。

岳父仍说，你要负领导责任。

我岳母小兰子说，我负什么责任，不是王玉萍夸他如何如何好我也不会赞同的。

岳父和岳母小兰子把"责任"全推到正在哭泣着的王玉萍身上了。此时我知道我应该施出我的苦肉计了。我转身对我岳父叫了声，爸，又转身对我岳母小兰叫了一声，妈，然后又合在一起喊，爸妈，我知道我错了，真的不怪王玉萍，怪我一时大意，放松了自我教育，上了别人的当……

王玉萍不哭了，你这么大还上当？

我岳父立即说，谁都会上当的，外面那么多桑拿啊，洗头房啦，男人像小孩一哄被人哄过去了……

老岳母小兰子说，不要你说，你没资格。

王玉萍说，你说说你洗过多少次澡？

我说，我一生洗过的澡当然记不清了，不过洗那种澡就一次……

就一次？

一次。我手指住了天花板。

王玉萍说，我逮到的是一次，没逮到的呢。逮到一次就是十次，我早打预防针了，不要去洗澡，不要去洗澡，可你偏去。

我说，没办法的……

王玉萍说，你别一脸无辜的样子，其实你早想去洗了，以为我不知道，你还怪人家，人家叫你吃屎你就吃屎啦。

我岳父才是个好领导呢。他说，小赵知道错了嘛，浪子回头金不换。小兰子，去弄几个菜，小赵这几天肯定没好的吃。况且还有东东呢。小兰子你想不想东东？我可是想哟，这个小东西，就是会哄人，比你小赵会哄人。

我岳父就用东东这把钥匙轻而易举地打开了我岳母小兰子的锁。我居然成了座上宾，这是我来王玉萍家没想到的。我喝得晕乎晕乎的。但我还是记住了我老丈人的话，男人嘛，在自己女人面前低下头是应该的，不低头怎么行？

我是和王玉萍一起去接东东的。王玉萍的脸依旧那么严肃，我已不那么紧张了。东东一会儿看着王玉萍，一会儿看看我，然后眼睛就骨碌碌地转。我知道东东要说什么话了，我以为他要买变形金刚的，谁知道他把大头一偏，问，你们不是要去离婚吧？

这小东西。我摸着东东的大脑袋说，离婚，离婚，你跟爸爸还是跟妈妈？

东东说，我嘛，有时候不喜欢睡沙发，有时不喜欢睡大床。

东东这句话把王玉萍说得笑了起来。这多像此时突然明亮起来的黄昏。在这明亮的黄昏中,我们一家三口回到了家。

我以为我已经成功地处理好了一起很复杂的人民内部矛盾了。晚上,东东看动画片,我烧菜,王玉萍洗这几天东东积压下来的臭衣服。然后我们一家三口共进晚餐。要不是王玉萍瘦了一圈,我真以为回到过去幸福平静的日子中了。瘦了一圈的王玉萍的眼睛更大了。东东不久就睡着了。我在灯光下看着替东东打毛衣的王玉萍。有的女人胖了好看,有的女人瘦了好看,王玉萍属于胖了也好看瘦了更好看的女人,我说,玉萍。王玉萍没吱声,头低着。手中的针在拉着毛线。我又叫了一声,玉萍。她嗯了一声。我再叫了一声,玉萍,你真美。

王玉萍就停下了手中的活,你是不是也对桑拿房里的小姐说过这句话?

我说,玉萍,你要相信我,我真的只是洗澡,没按摩,当时有小姐过来,我紧张极了。

王玉萍的鼻子哼了一下,要我相信你?

我点了点头。

王玉萍说,别做你的大头梦了,男人是什么东西我不知道?见了女人就像馋猫。赵一凡啊赵一凡,为什么你做错了事还不承认,我王玉萍又不是小肚鸡肠的女人。

我又点了点头。对对。你要我打耳光还是跪床板?

王玉萍说,你真认错的话赵一凡你给我写检查书,记住,不要敷衍了事,要深刻地挖挖你灵魂深处的东西。

本来我以为久别胜新婚的,今天早晨我的确没想到今晚我会坐在灯下写检查书。我在灯下一笔一画地写检查书。为了速战速决,为了我今晚不可告人的目的,我决定丑化我自己。我在检查书中努力地污蔑自己。丑化和污蔑自己是多么容易的事啊,然后我又一针见血,不,一针见骨地批判了我自己。客观原因、主观原因,内因是根据,外因是条件,外因通过内因而起作用,一句话,苍蝇不叮无缝的蛋。我因为先有了缝,才有了苍蝇的叮咬。一句话,我首先是个坏蛋。我一气呵成。我十恶不赦。

我在写检查书时,王玉萍没有打毛线衣,而是在看电视。电视上男男女女在活动着。我写完长达十页纸的检查书交到王玉萍手中时,电视上一男一女正在亲热。我看见了王玉萍在流泪,流着彩色的泪水。我一把就扳倒了她,我想起了我老丈人的话,男人嘛,在自己女人面前低下头是应该的,不低头怎么行?

被扳倒的王玉萍突然像不倒翁一样又坐了起来,抖抖手中的检查书,检查书哗啦哗啦的,赵一凡,不要以为我原谅了你,现在你是犯了错误的人啦,正在接受处理,或者说,现在是缓刑期。看你表现如何,你如果真的认错了,就给我大声地一字不漏地把你的检查书读一遍。

看着王玉萍一张一合的双唇,我觉得我准备多日的新婚式的激情正在沮丧地一寸一寸地一点一点地消退。

我现在成了一个犯了错误的人啦。我不知道这世上有没有其他犯了错误的人,而他是怎么表现的。我在家里必须低声柔和地讲话(话音高了就等于没有改过自新的机会)。我必须多做家务活(劳动改造在汗水中新生)。我必须随时随地读检查书(已经是复印件了,原件不知去向)。我对于王玉萍和东东的皇恩浩荡必须诚惶诚恐(王玉萍说啦,看在东东的面上暂且不追究责任)。还必须长守在家里等王玉萍打麻将回来(王玉萍想通了,为什么过去让我出去玩出去交际现在轮到她啦)。王玉萍还说,忠不忠看行动,我在与不在一个样。她还要求我在家里与在外面要一个样,没人与有人一个样。有一天晚上,王玉萍又出去打麻将了,我哄着东东睡觉(这家伙也开始学习他妈来欺负我了,东东还说,犯了错误的人应该鼻子靠墙,所以我经常在王玉萍和东东的大笑声中鼻子靠墙)。我们单位的刘若男科长来看我,问我爱人呢,我说住在医院里。刘科长当即就叹了一口气说,小赵啊,真是难得啊,现在像你这样的好男人真是活宝啦。刘科长不仅跟我这么说,而且还跟我们的局长说,小赵是个活宝啊。我的绰号一下子变成了赵活宝。有一次,我陪王玉萍进商场买东西(过去我是不陪王玉萍买东西的,现在不了,我必须陪她),我们单位的秦小华看见了,说,活宝啊,你真是个活宝。惹得王玉萍直问我什么意思。我告诉她(我现在一句话也不敢瞒她),她说,这么说你们单位的人以为我是母老虎了,他们不知道真相,你不但是活宝,而且是骗子,总有一天,我会去你们单位揭开你这个骗子的嘴脸。

一天晚上,已经十二点多钟了,我已把手中的晚报前前后后看过三遍了。在麻将桌上战斗了四个多小时的王玉萍一回来就直奔卫生间。一会儿我就听见她叫了起来。我以为抽水马桶里有条蛇爬上来了(以前晚报上曾有过这件事),就走近了卫生间,可我已不敢随随便便地进卫生间了,我不敢再犯错误了。王玉萍喊,姓赵的,给我滚进来。

我就滚进去了。王玉萍玉体半露,我还以为王玉萍在鼓励我。谁知王玉萍说,姓赵的,你不承认你作孽,我有脏病了。

我说,什么脏病?

王玉萍说,你怎么不去死啊,我一知道你这个混蛋去洗澡我就开始吃药了,吃到今天我还是有了脏病。

我说，不可能，你说话要有证据？

王玉萍说，证据？姓赵的，你先传的哪个妓女的，然后又传给我了，为什么我吃了这么多药还这么痒。

我说，我没有哇。

王玉萍说，你这么说是我自己弄来的脏病啦。我告诉你，我要到你单位去告你，我还要到派出所告你，你嫖娼，你传染性病。

是绝望的夜晚带来了更为绝望的清晨。东东醒了。他先喊了王玉萍，王玉萍没理他。他又叫我，我也没理他。王玉萍的眼睛更大了。东东自己穿好了衣服。我都麻木了，头脑空空的。等我岳父岳母在门外时我才知道东东打了电话。东东开了门，东东第一句话就是，他们吵架不送我上学。我岳母小兰子说，东东，奶奶送你去。

我岳母小兰子一定看到了王玉萍哭红的眼睛，做一年姑娘做一年官，做一年媳妇把命伴，赵一凡，你不要太放肆了。

我说，妈，我没欺负她。

我岳父说，那王玉萍欺负你啦。

我说，也没有。

岳父说，那还是上次的事啦，王玉萍，那就是你的不对啦。要怪怪桑拿房太多，再说，我当年跟那个女同事看了戏，你妈也没这样。

我岳母小兰子说，哟，光荣啊，你还有脸说女同事，呸，狐狸精！

我岳父的鼻子就动了一下，然后不说话了。我岳母小兰子就摸着东东的头说，你们也大了，我们也老了，我们也管不了你们了，我们现在送东东上学去，下午你们自己去接，我们不是你们赵家的保姆。说完我岳母小兰子就拉着我岳父走了，门是岳父的手带上的，重重一击，不知是对岳母生气还是对我生气。我和王玉萍就这么面对面地坐了一个上午。接近下午一点钟的时候，王玉萍把我检查书的原件找出来了（原来她夹在结婚证里面了），她先是拦腰一撕，然后又一撕，再撕，然后把一团碎纸洒在了我头上，姓赵的，我们去医院，如果真是脏病的话我先杀了你然后抱着东东一起跳楼，我说到做到。

路上，神色憔悴的王玉萍就盯着路边的广告看。我知道王玉萍是想看老军医或老专家。我知道一到老军医或老专家面前我是跳进黄河也洗不清了。还是要相信人民，人民医院会还我一个清白。我知道王玉萍的脾气，我说，不要去人民医院吧。王玉萍说，呸，我偏去人民医院，你不要脸我还要这个脸干什么？

妇科在三楼。皮肤科在二楼。是更上一层楼还是更上二层楼？我看着王玉萍，王玉萍看着楼梯，她肯定也在想更上一层楼还是更上二层楼。王玉萍上楼了。每层台阶有十级。王玉萍是跨十九级台阶还是跨三十九级台阶呢。我记得和王玉萍看的第一场电影就叫《三十九级台阶》，王玉萍果然就跨了三十九级台阶，跨上了三楼，跨进了妇科的大门。王玉萍也带着我的一颗心进了妇科的大门。我身边一个男子用手捅捅我，是不是不孕？现在人工授精很不错，而且多数是双胞胎，三胞胎的，又不违反国家政策。我对着他的眼睛瞪了足有五分钟。我说，你是不是无精少精死精？那男子听了之后说，我才不呢，我老婆子宫有问题。我说，难怪。他说，难怪什么？我说，难怪你老婆子宫有问题。他肯定不懂我的话，怔怔地看了我一会儿，可能他后来悟到了我的话，把头扭向一边，不再理我了。

王玉萍走出妇科下楼时，我以为她会停下来上二楼的，可是她没有，而是木木地走了下来。王玉萍表情严肃，都有点像就义前的女共产党员了，风吹乱了她的头发，她没有离开。我紧紧地跟在她的身后。我真的感到自己是一个犯了错误的人了。从王玉萍的背影上我仿佛看到了我家破人亡的情景。我有点跟不上王玉萍了。王玉萍走过浙江路，又走过了山西路，王玉萍没有停下。她走得那么坚定那么从容。我已经下定决心了，她王玉萍前脚撞上汽车，我也随后撞上。她前脚跳下楼我后脚也跳下去。

我跟着沉默不语的王玉萍走过了上海路，走过了西藏路，最后还拐过了人民中路。走到我家门口时我才知道王玉萍带我回到了家。王玉萍回到家后又奔了卫生间。随后我听见了水声。我在水声中大声地对王玉萍说，玉萍，这病是可以看好的，看好了你就跟我离婚吧。王玉萍什么话也不说，水声激越。不，不是火，而是汽油，把我的心中的火焰越扑越大，我已经闻见了我身体燃烧的味道。我觉得我快要昏睡过去了。

王玉萍终于把门打开了，一阵六神浴液的味道弥漫开来。王玉萍脸上红扑扑的，头发墨黑墨黑的，她对我一笑，真是明眸皓齿啊。她肯定是想干净地去死。我听见她对我说，你还愣在这儿干吗，东东要放学了。

王玉萍越镇静，死亡的决心就越大。真看不出来昔日那么胆小的王玉萍这么视死如归。我真有点小看王玉萍了。这都是因为我。我真是一个十恶不赦的坏蛋啊，还是让我去死吧。在接东东的路上，我掏出二百块钱给东东买了变形金刚。东东高兴极了，真是一个小畜生啊，红口白牙，一笑两个酒窝。东东还问我，爸，你为什么不笑啊，是不是王玉萍又训你啦。我摇了摇头。东东又说，王玉萍训你我就告诉外公,让外公训她。我说,东东,妈妈没训我。我急急地推着东东向前走。东东说,爸,你快成了摩托车了。东东哪里知道我此时的心情,我怕我推开门一看,爱干净的王玉萍洗完澡后就吊在屋中央啦。

我推开门,王玉萍正在烧饭烧菜,满屋的油香。我一下想起了晚报上一个女人为了报复她男人,用老鼠药毒死了自己的子女的故事。我想王玉萍是想让我们一家平静地死去。我在心中对着正在炒菜的王玉萍喊,玉萍,真是我错了,我不该去洗澡,要死让我一个人死,让我一个人吃这老鼠药炒的菜。

王玉萍一手就推开了我的手,说,馋什么,等会儿一起吃。我们一家三口坐在一起吃啦,我知道明天晚报又有一起社会新闻。刘科长还捧着最佳丈夫的红本本对着我的尸体说着什么。我想到这儿就吃得越多。我多想把面前的菜全部吃下去。王玉萍说,慢慢吃,慢慢吃,还早呢。我知道王玉萍的意思,要视死如归。我真的感到了什么叫绝望。绝望就是空空荡荡,就是荡荡空空。我的魂没有了。

吃完了之后洗了一下,我就抱着东东一起睡了。我要抱着我的儿子一起死去。我在等着药力的发作。东东开始还不肯睡,但后来的确困了,也睡着了。我做了很多梦。梦见了我岳母小兰子拿着刀追我。梦见了刘科长把最佳丈夫颁给了秦子华。我还梦见了王玉萍拿着剪刀来剪我的尘根。她摇摇它说,都是它惹的祸。然后,一阵冰凉,我醒了,我以为我真的被王玉萍剪了,我一摸,原来是东东这小东西尿床了,把我的裤子都洇湿了。我掐了掐自己,疼。我还活着,我放下东东,挪了挪位置。没有睡着的王玉萍就像鱼一样游过来,用双手抱住我。我不明白王玉萍的意思。王玉萍抱了一会儿见我没动静,幽幽地说,医生说我下面有些炎症,没事的。我一下子释然了,有一种先被判了死刑又被判无罪释放的感觉。我紧紧地抱着散发着六神浴液味道的王玉萍,这么多天的缓刑了,我终于清白了。我趴在王玉萍身上,泪水就止不住地落了下来,落在了王玉萍的脸上。王玉萍用嘴接住了我的泪水,身子在扭动着,我已明白王玉萍的意思,可我却不明白我为什么就不行了,仿佛在梦中被王玉萍用剪刀真的齐根剪掉了。

泥粮瓮

娘不行了。

大哥说了这话就把电话搁掉了，急得很。五羊捏着手机，喉咙里像是被什么堵住了。大哥的口气和过去一样，过去大哥曾用同样的口气告诉他，娘不行了，回家。他流着眼泪，从城里连滚带爬地奔回家，可到了家，娘活得好好的。娘说，是她叫大哥这么说的。娘还说，听说你蛮有本事呢，都找了五个婆娘了，怎么一个也不带回家啊？五羊没有回答娘的问话，只是盯着大哥，大哥故意不看他。五羊当时是把大哥当作朋友，才把这个秘密告诉大哥的。五羊想不到，大哥就是大哥，不是朋友，也不可能成为朋友。

不知道大哥这次是不是也和上次一样。在车上，五羊感到了身体里的悲痛，可悲痛却无法从眼睛里流出来。木然的五羊就这样到了家，已经是下午了，娘真的是不行了，昏睡着，并不知道五羊回来了。到了晚上，娘就危急了，医生对于八十岁的娘也没有什么办法了。药早用不下去了。三个姐姐都哭了，也许是因为五羊的悲痛没有涌出来，娘后来又挺了过来，但还是不清楚，五羊叫娘，她仿佛听见了，又仿佛没有听见。五羊就这样守在娘身边，到了第二天下半夜，大哥命令五羊去睡觉，五羊不肯，大哥发了火，五羊只好去睡了。等一醒来，就看见了大哥站在门外整理那只有了年纪的泥粮瓮，看来大哥夜里没有睡，昨天晚上泥粮瓮还站在里屋角落的。

大哥手里还拿了根粗竹杠，五羊走了过去。娘走是早晚的事，该做的事情还是要做的。五羊主动站在杠子的后面，完全做出了一副照顾大哥的姿势，大哥不同意，料理孝布的大嫂说，你这个人字识得不多，酸文假醋倒学得不少，你弟不照顾你，你心里难受，照顾你吧，你面子上又过不去。大哥说，远路不轻担呢。五羊笑起来，正因为如此，我更应该在后面。

五羊走了一段，肩头越来越疼，腰弯了下来，真的小瞧了泥粮瓮的重量。偏偏就在这时，五羊最不愿意见的老村长出现了，他像是在巷子口等着似的。老村长似乎没有看见五羊和大哥，眼睛只有泥粮瓮，拍了拍泥粮瓮，说，真是宝贝呢，能放十石吧？人家古人有话语，父子不搭缸，兄弟不抬杠，你们兄弟俩倒好，光明正大在抬杠。也许话说多了，豁了牙的老村长口水都挂下来了。很多人不喜欢老村长，就连他儿子也就是现在的村长也不喜欢他。老村长喜欢管事，遇到村民家有什么事情，特别喜欢指手画脚。有一次，老村长正在村口的大榆树下说得起劲，突然被他儿媳妇打了一耳光。大家还以为老村长想扒灰，后来才知道，村里有人向上级写了一封人民来信告现任的村长，这信不是别人写的，竟然是老村长写的。

老村长又拍了拍泥粮瓮，叹了口气，背着手走了，走得那么慢，五羊的肩快要被压塌了，可大哥没有说歇，五羊不好说歇的。

老村长好不容易走远了。一直沉默的大哥这才发话，歇一下吧。大哥抢在五羊前面把竹杠抽过去了，五羊揉了揉肩头，疼。大哥是得了爹真传的，不动声色却威力十足。要不是自己考出去了，他早被爹和大哥修理成另一个样子了。爹总是说五羊像娘，将来会吃亏的。爹不会知道五羊在城里的生活，五羊完全是过着"剥削阶级"的生活，如果不想回家吃饭的话，每天都可以到饭店里吃别人买单的饭，喝别人买单的酒。

泥粮瓮一动不动地站着，五羊和大哥也这么站着，仿佛是三只并排的泥粮瓮。娘垒的这只泥粮瓮是下方上圆的，下面还是长方形的，足有一人高，应该说它是村里最后一个泥粮瓮了。现在日子好过了，谁家还会用泥瓮做粮缸？都用两条黄龙缠绕的细瓷缸了，一个是干净结实，另一个是防老鼠，再厉害的老鼠也钻不通细瓷缸的。时兴换粮缸的那段日子，每天晚上都听见泥瓮被扔到水里的声音，其中肯定有娘替人家做的泥瓮，娘做泥瓮的手艺是村里有名的。大家都把泥粮瓮扔掉了，大嫂也要扔，为了这大嫂和娘闹了矛盾，娘说，要扔，就把它和她一起扔，或者干脆和爹埋在一起。

歇了一会儿，五羊有点尴尬，想说什么，又不知道说什么，索性就低下身子整理麻绳。想不到，鼓捣了半天，也没有把麻绳整理好，反而更乱了。五羊索性把麻绳从泥粮瓮底抽出来，可再也兜不起来了，泥粮瓮的身子竟然是那么的重，五羊怎么也不可能挪动它。

大哥把狼狈的五羊推开。麻绳和泥粮瓮似乎很听大哥的话。在大哥的三绕四绕中，麻绳顺好了，竹杠与麻绳的交汇处是一个好看的"8"字结。大哥绕完后，又跑到下风的地方去掸灰，大哥是一个很清爽的庄稼人，庄上的妇女说他比人家妇女还妇女，一场活计做下来，人家身上脸上都是泥点，大哥的身上干干净净，硬是没有一处泥点。大哥掸了一会儿，地上的草就变成了一片黄灰。这只泥粮瓮用的土和老家黑黏土不一样，是黄土，是爹当年托人到北边高田上捎回来的。北边高田上都是当年黄河水冲下来的黄土，黄土做的泥粮瓮就是不一样，结实，不容易有裂纹，还好看，过了这么多年了，还是和新泥粮瓮差不多。

掸完了手的大哥直接站到了泥粮瓮的后面，把杠子的重心移了移，说，五羊，你到前面去吧。五羊看了一眼大哥，服从了。大哥的话从来不说第二遍。前天，娘又快不行了，三个姐姐和五羊哭得都像泪人似的，大嫂也在哭，大哥却没哭，他只是看着手表，在那个关键的时刻，他居然是在记娘离开人世的准确时间。

竹杠下的泥粮瓮不像刚才那样晃来晃去了，五羊的肩头轻松了许多。五羊有点觉得他们不是去河边扔泥粮瓮，而是准备到生产队分口粮。只不过分口粮的家伙由笸斗变成了泥粮瓮。

走了两条巷子，大姐从后面急急地赶上来，放下，快放下，娘又不行了。五羊想把竹杠抽出来带回家，被大姐一拂，竹杠就滚到巷子边了，咣当咣当响。大姐说，什么时候了？你以为人家会偷你的竹杠，做梦呢，出去做生意的做生意，出去打工的打工，你看村庄上还有几个人？

大哥走得很快，五羊在后面拼命地跑，可腿用不上力，又酸又软。悲痛就这样向五羊袭来了，天要塌下来了，娘就要没有了，不孝之子居然还在为腾出一个泥粮瓮蹲的地方斤斤计较。

五羊的脚跟后面莫名其妙地被什么力量推了一下，他向前一个跟头，一直冲到门框上才停下来。门框上有一个上高中时写的对联残留的一个字，气象的"象"。似乎是"神州新气象"的意思。这么多年了，还没有被遮下去，也没有被洗刷掉。那年，五羊刚会写毛笔字，他自作主张地给猪圈贴上"猪养八担"，给鸡窝贴上一行"鸡生大蛋"，猪倒是没有表示什么意见，可一群蛋鸡非常计较，它们对于鸡窝上奇怪的红纸恐惧，坚决不肯进窝。爹气得直要揍他。最后还是娘用一把米，像哄宝宝一样把蛋鸡们哄进了鸡窝。想到这，五羊仿佛看到了那个躲在门后的委屈不已的小五羊，眼泪一下子涌了出来。

还是大哥过来抹掉五羊脸上的泪。大哥的手糙得很，和娘的手一样。大哥还把五羊扯到了娘的床边，小胖子正在大声地呼唤着老太太，五羊抓到娘的手了，娘的手很凉，轻轻握了他一下，松开了，还重重地叹了一口气。大哥按住了娘的脉搏，然后看着手表在数，数了一阵，把娘的手放下来，小心地塞到被窝里去，把大嫂叫到了外面。

房间里静了下来,大哥的声音传了进来,是谁刚才发现的?大嫂说,还有谁?你的宝贝孙子。小胖子去叫老太太,老太太不理睬他,他就叫起来了。

大哥叹了一口气说,早呢,脉搏还有呢。

五羊看着娘,娘眼睛微睁,脸颊落了下去。这几天娘几乎没有吃一口,就连水也没有进一口,不谈是一个八十岁的老人了,换成一个正常人也吃不消的。五羊找来一把梳子,小心地替娘梳头。娘的眼睛慢慢地闭上了,似乎睡着了。五羊停下来,娘的眼睛又睁了开来,刚才被大哥塞进被窝的手伸了出来。

娘,你是不是想吃什么?大姐凑到娘的耳朵边,橘子水、粥,还是桂圆茶?都说大姐是和娘一个模子刻出来的,说话像,走路像,脾气像,就连吃饭的习惯也像,总是要等到全家吃好之后才胡乱地吃几口,然后又开始忙个不停。

娘的头微微摇了一下,看来都不是。

大姐又说,娘,你是不是不想把泥粮瓮扔掉?哥哥和兄弟没有把它扔掉,只是移到东房里去了,马上要收稻子了,家里还要放稻子呢,怎么可能扔掉呢?

大姐还没有说完,就被二姐拉走了,二姐看到了大哥的脸色,大哥除了大嫂、小胖子和五羊,他是可以镇住任何人的。五羊看得出,被二姐拉走的大姐脸色不好看。对于赡养问题,住在城里的大姐一直在和大哥争,她总是认为大嫂会虐待娘,在大哥家里受气,应该到她家里去养老。(其实娘也不肯到城里去,她说她闻不得汽油味道。)大姐心里有矛盾归有矛盾,可她从来不敢把话当着大哥的面讲。一是怕大哥受气,二是怕大嫂生气。可现在如果再不把肚子里的话说出来,就再也没有机会了。五羊希望等娘咽气之后,各种矛盾再大爆炸,千万不要在娘在世的时候爆发,让她老人家听到,寒心,痛心。

昨天,大哥和五羊吵了一架,应该说是大哥和三个姐姐一起指责五羊。娘都要死了,为什么不把阿美带回来?二姐差点来揪五羊的耳朵,她和你结婚了,就是家里的人,她为什么不回来?大姐说得更离奇,阿美眼眶高,第一次回来的时候,只待了一天,她根本就瞧不起我们乡下人。

五羊不说话,也不争辩。大哥说,你不要装聋作哑,你的女人,人之常理总要懂的吧,这时候她不回来,应该什么时候回来?!

我管不了人家,五羊说,我总不可能把她绑过来吧。

我知道你这个人的臭脾气,大哥说,肯定是你的问题,原来叫你找对象,你千方百计的不想找,找到了,又不当回事。这样吧,你告诉我阿美的号码,我打电话,你开不了口，我开口替你向她道歉！

五羊不说话，他也不想解释什么。爹去世的时候，五羊刚大学毕业，他在爹的葬礼上答应了娘，一定要找个对象回家过年。到了过年，五羊对娘保证，明年，明年一定把对象带回家。几次这样的保证过后，大家都不相信五羊了，失去了信任的五羊干脆就不回家。后来娘就一次次"病危"，电话都是大哥打的，每次五羊都是准备了很多眼泪从城里丢下工作赶回来，可总是带着一肚子怨气回去。再后来，五羊把刚刚才相处了一个月的女朋友千哄万骗地骗到老家来，说是他的对象，在老家，对象的意思就是未婚妻。之后他安静了整整一年时间。一年之后，五羊告诉娘，已经吹了。娘问，是她先和你离的，还是你先和她离的？娘非常在乎这个谁先提出分手的。五羊说，不是离，是吹，他先和她吹的，她好吃懒做，脾气还大，你说，这样的婆娘怎么能要？娘上当了，点点头，是不能要，我们家五羊要配好姑娘。又过了半年，娘又"大病"了。等他回到家里，大哥为五羊召开了家庭会议，给半年时间，半年之内必须完成婚姻大事，如果不完成，就拜托村里的媒婆小新娘子找一个农村的姑娘。都什么年代了，还搞这一套，五羊当时很想和如此封建和霸道的大哥吵一架，可是看到娘哭红的眼睛，五羊只好点头，就差订合同了。再说，他们人多，五羊想，能够过一关是一关。再后来，只要得到娘"生病"的消息，五羊就推托，只是寄钱寄营养品，人是不回去了，借口是工作实在太忙，如果请假，就可能下岗。下岗这个词把大哥吓住了，当然也吓住了娘，五羊不回去，他们总不会到城里来抓他回去吧。有一次，大哥在电话里说，我不用你寄钱，你也不要总是寄钱，我没有用你一分钱，都存起来了，你为什么不成个家，找不到，找一个半个身子的也行，你不结婚，村里已有人说你那个……没有用呢。那时五羊和阿美已同居了快一年了，他没有告诉他们，如果告诉了他们，他们准会逼五羊立即成亲。大哥的话失去效果了，他们又遭派了大哥的儿子，也就是五羊的侄子上场，不过五羊不知道。当时五羊的侄子打电话来说，五叔，奶奶真的不行了，这次怕是拖不下去了。侄子和五羊差不多大，小五羊一岁，小时候，五羊总是有意识的避免和侄子在一起，有人会指着五羊问侄子，他是你哥吗？侄子很聪明，说，他是你爷爷！侄子和五羊之间不仅有叔侄关系，还有兄弟之情，他的话五羊还是相信的。可是到了家里，居然还是谎言。到了家就由不得五羊了，娘用死逼五羊结婚。她说爹经常托梦给她，他在下面受苦了，五羊不结婚，他就有罪，一直在地下用铁链子锁着呢。五羊只好向阿美求婚，领结婚证，还回家结婚，在家里待了一天就走了，娘也没有阻拦，她满意了。五羊结婚之后，娘再也没有要求五羊回家，有时候五羊回家，她反而催他早一点走，说是把阿美一个人丢在家里不行。

晚饭吃得很热闹,大哥的孙子小胖子把一碗肉圆搞翻在桌上,肉圆们就趁机在桌上调皮地滚来滚去。小胖子想抓这个,那个又滚到另一个方向去了,小胖子哭了起来,被他爸爸打了一个巴掌,哭什么哭,要哭也要等老太归天的时候哭!

小胖子哭得更凶了,侄子说,你不要以为有这些姑奶奶在,你就得胜,你就有靠山!可侄子还没有说完,三姐就上去打了侄子一下,说,三姑奶奶为你报仇。小胖子立即破涕为笑了。

热闹确实和小时候相似,只不过小时候的饭桌上顶多有盐水毛豆,或者盐水毛芋头。还有一个不同的是,往常在桌子边忙来忙去的娘也不见了,她正躺在隔壁的房间里,大嫂守着她。想到这,五羊吃不下去了。

正愣着,大姐把他手里的筷子一抽,五羊想去抢,大姐问,我刚才的话你有没有听见?五羊不知道刚才大姐说的什么,只好敷衍说,我听见了。大姐用筷子敲打着桌子说,听见了为什么不回答?娘不走,就是想见你女人,阿美为什么不回来?她瞧不起我们家早说啊,嫁鸡随鸡,嫁狗随狗,嫁个扁担一挑就走,娘等她回来一起披麻戴孝呢。

大姐一边说,一边用手里的筷子依旧指着五羊。二姐拔下大姐手里的筷子,问五羊,你们不生养,究竟是谁的问题?

五羊看了看大哥,大哥说,他想做周总理呢。人家周总理没有小孩,全中国的小孩都是他的小孩,你呢,你算什么?

我不算什么。五羊有点生气了,还把侄子重新拿的一双筷子推开,说,中国又不在乎我少生一个!

可娘在乎!大哥的声音有点嘶哑了,可嗓音很大,估计娘听见了。

大嫂从房间的那边跑过来,你这个人,兄弟难得回来一次,你这么大的喉咙干什么,吵架,还是吃人?

大嫂的话也没有把大哥睁大的眼睛变小,大哥把手指掰起来,说,论文才,论口才,论见识,大哥都不如你,你应该不听大哥的话,把大哥的话当作放屁,可是你有没有想想娘……就算大哥求你了。

五羊的悲痛又涌上来了,泪水一滴一滴涌出来。大哥吓住了,叹了口气,站起来,跑到隔壁去了。五羊想站起来,可悲痛还在不断地涌来,止都止不住。小时候,五羊总是穿着姐姐们的旧衣服,每天要拾三筐狗屎才能吃到饭,有人告诉他,五羊你是你爹从渔船上抱回来的呢。他不相信,去问大姐。大姐说,不是抱的,而是想把他抱给人家养,有没有儿子的人家想养,后来犹豫了,生怕长大了跑回来,就不要他了。有一次，娘又骂他，你又不是我们养的，你是从渔船上抱过来的。五羊就哭着回答，你们养不起我，为什么还要把我从渔船上抱回来？爹竟然哈哈大笑起来，小畜生，我把你抱回来，就是为了把你当狗养！五羊说，我是狗，你就是老狗。就为了这句话，五羊被爹用绳子吊起来被毒打了一顿，他最起码有半年没有和爹说一句话。

侄子把奶奶扶起来，五羊用调羹一口一口地喂着娘，每一调羹喂进去，娘只吃下一点米汤。大姐兴奋地说，还是老儿子有用，一劝就吃了。娘还抿了一口刚刚煮好的咸鸭蛋。这是大嫂用黄泥腌成的咸鸭蛋，这是娘最爱吃的。黄泥的历史很久了，还是上次做泥粮瓮的时候多下来的。每年大嫂都要用黄泥腌一批咸鸭蛋，今年还是第一次开坛呢。五羊还尝了一下，有点淡，娘喜欢吃咸一点的。记得小时候家里吃的鸭蛋都是五羊从河里摸上来的。娘把咸鸭蛋腌好了，再煮好，还用刀把咸鸭蛋切成四丫，侄子吃一丫，爹吃一丫，大哥吃一丫，五羊吃一丫。娘从来不吃。有一次，五羊趁着娘不注意，就把一只蛋黄埋到盛好的粥碗里，娘吃了，吃出了满脸泪花。

娘的身体的确不行了，刚喂进去的粥大部分又沿着她的嘴巴流了出来，流到了垫在她下巴下的毛巾上了。五羊的悲痛又涌出来了。娘开口喝米汤，是五羊答应了把阿美叫回家来。娘一听说阿美就要回来，马上就有了精神，大姐一问她，要吃不要吃？她就表示了要吃的意思。

娘示意不吃了，侄子在她后面加了一床被子，把她小心抱坐起来。娘看到屋子的角落了，角落的空白处摆了一张桌子，桌子上是一堆刚刚撕开的孝布，白花花的，像是堆了一桌子的雪。

估计大嫂看出了娘的心事，立即把手中的小胖子抱到娘的面前，娘看到小胖子，就笑了。小胖子把刚才他爸爸打他的事情向老太太告了状。大姐又假装打了一下侄子，大侄子顺势叫了疼，小胖子这才觉得解了恨，哈哈大笑起来，露出了一口的蛀牙。

刚才很压抑的气氛好了很多，小胖子越发得意忘形，在大家的掌声中，唱了一支又一支不成调的歌，学做了许多动画片中的人物动作，家里都像在开文艺晚会了。老村长刚才来过了，听说娘吃了几口，立即总结说，不要紧了，一米吐三光呢，老嫂子吃了一口，还能够等三天！

小胖子的戏演到八点钟就被大嫂接走了，大嫂说，再玩下去，今天晚上肯定要在床上画地图了。

屋子里一下子安静下来了。大哥一支烟接着一支烟抽,睡着的娘咳嗽了一声,大哥把烟放到鞋底上掐灭了。

五羊轻声的说,大哥,还抬不抬?

大哥愣了一下,听懂了,怎么不抬?

侄子想和他们一起抬,被大哥阻止了。大哥叫他守着奶奶。侄子找出了一支电筒,大哥把它塞给了五羊,我能够走夜路呢,你叔近视眼,他需要电筒呢。五羊没有推辞,其实在村里走路,他唯一不习惯的倒不是夜路,而是路的平坦问题,小时候以为村里很平坦的路,现在走起来,还是跌跌撞撞的,看来是习惯了城市里的水泥马路。

五羊拿着电筒,大哥走在他的身后,一圈光一圈光地摇晃着。很奇怪,抬泥粮瓮走了很长的路,可空手走一会儿就到了。

在电筒光里,大哥的影子和泥粮瓮的影子融在了一起,像是一头影子牛拉着五羊向河边走去。五羊感到自己晚上比白天有力气,说不定是泥粮瓮在夜晚的黑暗里有了浮力,轻了许多?

电筒照到河水了,五羊小时候摸过许多鸭蛋、河蚌和螃蟹的河幽静得很。歇了肩,泥粮瓮站住了,五羊把竹杠抽出来,大哥低下头去抽麻绳。五羊摸着泥粮瓮的瓮口,瓮口是那么光滑,每次新米进瓮,娘把一只小扫帚和小畚箕递给五羊,他从泥粮瓮的口爬进去,娘给他的任务就是要把里面的陈米扫出来,扫干净,然后才能放新米,娘说话的声音在泥粮瓮里起着好听的回声。

大哥没有说扔,大哥没有扔泥粮瓮的意思,他还说了一句,放在这里不碍事。五羊就不动作了。反正没有人偷这个东西。黑暗中的泥粮瓮站在河边像是一个雕塑:张着嘴巴的、土制的、饥饿的"思想者"。面对将要吞没它的河水,它在想些什么呢?五羊觉得应该把照相机带回来的,还没有给泥粮瓮照过一张照片的。不对,应该是有一张的,那就是五羊的第一个女朋友照的,她看上这个泥粮瓮的,五羊告诉过她,爹打他,五羊为了惩罚他们,就故意睡在了里面,听着他们到处找他,他们找了一天一夜,也没有找到他,他们以为他肯定是寻死了。后来还是姐姐在拿米烧饭的时候,发现了五羊……女朋友很兴奋,在泥粮瓮前摆了一个姿势,拍了张照片。五羊还没有告诉她,他是真的在里面睡过一段时间的。那时候,五羊大嫂闹着要分家,没有地方睡觉,五羊又尿床,由于大哥结婚,家里的米全部用光了,泥粮瓮反正是空着,娘就在里面垫了一些稻草,让他以泥粮瓮为床,对五羊说,尿吧,尿吧,反正稻草有的是,泥粮瓮尿塌了再做。没有想到的是,五羊进了泥粮瓮睡觉，一次也没有尿过，最后娘用木杈准备给五羊换稻草，她把泥粮瓮里面的稻草又出来又放了进去，她还怀疑五羊自己为了掩盖罪行，自己偷偷换了呢。

五羊正准备走。大哥叫住了五羊，不要走，你老实告诉我，你家女人为什么不回来？五羊愣住了，大哥很有心计，他终于找了一个机会，单独跟五羊谈阿美不回来的问题了。大哥说，阿美不像是不懂事的样子，问题一定在于你！

五羊把电筒揿灭了，黑暗中谁也看不见谁。过了好一会儿，五羊说，我们准备离。

大哥说，怎么又离啊？

大哥把上次他和女朋友的分手也当作离婚了。五羊说，他和阿美离婚的原因是丁克。五羊要丁克，当时结婚前说得好好的，可是现在她反悔了，她一定要孩子，他不同意，就离婚了。

什么……丁克？大哥不懂。

五羊说，就是不生小孩，一辈子不生，两个人过。

你为什么不想生一个？大哥说，本来我还想替你抱一个呢，上次我都替你打听好了，没有男的，只有女孩。本来还要钱，听说是到城里就不要钱，条件是将来当作亲戚走。

五羊的声音高了起来，你说说，多一个人，一辈子要浪费多少粮食，多少木材？在城里，上幼儿园、小学、中学、大学，找工作，买房子，结婚，少算算也有五十万，五十万！五羊把张开的巴掌竖到了大哥的面前，不知道大哥看得见看不见？

你不要拿钱吓我，大哥吼起来，也不要跟我说五十万，我觉得你有问题，大问题！

大哥走了，把五羊丢在了泥粮瓮旁边，大哥的脚步声一会儿就消失了。他的眼睛真是好。五羊回过来看河水，没有电筒，五羊也看见了河水在黑暗中发出光亮，还越来越亮，有点像一条笔直的柏油马路，而这条笔直的柏油马路，通向了五羊不知道的地方。

第二天中午，娘不肯吃，也不肯喝水，估计大哥把五羊昨天晚上的话告诉了娘。老村长过来了一下，把大哥叫到了一边说了什么。大哥听了之后，脸色严肃，看着手表摸娘的脉搏，看完了之后就叫大姐，大姐去叫了族上的王奶奶，王奶奶是专门给老人穿寿衣的，娘穿寿衣的时候，除了姐姐和大嫂，人都退了出去。

最后的时刻真的要到了，五羊的悲痛又消失了，找也找不到，他跟大哥要了一支香烟，侄子给五羊点了，问，婶娘什么时候来，我去接她！

五羊没有说话，抽了一口，竟然咳了起来，大哥的脸色阴沉得要刮风暴。

娘的寿衣快要穿好的时候,阿美拎着一只旅行包站在院子的门口。侄子上去叫了一声,小胖子也红着脸叫了一声,奶奶。他肯定不太敢叫这么年轻时髦的奶奶。阿美还真像奶奶的样子,从包里掏出一只大坦克,小胖子简直要乐疯了。

阿美被大姐领到娘的身边,阿美叫了一声娘,娘的眼睛奇迹般地睁开了,大姐哭了起来,我说的嘛,她就要小媳妇回来!

大姐后来就把这事情像喇叭一样告诉每一人,而阿美站在房间里就像做大姐的证据。

一直等到晚上五羊才有工夫和阿美说话,第一句话就把她惹怒了,五羊摸着她的黑衣服说,你还蛮会穿衣服的呢,我一直担心你要把自己穿成花白果了呢。

阿美说,你不要以为我对娘没有感情,我一直记得娘在我睡着了替我洗鞋子呢。说完了,阿美就哭了起来。

五羊说,娘还没有死呢,还没有到哭的时候呢。

阿美被五羊的话吓住了,不哭了,转过身去,不再理睬他了。这时小胖子把头伸进来,他来找二奶奶了,阿美把眼泪擦干净了,她和小胖子还蛮投缘呢。

夜已经很深了,东风一阵阵刮过来,可能要下雨的,五羊想到了站在河边的泥粮瓮,就准备去盖草。这一次,五羊没有要电筒,也没有感觉到路不平,他一下子就摸到了蹲在水边的泥粮瓮,河水没有那么亮了,他听见了河水有节奏地拍打木码头的声音,瓮口还是那样光滑,甚至有点冰凉,五羊想爬进去,努力了一下,身体太胖了,钻不进去。

五羊从黑暗里回来,他们很惊奇他身上的灰尘。阿美走过来,一边替五羊掸灰,一边问他,钻到哪里去了?五羊没有回答她。大哥对他眨了眨眼睛,五羊明白了,大哥已经把他的话告诉了阿美,五羊已经答应娘了,不离婚,不丁克,生一个小孩。阿美一边掸,一边对五羊悄悄地耳语,说,回去我不会逼你的。

五羊回过身来,把她头发上的一根蜘蛛丝扯掉了,他听到阿美叹了一口气,很奇怪,阿美叹气的声音和娘一个样,掸起的灰尘把五羊的眼睛迷住了。

娘的生命力十分顽强,到了第二天上午,她的脉搏一会儿下去,一会儿又上来。老村长说,再不走就不好了。对下人不好,已经穿上寿衣了。老村长出了个主意,叫小胖子烧纸,让地下的太爷快点带老太走。老村长说,她的愿望不是实现了吗?

小胖子烧了纸，五羊、大哥和五羊侄子都跪下来求了爹的亡灵。阿美和大嫂在做事情，阿美是一个好女人。今年不是她把家里贴满了娃娃年画，五羊也不会跟她急，年画上的娃娃个个又白又胖，哪里像五羊小时候，尿床的，拾狗屎的，睡到泥粮瓮里面的泥狗子。

娘肯定非常痛苦，她在哼叫着，虽是轻轻的，大家都听见了。到了下午，娘还是那样，脉搏却非常急了。老村长也很奇怪，后来他明白了，问大哥，你们兄弟两个扔的泥粮瓮呢？这是她做的呢，她喜欢的呢，给她，你们放在河边像是招她的魂呢，你们不把它推到水里，她是不走的。

大侄子要去推，大哥也要去推，五羊说，我去吧。阿美想跟上来，五羊说，你代表我，万一娘这时候不行了，你代表我。阿美答应了，大姐还在后面大声地说，兄弟你孝顺，娘会在地底下保佑你生个大胖小子！

泥粮瓮还端端正正地站在河边，五羊拂去上面的草，看了看，泥粮瓮的里面非常光滑，只有一处还露出了里面的草筋，这是五羊抠出来的。当时是因为嫂子怪侄子和五羊玩，她打了侄子，娘就打了五羊，五羊真是冤枉，不是五羊要跟侄子玩，而是侄子要跟五羊玩。

五羊猛然推了推，泥粮瓮晃了晃，又坐到了原来的位置上。他的力气用小了，五羊拍了一下巴掌，泥粮瓮一弹，像是自己跳到河里的。它入水的样子非常轻松，先是平衡的，咕噜咕噜的，快乐地吸水，几乎没有声音，后来倾斜了下来，发出噗噗噗的闷声，豪饮了，再后来，豪饮完的泥粮瓮晃了晃身子，像是伸了一个懒腰，不见了，河面上盛开了一朵大旋涡，也只是一时，旋涡消失了，河面上还是细微的波浪，像线条，像鱼鳞，还像碎银，泥粮瓮在水里什么时候才能够溶化呢？

五羊还记得娘做泥粮瓮的情景，那只瓦缸被大哥分家分过去了，娘决定用芦苇篱笆代替黄土墼围墙，并拆掉黄土墼的围墙做泥粮瓮，娘说，这可是为五羊做的。五羊当时积极性很高，抱草，齐草，还帮着娘一起踩泥，以便把黄土墼化开的泥踩得更熟些，本来可以做得更大些，娘留下了几块黄土做的土墼，将来用来腌咸鸭蛋。

别看黄泥非常硬，但是在水里它们软得很，还发出好闻的泥腥味，娘就在这芬芳的黄泥香中做泥粮瓮。她是先做瓮底，把瓮底做好了，就做沿边，一道草一道泥的抹，娘做得非常用心，一般的人家做的都是滚筒般的圆，而娘做了一个独一无二的上圆下方的泥粮瓮。做到最高处的时候，娘够不着，踮着脚往里面抹泥，仿佛往里面贴烧饼似的，一贴一张，一贴又是一张，五羊看着娘，口水直流，瓮里面的烧饼什么时候才能散出芝麻香呢。由于异想天开,踩泥的五羊就被黄泥们开了玩笑,他身子一歪,滑倒在黄泥里,娘笑出了眼泪,她用泥手揩自己眼泪时,脸上却被黄泥搞成了大花脸。

娘抱着泥做的五羊来到木码头上,用一团稻草把给五羊涮泥,娘一边刷,一边说,泥猴子,你真的是个泥猴子!五羊身上的泥点一颗颗地往水里掉,就像娘在他身上打枣。五羊捂着自己的胳肢窝,他怕痒。一颗又一颗泥枣还是被娘打落到水里了,河水上开了一朵朵淡黄的水花,又一朵朵谢了,它们把黄泥和黄泥的悲痛藏到什么地方去了呢?

种花记

有人说女大十八变，可是王家的孙女王春红才十几岁，就变成怪脾气的姑奶奶了，整天和她的奶奶过不去。奶奶说东，王春红就说西。奶奶说不要开窗，王春红非要开窗，结果呢，放进了一屋子的蚊子，嗡嗡嗡地叫，把奶奶的头都闹大了。为了不让那些蚊子咬到她的宝贝孙子王辉，奶奶只好拼命摇着芭蕉扇，手腕差点脱了臼。

差点脱了臼和真正脱了臼完全是两码事，可王春红的奶奶非要儿子王得和去先生那里买了膏药，摊在手腕上，像是戴了一只大手表。

如果手腕真的受伤了，怎么可能摇芭蕉扇呢？可王春红的奶奶偏偏不怕自己的话有漏洞，还是拿着芭蕉扇，到处显摆，还把她的"大手表"展示给别人看。如果人家没有注意到，她就会主动跟人家说，你说王春红坏不坏，比"四人帮"还坏，她把我的手腕都弄坏了。

王春红不是你的孙女吗？

什么孙女啊，她是我前世里的对头星！王春红的奶奶说。

最近，王春红和奶奶已不是回嘴的问题了。王春红的奶奶说了，她家真的养了一个"造反派"，竟然动手打她，还骂她是地主婆子。有人就故意问她，你家王春红打你什么地方了？王春红的奶奶指着手腕说，就是这里。

王春红奶奶的手腕上的"大手表"早剥落了，但留有"大手表"的痕迹。

这不是上次脱臼的地方吗？

你瞎说什么？她就是打我了！王春红的奶奶很是激动，我们家养了一个"四人帮"啊。

这一次，王春红的奶奶倒是没有冤枉王春红，王春红的确动手了。起因是弟弟王辉喊了王春红的新绰号。

"六十五度摇摆",是王春红的绰号。

绰号这个东西,就像人的影子,一旦从人的身后长出来,再把它杀死是很不容易的。谁能够杀死自己的影子?更何况王春红的绰号是轮船码头边开旅社人家的罗开文的绰号的翻版,小痞子罗开文走路,总是喜欢双手插在口袋里,一边摇摆一边吹着口哨,身体晃到了七十五度,所以大家叫他是"七十五度摇摆"。

王春红走路其实一点也不摇摆。上次看了电影《红楼梦》,王春红就常常梦见自己挑着一竹篮的花瓣去葬花,边葬边哭,有时候还在床上哭醒了。因为喜欢林黛玉,所以王春红就有意模仿林黛玉走路的样子,把左手插在口袋里走路,一只手摆动,看上去有一点摇摆。但王春红绝对没有六十五度,连三十度的摇摆都谈不上的。王春红长得瘦,又是小鼻子小眼睛,实际上是有一种杨柳摆风之韵的,杨华和吴文英也在悄悄学了。

可"六十五度摇摆"这个绰号还是传了出去。当初王春红不晓得是她的绰号,那些臭男生对着她喊"六十五度摇摆",王春红对他们表示了轻蔑的一笑。她才瞧不起他们呢,就像她从来就瞧不起家里最得宠的臭王辉一样,为了生这个弟弟,家里被罚了一万块,所以王春红的奶奶有时候就直接喊王辉为王一万。这个名字也只有奶奶能喊,如果王春红叫"王一万"的话,奶奶就骂过来了,骂的比街上的脏话还要难听,所以王春红索性就躲着王辉,她惹不起还躲不起吗?

这一天,王春红躲不过去了。王辉最近刚刚学会用火花赌博,想要王春红一张夹在书本里的镇江火柴厂火花,王春红的那张火花在他的游戏中是天价———一个亿。王春红坚决不肯给他,王辉就骂王春红,和奶奶骂王春红的话一样难听,王春红不生气,她听惯了。可后来,王辉不骂脏话了,而开始骂"六十五度摇摆"。王春红回骂王辉,你才是六十五度摇摆。王辉哈哈大笑,指着王春红说,王春红,你自己骂自己啊,太可笑了,还有自己骂自己的!王春红头一下子大了,六十五度摇摆,肯定是她的新绰号!王春红想,她真是一个傻瓜啊,人家都叫了好多天了,可是她蒙在鼓里,还给那些臭男生赔着笑脸———尽管是轻蔑的笑,可在那些臭男生的眼睛里,她王春红还是赔了笑呢。

王春红的奶奶的耳朵平时有点背的,可对有关王辉的一切,她都听得清清楚楚。王春红的奶奶一听到了王辉和王春红在对骂,就立即拿着坏煤勺"护"了过来,喊道,乖乖啊,她是不是又做造反派了?一听到奶奶出场,王辉立即摆出了挺委屈的样子,指着王春红说,奶奶,她不是造反派,她是小气鬼!王辉说完了,仗着奶奶的势,冲上去就抢王春红手中的那枚火花。

王春红比王辉大八岁，个子本来就比王辉高，王辉就有点气急败坏，还差一点跌了跟头。说实话，在对待王辉的问题上，王春红并不是一个小气鬼。要是放在往常，王春红肯定会把火花给王辉了，那火花又不是王春红最珍贵的花种子。可是那一天不，那一天王春红的倔脾气犯上来了，再加上奶奶在面前，她偏不迁就。

　　跌了跟头的王辉立即摆出了十分疼痛的样子，奶奶见状，对着王春红喊了起来，瘟东西啊，不得了了，还没有怎么样呢，就打起兄弟来了！

　　王春红的奶奶一边说，还一边将手中的坏煤勺砸了过来。王春红一让，奶奶砸了个空。虽然没有砸着，但王春红很是生气，她一边撕着火花，一边把火花的碎片甩到了奶奶的脸上，吼道，给你，全给你，你这个小地主，你地主婆子！

　　吼完了，王春红就冲出门去了。本来王辉和奶奶想拦住她，可奶奶和王辉哪里是她的对手？！家里的用水都是王春红从轮船码头上往家里拎呢，她的力气慢慢地长大了。王春红不想与奶奶打架，也不愿意和奶奶打架。弟弟的背面有两个后台呢，一个是爸爸，爸爸从来不明着在女儿面前"护"儿子，可心里还是"护"儿子的，如果王春红有什么委屈，爸爸也不敢公开表示自己的立场。王辉后面还有一个大后台，也就是一个最坚硬的大后台——妈妈。王春红敢惹爸爸，可她绝对不敢惹妈妈，在王辉没有生下来的那几年里，妈妈几乎是天天把她当作眼中钉、肉中刺。后来，有了王辉，她才没有被妈妈当成一根刺，把她从这个家里拔出去。

　　王春红从家里跳出去的时候，发现晒在门口的煤球被人家踢翻在路上了，她还俯下身子，拾起那几块煤球，放到晒煤球的门板上。家里没有什么声音了，奶奶肯定在拿什么东西哄住了王辉。

　　王春红根本就不稀罕奶奶的好东西，她现在最稀罕的是花种子。要花种子就得去找吴文英。本来王春红是绝对瞧不上说话有点大舌头的吴文英，可是吴文英后街上的姑姑家有花种。想要有花种，王春红就得和吴文英玩。去年，王春红家里的黄鸡冠花种子就是吴文英给的，现在，王春红想要五角星花的种子。王春红看过吴文英姑姑家的五角星花，开得实在是太好了，那开出来的五角星花就像小小的五角星，娇小、鲜艳，爬在铁丝上开，铁丝就像是参了军似的，满铁丝闪闪的红星。

　　吴文英正在家里绕旧毛线，绕得乱糟糟的，就像王春红的心情一样。王春红实在看不下去了，就坐到吴文英的对面，帮着吴文英绕毛线。绕毛线是需要一个专门的绷子，可吴文英家没有，王春红就找来了一张搓衣板。用搓衣板绕毛线也差不多的。

等王春红把吴文英家毛线绕好了之后，心情竟然好了许多。王春红正准备和吴文英说去她姑姑家要五角星花种子的事，这时吴文英的妈妈下班回来了，王春红就不好说了，吴文英的妈妈和姑姑关系不好，她们经常在街上对骂，把很多年的小事都翻出来说。

离开吴文英的家，王春红在巷子上走了一会儿，想到大街上去，可她还是折了回来，回家吧，如果遇到班上的那些臭男生，又要对着她喊那个绰号了。

王春红就把左手从裤子口袋里取了出来。走了一会儿，觉得特别别扭，像是要摔倒似的。王春红没有办法，还是把左手插到了口袋里，边走还边看后面，还好，后面并没有什么人跟着。

家里准备开晚饭了，王辉和爸爸坐在桌边，爸爸依旧在喝他每天一杯的白酒，妈妈在洗脸，她在砂粉厂上班，每天筛砂，特别脏。奶奶正在往畚箕里收拾煤球，王春红见状，就进门去找扫帚，奶奶的眼睛不好了，可她还是舍不得掉在地上的那些煤屑，王春红想帮奶奶一把。

王春红和奶奶一起把煤球弄回来之后，就到天井里放扫帚和畚箕了。没有想到的是，只一会儿，王春红就从天井里冲回来了，像一个疯子，尖叫着，冲到了奶奶的跟前，推了奶奶一个巴掌。

王春红下手并不重，只是轻轻地刮了奶奶身子一下，奶奶就跌倒在地上了。奶奶倒在地上，死死抓着王春红的衣服，嚎叫起来，不得了了，出人命了，王得和啊，你养了个杀人犯的丫头啊，打杀人了哇。

王春红绝对想不到会有这样的效果，她想把奶奶抓她衣服的手掰下来，可奶奶的手像是粘在她衣服上了，怎么掰也掰不开。

再后来就简单了，王得和冲到了待在一边的王春红面前，左右开弓，几个耳光，王春红的脸上开花了，满脸的血，那血把听到声音赶过来拉架的邻居们都吓呆了。王春红不说话，邻居以为是打得太重了，其实那血都是王春红鼻孔里淌出来的。

还是王春红的妈妈冷静，她先是让邻居把王春红的奶奶拉到邻居家去，接着她又拉走了气头上的王得和，再后来，她亲手用毛巾替王春红擦去了脸上的血。王春红开始还不配合，可是妈妈的力气比王春红大，再加上妈妈说了句话，让王春红的委屈的心情好了许多。妈妈一边替王春红擦洗着，一边在王春红的耳朵边说，我看到了，是老东西自己跌下来的，你根本就没有碰到她！

本来王春红不想说自己打奶奶的原因，就因为妈妈这句知己的话，王春红就把事情的经过告诉了妈妈。刚才王春红到天井里放扫帚和畚箕，一下子发现她种在旧脸盆里的太阳花、凤仙花和鸡冠花都没有了，被薅掉了，她摸到的只是太阳花和鸡冠花的根，根上还留有花秆的汁液，很冰，很凉。

奶奶从来就反对王春红种花，奶奶还不止一次说过，哪一天，她要把这些花薅掉，晒干了，着煤球。可王春红太喜欢种花了，人家叫她"六十五度"，是因为王春红喜欢把手放在口袋里面，而王春红之所以把手放到口袋里，是因为左手上有一道长长的伤疤，这伤疤是王春红跟同学杨华抢一种蓝太阳花花种时划伤的。那时她和杨华是一起和吴文英到她姑姑家的，吴文英姑姑的家里长满了不同种类不同颜色的太阳花，单瓣的、复瓣的、大红的、浅红的、紫红的、鹅黄的、淡青的，说不清的好看。还有一种蓝太阳花，王春红和杨华都没有见过，都想要种子，可一下把那盆蓝太阳花打翻了。太阳花的种子实在太小了，比圆珠笔的笔芯尖上的圆球还要小，一旦掉到地上，怎么也看不到的。杨华想要，王春红更想要。王春红是连着地上的泥土一起抓到自己裤袋里的。她的手被碎瓦片划破了。王春红想等到蓝太阳花开出来，再告诉杨华她受伤的事，可没有想到的是，这些蓝太阳花还没有来得及开花，就被奶奶薅掉了。

红啊，一股咸菜的酸气都冲到了王春红的鼻子里了，妈妈一边用手背替王春红擦着眼泪，一边说，红啊，哪一天我轮休，我跟你一起跟人家要炮仗花，炮仗花长起来好看，开起花来，就像是放炮仗，喜庆得很呢。

爸爸妈妈都上班了，平常的时候，王春红、王辉和奶奶待在家里，王辉是个小畜生，他有需要就喊人。有时候王辉会喊奶奶，奶奶会屁颠屁颠地赶过来。有时候，王辉会喊王春红，王春红也会过来。有时候这个小畜生是奶奶和王春红一起喊，奶奶和王春红都会赶过来，王辉见到的就是两个绷着脸的人，奶奶和姐姐都生了一脸的霜。

王春红的奶奶还记着上次的事，经常对着地上觅食的鸡指桑骂槐，说，滚开，滚开，你不看看，长得那么丑，还想吃什么米？

要是放在以前，王春红会和奶奶直接对骂。可现在不了，她回味着妈妈在背后骂奶奶的话，心里像是有了统一战线的法宝，一下子镇定了，故意装着听不见。有时候，奶奶骂鸡的时间实在太长了，王春红会到米坛里抓出一把米，当着奶奶的面，撒到那些被奶奶冤枉的鸡面前，好好地替它们出了口气。

王春红的奶奶很是舍不得那些米，就骂得更厉害了，还拼命赶那些鸡，仿佛是要和那些鸡抢食。有了撒到地上的米，和王春红有了妈妈这个后台后一样，那些鸡根本就不怕王春红的奶奶了。

赶不走那些鸡，王春红的奶奶就索性数落起来，说，你狠，你狠啊，长得漂亮，又会流鼻血。王春红听出了奶奶的意思，立即反驳说，是啊，谁叫我倾城倾国呢，谁叫我羞花闭月呢，谁叫我沉鱼落雁呢。

王春红一口气对奶奶说出了一连串成语，可奶奶一句也听不懂，等于是白说。

更多的时候，王春红和奶奶不吵架，也不说话，只是处于冷战状态。小畜生王辉，是她们之间的传声筒。小畜生王辉，没心没肺的，十分乐意他这个新角色，他似乎忘了，他才是王春红和奶奶真正的导火索。

王春红的妈妈没有忘记自己的诺言，过了几天，她带了一棵宝贝似的花苗。妈妈一进门，就嚷开来了，红啊，红，拿小铲锹来。

王春红一看，妈妈手里是一棵南瓜秧。王春红以为妈妈要在天井里种南瓜了，可是天井那么小，南瓜藤长大了，该朝哪里爬呢？正疑惑着，妈妈又叫她去端一碗水来给"南瓜秧"浇水。

见王春红不像预料中的高兴，妈妈就问她为什么。王春红如实地把自己的想法说了。妈妈听了，笑得咯咯咯的。妈妈告诉她，这才不是南瓜秧呢，这是比炮仗花还好看的节节高。妈妈说，节节高，开一层花，就长高一层，再开一层，像是花做的楼房呢。妈妈只管说，王春红只是听着，没有说什么。

回到屋里，王春红的奶奶正在用刀板拍王得和最喜欢吃的大蒜头，拍得啪啦啪啦响。她一直对于王得和的婆娘纵容王春红顶撞她很是耿耿于怀，但她对儿媳妇没有什么办法。在小王辉没有生出来之前，她是完全压着这个女人的，可是孙子王辉一出生，多年的媳妇就变成了婆婆。一个家里，既然有了婆婆，总得有人成为受气的媳妇。看在儿媳为她生了宝贝孙子的分上，她只好就认可了角色的转换，从婆婆变成了媳妇。

听到奶奶把家里敲得咚咚的响，王春红只好捂着自己的耳朵。妈妈看出来了，王春红不高兴了，就支使王春红到男浴室门口去接跟爸爸去洗澡的王辉。王春红最不喜欢做的事情就是站在男浴室门口等王辉，可是妈妈已当着奶奶的面说了，她不好不听话，也就是说，她不好不去。再说了，在搬运站工作了一天的爸爸能替王辉洗澡已是不简单的事了，王得和必须先替王辉洗了，再上来替王辉穿了，先叫浴室的人把王辉带出来，他自己再下去洗，外面总是有人接王辉的。

王春红刚穿上外套，妈妈又叫住了她，给她五分钱，说，红啊，小辉要吃脆饼，你就买给他。

说来也怪，王春红一出门，奶奶就把拍蒜头的声音压下去了，妈妈在家，奶奶就不怎么敢大声做事。真是大鱼吃小鱼，小鱼吃小虾，小虾吃泥巴。如果说王辉是大鱼，妈妈是小鱼，奶奶是小虾，那她王春红算是泥巴吗？

到了浴室门口，王春红见到那些进进出出的男子，觉得满鼻子都是臭气。王春红想走，可又怕接不到王辉。后来她就想自己的花，那粉的红的蓝的太阳花。如果奶奶不把太阳花拔掉，她家天井里也快像吴文英姑姑家的天井了。

王辉出来了，脸上红彤彤的，竟然开口叫了王春红一声姐姐。王春红正疑惑着，爸爸出来了。原来爸爸也洗过了。爸爸见了王春红，立即夸奖起来王辉，红啊，你晓得不晓得，你弟弟自己会洗澡了。

路过脆饼店的时候，王春红拿出五分钱，准备给弟弟买脆饼，想不到爸爸又递上了五分钱，要了两块。一块给了王辉，一块给了王春红。王春红没有吃。爸爸说，红啊，吃吧，一块脆饼，爸爸还是请得起的。

脆饼很香，王春红吃得比王辉慢。王春红又掰给了王辉半块。快要到家的时候，王春红听到爸爸说，红啊，回家要叫奶奶，你奶奶一辈子苦得很呢。

脆饼就卡在了王春红的喉咙里了。一个晚上，王春红都没有说话。好在没有人发现她，奶奶和妈妈都在叫王辉反复说自己会洗澡的事。

有好几天，王春红都像妈妈移植回来的节节高的叶子，都蔫了。妈妈叫王春红多浇一点水，并要她白天的时候，把花盆移到阴凉里，不要在太阳下晒。王春红根本就不听，既没有给节节高浇水，又没有把节节高移到阴凉里。王春红看着蔫下去的节节高，狠狠地想，枯死了才好呢。

早晨，王春红正准备到外面去刷牙，没有想到的是，奶奶却抢先蹲在了王春红最喜欢蹲的位置，很夸张地刷着牙。挤好了牙膏的王春红只好到天井里刷牙，往花坛那边一看，想不到半死不活的节节高还是挺过来了，竟然抽出了一对新叶，那新叶慢慢地展开，和南瓜叶一样，"南瓜叶"后来越长越大，像一对摊开的大手，似乎就是在对王春红说，你继续怠慢我吧，我不怕！

王春红想不到节节高会长得这么泼皮，她在花坛前待了一会儿，把准备刷牙的一杯水全部泼到了节节高的根下，转身又去水缸里舀了一杯水，没有再去天井刷牙，而是蹲到了奶奶的身边。

满嘴巴牙膏沫的奶奶回过头，看了看王春红，又仰头看了看天。王春红的奶奶不晓得，王春红的心中已经有一座节节高花做的楼房了。

节节高窜得快。大叶子，高个子。叶子比王春红的手还大，而节节高的个子都快赶上王辉的个子了。再过几天，节节高的个子超过了王辉，快赶上王春红的个头了,王春红看着节节高,感觉那不是节节高,而是一棵有梦想的向日葵。王春红想,节节高肯定是想长得超过了屋檐,然后再在天井的半空中长出一只大草帽似的向日葵匾。

可节节高就是节节高,它不是向日葵,因为它有花骨朵了。节节高的花骨朵很有意思,长在节节高的胳肢窝中间,也就是长在大叶子与茎秆之间。王春红觉得神奇极了,小时候的王春红曾经问过妈妈,她是从妈妈的什么地方生出来的?妈妈说,是从她的胳肢窝里生出来的。王春红当时不相信,现在看到了节节高那么多的花骨朵,她相信了妈妈说的话。

节节高的花开了,开得大大咧咧的,就这么倚在叶子与茎秆的胳肢窝里。王春红高兴了一天,总想告诉一个人。后来,王春红把节节高开花的事告诉了王辉,王辉看了,不相信是真花,硬说是假花。王春红好说歹说,王辉才相信。王春红后来还告诉了王辉,人和花都是一样的,都是从胳肢窝里生出来的。王辉更不相信了,王春红说,我骗你是小狗,妈妈就是这样告诉我的。

王春红刚说完,突然听见奶奶骂了起来,王春红,你真是不要脸!

你说什么?!王春红被骂得很冤。

我说你不要脸,你怎么可以跟王辉讲这样不要脸的事?奶奶说,你一个姑娘家,不要脸也就罢了,可你弟弟还是个黄花郎呢。

我怎么不要脸了?我怎么不要脸了?我是偷人家的了,还是抢人家的了?我还是跟人家私奔了?王春红的眼泪都出来了。

你就是不要脸!王春红的奶奶冷冷地说。

王春红不管节节高了。王春红有点像懒虫了,什么也不想管。王春红的奶奶也索性不管她,有什么事情都自己做。有时候,王春红的奶奶做不动,就要王辉帮着做,王辉不想做。王春红的奶奶就教育王辉,你不学,将来怎么办?将来她可是人家的人,你怎么办?王春红听了,装着听不见,这是激将法,她才上不了这个当呢。

王春红不上当,奶奶只好自己做,连水都是自己到码头上去拎。王春红的奶奶本来还想动员王辉和她一起到码头上抬,王辉坚决不同意。王春红的奶奶只好半桶半桶地拎,拎得气喘吁吁的,像是在王春红的耳朵边拉风箱。王春红实在听不下去了,赌气似的从奶奶手里抢过了水桶。

没有人过问的节节高却越开越盛,真的像一幢花做成的楼房。有时候,猛然一看,真像是天井里站了一个全身都戴了大红花的人。

不要脸!王春红在心里骂了一声。

可被骂过的节节高依旧开得很放肆，像一个嬉皮笑脸的人。王春红很不愿意看到这个"人"。可事情就是这样，她越是不愿意看，那个"人"就越是喜欢挤到王春红的眼睛里来。

不要脸！不要脸！不要脸！王春红闭上了眼睛，在心里指着那棵节节高骂个不停。可不要脸的节节高还是在夜里挤到了王春红的梦里了，那个全身戴满大红花"人"竟然长了一张脸，在梦中，王春红好不容易看清了那个"人"，是那个"七十五度摇摆"的小痞子罗开文。

"不要脸"的节节高是王春红自己毁掉的，她像一个疯子一样，冲到了节节高的面前，跳了几下，才抓到节节高的枝头，往下一拽，节节高就倒了下来。

这么不经推啊？王春红看着倒在地上的节节高，掉在地上的通红的花瓣，就像是"花人"流出的血。

王春红的奶奶到天井里晾衣服，发现天井似乎亮堂了许多，再一看，王春红也在天井里，正抱着那些跌在地上的节节高哭呢。

哎呀，哎呀！是你自己把它弄掉的啊，老天作证啊，不是我弄的啊！王春红的奶奶大叫起来，到时候，你宝贝妈妈回来，可不要赖到我的头上啊。

王得和被王辉叫回家的时候，家里已经乱成一团。老的说她不想活了，小的说她也不想活了。王得和问王辉发生什么事了，王辉怎么也讲不清。而叫她们讲，两个人像是对他开机枪，吵得他耳朵里像是放鞭炮。

王得和从碗橱里找到一只被王辉打碎过的碗，使劲地砸在地上。碗碎了，安静了。空气中有一股难闻的草臭味，那是节节高汁液的味道。

可能是想解决王春红和奶奶的冷战状态，妈妈对王春红履行了诺言，她到后街上吴文英姑姑家，要来了两棵炮仗花的苗，栽到了原来的花坛里。

炮仗花是连根移植的，基本没有受伤，所以很快就活了，还分了蘖，渐渐成了蓬勃的一丛。王春红每天都到天井里晾衣服，炮仗花安安静静的，看着王春红，仿佛一个和王春红闹了小矛盾的同学，考验着王春红，看谁熬不住，能够先开口说话。

王春红当然不会先跟炮仗花说话，她更多的是怀疑，这么安安静静的花，怎么可能开成风风火火的像炮仗一样的花呢？

但炮仗花还记得自己就是炮仗花。有一天，王春红走到天井里收衣服。刚刚晒好的衣服有一股好闻的水花香。王春红就是在这股水花香中发现了炮仗花的异样。

炮仗花里有一点红！

王春红心里咯噔一声，好像有几颗炮仗在她心里炸响了。没来由的，把王春红的心好好震了一下。

再后来，炮仗花的红越来越大，那"炮仗"越来越多。每看一次，王春红的心里就噼噼啪啪地响个不停，王春红深吸了几口气，那"炮仗"炸出来的都是水花香。

炮仗花开了，改变了王春红和奶奶的冷战状态。两个人说话了，有时候，还一起做伴到码头上去。王春红的妈妈很想弄清楚，是王春红先和奶奶说话的，还是奶奶先和王春红说话的？

王春红没有回答妈妈的问话，妈妈以为她不好意思说，其实王春红不是不好意思，而是她记不起来究竟是谁先开口说话了。反正就这么说话了，就像炮仗花，它想开，也就这么开出来了。

王春红家的炮仗花开得太好了，简直就像王春红家有喜事，每天都在给王春红放炮仗，噼噼啪啪的。有一天，杨华跟王春红说，我要和吴文英到你家看炮仗花。王春红很是惊讶，她可没有向杨华透出一点风声，怎么杨华就晓得了呢？可能是多嘴的奶奶到街上说的。这个奶奶啊，生怕人家不晓得她家的炮仗花开了。要是把她放在吴文英的姑姑家，每天都有不同的花在开，她该怎么去做新闻发布会呢，怎么说得过来呢？

杨华和吴文英到王春红家看炮仗花了。吴文英告诉王春红，炮仗花是可以吃的，它的花蕊是甜的。王春红是第一次听说这件事，杨华也是，她说，吴文英，那你吃吃看，你吃吃看，是不是像糖一样甜？吴文英说，不像糖，是有一点甜，我是在我姑姑家吃过的。杨华问吴文英，那是王春红家的炮仗花好看，还是你姑姑家的炮仗花好看？吴文英说，王春红家的炮仗花长得好。杨华有点将信将疑。吴文英说，当然是王春红的炮仗花好，炮仗花在她们家，可是独生子女呢。杨华酸溜溜地说，吴文英，你是不是吃多了鸡舌头，你什么时候变得这么会说话？

王春红听着杨华和吴文英斗嘴，只是盯着炮仗花看，眼睛里全是红艳艳的炮仗花。

每天早上，王春红第一件事情不是刷牙，而是给炮仗花浇水。可有一天，王春红发现炮仗花湿淋淋的，有人给炮仗花浇过水了。王春红问妈妈，妈妈说她没有。王春红想问王得和，发现王得和上厕所去了。家里只有一个正在烧早饭的奶奶。王春红想，没有第二人了，肯定是奶奶了。是奶奶给炮仗花浇了水。

炮仗花真是把王春红奶奶的脾气也变掉了，她不但替炮仗花浇水，她还跟王春红说起了小时候绣花的故事。绣花得有花样子，花样子上的花都是什么牡丹花金菊花。奶奶没有见过这些富贵的花,怎么也绣不好。师傅气得用绣花针刺奶奶,奶奶还是绣不好。后来就放弃不学了。奶奶说,其实那时候也是一个犟脾气,照葫芦画瓢不就行了。奶奶说得很可惜,王春红也很可惜,不然她也会绣花了。

绣花样子上有炮仗花吗?王春红突然想起了自己的炮仗花。

奶奶哈哈大笑,露出了透风的牙齿,指着王春红说,傻丫头,怎么可能有炮仗花呢?

怎么不可能呢?王春红还是不明白。

炮仗花是草花啊,傻丫头!奶奶笑得更厉害了。

王春红还是不懂奶奶的话。王春红去问吴文英,你姑姑家有牡丹花吗?

没有。吴文英摇了摇头。

牡丹花有炮仗花好看吗?王春红问。

不知道。吴文英老老实实地回答。

我还是觉得炮仗花比牡丹花好看。王春红说。

吴文英吃惊地看着王春红,王春红刚才说得那么肯定,好像她见过牡丹花了。其实王春红根本就没有见过牡丹花,只是她心里太偏爱那些在她的心里噼噼啪啪放炮仗的炮仗花了。

王春红似乎惹了花神了,她总是待在炮仗花前看炮仗花。奶奶见了,笑话王春红,红啊,你还是抱着炮仗花睡觉吧,要不,将来你嫁个人家,就用炮仗花给你放炮仗。王春红又急又羞,对奶奶说,给你放!奶奶说,真是没大没小了,当心你死鬼爷爷听到了。

开学了,王春红上课去了,可不怎么专心了,经常走神,被先生批评过几次,王春红才把放在炮仗花上的心收回来。可下了课,回到家,她第一件事就是看她的炮仗花,没有她的照料,那些炮仗花总是没有暑假里那么鲜艳了。有些衰老了,也有些憔悴了。王春红问奶奶是怎么一回事,奶奶说,花没百日红呗。

王春红当然明白奶奶说的是怎么一回事,顿时就想到了那个林黛玉,无端的伤感就涌到了王春红的眼睛里。王春红怕被奶奶看见了,就仰起头看天,天空中有很多云,它们都被夕阳照得五彩缤纷,像是要过年了。

炮仗花出问题了。那是王春红看云的第二天。王春红回到家,发现炮仗红真的大变样了,像是被谁的手捋了一把。王春红再一看,是最上面的炮仗花的花蕊被谁一一抽走了。炮仗花的花蕊是甜的,肯定是被谁偷吃掉了。

奶奶,奶奶!王春红叫了起来,是不是王辉偷吃了我的炮仗花?

奶奶跑过来，看了看，说，哎哟，我以为是怎么回事呢，王辉没有吃，你前脚走，他后脚就出门了，到现在还没有回来呢。

王春红看着奶奶，奶奶的脸上看不出说谎的样子。不过大人说谎不像小孩子会脸红，大人说话会面不改色心不跳的。再说了，王辉可是奶奶的心头宝贝呢。

既然从奶奶那里找不到证据，王春红就直接去问王辉，王辉也不承认。王春红太着急了，但她又不敢和王辉在外面打架，用力把王辉拖回家了。一到家门口，王辉就杀猪般地叫了起来，奶奶听见了，冲了出来。

王春红和奶奶又打起来了，可能是王春红的力气大了，奶奶再也不能占上风了。王辉还是老办法，又去叫来了王得和。王得和放下手中的板车，回到家，发现自己的妈妈和女儿两个人正缠着呢，王得和装模作样地吼了几声，可那两个人都不听他的。王得和没有办法，就叫王辉拿一张板凳来，他就坐到了那张板凳上，说，我倒要看看你们两个会打到什么时候？

王春红和奶奶没有打太长的时间，喜欢吃黄豆的王得和放了几个很响很响的屁，那屁又在板凳上反弹了一下，那屁声就更响了，真像是放了几个大炮仗。

连环屁！王辉一边笑，一边大声地评价说。

也就是这个连环屁，王春红和奶奶都松了手。奶奶还对正在大笑不已的王辉喝道，小畜生，你笑什么啊，你爸爸苦了，太苦了。

王春红没吃晚饭，王春红的奶奶怕她饿了，就向王春红的妈妈故意说起了炮仗花的事。王春红的妈妈说，说不定是王辉吃的吧。奶奶说，不是，肯定不是王辉吃的，有可能是老鼠，老鼠真是一个坏东西。

王春红根本就不听她们在唱双簧，她是在对自己进行惩罚，如果不是她自己多嘴，把炮仗花是甜的秘密告诉奶奶，炮仗花就不会这样了。

王春红的妈妈把晚饭亲自送进来了，可王春红还是不想吃。王春红在心里说，我又不是你们亲生的，我是你们抱来的。我不吃你们家的饭，坚决不吃，饿死也不吃。

夜渐渐深了，王春红睡不着，她想着远方的父母，可怎么也想象不出他们的面容。不知道她的那个真家，有没有长一盆会放炮仗的炮仗花？

被人捋了一把的炮仗花说败也就败了，曾经那么鲜艳的炮仗红慢慢地变灰，变白了。王春红都觉得像做了一个梦。有时候，王春红都不愿意看到红色的东西。

王春红不但不喜欢红色的东西，还不穿妈妈做的花衣裳，还有，她的脾气变得特别的火暴，动不动就和人吵架。王春红和杨华吵的时候，吴文英过来劝架，王春红不和杨华吵了，反而和吴文英吵上了。放学了，没有了朋友的王春红孤零零地往家里走，心里全是呼呼的风，风把一切的红色都吹成了灰色。杨华和吴文英都不晓得，王春红是不喜欢别人叫她王春红，王春红的名字中就有一个红字啊。

但王春红还是逃不了"红"字，因为在家里，王辉直接叫总是发脾气的王春红为"炮仗红"。

炮仗红。炮！仗！红！炮——仗——红！

王春红坚决不答应，从心里彻底恨上了奶奶。这个绰号肯定是奶奶给她起的，依王辉那样的小脑袋瓜，怎么可能想出这样一个绰号？

中午，王春红只吃了半碗饭，她的肚子有点痛。到了学校，肚子好像更疼了。去了趟厕所，还是疼。王春红默默地坚持着，坚持到了放学，她的肚子就更疼了，像是有东西往下坠，可又不是拉肚子。

王春红几乎是飘着回家的。到了家，王春红就迫不及待地往床上爬。肚子实在太疼了。王春红想，可能自己要死了。炮仗花死了，她可能也要死了。王春红的泪就流了出来，一颗一颗的，像无处可逃的虫子。

奶奶的手从蚊帐外伸进来，先是摸了摸王春红的额头，又摸了摸王春红的背脊。王春红想挣脱，可挣脱不了。奶奶的力气很大。

过了一会儿，奶奶又过来了，递过来一只盐水瓶，盐水瓶暖乎乎的。奶奶把它放到了王春红的小肚子上，王春红顿时就感到疼痛似乎减轻了一点。奶奶又往王春红的头上垫了一只枕头，拿着调羹，给王春红喂起了水。王春红不想喝。奶奶低声地喝道，红啊，张嘴。王春红只好张开了嘴，调羹就到她嘴巴里了。王春红一抿，甜得很，原来是红糖水啊。王春红的眼泪又出来了。

鼻子很灵的王辉走过来了，问奶奶，炮仗红生的什么病啊？

她小肚子疼呢。奶奶说。

她为什么小肚子疼？王辉又问。

她屙屎不洗手啊。

奶奶说得很严肃，王辉就上了当，走了，他以为奶奶是在借说王春红说他呢。王春红觉得很好笑，小肚子的疼就渐渐退了下去。

红啊，奶奶说，你现在是大姑娘了，这个姑娘家，要学会自己照顾自己，你以后的好日子长着呢，千万不要贪凉啊。

王春红没有说话，眼睛晶亮晶亮的，像是完全听进去了，又像是什么也没有听见。

第二天中午，王春红在空白的花坛里种着什么，奶奶看见了，问王春红，红啊，又种什么花了？

牡丹花。王春红调皮地说。

唔,牡丹花。奶奶很平静,似乎很相信王春红的话,其实王春红的手里是紫皮蒜瓣。奶奶自己经常说,七葱八蒜。七月种葱,八月点蒜。现在是农历八月呢,是该往花坛里点蒜瓣了呢。

最完整的清晨

更多的清晨，他像个天真的顽童，既下流又无邪。要不是烈士广场上那篝火晚会的催化剂，他顶多会长成一个老顽童。他有睡不完的觉，有时他也会醒来，发现四周黑通通的，他就开始愤怒、昂扬、怒气冲冲。他的急脾气的样子令父亲忍不住要笑。在他用头敲门的时候，父亲总是呵斥他，安静点，安静点，还没到钟点呢。这是在白天，在课堂上。这是在公共汽车上。这是在电影院里。有时候，实在安慰不了他的时候，父亲会用手指狠狠弹他的头。要遵守学生守则，要背诵行为规范。要成为模范少年，要做有为青年。被打疼的他只好噙住双眼的泪水，继续像婴儿一样沉睡。

就这样，他和父亲相安无事地度过了令人惊悸的初中、个头猛窜的高中、忧伤和叹息的大学时代，包括那次大集会结束后的篝火晚会上，他们那次幻术般的秘密激情。父亲带着他一起在篝火边怒吼，当父亲和伙伴们列队将青春的果酱射向篝火时，他听到了一声叹息，烈士广场纪念碑的一声巨大的叹息声。为此他询问过父亲，但父亲没有回答。他有点小委屈，他可是父亲在黑暗中畅饮的咖啡和安眠药。他已把一切都交给了父亲，但父亲却不愿意回答他。是什么? 或者为了什么? 纪念碑的叹息就此种在了他的心中。

父亲无疑是爱他的，父亲像天下所有初为人父的人一样，在创世的喜悦之余不断地为他命名。父亲曾给他无数次命名。我的月下玉箫，我的白桦林，我的愣头青，我的白金钢笔。甚至在日记里，给了他一个秘密的昵称，我的第二十一根指头。

提起指头，他就会不由自主地感谢父亲的手。他会永记那双总是拥抱得他全身发疼的手，那双曾经罚抄过无数单词和课文的手，那双手心被戒尺抽打得红肿的手。开始他很不习惯这样爱的方式，父亲的手一把逮住他，紧紧地抱住，像是失散多年的父子。他愤怒,满脸通红,拼命挣脱。可又有什么用呢?这是永逃不脱的父亲的大手。他很想跳起来咬父亲一口,如果他有牙齿的话。但最终还是屈服了。屈服是无声的,他在内心狠狠地吐了一口唾沫,然后就后悔,沮丧。他耷拉着自己的头,像个受尽委屈的孩子。他其实是在等父亲的道歉。而父亲就是父亲,只是松开了手,睡了。他哭了不知道多久,在哭泣中睡了。在睡梦中他依旧梦见了父亲粗暴的手。继续哭泣,还在睡梦中哆嗦。他的哆嗦情不自禁,带动了父亲一起哆嗦。和父亲一起哆嗦,这是多么不可思议的事啊。

  这几乎成了一场游戏,父亲心情不好的时候,他情愿让父亲这样爱他。父亲心情好的时候,他更情愿让父亲爱他。以父亲的名义,以父亲双手的名义,以父亲每一根指头的名义。父亲的手越来越粗暴,但越是粗暴,他越是知道自己该怎么做了,他所做出的反应也是越来越狂热。他是喜欢这个游戏的,他等待父亲紧紧地抱住他,抚摸他的头,如同一位自卑的孤儿在等待孤儿院院长的抚摸。每当想着自己是一个自卑的孤儿,他就在父亲的大手中流下滚烫的泪水。那些夜晚就这样被他的泪水打湿了,被他的泪水打湿的夜晚散发出大海般的腥味。他在大海般的想象中波澜起伏,哦父亲!父亲是这片大海的源头,幸福而悲凉。

  他似乎更愿意回忆起被父亲伤害的日子,父亲一边让他服下从医务室偷来的消炎药,一边愧疚地抚慰他,抚慰着伤痕缕缕的他。父亲越是这样抚慰,他越是不能自已。到了最后,他又带着一身的伤痕与父亲做起了游戏。悲壮、疼痛和牺牲等多种混合的感觉裹住了他,不争气的泪水一次又一次地浸湿了集体宿舍外的破操场。空荡荡的操场像父亲长满青春痘的额头。那些青春痘总是被父亲镇压和活埋,它们死亡的遗骸不规则地分布在父亲的额头上,如同劫后余生的震区。他守候着熟睡的父亲,等待着月亮从半夜的操场边升起。那种荒芜,那种死寂,似乎置身在无风的月球上。

  游戏是令人难忘的。父亲还为他们的游戏取了一个名字。他是多么喜欢这个名字——果酱处处。啊,果酱处处,多么准确又多么幸福的命名!

  幸福总是令他沉睡,有时他也在幸福中怀疑父亲。父亲为什么每次和他游戏之后,总是要发出叹息声。那叹息声一直在他的头脑里轰响,和烈士广场上的纪念碑的叹息完全一样。父亲忙碌于其他事情的时候,他会被这巨大的叹息声所追赶。他被追赶得晃来荡去的。父亲有什么心事吗?父亲为什么要叹息呢?忧虑不已的他有种预感,有一天父亲会离他而去,或者父亲有一天会不再爱他,他该怎么办呢?乱想的心事就如虱子一样多了起来。

父亲似乎还觉察不到他的心事。游戏还在继续，果酱处处或者处处果酱。比如他紧张的喉咙。他总是恐惧得张大了喉咙，满脸通红（如果有镜子的话）。他的恐惧使他战栗，他的愤懑使他不安。他想推开他周围的黑暗，但他推不开。他想撞开他这四周滚烫的门，但他撞不开。他的推和撞使四周的黑暗更加蓬勃地生长。父亲，父亲在哪里？父亲为什么要带他到这儿来？父亲给了他一个完全陌生的黑夜，他伸长了脖子也看不到昔日夜空中怒放的礼花和星子。他最后哭了，哭得那么伤心和绝望，泪水由于积蓄了太久而变得黏稠。父亲回应他的只有刚刚发育出来的鼾声，绝望瞬间就填满了他沮丧的大脑。

他不知道自己是如何回家的，他像得了健忘症似的，想疼了脑袋也没有想出来。父亲似乎消沉了，整天打着呵欠。直至第二天晚上，父亲带着他抄袭了前一天的经过，他是被父亲直接丢在黑夜之洞穴中的！他明白了，父亲背叛了他！其实还不是背叛，是遗弃！或者不是遗弃，而是唾弃！想到唾弃这词，他恼怒，猖狂。他的反抗令父亲不禁大叫，父亲叫的声音有些含糊不清，他辨认了好一会儿才听出父亲叫的不是他。父亲叫的是妈妈。妈妈！妈妈！父亲叫得怪里怪气的。父亲越是这样怪里怪气地叫，他的恼怒和猖狂更加持久而倔强。父亲的手终于递了过来。在黑暗中安慰了他满是汗水和泪水的头颅。真是一个犟孩子！

他承认他是一个犟孩子。犟孩子总是在父亲狂喊妈妈的声音中怀念着昔日父与子的游戏时光。没有叹息声的夜晚是多么不真实的夜晚。过去，他对父亲是多么忠诚。父亲永远是他的偶像，而父亲却根本想不到这些，亲手帮他打碎了这个偶像，还把昔日父与子的游戏忘得干干净净。他愈是这样痛心疾首，昔日的快乐就愈是在他的眼前反复闪现。温暖的亲情已逝，泪水又怎么能够淹没他的怀念。无力感和虚无感使他整夜啜泣。

父亲已经睡了，他不想喊醒父亲。他想了很多，甚至想到了死，以及他死后父亲是怎样的悲恸欲绝。他在想象的场景中痛苦不已，父亲啊父亲，早知今日，何必当初？直至天亮的时候，他才带着这样的幻想沉沉睡去。到了黄昏，父亲记起了他，用昔日的手想来和他亲热，他的肩膀一歪，躲过了父亲那双手。父亲没有在意，也没有继续努力。如果父亲想继续努力的话，他肯定会和父亲冰释前嫌。父亲没有继续，父亲以为他还是原来的他，没有在意他正在酝酿着报复父亲对他的背叛。

背叛是说来就来，报复也是说来就来。当巨大的黑暗重临，父亲绝对没有想到他是一脸的不情愿和无精打采。父亲很惊讶他的背叛，急促地问，你怎么啦，你怎么啦。他没有应声。父亲也许意识到他的不情愿，声音小了下来，用手继续抚摸他的头。父亲的抚摸还是过去的抚摸，但他没有一点感觉。要是在往常，他早就跳起来迎接父亲的拥抱了，而今天不，今天他的头脑里满是委屈和悲哀的泪水。他已失去了父亲，父亲也失去了他。他不想解释，也不想说话，他只是想哭，如同父亲曾经念过的诗，内心是一片重洋，而流不出一滴泪水。

父亲对他的报复和挑战真是毫无准备，一巴掌就打了下来。父亲下手很重，但他不怕，耷拉的头只是晃了晃。父亲的手肯定也打疼了，因为他听到了父亲身体里的叫喊声。父亲又狠狠地揍了他一下。要是在往常，他早就摆开姿势，怒气冲冲地与父亲拼命了，今天却不。他想死。父亲啊，你为什么不下手更重一点！他想，索性把他揍死算了。他的头垂得更深了，像一截自杀的草绳。一列狂热的喊口号的火车在他的头脑里开来开去，就是不想停下来。

失败了的父亲再也没有什么话了。但他听见了父亲轻轻的叹息。就是这声叹息，很轻易地击开了他自闭的堤坝，泪水禁不住涌了出来，像决了堤的湖水。父亲想用手去堵，但已经陌生了的手指又如何能抵挡得住奔涌的泪水呢？

泪水还在奔涌，父亲突然哆嗦了一下。哆嗦的父亲也带着他一起哆嗦了一下，在哆嗦中他头疼欲裂。垂头丧气的他曾经是在黑暗中嘶鸣的马，它一直站立着睡眠，就像广场上那根纪念碑，它在黑夜中的呼叫谁也没有听见。

父亲的心中每天都有一个儿子在诞生。而儿子的心中每天都有一个父亲在死去。

他等待着谈判和对话的机会。依照父亲往日的脾气，父亲对他的惩罚已经不可避免。果真，父亲很快就把他从睡梦中猛烈扯了出来，像是秋后算账。他被吓了一跳，但内心还是一阵欣慰。他所熟悉的昔日游戏又要开始了！所以，父亲的手指刚无意地碰了他一下，他就激动了。他用激动向父亲宣战。父亲用两只大手疯狂地挤压他，他钻心的疼，但他还是无声地与父亲挣扎着，扭打着。父亲把刚才的失败都化作了怒火了。他在黑暗中欢呼，父亲，来吧，来吧。他知道他必须用双倍的爱唤醒父亲的归来。他的头昂得更加高耸，更加蓬勃，像一尊迫击炮，他要把天空中的乌云统统打成碎片，他要把大地上的违章和不违章的建筑全部摧毁。来吧，来吧，父亲，我爱你！

父亲的手更猛烈了，这一夜，可能谁也无法使谁更屈服，他的嘴角在和父亲的厮打中擦破了血，因为他舔到了这血的咸腥味。但他不放弃，他不能放弃，他要和父亲共同攀登那幸福的山顶。幸福说来就来。在从未有过的顶点，他哽咽，他无语，他喃喃自语，哦，父亲！父亲！

父亲没有听到他的呢喃,依旧叹息了一声,像头被弓弩击中的大象轰然而睡。而他无法入眠,他在泪水的过滤之后看到了星光灿烂的夜空。他早已原谅了父亲,父亲也原谅了他。这么多年父子的友谊怎么能被几个黑夜吞噬呢。要知道,多年的父子已成了兄弟。

他和父亲并肩行走的时候,他依然默念着那句老话,多年的父子成了兄弟。父亲在走路的时候,他悄悄模仿着父亲的步伐。父亲停下来候车的时候,他总是激动不安地提醒父亲,快,赶快,赶快抢个好位置!和父亲一起挤上车的时候,有人碰了他一下,他以为对方是故意的,恼怒了。父亲不停地安慰他,不要着急,要冷静,也许人家是喜欢你呢。他不听解释,后来在电车的摇晃中,父亲的手就放在他的头上,他一下子又拥有了那秘密的幸福,他终于又可以像过去那样,在他童话般的小黑屋里像婴儿一样沉睡了。

但父亲已不是过去的父亲了。父亲的又一次阴谋开始了。他却错误地认为这阴谋不是阴谋,而是与昔日在中学的双杠上、集体宿舍单身床上小心翼翼的阴谋是一样的,也是和每次考试过后幸福甘霖样遍洒课本的阴谋一样的。父亲的果酱,父亲的果酱处处都是他和父亲共同拥有的阴谋呢。他是父亲的孩子,父亲是他的父亲,他们有过矛盾,他们已经和解。这一点,有他和父亲共享多年的秘密佐证。

其实他错了,父亲还是骗了他,以同样的方式同样的地方欺骗了他抛弃了他。开始他还是以愤怒的姿势寻找父亲的手,而父亲的手却不见了。他丢下了他,父亲要他自己寻找回家的路。可他也不是以前的他了,因为对父亲的信赖,他几乎失去了野外生存的能力。父亲在哪里?没有人回答他。他先是被狂躁点燃,后来还是冷静下来了。再次降临的悲恸和绝望命令他冷静下来,也必须安静下来,在背叛的亲情面前,不冷静也得冷静。他前思后想,想通了未来的路,他不能再像婴儿一样沉睡,也不能像公牛一样愤怒,他要像匹马在黑暗中安静地反刍。不过他反刍的不是马料,而是疼痛、绝望、虚无、失落和苦涩……他想用他所掌握的词语来佐证他此时的安静,而他只想到几个词语,报复的甜蜜已经包裹住了他。哦,报复!

回到家中,他没有理睬父亲,父亲同样也没有理睬他。父亲的恨表现为冷落。其实,在报复的时候他已经预见了父亲这样的冷落。他不气恼,因为他预感自己会再一次独享父亲。

父亲阴沉着脸。他对父亲做了个鬼脸,父亲装着没有看见。父亲看电视的时候,他又对父亲笑了笑(尽管他知道他的笑非常难看),父亲还是把目光停靠在无聊的电视上。父亲躺下睡觉的时候,他一把抱住了父亲。父亲猛然推开了他。他又扑上去，父亲狠狠给了他一个耳光。他依旧扑上去，并不停地喊：哦，父亲！父亲！父亲似乎听不见，他的头更昂扬了，他用头在撞击着父亲，他要用带血的头颅敲开父亲已经对他关闭的心房。终于，父亲又一次原谅了他。他们又一次重温了父与子的游戏。在父亲最后一声的叹息中，这世界开始堕落，像自杀者在跳崖之后的叫喊。而孤独的父亲和孤独的儿子就像那个自杀者留下的一双鞋子，那么可耻，又那么亲密。父亲失眠了。

失眠是前所未有的。在失眠的父亲面前，他又一次昂起头来。他想父亲的手。其实他已经疲惫了，但他渴望！父亲拒绝了他。这次是真正地拒绝了他。他没有放弃，意气风发，志在必得，继续呼唤着父亲。直到子夜时分，他才昏睡过去，做了一个长长的梦。在梦中，他和父亲在烈士广场上自由自在地做着父子游戏。纪念碑的金字闪着寒光。很多人在围观，从他们的目光中可以看出他们的羡慕和赞叹，瞧，这一对父与子！瞧瞧！这一对幸福的活宝！但很快，一对戴着红袖章的老头冲过来，生硬地分开了他们，并用盖了公章的话羞辱他们。老头们还往父亲的脸上吐痰。当时他多想替父亲承担这一切，但是他害怕，真的害怕，完全是一个胆小鬼。老头们终于发现了这个胆小鬼，他们掏出铅笔刀靠近了他，刀锋就靠在他的脖子上，反反复复地抹过。冰凉的怯弱令他想哭。终于，老头们停了下来，他哭了出来。脖子疼痛，泪水悲凉，他多么不想做这个梦啊。最后还是父亲，一脸疲惫的父亲拯救了他。父亲也从他的梦中醒来了，并用剃须刀的刃光唤醒了他。

父亲永远是父亲。父亲一声不吭，父亲按部就班，父亲郁郁寡欢，父亲随波逐流。父亲像一个"右派"分子和他生活在一起。父亲沉默，不再和他说一句话，更不用说父亲的抚摸了。奔波的父亲内心肯定是失落的，所以父亲对这个世界也是冷落的，当然也包括冷落他。开始他并不明白父亲的失落，而是错误地以为自己在和父亲的较劲中获得了胜利，虽然这胜利来得毫无来由。后来他理解了父亲的失落，甚至可怜父亲的失落，所以每到夜晚，他最渴望父亲能够更加粗暴地揍他一顿。每天他都做了足够的挨揍准备。可他积蓄的怒气在父亲的冷漠面前无能为力，如同一杯水倒进了冰河中。除了想挨揍，他还想过向父亲投降，彻底地认错。而父亲拒绝与他交流。

他感到了饥饿，说不出的饥饿。他甚至有一次因为饥饿而差点背叛了他自己。那是父亲站在一个花枝招展的肥女人面前。最后他还是忍住了。他永远不能忘记的是父亲和篝火的镜头，果酱在篝火中嘶嘶作响，还会发出喜悦的爆炸声。因为永不能忘那声音,他就不能背叛自己。他是父亲最后的亲人,如果他不能拯救父亲,谁能拯救可怜的脾气已变得古怪的父亲呢。

但父亲已经明显不信任他了。他早就感到了这一点,但他想努力忘记这一点。他强迫自己忘掉这件事,一点不留痕迹的彻底地忘掉。他需要父亲,父亲也需要他。父亲总有一天会需要他的。外人的介入只是一段可以抹去的插曲。他在等待,他有时间等待。父亲头疼时他在等,父亲失眠时他在等,父亲叹息时他也在……等。

他知道自己的弱点,不太能忍受父亲的叹息,他多么希望父亲的叹息是献给他的。然而不是,父亲的叹息是哀怨,是诅咒,是一大把一大把的仙人掌的刺撒在他们父子之间。他觉得总有一天父亲会为这叹息而背叛的。可他无法忘记父亲的恩情。他其实只有一个小小的请求,他想让父亲对他说一声,孩子,你受委屈了!如果父亲这样说的话,他就会把所有的委屈所有的不愉快全部忘掉,他和父亲可以从头再来。一切从头再来。或者,父亲要有所动作,他就听凭父亲处置,只要父亲不要再冷落他。他实在忍受不了父亲的冷落了,这冷落与挨揍更难受更憋屈。每每想到此事,他就长叹一声,他的叹息声很是忠诚,很快就从黑夜的那边回音过来,听上去就像是父亲的叹息声,昔日的父子游戏之后的叹息声。他不明白自己为什么会模仿得这么像。越是这样想,他越是觉得自己对不起父亲。他肯定没有能力了解父亲内心的伤痛,也没有能力了解父亲那欲望的旗帜究竟把什么裹在了中心。

熟悉的父亲已经陌生。父亲原谅他的日子始终没有来临。父亲依旧在生活,看电视,翻报纸,上网,睡觉。甚至父亲还借来了碟片,当父亲宁可整整一夜都一动不动地注视着那些画面也不愿意原谅他时,他觉得自己是一个弃婴,一个无人认养的弃婴。他还是一根无用的草,一根粘在马背上而无法进入马的臭嘴中的一根草。

父亲再次记起他的时候,那已是春天的夜晚。那时他已经完全不相信父亲还能够记起他。父亲在一堆乱草中找到他时,他已昏睡了一个冬天,全身布满了草屑、狼粪和黄泥。他的目光已经呆滞,怔怔地看着父亲。父亲轻轻地呼唤他,孩子,孩子。他以为是梦。他使劲掐自己的脸,不是梦,是昔日的父亲!昔日重现的幸福一下将他击晕了,在眩晕中他听到父亲体内传出巨大的叹息声。这叹息声如同春雷。这个春天,这个夜晚,叹息和雷声都不会轻易将父亲和他轻轻放过。

当他醒来的时候,父亲的微笑令他平静下来。他再次抖擞起来。此时的他多么想去唤醒天下所有沉睡的孩子,春天来了,春天来了。而父亲却说,来,乖孩子,吃糖!他不解,父亲说,把糖吃下去,这就是春天,吃下去就是春天!父亲的手上真有一颗星星般的糖!他相信父亲,父亲说它是春天它就是春天,父亲说吃下去就是春天那吃下去就是春天。他喜欢春天,他需要春天,父亲和他的春天。他张开了战栗的嘴唇将父亲手中的糖也就是"春天"服下。但他不知道那不是糖,而是一颗炸弹!他的内心霎时升起了一朵剧毒无比的蘑菇云。他看不见了,内心一片废墟,他没有被父亲带到春天去,而是被父亲扔下了一个悬崖,他不停地往下坠,坠……后来他什么也不知道了。

他清醒的时候才知道什么是灭亡。父亲的灭亡,儿子的灭亡,爱的灭亡,恨的灭亡,世界的灭亡,白天的灭亡,黑夜的灭亡,死的灭亡。他内心反复念叨着这样几句话:父亲不相信他!父亲不相信他!!父亲不相信他!!!他已经不知道什么是愤怒了,他越来越像他父亲的囚犯,而这囚犯随时都可能被父亲提审,或者去陪着一些死囚走上刑场。那些死囚——倒下了,只剩下他,未知生,也未知死。父亲命令他屈服下去,可他已不知道什么叫屈服了,他昂扬的头不过是一个形式。他的心已死了。他想逃跑,但他逃不了。他只能每时每刻都在等待父亲的提审,等待陪毙。没有罪名,没有看守。父亲还和他在一起,他们一起并肩行走,别人以为他们是父子情深,其实父亲早就将那朵蘑菇云给他做了一顶草帽。那顶草帽已成了他的囚号。他每天都顶着那蘑菇云做的草帽和父亲并肩行走。父亲哈哈地笑着,父亲拍着他的肩膀笑着。父亲再也没有叹息声了,父亲的牙齿越来越长,甚至长过了嘴唇,能够啃到自己的头发。父亲和他像鸟儿在春天里飞翔。父亲是一只尖牙齿的鸟,他肯定是那只戴草帽的鸟。

现在,他有些恍惚。昔日父亲在操场上晨跑,他也跟着晨跑。父亲在操场上踢足球,他也摇来晃去地踢足球。昔日果酱处处,果酱芬芳。而一切都过去了,这个春天,总是用一股腐败了的酱味追逐着他,羞辱他,令他无处藏身。他第一次明白了什么叫做行尸走肉。"行尸走肉"这个词语就是为他而设的。行尸走肉就是他,被父亲挟持的他。

既然无所谓热爱之盾,也就无所谓仇恨之矛。他在和他父亲的对话中已经失败。对于这一点完全可以用父亲强制喂下的"糖"说明。他吃糖,必须吃糖,还必须要吃糖。在吃与被吃之间,他没有选择,一味挨打,一再认输。父亲需要轰炸,他只有接受失败。有时候,父亲也来抚摸他,他既不躲避,也不反抗,更没有感觉。一只魔爪下的兔子又能呼喊出什么?

昔日的月下玉箫已经哑了,昔日的白桦林也被砍伐得七零八落,昔日的愣头青已经变成了大头鬼,昔日的白金钢笔锈迹斑斑。昔日的第二十一根指头直接指向虚无的中心。父亲似乎全身松懈,像一块剥下来的马皮摊放在这个春天里。他看到了父亲空洞的双眼，也听到了父亲干燥的笑声。

  第一次逃跑是不期而至的。他内心日益积累的悲哀使他越来越矮小下去。有好几次，他明明在，可父亲就是找不到他。父亲以为他是故意的，惩罚随之而来，他被捆绑起来。捆绑让他想起了昔日的游戏。越想到昔日，他越是想逃跑。父亲不知道，父亲在捆绑之后还加上了抽打。可他逃跑的决心是那样的坚定，所以父亲在捆绑和抽打中一次又一次悲哀地低下头。也就在这个时候，他竟然忍不住笑了起来。笑声令父亲的脸色大变，父亲的脸变得像扭成一团的内裤。

  父亲大哭起来，哭得那么伤心。父亲的悲伤似乎没有止境，哭了一个晚上，又哭了一个上午。父亲似乎要把内心的泪水全部哭完。在父亲的哭声中，他感到了恐惧，恐惧一步步逼来，他的心顿时软了下去。父亲瘦了，像截树根追忆着已逝的春天，像鹅卵石追忆着已逝的星空。多少儿子的面孔在父亲的黄昏里闪烁。最后父亲对他的捆绑失去了信心，也对他的糖失去了信心。父亲失去了工作，彻底自由了。他不工作，也不吃饭，不玩股票，不上网，甚至连脸都不愿意洗了。父亲变得前所未有的颓废。

  父亲有时候还是想到了他，抚摸他，还对他说，你逃吧，我放你走。他迟疑地听着父亲的话，后来听懂了，还恼怒起来，像一只被追逐习惯的狼主动寻找猎手。想不到父亲对于他的恼怒只是微笑，似乎是在嘲笑，在怜悯。父亲无力地挥挥手，仿佛在打发一个竟然还比他富有的乞丐。他依旧不相信。父亲的眼泪就下来了，泪水把父亲的前襟打得精湿。父亲却毫不害臊地带着这潮湿的前襟在人群中走来走去。父亲已成了一个无赖。

  想到无赖这个词，他的心一阵阵揪疼。父亲是他的父亲，不是外人的父亲。外人已经走开，而父亲也把他当成了外人。对于他，父亲得了健忘症，或者是父亲干脆想彻底在他面前消失。父亲整日昏睡，他目睹着父亲昏睡的样子，越觉得父亲心中是有隐痛的。现在，父亲只剩下他了，也许某一日父亲突然睡着了再也不会醒来。

  其实父亲还是会醒来的，他醒来的时候就反复磨着他的那把折叠式的剃须刀。父亲的胡须太硬，电动的剃须刀不能割下父亲忧伤的胡须。父亲的胡须已经很长了，而那把剃须刀也锈迹斑斑了。他发现父亲磨刀的劲头很足。父亲说不定是想把胡须剃完，然后再青春焕发地回到他既定的生活中去。要知道，父亲才进入青年，青年的父亲应该有一个完整的清晨。

  那天清晨，他兴致勃勃。他醒来时父亲还在沉睡。出于对父亲最完整的清晨的期待，他这段时间都是兴致勃勃的。他听到了鸟鸣，听到大喇叭中的运动员进行曲，听到了刘德华在唱歌。广场上空无一人，纪念碑上出现了父亲的名字。他轻轻推了父亲一下。父亲动了动，没有醒。他又一次推了父亲一把，他要和父亲和解。似乎昨天就是初精之夜，而今天恰好是空荡荡的青年节。可父亲一动不动，父亲的眼角尽是清晨的露珠，他多想俯上身去替父亲吮吸一下，这朝阳和清晨的甘霖！

突然，他看到了寒光一闪，他感到有一滴露珠在滴落。在滴落之中，他感到了解脱之后的轻松。他真的很轻松，他轻松了，他要睡觉了。他会成为最听话的孩子。他摆出了睡觉的姿态，蜷曲着身体，满脸安详，像婴儿一样沉睡。晨曦像鲜血一样喷涌，沿着纪念碑和父亲的名字向上喷涌。父亲准备做思想家了。父亲和他，终于天各一方，分道扬镳了。父亲又找了一个伙伴，这伙伴是父亲在网上的化身。父亲的网名叫太史公曰。

后记：一张纸的正面和反面

诗歌和小说，对于我来说，犹如一张纸的正面和反面。还记得1998年春天的上午，我当时的身份是乡村学校的监考老师。本来我的职责是从学生中间找出那不劳而获的一小撮，偏偏就在试卷发下去后几分钟，一篇小说突然涌到我的脑海里，三个儿子裸身在黎明到来前的黑暗中追逐着同样裸身的父亲，我努力地平息着自己，可他们的奔跑声却在我的头脑里越来越急促。

半小时后，也就是那一小撮准备作弊的学生快要行动的时间，我向靠近讲台的那位学生借了一支圆珠笔，就在多余的试卷反面写下了我的第一篇小说。考试时间是两节课，这两节课，我几乎忘记了我的监考任务，而是像我小说中的一个儿子跟着狂奔。那一小撮准备作弊的学生顺利地完成了作弊，而我也顺利完成了小说的一半，收完试卷回到宿舍，我继续奔跑，在午饭之前，我在试卷的反面结束了追逐。

这就是我的小说处女作《追逐》，非常幸运的得到了好评。小说家毕飞宇甚至说，《追逐》完全可以拍成意大利式的电影。1999年4月，《雨花》杂志为我推出了小说专辑，这是我第一次发表小说作品（在此之前，我发表过诗歌和童话作品）。从那时起，在一张纸的另一面，我开始走上了小说创作的道路，短篇、中篇到长篇《薄荷》《丑孩》，我发表了二百多万字的小说作品，有多篇小说作品被转载、获奖。《为小弟请安》为我的第一本短篇小说精选集。

王德威说："小说是想象中国的方法。"作为一个上个世纪六十年代后期出生，八十年代成长，跌跌撞撞地闯进了新世纪的写作者，远远不够的恰恰就是对自己的完成。算起来，我已经先后走过了两个世纪，五个年代，有时候我觉得自己是既年轻又苍老。经历和生活如此的丰富，而表达却是如此的言不达意。

在我面前，有很多优秀的汉语小说，比如鲁迅的《阿Q正传》，比如萧红的《呼兰河传》，比如莫言的《欢乐》，比如余华的《许三观卖血记》，比如毕飞宇的《青衣》和《玉米》，等等，他们用出色的才华和艰辛的努力重新想象了我们的中国。他们都是小说的君王，撒豆成兵，点石成金。每次翻阅那些优秀的汉语小说，都能够感受到它们的根系之深和枝叶之繁，对我来说，它们都是我提神的森林氧吧。

2004年3月我去鲁迅文学院高研班学习，李敬泽先生给开了文学的第一节课，题目是《底线与极限》，他要求每一个写作者要明白写作的底线和极限，要把内心向这个三千年未遇的时代敞开。好几年过去了，我一直在追寻着写作的障碍，那障碍就是我的底线，也是我的极限。作品中的每个人都是我自己，我的狂奔和我的妥协，我们的狂奔和我们的妥协。

很多作家都"心虚"自己的作品集，"心虚"的原因是小说集容易放大一个小说家的优点和缺点，尤其是缺点。但这种"心虚"对我来说却是营养。做了这么多年的写作者，我已经蜕变成另一个我：每天晚上，没有纸，我会忐忑不安，没有写作我就安慰不了我内心的那盏灯；写下了，我会担心受怕，写作没有使我越来越强大，反而越来越胆怯了。作家都是在一个一个的悖论中长大——这是我写作《薄荷》时的心得。从左到右，从自传到虚构，从有限到无限，寻找会永不停止，答案也不会自行出现，在一张纸的正面和反面，我种下自己，收获自己。

也许，我注定是一个晚熟者，我也更愿意做一个晚熟者。